Steelheart
Reckoners

钢铁心

审判者传奇(卷一)

[美] 布兰登·桑德森 / 著
李 懿 / 译

重庆出版集团 重庆出版社

Steelheart (The Reckoners)
By Brandon Sanderson
Copyright © 2014 by Dragonsteel Entertainment, LLC
Published in agreement with Donald JABberwocky Literary Agency, Inc.,
through The Grayhawk Agency.
Simplified Chinese edition copyright © 2017 by Chongqing
Publishing House Co.,Ltd
All rights reserved.

版贸核渝字（2015）第 096 号

图书在版编目 (CIP) 数据

审判者传奇. 卷一，钢铁心 /（美）布兰登·桑德森著；李懿译.
— 重庆：重庆出版社，2017.10
书名原文：Steelheart（The Reckoners）
ISBN 978-7-229-12380-2

Ⅰ.①审… Ⅱ.①布… ②李… Ⅲ.①长篇小说 – 美国 – 现代 Ⅳ.①I712.45

中国版本图书馆 CIP 数据核字（2017）第 124453 号

审判者传奇（卷一）：钢铁心
SHENPAN ZHE CHUANQI (JUAN YI)：GANGTIE XIN

【美】布兰登·桑德森　著　李懿　译
责任编辑：邹　禾　肖　飒　唐　凌
装帧设计：谢颖设计工作室
封面图案设计：郑晓君
责任校对：刘小燕

重庆出版集团 出版
重庆出版社

重庆市南岸区南滨路 162 号 1 幢　邮政编码：400061　http://www.cqph.com
重庆出版社艺术设计有限公司　制版
重庆市鹏程印务有限公司　印刷
重庆出版集团图书发行有限责任公司　发行
E-mail:fxchu@cqph.com　邮购电话：023-61520646
全国新华书店经销

开本：890mm×1230mm　1/32　印张：14.5　字数：286 千
2017 年 10 月第 1 版　2017 年 10 月第 1 次印刷
ISBN 978-7-229-12380-2
定价：60.80 元

如有印装问题，请向本集团图书发行公司调换：023-61520678

版权所有　侵权必究

目 录

楔　子 / 1

第一部分

第一章 / 21

第二章 / 32

第三章 / 37

第四章 / 43

第五章 / 49

第六章 / 56

第七章 / 63

第八章 / 72

第九章 / 79

第十章 / 91

第十一章 / 99

第十二章 / 111

第十三章 / 119

第二部分

第十四章 / 135

第十五章 / 149

第十六章 / 163

第十七章 / 181

第十八章 / 188

第十九章 / 194

第二十章 / 200

第二十一章 / 214

第二十二章 / 235

第三部分

第二十三章 / 249

第二十四章 / 263

第二十五章 / 274

第二十六章 / 286

第二十七章 / 296

第二十八章 / 310

第二十九章 / 325

第三十章 / 334

第四部分

第三十一章 / 351

第三十二章 / 360

第三十三章 / 369

第三十四章 / 383

第三十五章 / 396

第三十六章 / 401

第三十七章 / 406

第三十八章 / 417

第三十九章 / 425

第四十章 / 433

第四十一章 / 440

尾　声 / 448

致　谢 / 450

楔 子

我曾见过钢铁心流血。

那是十年前的事了，当时，八岁的我正和父亲在第一联合银行。银行位于亚当斯街，这是"吞并"之前使用的旧街名。

银行雄伟宽敞。开阔的大堂中间是瓷砖拼花的地板，周围立着洁白的柱子；尽头广开一溜门扉，通向大厦纵深处。临街面设有两道巨大的旋转门，左右各置一扇边门。男男女女进出如流水，好像这个房间是一颗巨兽的心脏，客户与现金在搏动的血脉中流淌。

我跪在一张超大的椅子上，面朝椅背望着人流。我喜欢观察不同的人，不同的脸形、发型、衣着、表情。那时，每个人都展现出多么张扬的个性。令人激动。

"戴维，转过来，乖。"父亲说道。他语气温和，我从未见过他高声厉色，除了在母亲葬礼上唯一的一次失控。想到那天他经历的痛苦，我仍禁不住发抖。

我闷闷不乐地转了过来。我们正在银行大堂边侧的一间抵押贷款业务室，这个隔间的隔墙是玻璃材质，看起来不那

钢铁心

么狭促，却依旧让人觉得虚假。墙上的木质小相框里夹着家人的相片，桌上放了一筒玻璃盖子的廉价糖果，文件柜上摆了个花瓶，插着褪色的塑料花。

这些都是为了营造类似家的温馨感，像极了面前这人在脸上刻意营造的微笑。

"如果抵押再多一些……"业务员说道，粲然露齿。

"我名下的全都在这里了。"父亲说着，指了指面前桌上的文件。他手上生着厚厚的老茧，皮肤也因常年在烈日下干活儿而晒得黝黑。要是我母亲看见他穿成这副模样来办理高级业务——下身工装裤，上身旧T恤，上面还印着漫画人物——她肯定会皱眉撇嘴。

不过，起码他梳了头，尽管头发已开始稀疏了。他似乎不像其他男人那么在意这回事。"只是要少理几次发而已啦，小维。"他曾一面笑着对我这么说，一面用五指梳过缕缕发丝。我没有指出他的错误：理发的次数总归不会变，至少在头发掉光之前都是如此。

"我想，我是无能为力了。"业务员说，"以前就跟你讲过。"

"可你同事说这些就够。"父亲答道，两只大手握在胸前。他的样子很焦虑，非常焦虑。

业务员只是继续微笑，手指叩打着桌上那叠文件。"现在的世界可要险恶得多了，查尔斯顿先生。银行已决定不再承担风险。"

"险恶?"父亲问。

"喏,你也知道,史诗派……"

"史诗派可不危险。"父亲激昂地说,"他们是来帮助世人的。"

怎么又说这个,我想。

业务员的笑容终于崩溃了,像是被我父亲的语气吓了一大跳。

"你不明白吗?"父亲说着,身子朝前探去,"现在并不是危险,这是个美妙的时代!"

业务员略歪过头:"你先前的房子不就是被史诗派毁了吗?"

"有坏蛋的地方就会有英雄。"父亲说,"等等吧,英雄必将降临。"

我相信他的话。那时,很多人都持有和他一样的想法。灾难从天而降才仅仅两年而已。仅一年前才开始有普通人发生变异,变成史诗派——就像科幻史诗里的超级英雄。

那时,我们依然心存希望。以及无知。

"嗯。"业务员应道,双手在桌面上交握,旁边相框里照片上的儿童身着民族服饰,笑容灿烂。"不巧,我行的担保人对你的评估意见不敢苟同。你得……"

他们继续交涉,但我的注意力已经转移。我开始漫无目的地打量起人群,并再次背过身去,跪坐在椅子上。父亲专心说着话,顾不上管教我。

钢铁心

　　所以，我全程目睹了那个史诗派悠着步子踏进银行的情景。他一进门我就注意到了，虽然其他人似乎对他并不怎么理睬。很多人都说史诗派外表和普通人别无二致，除非他们开始运用超能力，否则无迹可循。这种说法不对。史诗派的举手投足完全不同，那种自信的气质，那种微妙的自负，我总是一眼就能看出来。

　　年幼的我已然察觉出那人有些与众不同。他身穿一件宽松的黑色商务西装，里面配一件驼色衬衫，没系领带。他又高又瘦，但体格跟多数史诗派一样（结实），宽松的外衣也阻碍不了他呼之欲出的强健美肌肉。

　　他举步迈向大堂中央，微笑着取下挂在胸袋外的墨镜戴上。然后他举起一只手指，指向一个路过的女人，随意地轻轻一点。

　　她立时化成了灰，连衣服也不例外，骸骨往前倾倒，哗啦啦散落在地。她的耳环和婚戒却没有消融，它们撞上地面，发出清脆的"叮"声，穿过房间里的嘈杂传入我耳内。

　　大堂突然鸦雀无声。人们僵立在原地，惊骇莫名。交谈骤然停止，只有业务员还在对我父亲滔滔不绝，又是责难又是规劝。

　　直到尖叫声四起，他终于停了下来。

　　我已记不起当时的感觉。很奇怪吧？但我还记得当时的灯光——头顶那几盏华丽的枝形吊灯，往整间大堂洒下星星点点的光斑。我也记得刚清洁过的地板散发着柠檬氨的味道。而那些刺人耳膜的恐惧的尖叫，人们手忙脚乱冲向大门时纷沓混乱的喧嚣，更是历历在耳。

但我记得最清楚的，是那个史诗派的开怀欢笑——几近邪笑着——指向跑过的人群，动动手指就将他们变成灰末和白骨。

我愣在原地动弹不得，也许是吓破了胆。我紧紧抱着椅背，瞪大眼睛呆望着面前的屠杀。

靠近门口的一些人逃脱了，距离史诗派太近的则无一幸免。职员和客户三五成团，有的蹲在地上，有的躲在办公桌背后。奇怪的是，大堂静了下来。史诗派旁若无人地站着，空中纸屑飘荡，白骨与黑灰散落在他周遭的地面上。

"我叫'杀人指'。"他自报家门，"我承认，这名字不够含蓄风雅，但我觉得很好记。"他的口气倒还随和，像是一边喝酒一边和朋友谈天般，却令人毛骨悚然。

他开始在整间大堂溜达。"今天早晨，我突然有了个想法。"他说。大堂很宽敞，他的声音在其间回荡，"冲凉的时候，这个念头一下子冒出来，就像脑子里有个声音在问……杀人指，你为什么要今天去抢银行？"

两名保安全神警戒，刚从贷款业务室旁边的侧廊中露头，他懒懒一指，保安便化成了灰，徽章、皮带扣、手枪、骨头纷纷跌落在地，我能听到他们的骨头在掉落途中互相撞击的声音。一个人身上的骨头真多，想不到有这么多，散开来真是乱七八糟一大摊。在这样的恐怖场景中还能注意这些细节着实奇怪，可我就是记得清清楚楚。

一只手抓住我肩膀。父亲低身蹲在他那把椅子后边，使劲把我往下拽，以免被史诗派看见。但我无法动弹，他要是强行拉我下去肯定会碰出很大动静。

"我已经计划好几周了，你们瞧，"史诗派说，"但这个想法却是今天早上才冒出来的。为什么？为什么要抢银行？我想要什么不行？太说不通了！"他跳到一个柜台后面，引得瑟缩在那里的出纳惊声尖叫。我大致能辨出她的身形，蜷成一团卧倒在地。

"金钱对我毫无价值，你们瞧，"史诗派说，"**完全没有价值**。"他伸手一指，女出纳身形枯萎，化作一堆黑灰和白骨。

史诗派麻利地转身，朝大堂里各个地方点去，见谁杀谁。最后，他直直指向我。

我终于感受到了恐惧，如针刺般席卷全身。

一颗骷髅头撞在我们身后的桌子上弹开，骨碌碌滚落在地，齑灰四撒。原来史诗派指的不是我，而是业务员，他一直躲在我身后的办公桌旁，莫非刚才是想跑？

史诗派转身面对柜台后的其他出纳员。父亲的手仍然抓着我的肩膀，肌肉绷得很紧。我能感受到他的担忧，好似那情感拥有了实体一般，顺着他的手臂传递到我身上。

此刻我感受到了恐惧，纯粹的，令人无法动弹的恐惧。我蜷在椅子上，呜咽，发抖，努力想甩开脑海里刚才那幅可怕的死亡场景。

父亲抽回手。"别动。"他以口型示意。

我点点头，怕得不敢动弹。父亲环视椅子周围。杀人指正在和一个出纳交谈。我看不见他们，但能听到骨头落地的声音。他要挨个将他们处死。

父亲的表情变得阴沉，接着又瞟了眼侧廊。逃跑？

不行，保安就是在那里被击倒的。透过业务室的玻璃隔墙，我看见地上躺着一把手枪，枪筒埋在灰堆里，部分枪柄搭在一条肋骨上。父亲注视着它。他年轻时曾在国民警卫队服役。

别这样！ 我惊慌失措地想道，*爸爸，别啊！* 可我不敢出声。我一张嘴，下巴就抖个不停，好像受了冻似的，牙齿咯咯打战。万一被史诗派听到怎么办？

决不能让父亲做这样的蠢事！他是我的所有。家园被毁，妈妈也不在了，我们相依为命。看他动身要走，我鼓足力气伸手抓住他的胳膊，使劲摇头，想尽办法阻止他。"求求你了，"我终于低声说出来，"英雄，你说过，英雄必将降临。让英雄来阻止他吧！"

"有时候啊，儿子，"父亲边说边掰开我的手指，"得有人为英雄开路。"

他瞟了眼杀人指，然后匆忙爬进隔壁的办公室。我屏住呼吸，十分小心地扒在椅子边缘偷看。我必须了解一切。尽管怕得不行，也要亲眼见证。

杀人指又跃过柜台，落在我们这一侧。"所以，不是钱的

钢铁心

问题。"他边说边在大堂内悠然踱步,语气仍像聊天一般随和。"抢银行是会有钱,可我又不需要买东西。"他扬起一支杀人的手指,"真伤脑筋。幸好,冲凉的时候,我有了别的考虑:假如每次要什么东西都得杀人,那实在是太不方便了。我需要做的,是展示自己的力量,威慑所有人。这样的话,将来不管想什么都可以畅通无阻。"

他跳过一根柱子,来到银行另一面,吓坏了一个怀抱婴孩的妇女。"没错,"他继续道,"只为钱去抢银行毫无意义——不过,展示我的能力……还是很重要。所以我继续执行了计划。"他伸手一指,杀死了婴孩,惊魂未定的妇女怀里只剩下一堆骨头和灰末。"不觉得皆大欢喜吗?"

这番景象让我倒吸一口凉气,惊恐的妇女拼命抱紧襁褓,婴孩的骨头被挤得滑脱出去。那一刻,我眼中的情景骤然变得如此真实。恐怖的真实。我突然感到恶心。

杀人指背对着我们。

父亲迅速从隔壁房间爬出,一把拾起掉落的枪。这时,躲在附近一根柱子背后的两人偷偷向最近的出口跑去,快步冲过我父亲身边,差点将他撞倒。

杀人指转过身。父亲仍然跪在原地,正欲举枪,手指却在沾满细灰的金属上打滑。

史诗派扬起手。

"你在这儿干什么?"一个低沉的声音响起。

史诗派迅即转身,我也随之扭头。我想,每个人肯定都被这浑厚有力的嗓音吸引了过去。

　　一个人影站在临街的门口。他站在逆光处，明亮的阳光从身后射来，除了轮廓之外几乎什么都看不清。这具轮廓的块头惊人，虎背熊腰，令人心生畏惧。

　　也许你见过钢铁心的照片，但我告诉你，看照片仅能略知一二。任何照片、视频、绘画都无法完全捕捉那人的风貌。他一身黑装，衬衫紧绷住他那超越人类极限的宽阔胸膛，裤子略松，但不垮吊。他没有像一些早期的史诗派那样戴面具，霸气十足的银色披风在身后招展。

　　他不需要面具。这人没有掩饰身份的理由。他朝左右张开双臂，强风刮开了周围的门，黑灰被满地吹散，纸张飘摇翻飞。钢铁心悬空几英寸，披风飞扬。他向前滑行进入大堂，手臂犹如钢铁桁梁，双腿健似山岭，脖颈如同树桩，但看起来既不臃肿也不别扭，反而威武雄壮，那乌黑的头发，四方的下巴，超人的体格，接近七英尺的身形。

　　还有那双眼睛。炽烈的，咄咄逼人的，绝不妥协的眼神。

　　钢铁心优雅地飞入大堂，杀人指连忙举起指头向他指去。钢铁心的衬衫烧焦了一个小洞，就像被烟头戳了一下，他本人则毫发无伤。他飞身下了台阶，轻轻地落在距杀人指很近的地面，巨幅披风垂在身周。

　　杀人指惊慌失措，连忙抬手再指。又烧出一个小洞。钢铁心走近小个子史诗派，居高临下地看着他。

　　我立即明白了，父亲等待的就是这一刻。这就是大家所

钢铁心

期待降临的英雄，他将取代其他史诗派，矫正其犯下的恶行。他是来拯救我们的。

钢铁心伸手擒住对方，杀人指拔腿想跑，却已来不及了，他被猛地拽住，疼得大口喘气，墨镜"咣当"落地。

"我在问你话。"钢铁心声如滚雷。他把杀人指旋身一百八十度，直视对方的眼睛。"你在这儿干什么？"

杀人指抽搐了一下，神情恐慌。"我……我……"

钢铁心扬起另一只手，举起一根手指。"这座城市已经归我了，小史诗派。它属于我。"他顿了顿，"本地居民生杀予夺的大权归我，而不是你。"

杀人指别开头。

什么？我想。

"你好像还有点能耐，小史诗派。"钢铁心说着，瞟了一眼大堂内散落的人骨，"我愿意接受你的效忠。要么归顺，要么受死。"

我不敢相信。钢铁心这番话深深地震惊了我，不亚于杀人指方才的屠杀。

这个理念——要么归顺，要么受死——后来成了他统治的基本思想。他环视大堂，声音如同轰雷："如今我就是这座城市的王。你们要服从我。我拥有这片土地，拥有这些楼厦。你们的税收统统归我。谁敢不从，就得死。"

不可能。我想，他不会也这样的。我难以接受，如此卓尔不群的人竟与其他史诗派是一丘之貉。

这么想不只我一个。

"不该是这样。"父亲说。

钢铁心转过身。显然,听到屋子里抖索呜咽的贱民竟敢发声,令他颇感惊讶。

父亲踏前一步,手枪垂在身侧。"不,"他说,"你跟他们不一样的。我看得出来。你比他们都要伟大。"他继续向前走,直到距两名史诗派仅数英尺的地方停下。"你是来拯救我们的。"

大堂鸦雀无声,只有丧子的妇女仍抱着孩子的遗骨嘤嘤啜泣。她发狂般地捡拾那些骨头,不愿留下一颗小小的脊椎,却怎么也捡不完。她的衣裙覆满了灰。

不等两个史诗派做出回应,边门猛地开了。身穿黑色装甲服的战士手持突击步枪蜂拥进入银行,随即开火。

回想当时,政府还未放弃,他们仍在尽力抵抗史诗派,妄图处之以极刑。从一开始大家就很清楚,如果遇到史诗派,不必犹豫,不必谈判,只需直接闯入,持枪猛轰,期望自己面对的史诗派能被普通子弹杀死。

父亲跳起身跑开,根深蒂固的战斗本能驱使他将后背紧贴靠近银行正门的柱子。一拨枪林弹雨袭过,钢铁心转身,脸上露出不屑的浅笑。子弹在他表皮上弹开,击碎了衣服,而他本人却毫发无伤。

就是像他这样的史诗派迫使美国通过了《媾和法案》,承认了所有史诗派有权凌驾于法律之上。枪炮无法伤及钢铁心

钢铁心

——无论是用火箭炮、坦克，还是人类最先进的武器，都无法擦破他哪怕一点儿皮。即使能将他抓捕，监狱也关不住他。

政府最终宣布将钢铁心这样的人定性为不可抗力，视同飓风或地震。要规定钢铁心不得肆虐，就像提案禁止刮风一般无用。

那天，在银行里，我亲眼目睹了这么多人决心不再反抗的缘由。钢铁心扬起一只手，能量开始在掌中聚集，发出冷冷的黄光。杀人指在他身后躲避子弹。他好像挺害怕中弹，这点跟钢铁心不同。史诗派并非个个都有金刚不坏之身，只有最强大的几人不惧枪炮。

钢铁心手里释放出闪着黄白光芒的能量波，一班士兵人间蒸发。随之而来的是一片混乱。战士们闪身四处寻找掩护，空中满是硝烟与大理石的碎片。一名战士扛着枪筒发射了某种火箭炮，它贴着钢铁心的身子飞过——他仍在用能量波朝敌手狂轰——击中银行后部，炸开了金库。

燃烧的钞票随爆炸向外喷出，硬币撒入半空，纷如雨下。

呼喊。尖叫。狂乱。

战士们一一倒下。我仍在椅子上缩成一团，两手捂着耳朵。周围的声音简直响彻天地。

杀人指依旧站在钢铁心身后。我看见他阴笑着抬起手，伸向钢铁心的脖子，不知道是要干什么。他很可能拥有第二种超能力，像他这么厉害的史诗派大多拥有不止一种能力。

这或许足以杀死钢铁心。我对此持有怀疑，但我的猜测是否正确，已经无从印证了。

半空中"砰"的一声响。之前的爆炸震耳欲聋，我的耳朵仍不适应，差点没听出这是枪声。爆炸的尘烟逐渐消散，我看见了父亲。他站在钢铁心面前，与之相距甚近，双手合举身前，后背抵着柱子，脸上神情坚毅，手里的枪瞄准了钢铁心。

不，不是钢铁心，而是站在他身后的杀人指。

杀人指瘫倒在地。一颗子弹击中他的前额，打死了他。钢铁心猛地转身，看看低等史诗派，又回头看着我父亲，伸手摸摸脸。那儿，钢铁心的脸上有一丝血迹，就在眼睛下方。

起初我以为那肯定是杀人指的血。可钢铁心抹掉它之后，血还在往外冒。

父亲瞄准的是杀人指，而子弹得先从钢铁心旁边飞过——顺道擦伤了他。

那颗子弹伤及了钢铁心，尽管战士们的子弹被全数弹开。

"对不起。"父亲说，声音中透着慌乱，"他向你出手来着。我——"

钢铁心瞪大了双眼，随后抬起手看着自己的血，似乎完全惊呆了。他瞟了一眼身后的金库，又看看我父亲。两人在渐渐落定的烟尘中面对面站立——一个是高大威猛的史诗派，另一个是瘦削弱小的普通人，无家可归，还穿着幼稚的T恤和旧牛仔裤。

钢铁心以闪电般的速度向前一跃，一掌拍上我父亲的胸膛，父亲被紧紧按在白色的石柱上，粉身碎骨，嘴里喷出鲜

钢铁心

血。

"不!"我尖声大叫。那声音听起来怪怪的,好像是在水下发出的一般。我想跑到他身边,却早已吓得腿软。时至今日,我每每想起那天的怯懦,就不禁一阵反胃。

钢铁心侧踏一步,捡起从我父亲手里掉落的枪。他眼里燃烧着愤怒,将手枪直指我父亲胸口,向已然跌落在地的他开了一枪。

这确是钢铁心的作派,他喜欢让受害者死于自己的枪下,这已成为他的标志之一。虽然他拥有神乎其技的力量,能够赤手发射能量波,但是遇到需要了结特定人物时,他还是倾向于使用对方的枪。

父亲瘫倒在柱子底下,钢铁心终于放过他,将手枪丢到他脚边,开始朝四面八方发射能量波,桌椅、墙壁、柜台,一切都被照得通亮。一束能量波击中附近,我被震下椅子,滚到地上。

爆炸将木屑和玻璃碴抛入空中,大堂猛烈摇晃。数次心跳之后,钢铁心引发的破坏足以让杀人指的纵情屠戮显得温良和煦。他将大堂变为了一片废墟,支柱分崩离析,而他见人就杀。我在锋利尖锐的玻璃碴与木刺之间爬过,墙皮和尘土如细雨般撒在周围,不知怎的竟逃过了一劫。

钢铁心发出一声暴怒与愤慨的咆哮,听得我肝胆欲裂,我感觉它震碎了残余的窗玻璃,连墙壁也跟着震颤不已。随后,有什么无形的东西从他身上喷薄出来,那是一波能量,他周围的地面为之变色，变成了金属。

变化的区域向四面八方扩展，以不可思议的速度冲刷过整间大堂。身下的地板，身旁的墙，地面的玻璃碎片——全部变成了钢铁。我们这才知道，钢铁心的盛怒可以将其周围的无生命体变为钢铁，但是对生命体没有影响，不论生死或完整与否。

等到他的咆哮声消逝，银行内部的主体已经彻底化作钢铁，只剩天花板上还有一大块仍保留着木梁和墙漆质地，那是楼上隔墙所在之处。钢铁心蓦地飞升入空中，撞穿天花板以及上面的楼层，直冲云霄。

我跌跌撞撞爬向父亲，希望他能做点什么，制止这场混乱。抵达他身旁时，他浑身痉挛，满脸是血，鲜血不断地从胸口的弹孔往外冒。我惊慌失措，紧紧拽住他的臂膀。

出乎我的意料，父亲还能开口说话，可我听不见他说了什么，那时候我的耳朵已经被完全震聋了。他伸出颤抖的手摸摸我下巴，又嘱咐了几句，可我还是听不见。

我抬起袖子胡乱地擦了擦眼睛，使劲拽住他的手臂，想拉他一块儿走。整栋楼晃个不停。

父亲抓住我的肩膀，我泪眼汪汪地看着他。他又说了一个字——我从他的口型辨别出了那个字的意义。

"走。"

我明白了。刚才发生了一件大事，它暴露了钢铁心的弱点，令他惊惶不安。那时候他还只是个新晋史诗派，在城里

钢铁心

不算太知名，但我听说过他，传闻他刀枪不入。

而那记枪击打伤了他，在场的每个人都见到了神话的破除。他不可能留下活口——必须保住这个秘密。

我转身飞奔，眼泪淌过脸颊，觉得自己完全是个懦夫，竟然扔下父亲独自逃跑。大厦在持续不断的爆炸中不停地摇晃，墙壁开裂，一块块天花板往下掉落沙土。钢铁心要拆毁这栋楼。

有些人从前门逃跑，被候在上方的钢铁心杀死。有人逃往后门，却只被引向银行纵深处，遭大幅垮塌的楼宇压得粉身碎骨。

我躲进金库。

做出这样的选择，或可称得上急中生智，只可惜却是歪打正着。我隐隐记得自己在大厦上部塌毁之际爬进一个黑暗的角落，身子蜷成一团，伤心哭泣。由于大堂的主体已经在钢铁心的怒火之下变成金属，而金库本身就是钢铁质地，所以这两处地方没有像大厦其他房间那样分崩离析。

数小时过后，我才被一名救援人员抬出废墟。脱身之时，我头晕目眩，奄奄一息，眼睛几乎要被亮光刺瞎。先前藏身的房间此刻已部分下陷，向一边倾斜，奇怪的是仍完好无损，这有赖于四墙和大部分天花板坚韧的钢铁材质，而大厦其余部分皆成瓦砾。

救援人员低声在我耳边说着什么。"装死。"然后她抱我到一排尸体旁边，给我盖了一条毯子。她猜测钢铁心会对幸存者不利。

她又回到废墟中搜寻其他生还者，我恐慌不已，便从盖毯下爬了出来。外面很黑，虽然现在可能只是傍晚。"夜影"已降临于此，宣告了钢铁心统治的开始。

我跌跌撞撞地逃走，深一脚浅一脚地进入一条小巷，第二次躲过了灭顶之灾。我逃跑后没多久，钢铁心就回来了，从救援探照灯之间飞过，至废墟边着陆。他带来了一个人，那是个瘦弱的女子，头发在脑后绾成个髻。我后来得知，她也是史诗派，名为"断层线"，拥有开山裂地的超能力。日后她将与钢铁心为敌，但此刻仍效忠于他。

她挥挥手，顿时地动山摇。

我连忙逃走，恐惧与疼痛交加，不知所往。在我身后，大地裂开，吞噬了银行的残骸——连同死者的尸体一道，还有接受医疗照护的幸存者以及救援人员。钢铁心不想留下一个证人。他吩咐断层线将他们埋进数百英尺的地下，抹杀任何可能将银行里那场意外散播出去的人。

唯独遗漏了我。

当晚夜深之时，他施展了"大异换"，这场精彩绝伦的超能力演示，将芝加哥的大部分——建筑、车辆、街道——变作了钢铁，包括密歇根湖的一大片也成了光滑的黑钢。他就是在那里为自己修筑了宫殿。

我比任何人都清楚，不会有英雄来救我们。没有一个史诗派是好人，他们谁也不会保护我们。权力滋生腐朽，绝对

钢 铁 心

权力滋生绝对腐朽。

我们与史诗派共存，在他们的阴影下苟且偷生。《媾和法案》通过之后，人们普遍停止了抵抗。在如今人称"散众国"的国度，旧政府还零星掌控着一些区域，他们放任史诗派恣意妄为，同时努力维系着破碎的社会。但多数地区都陷入了混乱，无法无纲。

在新加哥这样的一些地方，由一个神话般的史诗派实施暴政统治。钢铁心在本地没有对手，人人都知道他刀枪不入。什么都无法伤到他，不论子弹、炸弹或是电击。早年也曾有其他史诗派想推翻他夺取王座，譬如断层线。

他们只落得亡命天涯的下场。现在很少有人再敢蠢蠢欲动。

如果说有什么精神支柱可供我们依赖，就是这一事实：**每个史诗派都有弱点**。总有一种情形能使他们的超能力无效化，将他们变回普通人，哪怕只有一瞬。钢铁心也不例外；那天发生在银行的事件就是明证。

我脑海里藏有可能诛杀钢铁心的线索。那家银行，当时的情景，那支枪，或者我父亲自己，在机缘巧合下触发了抵消钢铁心无敌防御的条件。也许很多人都知道钢铁心脸上有道疤，唔，我几乎可以断定，在活着的人当中，唯有我清楚他负伤的始末。

我曾见过钢铁心流血。

而我**必将**再次见他流血。

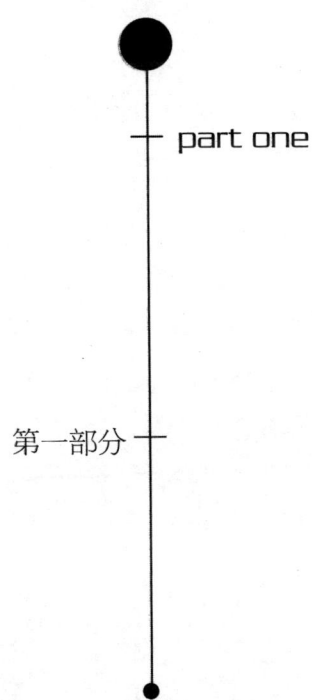

part one

第一部分

第一章

　　我滑下楼梯，蹲身靠着砂钢墙根，吸了口气，冲过新加哥黑暗的地街。自父亲横死以来已经过去了十年，那个厄运之日如今被多数人称作"吞并日"。

　　我穿着宽松皮夹克，套了条牛仔裤，步枪挎在肩上。街道很黑，尽管这条地街靠近地表，透过栅格天窗与孔洞可以望见天空。

　　新加哥终年黑暗。夜影是首批向钢铁心宣誓效忠的史诗派之一，也是他核心集团的一员。由于夜影的超能力使然，这里没有日出，也谈不上月升，天空中仅有纯粹的黑暗，时刻如此，每天如一。头顶唯一能看见的是灾星，它有几分像明亮的红星或彗星，它亮起一年之后，逐渐有人变成史诗派。没人知道它是如何在黑暗中闪耀的，也不知它为何如此明亮。当然，人们同样不明白史诗派出现的缘由，更不清楚他们和灾星之间存在什么联系。

　　我不停奔跑，暗骂着自己怎么不早点动身。街道的顶灯忽明忽暗，灯罩泛着蓝光。地街到处是典型的二流子：瘾君子缩在街角，毒贩——或者更坏的家伙——在胡同里游荡。

钢铁心

上下班的工人身穿厚外套，翻起衣领遮住脸，生怕被人发现。他们三五成群，弓腰驼背地走过，眼睛盯着地面。

过去十年里，我主要跟随这样的人生活，在一个简称"工厂"的地方工作。工厂运营的主旨是压榨免费童工，同时兼具孤儿院和学校的性质，至少在这十年的大部分时间里给我提供了住处和食物。这可比混大街好多了，我也从不介意凭辛勤劳动换取吃的。童工法律，不过是上个时代的残余，那时的人哪还有精力去关注青少年福利。

我从一群工人身边挤过，有人骂了我一句，听起来有些像西班牙语。我抬头去看自己身在何处。多数岔路口都用喷漆在锃亮的金属墙面上标记了街道名称。

大异换几乎将整座旧城变为了纯铁，包括土壤和岩石，范围波及几十英尺——甚或几百英尺的地下。在统治初期，钢铁心伪装成一个仁慈的——实则无情的——独裁者，派挖掘队分割出几层地街，挖出房洞，收容涌向新加哥寻找工作的人。

这里生活艰难，然而别的地方已是一片狼藉——史诗派为争地盘而打仗，各个准政府武装或州立军事团体意欲夺回领地。新加哥则不同。你可能因为只是看了史诗派一眼就招致对方反感，并因此毙命，但这里至少有电，有水，有吃的。人类的适应能力很强，我们学会了适应。

除了那些拒绝改变的人。

赶快呀。我心里想着，瞄了眼臂佩机套里手机显示的时间。*该死的地铁烂尾*。我另选了一条捷径，飞奔进一条巷子。光线昏暗，但对于一个在永恒的黑暗中生活了十年的人来说早就习惯了。

我从一群挤挨着睡觉的乞丐身边经过，又跃过一个四仰八叉躺在巷尾路中间的家伙，发力冲上西格尔街。这是条较为宽阔的大路，比其他地方更敞亮，它位于地街一层，人们在挖掘队凿出的房间里开起了商店。此时店门紧闭，不少商家雇了人手持火枪在前门看守。理论上，钢铁心的警察也会巡逻地街，但他们很少出手维持治安，除了特别糟糕的情况。

起初，钢铁心标榜说要建一座往地底延伸几十层的地下巨城，那时候挖掘队还没发疯，钢铁心也还未撕下他关心地街人民福祉的伪装。说真的，接近地表的几层没那么可怕，至少有一定组织性，而且挖出了许多房洞可供居住。

这条街的顶灯是淡绿色与淡黄色交替。只要了解了各条街灯光的配色，就可以在地街穿行无阻，至少是接近地表的几层。至于下层，就算是城里的老居民也不愿意接近，那里俗称"钢铁迷窟"，实在太容易迷路。

再过两个街区就到舒斯特街，我想着，往街顶一道豁口瞟去，望见上方灯火明亮的摩天大楼。我跑过最后这两个街区，闪进一段通往地表的楼梯，步步踏在钢铁台阶上，台阶反射着供电不足的昏暗灯光。

我手忙脚乱爬上金属大街，随即闪进一条胡同。很多人说天街不比地街危险，可我在这里总不自在。说实话，我不

钢铁心

管在哪儿都没有安全感，即使是在工厂与其他学徒共处的时候。何况在这里……这上头有史诗派。

扛步枪出行在地街司空见惯，但在这里却可能引起钢铁心手下军队的注意，或者惊动路过的史诗派。最好还是躲着。我蹲在胡同里一堆箱子旁边，屏住呼吸，在手机上调出本区域地图瞥了一眼，抬头向街对面望去。

正对着我的这栋建筑亮着红色霓虹大字"利夫剧院"。就在这当口，观众开始拥出前门，我轻叹一声，松了口气。总算在剧目结束时赶到了。

身穿黑色西装和彩色礼裙的人们在天街上散开，其中可能有史诗派，但多数都是普通人，只不过有门路踏入了上流生活，也许是因为执行任务得力而获得钢铁心赏识，也可能仅仅是因他们出生在富贵人家。钢铁心要风得风，要雨得雨，但在统治帝国的问题上需要普通人协助：官僚、军官、会计、商贾大亨、外交家。这些人就像旧时独裁政权的高级走狗一样，为了钢铁心丢在身后的面包渣卖命。

这意味着他们也参与维持对大众的压迫，其罪恶程度和史诗派不相上下，但我对他们倒没有多大仇恨。世事如此，为了保命，只是迫不得已。

他们衣着复古——这是当前的潮流。男人们头戴礼帽，女人们身上的裙装则像出自我所见过的禁酒时期①老照片，同现代钢铁建筑以及远处一架"突突突"盘旋的治安军的尖端直升机格格不入。

上流人士们突然让出一条路，方便一位身穿亮红色细条纹西装的男子通行。他头上戴着红色软呢帽，身后是暗红色与纯黑色相间的披风。

我把身子压低了些。这就是"千王"，一个拥有预知能力的史诗派。举个例子说，他能猜出骰子摇出的点数，能预言天气，还能感知危险，也正是凭这一点升到了高等史诗派的地位。光靠一发步枪子弹可杀不死他这样的人；他会预知子弹的轨迹，在你扣动扳机之前就躲闪开。他将这项超能力运用得炉火纯青，足以只身躲过机关枪的猛轰，也能得知自己的食物是否被下毒，一栋建筑里是否埋了炸弹。

高等史诗派。要杀他们真是难于登天。

千王有着瘦长的脸和锐利的鹰钩鼻。他是钢铁心政府里一个中高级成员，虽然没有像夜影、火凤凰、电老虎那样成为心腹，但其能力足以威慑城里大多数低等史诗派。他信步来到剧院前面的台阶沿上，点起一支烟，身后陆续有散场的其他观众走出。两个美女一左一右挽着他的手肘，身上的长裙丝滑闪亮。

---

①1920—1933年间，美国实施了宪法第18号修正案，也称《禁酒法案》，规定凡是制造、售卖乃至运输酒精含量超过0.5%以上的饮料皆属违法。这段历史时期被称为美国的"禁酒时期"。

钢铁心

　　我心里一阵发痒，好想取下步枪给他吃一发子弹。千王这个凶狠残暴的禽兽，他声称最能充分激发自己超能力的是一种名为"脏卜"的艺术：通过解读动物尸体的内脏以占卜未来。他喜欢使用人类的肠肚，而且最好是新鲜的。

　　我克制住了自己。只要我决定朝他开枪，他的超能力就会立刻被激活。千王丝毫不惧单独行动的狙击手，没准儿他还认为世上压根没有什么可令他害怕的。如果我的消息无误，接下来的一个小时将证明他这种想法大错特错。

　　快出现呀。我想，这是对付他的绝佳机会。**我的判断一定正确，一定**。

　　千王深吸一口烟，向路过的几个人点头回礼。他没带保镖。有什么必要带保镖呢？他手上戴满了闪闪发光的戒指，虽然财富于他毫无意义。钢铁心政权赋予了史诗派随意抢掠的权力，就算不靠霸权，他随便挑个日子，随便进一家赌场，都可以赢回一座金山。

　　到现在，什么动静都没有。猜错了吗？亏我还那么肯定。比尔克的消息通常都是最新的呀。地街传闻说清算者回到了新加哥，千王正是他们要攻击的目标。我知道的。研究清算者已经成了我的习惯——甚至是一项任务。我——

　　又一位丽人走过千王身边。她约摸二十岁，高挑，轻盈，满头金发，身穿一条纤薄的低胸红裙。左拥右抱的千王忍不住转过头盯着她看。她迟疑了下，回头望了他一会儿，便微笑着向他走去，臀部左右摇摆。

我听不清他们说了些什么，最后，新来的这位取代了先前那两位。她领着千王往前走，不时低声与他耳语，欢颜笑语。先前的两个女人抄着手臂等在后面，却不敢抱怨一句。千王**不喜欢女人顶嘴**。

一定是开始行动了。我想抄到他们前面去，可是在这条街上不能轻举妄动，于是我往回折返，穿过几条小巷。我对这片地区了如指掌，正是因为花了不少时间研究剧院区域的地图，才害得我差点迟到。

我匆忙从一栋建筑背后绕过，一路将身子贴在阴影里行进，抵达另一条巷子。在这里，可以从另一个角度窥见先前那条路，千王正沿着外头的钢铁人行道缓步前行。

这片地区的照明是靠挂在旧路灯上的马灯实现的。旧路灯在大异换期间整个都变成了钢铁——包括电路和灯泡。它们亮不起来了，不过用来挂马灯倒还挺方便的。

马灯投下一圈圈光晕，两人从中次第穿过，走进，走出。我屏住呼吸，密切观察。千王肯定配备了武器。他身上的西装经过特别剪裁，掩饰了胳膊肘旁边突出的隆块，但我仍能辨认出枪套的位置。

千王并不拥有任何直接攻击的超能力，但讨论这个其实没有多大意义。拥有预知力，就意味着他使手枪百发百中，不管表面看来多么随意。只要他决定杀你，你必须在几秒钟内作出反应，否则必死无疑。

女人似乎没带武器，但我也不敢确定。那条长裙令她全身曲线毕露。也许大腿上绑着枪？我凝神看着她走进另一圈光晕，发觉自己虽说本意是要找武器，实际上看着她入了迷。她真是美艳绝伦，明眸金发，烈焰红唇，加上那低胸装……

我赶紧甩甩头。傻子，我想道，别忘了你的目的。别受了女人的迷惑，忘记本意。

可是，就算是九十高龄的盲眼牧师也会停下来盯着这美人看，如果他没有瞎的话。*好蠢的比喻，我想，得另外想个合适一点儿的。我在比喻方面一直不在行。*

专心。我举起步枪，没拉保险栓，只是利用瞄准镜远望。他们准备在哪里发动攻击？这条街延伸过几个阴沉黑暗的街区——路上只有马灯亮着——之后将与伯恩利街交汇，那儿是本城舞厅的核心营业区。女人可能是要引诱千王和他一起去夜总会。那么，最短的路线就是取道这条人烟稀少的黑暗偏街。

空荡荡的街道是个很好的兆头。清算者极少在人头密集的地方攻击史诗派，他们不喜欢伤及无辜。我将步枪朝上斜举，用瞄准镜扫视摩天楼的窗户。一部分变成钢铁的玻璃窗被挖开，重新嵌回了玻璃。会不会有人在窗口监视呢？

我苦苦追寻清算者好多年了。现在只有他们还在反抗，这个神秘的地下组织，悄悄潜至强大的史诗派身边，布下陷阱，发动刺杀。清算者，他们就是英雄，虽然与我父亲的想象有所差距——他们不具有史诗派的超能力，也没有拉风的行头；他们不代表真理，也不代表美国梦之类的狗屁。

他们的使命就是刺杀。一个接着一个。他们的目标是要消灭每一个自认为可以凌驾于法律之上的史诗派。而且，几乎**每个**史诗派都自视如此，所以他们有很多任务要做。

我继续扫视各扇窗户。他们打算怎么干掉千王？要达成这个目的的途径十分有限，也许他们是要诱使他陷入无可脱逃的境地。预知能力会指引他走上保全自己的最安全的道路，但是如果设下的局里**每一条**路都通向死亡，杀他也就不在话下。

然而，这种名为"将军"的战术着实难以布置。更可能的情况是，清算者了解千王的弱点。每个史诗派都有至少一项弱点——某种物体、心境或者行为——能使他们的超能力无效化。

找到了，我想着，心怦怦直跳——借助瞄准镜，我发现有个黑乎乎的人影伏在街对面一栋建筑的三楼窗口，具体情况看不清楚，他可能已经架好了步枪，正在用瞄准镜追踪千王。

就是这儿了。我抿嘴微笑。我真的找到了他们。在漫长的实践与搜寻之后，终于**找到了**他们。

我继续观望，心情愈加迫切。狙击手肯定就是史诗派刺杀计划中的一环。我的双手开始出汗。人们一般观看体育赛事或动作电影寻求刺激，可我平时没工夫体验那种预先编制出来的兴奋。而眼下……获得见证清算者行动的机会，亲眼目睹他们的陷阱……唔，这真真切切实现了我最远大的梦想之一，尽管在我的计划上这只是第一步。我来不单单是要目击史诗派被刺杀，我还要想方设法在夜晚结束之前让清算者接纳我，成为其中一员。

"千王！"附近一个声音叫道。

我迅速放低步枪，重新将身子贴上小巷的墙面。片刻之后，一个人影从巷口跑过。这是个又矮又壮的男人，身穿一套宽松居家便服。

"千王！"他再次大喊，"等等！"我又举起武器，透过瞄准镜审视新来的这人。他也是清算者陷阱的角色吗？

不。那是东尼·"弹丸"·哈里森，一个低等史诗派。他只有一种超能力，能让手枪里的子弹永远不会耗尽。他在钢铁心的组织里担任保镖和职业杀手。他不可能参与清算者的计划——后者从不与他们合作，也永远不会。清算者憎恨他们，由来只有丧尽天良的史诗派被刺杀，**绝不可能有任何一个史诗派被招募。**

只见弹丸来到千王和女人面前，我低声骂了句娘。她看起来有些焦烦，噘起了丰满的嘴唇，细眯着动人的双眼。没错，她有些焦虑。她肯定是清算者之一。

弹丸叽里哇啦地解释了什么，千王皱起眉头。出什么事了？

我将注意力转回女人身上。*她有种特别的味道……*我这样想着，视线在她身上停留。她比我最初判断的要年轻，大概十八九岁，但那双眼睛里流露出的神色使她*看起来*比实际成熟得多。

　　她脸上的焦虑顷刻间烟消云散，慵懒地转身向千王打了个手势，催他继续走。我意识到，那百无聊赖的姿态是装出来的，不管什么样的陷阱，都需要他深入街道之中，这么想来应该没错。给预知型超能力者下套相当困难，只要他直觉到哪怕一点蛛丝马迹，就会立马抽身。她必定了解他的弱点，或许是不想过早下手，得找个僻静之地。

　　然而，就算两人独处，她也未必能得手。千王仍然有武器在身，而且就很多史诗派而言，想利用其弱点需要满足的条件苛刻得令人发指。

　　我继续观望。弹丸的问题怎么看都不像跟女人有什么关系。他不停地指向身后的剧院。要是他说服了千王回去……

　　陷阱将失效。清算者会全身而退，神秘消失，另选新的目标。不知要再花多少年才能找到一个像这样的机会。

　　决不能让这种事发生。我深吸一口气，收回步枪挎上肩膀，然后离开巷子，踏上街道，朝千王的方向走去。

　　向清算者递交简历的时刻到了。

第二章

我匆忙奔上黑暗街边的钢铁人行道，在一圈圈光晕中穿梭。

刚才的决定也许非常非常愚蠢，堪比从地街的三无摊贩手里买肉串吃，兴许比那更蠢。清算者对刺杀行动的计划都极其细致小心。我本也无意干涉——只是想近距离旁观，再想办法让他们带上我。然而，踏出巷口的那一刻，我改变了事态的走向，介入了刺杀计划，且不论其具体内容为何。有可能事件的进展正是按原计划进行的——他们预先考虑到了弹丸的出现。

也可能没有。世上没有完美的计划，即使是清算者也有失败的时候。他们有时会被迫撤退，让目标捡回一条命。撤退总好过卷入被俘的风险。

我不清楚眼下是什么状况，至少我得出点力。若错过这个机会，我一定会唾弃自己好多年。

我跑上前去，三人齐刷刷转头看着我——千王、弹丸，以及心藏杀机的美女。"东尼！"我说，"剧院要你赶紧回去！"

弹丸朝我皱皱眉头，盯着我的步枪，伸手探进便服夹层摸索武器，但没有拔出来。身着红西装和深红披风的千王朝我扬了扬眉毛。假如我是危险分子，他的超能力早就该预警了，但这几分钟里我没打算对他有什么动作，所以他的私人警报并不会拉响。

"你小子谁呀？"弹丸发问。

我停下脚步。"我是谁？扯火啊，东尼！我在斯普利策手下都干了三年了。偶尔记一记别人的名字会死吗？"

我的心怦怦狂跳，但我尽量克制自己别显露出来。斯普利策就是利夫剧院的老板，他不是史诗派，只是和钢铁心之间有利益往来——城里但凡有点影响力的人都是如此。

弹丸狐疑地打量了我很久，但我知道他并不太关注周围的下级打手。说真的，要是让他知道我对他有多了解，对新加哥大多数史诗派有多了解，他一定会深感震惊。

"那么，"我催道，"走吧？"

"平时不是你传话，小子。你是干吗的？门卫？"

"我去年夏天还参加了艾多林袭击行动。"我抄起手说道，"一直在晋升呢，东尼。"

"叫我先生，傻子。"弹丸厉声纠正，将手从便服里层抽出来，"既然在'提升'，又怎么派你来传话呢？回去搞什么鬼？他刚刚还说要找千王帮他算回报率来着。"

我耸耸肩："他没告诉我理由，只是派我来找你，跟你说他做了个错误的决定，叫你别打搅千王。"我的视线投向千王，"我想，斯普利策不知道……呃……你有安排，先生。"

钢 铁 心

我朝女人点了个头。

一阵漫长的沉默，令人很不自在。我紧张得不行，指节僵硬得可以刮开彩票。最后，千王吸了吸鼻子。"告诉斯普利策，这次就不追究了。他该懂事一些——我可不是他的私人计算器。"他转身将肘弯伸向女人手边，继续往前走，显然认为这一时兴起的举动会让她迫不及待地挽上来。

她也转身跟上，同时瞟了我一眼，长长的睫毛在深蓝的眼眸上方忽闪忽闪。我发觉自己面露微笑。

随即我意识到，假如我糊弄过了千王，很可能也骗过了她。那就意味着，她——清算者——现在认为我是钢铁心的喽啰之一。他们一向注意不伤及平民百姓，但从来都不反感顺手解决一两个走狗。

啊，扯火。我想，我该朝她递个眼色的！怎么没想到递眼色呢？

那样看起来会不会很傻？我从没专门练习过怎么递眼色。乱眨眼会不会弄巧成拙了？本来挺简单的一件事。

"你眼睛哪儿不舒服吗？"弹丸问。

"呃，进了根睫毛。"我说，"先生，对不起。啊，咱们该回去了。"一想到清算者可以及时开启陷阱干掉弹丸——和我——这桩不错的打包销售突然间让我非常非常紧张。

我匆忙走下人行道，脚下的水洼水花四溅。没有光热，积水蒸发得很慢，而且在钢铁地面上无处可渗。挖掘队起初造了一部分排水系统，还装了管道给地街通风，可惜他们最后精神失常，毁了施工规划，工程烂尾了。

弹丸以中速跟在我身后。我放慢脚步，配合他的步伐，暗自担心他又想出什么理由回头去找千王。

"跑那么快做什么，小子？"他低声吼道。

远处，女人和千王走到一盏街灯下停住，用唇舌彼此缠绵。

"别瞅了。"弹丸说着，走到我前面，"他闭着眼睛也能一枪把咱俩崩了，扔在街上没人收尸。"

这话说得没错。千王是个强大的史诗派——只要不触犯到钢铁心的利益，他爱做什么就敢做什么。弹丸自己则没有那么大的豁免权，在他这个级别仍然得小心行事。要是像弹丸这种低等史诗派被人从背后捅一刀，钢铁心连屁都不会放一个。

我抽开视线，赶到弹丸身边。他边走边点起一支烟，黑暗中火光一曳，点着了他高举在面前的烟头，好似一点烧得通红的煤。"扯火，"他说，"斯普利策从一开始就该派你这种小喽啰去叫千王。被人当成矬子的感觉真不爽。"

"你了解斯普利策的脾气。"我心不在焉地接过话，"他觉得派你去找千王没那么唐突，因为你是史诗派嘛。"

"想来也对。"弹丸叭了一口烟，"你在哪个小队？"

"埃迪·马肯诺那个。"我答道，随便提了斯普利策的安保网络里一个手下的名字。我回头望了望，他们还没吻完。"就是他叫我来找你的。不愿意亲自来，忙着勾搭一两个被千

钢铁心

王甩下的姑娘。真是个婊子,啊?"

"埃迪·马肯诺?"弹丸说道,转头对着我,通红的烟头将他疑惑的脸映成了深橘红色,"两天前跟地街贱民起冲突的时候,他挂掉了。我当时也在场……"

我僵在原地。**玩完了**。

弹丸伸手拔枪。

第三章

相比于步枪，手枪有一个明显优势——发枪快。我压根没想要跟他比谁先出枪，而是直接闪到一边，开足马力朝一条小巷跑去。

附近有人尖叫。是千王吧，我想，他看见我逃跑了吗？可我并未站在灯光下，他也没有看我。有别的情况。一定是陷阱——

弹丸朝我开火了。

而手枪的缺点是，准头差得要命。即使是受过训练、实战经验丰富的职业枪手，击中目标的概率也不及二分之一。假如你从身侧掏枪平举到跟前——比如去模仿什么蠢货动作电影的主角——中靶的概率将会更低。

那正是弹丸此时的写照，从他枪口射出的丛丛火光照亮了黑暗，一颗子弹打中我身旁的地面，弹起来，滚过钢铁人行道，火星四溅。我快步溜进一条巷道，将身子紧贴在墙上，避开他的视线范围。

子弹继续如雨点般轰到墙上。我不敢探头看，只听得弹丸连声叫骂。我慌得甚至无法计数，他那样的弹匣最多只装

钢铁心

得下十几发子弹——

啊，对了，我想，他有超能力。这人可以毫不顾忌地开枪，子弹永远不会耗尽。最终他将拐过巷角，直接朝我来上一发。

只有一种选择。我深吸一口气，将步枪滑下肩膀，张开手掌紧紧握住，豁出性命单膝跪在巷口，举起步枪。燃烧的烟头帮助我搜寻到了弹丸的脸。

一颗子弹击中我头顶的墙面。我准备扣动扳机。

"住手，你这矬子！"一个声音高喊道，打断了弹丸的攻击。正当我开枪之时，昏黄的灯光下跑来一个人影，插到我们之间，子弹打偏了。来人竟是千王。

我放下步枪。又一颗子弹从头顶的高层射出。狙击手。子弹击中附近的地面，差点打中千王——但他在千钧一发之际猛地侧开了身子。危险感官的驱使。

千王跑动的样子很别扭。在他靠近一盏马灯的时候，我明白了：他被人铐上了。但无论如何，他逃出了陷阱；不管清算者制订了什么样的计划，看来是快破产了。

弹丸和我对视一眼，便撒开腿跟上千王，同时朝我的方向抛来几颗流弹。无限的子弹并没能提升他的命中率，枪法浑如天女散花。

我爬起身，朝相反方向看去，望着女人刚才所站的地方。她没事吧？

空中"砰"的一声巨响，弹丸尖叫着摔倒在地。我笑了,还没等我笑完,第二声枪响传来,一簇火星在我身边的墙面上绽开。我骂了句娘,闪身躲回巷子里。一秒之后,身穿丝质红裙的女人旋身追进小巷,手里握着一支小型掌心雷手枪,直直对准我的脸。

手枪脱靶的平均距离在十步开外——但我不确定距脸十五英寸时的数据是多少。也许对目标来说不太乐观。

"等等!"我说道,举起双手,步枪滑了下去,吊在肩上,"我是想帮你们!你没看到弹丸朝我开枪吗?"

"你老板是谁?"女人追问。

"黑文达克工厂。"我说,"我还开过计程车,虽然——"

"矬子。"她说道,依然将枪口指着我,一手伸至耳边,手指轻触耳垂。我看见那里有一颗耳环,也许和她的手机相连。"我是梅根。缇雅,炸了它。"

附近响起一声爆炸,我惊得跳了起来。"什么情况!"

"利夫剧院。"

"你炸了利夫剧院?"我说,"我还以为清算者不会伤害无辜平民呢!"

听到这话,她身子一僵,但枪口仍对着我。"你怎么知道我们的身份?"

"你们在追杀史诗派,还会是什么身份呢?"

"可是——"她刚开口又止住,轻骂一声,手指再次伸向耳垂。"没时间,亚伯拉罕,目标在哪儿?"

我听不见对方的回复,但看得出答案令她很满意。远处

钢铁心

又传来几次爆炸声。

她看了我一眼,见我双手依然举着,外加刚才**肯定**看到了弹丸朝我开枪,似乎已认定我不是威胁,便放下枪,匆匆弯腰将细高跟从鞋底掰下来,又攥住裙边,一把扯掉了长裙。

我看得目瞪口呆。

通常我自认为还挺理性的,但眼前的情况实在太不寻常了:被逼进一条黑咕隆咚的小巷,旁边的绝世美人脱得几乎全裸。她的打底穿着一件低胸背心和一条弹力紧身短裤,枪套的确绑在右边大腿上,见自己猜中了,我颇有几分得意。她的手机挂在枪套外侧。

她把裙子丢到一边——原本就是易于穿脱的设计。她的手臂颀长而健美,先前睁大眼睛佯装纯真的样子已完全消失,取而代之的是冷酷而坚毅的表情。

我动了一步,不过一次心跳的时间,她的手枪又指向我的额头,我赶紧定住。

"出去。"她指着巷口外面说道。

我悬着一颗心,照她的要求走回街上。

"跪下,手放到后脑勺上。"

"我其实没有——"

"跪下!"

我双膝跪地,两手抱头,感觉自己好傻。

"哈德曼,"她说道,手指抚着耳垂,"这二货要是敢打个喷嚏,就直接打穿他脖子。"

"可是——"我开口。

她拔足奔过街道，行动比先前迅速得多，毕竟脱掉了高跟和长裙。现在就剩我一个人跪在这儿，我感觉自己像个白痴。一想到狙击手的武器瞄准了我，就不禁芒刺在"项"。

清算者派来了多少特工？开展这样的行动，应该至少有二十几人参与，否则简直不可想象。又一声爆炸摇撼着大地。引爆炸弹做什么？这样会惊动钢铁心麾下的治安军的。杂兵和打手已经够难对付了，何况治安队使的是先进武器，偶尔还动用机甲部队——十二英尺高的智能机械化能量装甲。

下一场爆炸的地点更近，就在前面一个街区。他们最初的计划肯定跑偏了，否则千王不会从红衣女子手里逃脱。梅根，刚才她自报的名字是这个吧？

这肯定是他们的应急预案之一。他们打算怎么补救呢？

旁边的巷子里冲出一个人，吓得我差点跳起来。我拼命稳住自己，一边诅咒着狙击手，一边微微偏过头去看。那人身穿红衣，依旧被铐着双手。千王。

是因为爆炸，我反应过来，他们打算把他逼回这条街上！

千王冲到街对面，拐个弯朝我的方向跑来。梅根——如果那是她的真名——紧随他从刚才那条巷道狂奔而出，随即转至我的方向，穷追不舍，可是在她身后——远处——另一条街口拥出了一拨人影。

那是四个斯普利策的打手，身穿制服，扛着冲锋枪，枪

钢铁心

口对着梅根。

千王和梅根先后从我面前跑过,往左侧远去了,这期间我一直跪在街头,望着打手们从我右方接近。我们七人同在这一条黑暗的街道。

动手啊!我朝头顶的狙击手想道,她没看见他们!他们会杀了她的。快干掉他们啊!

毫无动静。打手们端起了枪。我感到冷汗顺着我后颈流下,接着,我咬咬牙滚身侧蹲,快速举起步枪,瞄准其中一人。

我深呼吸一口,凝神屏气扣动了扳机,全心全意地等待着被上方的狙击手爆头。

第四章

　　使手枪就像放鞭炮——控制感极差。点着鞭炮，丢开，你永远也不能确切地知道它会落在哪里，会造成什么样的破坏；用手枪射击的效果也是一样。

　　冲锋枪的手感甚至更糟——好比放一串鞭炮，虽然破坏力增强了，但是枪械本身笨重且难以掌控。

　　步枪则是优雅的化身，是持枪者意志的延伸。瞄准，扣扳机，事遂人愿。对一个沉着的神枪手而言，没有哪一种武器比高性能步枪更为致命。

　　第一个打手应枪而倒。我将枪口往旁边稍微移了移，再次扣动扳机。第二个随之倒下。余下的两人放下武器，摆出防御姿势。

　　瞄准，扣扳机。第三个倒下。待我准备瞄准最后一个时，他已撒腿跑开，并成功躲到了掩体后面。我迟疑了一下，背脊有些发痒——后背等着品尝的狙击手的子弹，却迟迟没有来。看样子，哈德曼已经意识到我是个好人。

　　我犹豫地站起身。算他们倒霉，这已经不是第一次杀人了。其实我也很少杀人，就那么一两次，在地街，出于自

钢铁心

保。这一次似乎不同，但我没有时间作过多考虑。

我把那些念头抛到一边，一时间无所适从，于是拔腿顺着街道朝左边跑去，拼命追赶千王和女清算者。那史诗派骂骂咧咧，左躲右闪，跑向一条支路。街上空空荡荡，我们的爆炸和枪火已经疏散了附近所有人——这种情况在新加哥并不鲜见。

梅根紧随千王狂奔，我从侧路抄到前面，与她会合。我们肩并肩疾速跑过十字街口，追赶史诗派。

"不是叫你别动吗，跪娃！"她大喊。

"还好没听你的！我刚刚救了你一命。"

"所以我之前没杀你。快离开这儿。"

我没理她，边跑边端起步枪瞄准，朝史诗派放了一枪。完全打偏了——边跑边开枪实在太难。*他跑得真快！* 我想着，心下有几分烦躁。

"没用的。"美女说，"你打不中他的。"

"可以妨碍他。"我放下步枪说道。我们正跑过一家酒吧，那里门闭灯黑，一群客人紧张地扒在窗前观察情势。"躲子弹会让他失去平衡。"

"也不会太久。"

"我们两人得同时开火。"我说，"用两颗子弹将他锁死，不管往哪边躲都逃不开另外一颗。'将军'。"

"你疯了吗？"她说道，脚步不停，"那怎么可能。"

她说得对。"嗯，那咱们只能利用他的弱点了。我知道，你清楚他的弱点——否则绝不可能给他铐上手铐。"

"告诉你也没用。"她边说边躲过一根灯柱。

"你既然成功了，告诉我吧，我会好好利用的。"

"矬子。"她骂道，"他的预知能力，只有在意乱情迷的时候才会变弱，所以你根本用不上，除非你能让他觉得你比我漂亮千倍。"

啊，我想。对，那的确是个问题。

"我们得——"梅根刚开口又猛然中止，边跑边将手指伸到耳边。"不！我能做到的！我才不管他们距离有多近！"

他们在劝她撤退。我意识到，过不了多久治安队就会抵达。

我们前方，有个倒霉的司机在街角紧急刹车，大概正准备去夜店区。车轮尖叫着止住了，千王贴着车头横穿而过，跑进右边的另一条巷子，前往人流更稠密的街道。

我有了个主意。

"拿上这个。"我说着，把步枪丢给梅根，又取出备用弹匣也丢给她，"朝他开枪，减慢他的速度。"

"什么？"梅根诧问，"你是谁，竟然叫我——"

"听我的！"我说着，冲向车边停下，一把拉开副驾驶的门。"出去。"我对方向盘后面的女人喝道。

一头雾水的司机下车跑开，点火钥匙依然插在车上。这个世界到处是史诗派，他们随时可以合法抢走任何一辆车，被抢的那一方向来不敢多嘴。但同时，一般人绝对不会像我

钢铁心

刚才这样明目张胆地抢劫，因为钢铁心对非史诗派强盗的处罚极其严厉。

车外，梅根骂了句娘，端起我的步枪开了一枪。她动作很专业，瞄得很准，刚跑进巷子一小段的千王朝右边一扑——预知危险的能力警示他躲开子弹。跟我预期的一样，那大大降低了他的速度。

我发动引擎。这是辆漂亮的跑车型轿车，而且看起来还挺新的。真可惜。

我驾车冲下街道。之前我告诉梅根自己做过出租车司机，这倒不是撒谎，几个月前刚从工厂毕业的时候，我的确去实习过。但我隐瞒了一点，那份工作我只干了一天，事实证明我开车技术很烂。

没有亲身体验，你永远无法知道自己会有多喜欢。这曾是我父亲的名言之一。出租车公司没想到我会用他们的车做"初体验"。可是，除了用这种办法，我还能怎么样呢？我是个孤儿，过去的大半辈子都卖身给了工厂。我这样的人根本赚不了大钱，再说地街里也没有停车位。

总而言之，实践证明，开车比我预想的要困难一些。我操纵它呼啸着冲过黑暗的街角，油门踩到底，车辆基本上不听我指挥。路上我撞倒了一个停车标志和一块路牌，却在几次心跳之间成功开过了整个街区，再打方向盘呼啸着冲过另一个转角，碾上人行道，撞翻了几个垃圾桶。转过转角后车子竟然让我控制住了，朝南停了下来。

我将车头正对着小巷。千王仍在那巷子里，他被梅根拖慢了速度，一磕一绊地踢着地上的垃圾和空盒，跌跌撞撞向我跑来。

"砰"的一声，千王一闪，我的挡风玻璃突然裂了——一颗子弹从中飞过，距离我的脑袋只有一英寸。我心跳如雷。梅根还在开枪。

知道吗，戴维，我在心里告诉自己，*以后你真得把计划考虑得更周全一点*。

我一轰油门，车子咆哮着冲进小巷。巷道的宽度差不多刚能过车，我朝左边打偏了一点儿，侧镜给刮掉了，火星飞溅。

车灯照亮了一个身穿红色休闲西装的人影，两手铐在一起，披风在身后飞舞，帽子已在奔跑途中不知去向。他的眼睛瞪得老大。前后的路都已堵死。

将军。

我自认胜券在握，驾车冲上前去，千王猛然跃入空中，双脚落在我的挡风玻璃上，展示出超人的敏捷。

这景象着实令我震惊，没想到千王竟然拥有超乎常人的身手。自然，像他这样的人——轻易就能避开危险——也许没有多少展示这方面才能的机会。闲话不提，只见他的双脚落上挡风玻璃，动作十分专业，唯有身体柔韧性极高的人才能办到。随后他腿部发力，反弓身子往回一跃，利用车行的动力完成了后空翻，此时挡风玻璃已然裂成碎渣。

钢铁心

玻璃碎片纷洒向我的脸,我眨着眼睛狂踩刹车。轿车尖啸着停住了,火星如雨点迸溅。千王翻腾一周,平稳落地。

大开眼界的我连连摇头。*对呀,超迅捷的身手,我脑海里的一个角落思索着,我早该料想到的。和预知力双剑合璧,堪称完美。*千王明智地暗留了这一手。许多强大的史诗派都认识到,隐藏一两种超能力,可以为自己留条后路,以防遭其他史诗派索命。

千王向前跑来。我看见他目露凶光,扬起的嘴角形成一个冷笑。他是个禽兽——我曾记录下与他直接相关的谋杀就超过一百起。而他的眼神告诉我,他正打算把我的名字也加入受害者清单中。

他腾空而起,跳向引擎盖。

砰!砰!

千王的胸口炸开了花。

第五章

千王的尸体猛地砸上引擎盖。梅根站在他身后,一手握着我的步枪——靠在腰间——一手拿着手枪,全身浸浴在车灯的光芒之中。"扯火!"她骂道,"竟然奏效了,真不敢相信。"

她两手同时开了枪,我意识到,用两颗子弹把他"将死"在半空。也许,这办法之所以能奏效,只因为他恰好腾空——在半空中躲闪显然不现实。不过,她那样的枪法依然令人不可思议。两手各握一支枪,其中有一把还是步枪?

扯火,我在心里重复她的话,我们真的胜利了!

梅根把千王的尸体从引擎盖上拖下来,验了验脉搏。"死了。"她说完,又朝尸体头部开了两枪,"双重保险,确保无误。"

正当此时,十几个斯普利策的打手出现在巷子口,用冲锋枪肆意扫射。

我咒骂了一句,手忙脚乱地爬进汽车后座。梅根跳上引擎盖,穿过稀巴烂的挡风玻璃滑进副驾驶座,弯下身子躲避。子弹如冰雹一般砸向车身。

钢铁心

我想打开后门——可是，当然了，巷子两边的墙抵得太近。后窗碎成了渣，座位也被冲锋枪的火力撕碎，爆裂出团团填充絮物。

"灾星在上！"我说，"还好不是我的车。"

梅根朝我翻了个白眼，然后从背心里掏出什么东西。一根小型圆柱体，像支口红。她将底部旋开，待枪声稍微稀疏一些，便将它从前窗抛了出去。

"那是什么？"我在枪声中大喊。

回答我的是一声巨响，轿车晃动不已，面前巷子里的垃圾炸成碎片，四散横飞。枪声暂停了一会儿，紧接着哀号连连。梅根手里依然握着我的步枪。她跳过弹孔疮痍的后座，灵巧地钻出后窗的破洞，落地狂奔。

"嘿！"我一边喊，一边跟着她爬出去，安全玻璃的碎片纷纷从外衣上簌簌而下。我跳到地上，也朝巷子的尽头跑去，后边，爆炸的幸存者们又开火了，我赶紧贴到墙边。

她的枪法出神入化，还在背心里藏有微型手榴弹。我混乱的头脑勉强地思索着，我想我可能爱上她了。

奔跑间，我听到枪声中夹杂了一阵低沉的轰鸣。一辆装甲卡车开过前头的街角，咆哮着驶向梅根。这辆庞然大物通体漆成绿色，威风八面，车灯硕大无朋，不过看起来实在像极了……

"垃圾车？"我问道，追至梅根身边。

副驾驶座上坐着一个壮实的黑人，替梅根推开了车门。

"那是谁?"他朝我扬起下巴,问道。他有一点微弱的法国口音。

"一个矬子。"她答道,把步枪扔还给我,"不过挺能干的。他知道我们,但我觉得他不是个威胁。"

虽然算不上浓墨重彩的推荐,但已足够好了。我微笑着看她爬进驾驶室,把黑人推到中座上。

"咱们把他丢在这儿?"带法国口音的那人问道。

"不。"司机说。我看不清他的样子,只见到一团黑影;他语气坚毅,掷地有声:"带他一起走。"

我笑了,迫不及待地登上卡车。司机或许就是狙击手哈德曼?那么他已见过我帮了多大的忙。车里的人不情愿地为我腾出位置,梅根换到驾驶室后座,坐到一个身穿迷彩皮背心的男子身边。那人体格虽瘦却有肌肉,手握一杆十分漂亮的狙击步枪。也许他才是哈德曼。再往旁边,是一个中年妇女,红发及肩,戴着眼镜,身穿商务套装。

垃圾车开动了,想不到竟会有此般的速度。身后,一群打手从巷子里追出来,举枪朝卡车射击。这好像没什么效果,但我们也还未完全脱离危险,头顶清楚地传来治安军直升机的轰鸣。可能还有几个高等史诗派也正在赶来。

"千王怎么样了?"司机问。他年纪挺大,约莫五十多岁,身穿一件黑色的薄风衣。奇怪的是,风衣胸袋里竟然塞着一副护目镜。

"死了。"梅根的声音从后面传来。

钢铁心

"出了什么岔子?"司机问。

"他有隐藏能力。"她说,"身手了得,被我铐住还溜掉了。"

"还有那家伙。"身着迷彩背心的那人说道——我很肯定他就是哈德曼,"半路突然杀出来,惹了点儿小麻烦。"他操着一口浓重的南方口音。

"过会儿再谈他的事。"司机说着,加速转过一个街角。

我的心跳得更快了。我望向窗外,在天空中寻找直升机的身影。过不了多久,治安军就会得知搜寻目标是什么,而卡车又相当显眼。

"应该趁早开枪的。"带法国口音的那人说,"拿掌心雷崩他胸口。"

"开枪也没用,亚伯拉罕。"司机说,"他的超能力太强了——就连美人计也收效甚微。我们得首先假扮纯良无害——骗他进圈套,然后才有击中他的机会。预知力很难对付。"

这番话他大概说对了。千王拥有的危险感官极其敏锐。可能原本的计划是让梅根把他铐住并锁在灯柱上,然后趁他动作不利索,将掌心雷抵着他的胸口开枪。不过,如果她从一开始就打算这样做,他的超能力就会发出警告。成功的概率与他被她迷倒的程度成正比。

梅根穿上棕色皮夹克和工装裤。"我没想到他这么强。"她说,语气里带着一丝懊恼,"对不起,教授。都怪我,把他从手里放跑了。"

教授。这个称呼莫名地令我心底一震。

"就到这里吧。"司机——教授——说完，用力一踩，垃圾车尖啸着停了下来，"该弃车了，它已经暴露了。"

教授打开门，我们蜂拥而出。

"我——"我开口打算介绍自己，然而，他们称作教授的年长男子隔着车头气势汹汹地瞪了我一眼，我赶紧闭嘴，把剩下的话噎回肚子里。他站在阴影之中，那身长风衣，那斑白的两鬓，加上星星点点染了白霜的头发，看起来真凶狠。

清算者们从垃圾车后斗里取出几套装备，其中包括一挺巨型机关枪，此刻就握在亚伯拉罕手里。他们领着我走下几段楼梯来到地街，之后，一行人快步前行，左弯右拐。起初我还能清楚地记住行踪路线，直到他们带我走下一段长长的楼梯，它延伸过好几层，直通钢铁迷窟。

聪明人都知道不要轻易踏足迷窟。由于挖掘队精神失常，这片地道没能完工，街顶的灯很少有亮的，一路走来，在钢铁地层中延伸的方正地道忽宽忽窄。

一行人打开手机的照明灯，沉默地前行，手机大多固定在夹克前襟处。我之前曾好奇清算者是否用手机，此时见到他们也贴身携带，让我对自己的手机放心多了。我是说，人人都知道骑士鹰是家中立的工厂，而且手机联系又绝对安全，清算者使用手机网络，只是又一次证实了骑士鹰可资信赖。

我们走了一阵，清算者静静地谨慎前行。哈德曼数次赶

钢铁心

到前方侦察，亚伯拉罕则手持那挺外表凶悍的机关枪殿后。方向感此时已经无济于事——来到钢铁迷窟，感觉这里像是修到一半的地铁系统变作了老鼠迷宫。

路上，我们经过枢纽点、死胡同、急转弯，有些地方的电线从墙里冒出来吊在外头，活像撕开肉块时扯出来的断血管，让人起了一身鸡皮疙瘩；有些地方的铁壁不再平整，被人东一块西一块取走，估计是拾荒的寻宝者。然而，废铁在新加哥一文不值，遍地都是，多得要不完。

我们从三五成群的少年身边走过，他们站在燃烧的垃圾桶前，神情阴郁，似乎因生活的平静遭到侵犯而不说，却也没人来找麻烦，也许是托了亚伯拉罕手中巨枪的福。那杆枪配有重力控制装置，在枪托上泛着蓝光，使之能轻易的被人扛起。

我们在这些地道间穿行了一个多小时，偶尔经过通风口。挖掘队在这里辛勤工作的痕迹历历在目，但多数都没什么用，只是呼吸新鲜空气。

身穿黑色长风衣的教授在前头引路。又拐了一个弯，我突然意识到，那其实是件染成黑色的实验室大褂。只是在里面套了一件黑色纽扣式衬衫。

清算者显然担心被敌人跟踪，但我觉得这有些反应过度。十五分钟后，我就已经完全辨不清东南西北。治安军绝不会来到这一层地底，这是不成文的约定：钢铁心无视钢铁迷窟的居民，他们也不会闹出什么值得他纡尊判决的动静。

当然……清算者打破了这个协定。一个重量级史诗派被刺杀，钢铁心会有怎样的反应？

清算者终于带我拐过最后一个转角，它看起来和其他的别无二致——只是它通往一间被钢铁切割而成的小屋。迷窟里有很多这样的地方，按挖掘队的规划本应是洗手间、小卖部，或者居所。

狙击手哈德曼在门口就位。他拿出一顶迷彩棒球帽戴在头上，帽子正面有一个陌生的徽标，看起来像某种皇家纹章之类的。另外四个清算者面朝我围成一圈。亚伯拉罕拿出一支大型手电，按下按钮，手电通体亮起，变成一盏马灯。他将它放到地上。

教授抄着手，面无表情地审视我。红发女人站在他身边，似乎陷入了更深的沉思。亚伯拉罕依旧扛着大枪，梅根则脱下了皮夹克，搭在胁侧的枪套上。我尽量不盯着她看，可那跟尽量不眨眼一样困难。只是……嗯，动作上恰好相反。

我犹豫地后退一步，意识到身后已无路可退。起初我以为自己踏上了被他们招纳入队的坦途，而此时，与教授的眼神交会，我终于反应过来，那只是我的一厢情愿。他视我为威胁。他主动带上我，并不是因为我帮了忙，而是他不希望我到处乱跑。

我是个俘虏。在地下这么深的钢铁迷窟，不论尖叫或是枪击，都不会招来任何人注意。

第六章

"测试他一下,缇雅。"教授说。

我不禁往后一缩,紧张地握着步枪。梅根靠墙站在教授身后,她又穿上了夹克,手枪佩在胁侧,手里转着什么东西。我步枪的备用弹匣。她一直没有还我。

梅根面露微笑。在地面的时候,她把步枪扔还给了我,但现在我怀疑弹夹已经被她卸掉,这把枪是空膛。我心里一沉,开始恐慌起来。

红发的缇雅手握某种仪器靠近我身边,那是个扁平的圆碟,普通盘子大小,一头连着显示屏。她拿着它指向我。"没有读数。"

"血液测试。"教授说,面色冷峻。

缇雅点头。"配合点儿,别逼我们按着你。"她对我说着,从仪器边上抽出一条宽宽的带子,上面有很多细线与圆碟连接,"它会扎你一下,但对人体无害。"

"这是什么?"我询问。

"线粒体检测仪。"

线粒体检测仪……用来检测一个人是不是史诗派的仪

器。"我……我还以为只是传说。"

亚伯拉罕笑了。他的巨枪提在身侧，精瘦的身板上肌肉分明，表情十分冷静，全然不同于缇雅乃至教授展示出的咄咄逼人之态。"那你就无所谓了吧，嗯，我的朋友？"他操着法国口音问道，"被传说中的仪器扎一下有什么关系呢？"

这话并没给我多少安慰，相反，清算者是一群训练有素的刺客，以刺杀高等史诗派为己任。我没什么好反抗的。

女人将带子缠在我手臂上，它有点像血压计的袖带，上头伸出许多细线，与她手里的仪器相连。带子内侧有个小盒子轻轻刺了我一下。

缇雅仔细看着屏幕。"已经解除怀疑。"她望向教授说道，"血液测试也没有什么发现。"

教授点点头，似乎并不意外："好的，孩子。现在你要回答几个问题。好好地仔细思考，然后再作答。"

"好的。"我说。缇雅取下带子，我揉揉刚才被扎的针眼。

"你，"教授说，"是怎么知道我们的袭击地点的？谁告诉你千王是我们的目标？"

"没人告诉我。"

他的表情变得阴沉，旁边的亚伯拉罕扬了扬眉毛，伸手提枪。

"没有，真的！"我慌忙辩解，急汗沁身，"那个，其实我是听街上有人说你们可能会来城里。"

"我们没向任何人泄露攻击目标。"亚伯拉罕说，"即使你

钢 铁 心

知道我们来了这里，又怎么会知道我们打算刺杀哪个史诗派？"

"唔，"我说，"除了他，你们还会攻击谁呢？"

"城里的史诗派为数有几千，孩子。"教授说。

"当然。"我答道，"但是，多数都入不了你们的法眼。你们的目标是高等史诗派，在新加哥只有几百；其中拥有一级无敌属性的又只有一二十个——而你们向来都选择一级无敌史诗派。

"可是你们也不会追杀太强大或太具影响力的目标，因为他们的个人安全防线难以突破。那就排除了夜影、电老虎、火凤凰——几乎是钢铁心的整个心腹圈子。同时也排除了大部分政客权贵。

"剩下的十几个目标当中，千王是最叫人痛恨的。虽然所有史诗派都杀人不眨眼，但他却喜欢在远处放冷枪屠杀无辜民众。加之还有玩弄人体内脏的变态癖好，正是清算者决意制止的残暴行径。"我紧张地看看他们，耸了耸肩，"就像我说的，不需要有谁来告诉我。你们最后选择的对象显而易见。"

小屋安静下来。

"哈！"仍在门口警戒的狙击手说，"帅哥们美女们，我想这意味着，咱们的行动可能有点容易被人猜到啊。"

"一级无敌是指什么？"缇雅问。

"抱歉。"我说，我这才意识到他们不了解我的术语，"所有让常规刺杀手段无效化的超能力,都被我归入一级无敌,你们知道的,像自愈、预知、刀枪不入、重生之类。"拥有其中之一的,即称为高等史诗派。幸运的是,我从未听说过谁兼有两种。"

"让我们假设,"教授说,"真是你自己推理出来的,那也不能解释你怎么知道我们要在哪里布下陷阱。"

"每月的第一个星期六,千王都会去斯普利策的剧院看戏。"我说,"而且散场之后总要去找些乐子。这是你们唯一能单独接近他的可靠时机,同时,以他的心态也容易上钩。"

教授瞥了一眼亚伯拉罕,又看看缇雅。她耸耸肩。"我说不准。"

"我想他讲的是真话,教授。"梅根说。她抄着手,夹克敞在胸前。别……盯着她看……我又得提醒自己。

教授向她看去:"为什么?"

"这样想来就对了,"她说,"如果钢铁心预先知道我们的袭击目标,一定会针对我们制定更加详尽周密的计划,不会只派一个手持步枪的孩子。另外,跪娃**确实**是想帮忙,也帮上了一点儿。"

"可不止一点儿!要不是我,你早死了!快告诉她,哈德曼。"

清算者们面面相觑。

"谁?"亚伯拉罕问。

"哈德曼。"我说,指指门口的狙击手。

"我叫科迪,孩子。"他轻笑着说道。

"那哈德曼在哪儿?"我问,"梅根说他当时就在上方,监视我,他的步枪……"我说不下去了。

上方根本没有狙击手。我反应过来,**至少没有特别交代要监视我**。梅根是故意说给我听的,为了让我别动。

亚伯拉罕笑不可抑:"被'暗处狙击手'的老把戏骗了,呃?害你跪在那儿,以为随时会挨枪子儿。所以她管你叫跪娃?"

我涨红了脸。

"没事的,孩子。"教授说,"我不再追究你的事了,就当一切都没发生过。等我们出了这扇门,你就慢慢地数到一千,然后再离开。你要是敢跟着我们,我就一枪毙了你。"他朝其他人挥挥手。

"不,等等!"我叫道,伸手去抓他。

其余四人瞬间出枪,全都指着我的头。

我倒抽一口凉气,随即垂下脑袋。"求你等一等。"我有些胆怯地说道,"我想加入你们。"

"你想干什么?"缇雅问。

"加入你们。"我说,"这就是我今天来的目的。我原本没打算搅和进来的,只是想找你们交个申请。"

"我们其实不怎么接受申请。"亚伯拉罕说。

教授仔细打量着我。

"他确实帮了些忙。"梅根说,"而且我……承认,他枪法还挺不赖。也许咱们应该考虑一下，教授。"

嗯，不管节外生了多少枝，我总算给她留了个好印象。那便是一项伟大胜利，感觉堪比我们合力干掉千王。

最终，教授摇了摇头："我们近期不招新人，孩子。抱歉。我们要走了，而且我不想再看到你接近我们的行动地点——甚至不接受你追随我们辗转别的城市。好好待在新加哥吧。今天我们大闹了一场，下次再来应该是很久以后的事了。"

这话犹如一锤定音，这事就此了结。梅根冲我耸耸肩，几乎带着歉意，仿佛在说她已经尽力，以此报答我之前的救命之恩。其他人也都聚到教授身边，与他一道走向门口。

我站在后边，感觉无能为力，灰心丧气。

"你们虽胜犹败。"我对他们说道，语气却软了下来。

不知为什么，这话让教授略一踌躇，回头看了看我。此时其他人基本上都已出了门。

"你们从来都是避实就虚。"我言辞刻薄，"总是拣千王这种软柿子，引诱到没人的地方下手。他们也是怪物，没错，但是相对来说不太重要。你们从来不敢袭击真正的怪物，那些害得我们国破家亡的超级史诗派。"

"我们只是尽己所能。"教授说，"为了打倒无敌史诗派牺牲，这毫无意义。"

"刺杀千王那样的人也没多大意义。"我说，"他那种级别的人太多了，如果继续挑选那样的目标，你们根本不会引起

钢铁心

高层的注意,无非是他们肉里的芒刺而已。这样改变不了世界。"

"我们也没打算改变世界。"教授说,"仅仅是刺杀史诗派。"

"你想让我们做什么,小子?"哈德曼——我是说科迪——打趣地问道,"与钢铁心当面对决?"

"没错。"我踏前一步,激动万分地说道,"你们想改变世界,想让他们也尝尝恐惧的滋味吗?那就该攻击他!让他们看看,谁都逃不出我们的复仇!"

教授摇摇头,继续往前走,黑色大褂窸窸窣窣:"几年前我就做了决定,孩子,我们只能打会胜利的仗。"

他走进外面的过道,小室里只剩我一个人。他们留在身后的手电发着冷光,照亮了这个金属房间。

我失败了。

第七章

我站在寂静无声的方形小室里,房间被他们留下的手电照亮,它好像快没电了,但钢铁四壁依然反射着同等亮度的暗光。

不行,我想。

我不顾警告,大步走出房间。让他们开枪打死我吧。

他们离去的背影在狭窄的过道中前行,手机的逆光勾勒出一群漆黑的身姿。

"除了你们,没有人反抗。"我朝他们的背影大喊,"他们连试一下都不敢!只剩你们还在抗争。要是连你们都害怕挑战钢铁心,别人岂不是连想都不敢想了?"

清算者们继续往前走。

"你们的行动有一定意义!"我大喊,"但还不够!只要最强大的史诗派还自认万事豁免,就什么都不会改变。你们避开他们,就是在用实际行动证明他们一贯的论调——只要一个史诗派足够强大,就可以予取予求,为所欲为!等于说他们的统治天经地义!"

一行人继续前行,虽然走在后边的教授似乎有些迟疑。

钢铁心

但那也只是一瞬。

我做了个深呼吸。只有试试最后这个筹码了。"我见过钢铁心流血。"

教授身子一定。

其他人跟着停了下来。教授回头望着我:"什么?"

"我见过钢铁心流血。"

"不可能。"亚伯拉罕说,"那人全身刀枪不入,毫无破绽。"

"我亲眼见过。"我说道,心"咚咚"直跳,脸上冒出潮汗。这个秘密太危险了,我从未向任何人提起过。如果钢铁心得知那天的银行袭击事件尚有幸存者,他掘地三尺也会找到我。我将无处容身,无处可逃,只要他认为我了解他的弱点。

其实我不了解,不完全清楚,但至少我有线索,也许活着的人中只有我知道。

"撒谎并不能帮你加入我们的队伍,孩子。"教授的语速很慢。

"我没撒谎。"我直视他的眼睛说道,"这是真的。给我几分钟,听我讲讲我的故事吧。至少听一听。"

"别犯傻了。"缇雅说道,拉拉教授的胳膊,"教授,咱们走吧。"

教授没有回应她,反而细细打量起我来,与我双目对视,好像在寻找什么。我心里生起一种奇怪的感觉,仿佛自己正一丝不挂地暴露在他面前，所有的冀望与罪孽都无所遁行。

他慢慢走回我身边。"好的，孩子。"他说，"给你十五分钟。"他挥手示意身后的同伴回小屋。"待我听听，到底是什么话，让你非说不可。"

伴着部分成员的低声咕哝，我们走回了小屋。路上我不禁开始猜测小队各人的职能分配。亚伯拉罕，从他的巨型机关枪和壮硕的胳膊来看，肯定是负责重武器，一旦情况不妙，就由他提供掩护，牵制治安军；必要的时候，可凭借武力威慑获取情报；此外，如果计划需要，还可能由他来操作重型机械。

红发的缇雅，脸形消瘦，言语干练，大概是小队的军师。从这身衣着判断，她一般不参加一线行动，而清算者队伍里少不了她这样的人物——熟悉史诗派超能力的运作机制，并且能分析出目标的弱点。

梅根必定是突击手。她负责深入险境，将史诗派带到预定地点。而身穿迷彩服、手持狙击步枪的科迪，最有可能担任火力支援。我猜测，首先由梅根想办法暂时废掉史诗派的超能力，然后交给科迪精确打击，或者借以制造"将军"的局面。

这样就只剩教授了。我想，他是团队的领袖，或者是机动先锋，随时待命？我不太确定他在队里的位置，虽然这个称呼让我脑海深处的什么东西隐隐有些骚动。

钢铁心

我们再次进入小房间。亚伯拉罕看起来对我要说的话挺感兴趣，同时，缇雅则一脸不耐烦，而科迪的样子像是在等着看笑话，他背靠墙站着，十分放松，抄起手监视过道。其余的人围在我身边，等我开口。

我冲梅根笑笑，但她现在却面无表情，甚至有些冷漠。怎么突然变成这样？

我做了个深呼吸。"我见过钢铁心流血。"我再次从头说起，"那是十年前的事了，当时我八岁，跟父亲在亚当斯街上的第一联合银行……"

\#

故事讲完，我沉默了，最后的话音依然在屋内回荡。**而且我一定要再次见他流血**。站在一群出生入死制裁史诗派的英雄面前，这话听起来简直是空洞。

在讲故事的过程中，我的紧张也随之烟消云散。我感觉出奇地轻松，终于讲出了这个故事，把这些可怕的时刻与人分享，我的所知终于交付了他人。今后就算我死去，也已有其他人获得这则信息，它不再为我所独有。即使清算者决定暂不追杀钢铁心，这则信息也依然留存于世，也许能在将来派上用场——假如他们相信我。

"咱们坐吧。"教授终于打破沉默，带头坐到地上。其他人也跟着坐下来，缇雅和梅根不情不愿，亚伯拉罕则依然很放松。科迪仍旧站在门口望风。

我盘腿坐下，步枪横放在腿上。它上了保险栓，虽然我相当肯定它没有装弹。

"怎么样?"教授征询队友的意见。

"我以前听说过。"缇雅有些违心地承认,"吞并日那天,钢铁心摧毁了银行。银行楼上有部分写字间对外出租——也没租给什么重要部门,就是些评估员和记账会计,与政府有业务往来。我和当地人聊过,大部分人认为钢铁心袭击银行大楼就是因为这些办公室。"

"对。"亚伯拉罕赞同道,"那天他攻击了城里的许多建筑。"

教授若有所思地点点头。

"先生——"我开口。

他打断了我:"你想说的已经说了,孩子。我们现在当着你的面讨论,这是对你的尊重。别让我觉得不值。"

"呃,是,先生。"

"我一直好奇,为什么是银行首当其冲。"亚伯拉罕继续道。

"对。"科迪的声音从门口传来,"那个选择很奇怪。为什么率先干掉一群会计,然后才轮到市长?"

"总之,这个理由不足以让我们更改行动计划。"亚伯拉罕摇摇头,补上一句。他又朝我点了个头,巨枪背在肩上。"我很确信你十分优秀,朋友,但我们才刚认识,仅凭你给的信息就临时更改决定,我认为这样不好。"

"梅根?"教授问,"你怎么看?"

钢 铁 心

我瞟了梅根一眼。她坐得离其他人稍远。教授和缇雅看似是这一支清算者小队里资历最老的,亚伯拉罕和科迪通常赞同他们的意见,就像心意相通的朋友。可是梅根会怎么想?

"我觉得很傻。"她说,声音冷冷的。

我皱起眉头。可是……仅仅几分钟以前,她对我还是最友善的!

"之前你不是还力挺他来着。"亚伯拉罕说,仿佛在替我发言。

这话令她柳眉倒竖:"那时候我还没听过这等怪谈。他在撒谎,就为了能入队而已。"

我张嘴想抗议,但教授抛来一个眼神,让我把话又咽了下去。

"听起来你好像在认真考虑。"科迪对教授说。

"教授,"缇雅插话,"这个表情挺眼熟。还记得'守暮人'的事吧?"

"记得。"他说道,继续打量我。

"怎么了?"缇雅问。

"他知道救援队的遭遇。"教授说。

"救援队?"科迪问。

"钢铁心掩盖了他抹杀救援队的事实。"教授轻声说,"很少有人知道第一联合大厦发生了什么,也不清楚他是如何对待救援队和幸存者的。他在城里还摧毁了别的建筑,这些地方的救援人员却没有一个遭到杀身之祸。他只杀掉了奔赴第一联合大厦的救援队。"

"摧毁银行的过程也有些与众不同。"他继续道,"我们知道,他进那里之后,对里头的人训了一番话,但在别的地方却没这么做。据说他从第一联合大厦出来时怒发冲冠,里面肯定发生了什么事。我早就了解了这个情况,其他行动队的队长也都知道。我们推测,不管惹怒他的是什么,肯定与杀人指有关系。"教授一手扶着膝盖,若有所思地敲着手指,细细打量我。"钢铁心在那天多了条伤疤,没人知道是怎么来的。"

"我知道。"我赶紧表态。

"也许。"教授说。

"*也许*。"梅根重复道,"也许是假的。教授,他可能听说过救援队的厄运,也知道钢铁心伤疤出现的日期,然后就捏造了其余的故事!我们也没办法证明,因为照他说的,只有他和钢铁心两人可以作证。"

教授缓缓点头。

"挑战钢铁心几乎是不可能的。"亚伯拉罕说,"即使我们**能够**摸清他的弱点,也还有一帮保镖要对付,个个强大无比。"

"火凤凰、电老虎、夜影。"我点点头,说道,"我有一项计划,可以将他们各个击破。我想我已经摸清了他们的弱点。"

缇雅随即皱眉:"你?"

钢铁心

"十年了。"我轻声说,"十年来,我一直在做一件事,就是计划怎么接近他。"

教授看上去仍思虑重重。"孩子,"他叫我,"你刚才说你叫什么名字来着?"

"戴维。"

"好的,戴维。你猜中了我们要袭击千王,那你再猜猜,我们的下一步行动是什么?"

"你们会趁夜离开新加哥。"我立即答道,"一支队伍在任务结束之后通常都会这么做。当然,这里没有昼夜之分,所以再过几个小时你们就会走,与清算者大部队会合。"

"那我们接下来计划要袭击的史诗派会是谁呢?"教授问。

"嗯。"我应道,脑子转得飞快,回忆笔记里的列表和推测,"最近你们都没有派小队去大草原中部和伊斯兰区活动。我猜你们的下一个目标要么是奥马哈城的'枪人',要么是'闪电',一个隶属萨克拉门托城'暴雪'麾下的史诗派。"

科迪轻轻吹了声口哨。显然我猜得八九不离十——这只是运气,其实我并没有多大把握。最近,我对清算者小队袭击地点的猜测差不多只能蒙对四分之一。

教授突然站起身:"亚伯拉罕,准备14号洞。科迪,看看能不能留条假线索,让人以为我们去伊斯兰区了。"

"14号洞?"缇雅问,"我们要待在城里?"

"对。"教授说。

"乔,"缇雅开口,这是她对教授的称呼,兴许是他的真名，"我不——"

"我并没说要去刺杀钢铁心。"他说道，抬手指着我，"既然这孩子都能推算出我们下一步的行动，那么得到同样结论的或许还另有其人。那就意味着我们要改变计划，刻不容缓。咱们先在这里驻扎几天。"他看着我，"至于钢铁心……我们以后再说。首先，我想再听听你的故事。我想先听上十几遍，再决定下一步怎么做。"

他向我伸出手。我犹豫地伸手握住，让他拉我站起来。这人眼里有什么东西，我意料之外的东西。那是对钢铁心的憎恨，几乎与我同样强烈，流露在他说到这个史诗派诨名时的语气之中。他嘴唇下抿，细眯的眼睛似乎要迸出火来，当他说起这个词的时候。

那一刻，我和他几乎心照不宣。

教授，我暗暗想道，博士，PhD。清算者组织的创立者名叫乔纳森·菲德拉斯（Phaedrus）。P-h…d。

他不仅是这支小队的指挥官，不止是一支清算者行动队的队长。他是乔纳森·菲德拉斯本人，他们的创立者与领袖。

第八章

我们离开小房间。"那么……"我问,"咱们这是要去什么地方?14号洞?"

"你不需要知道。"教授说。

"可以把步枪弹匣还我吗?"

"不行。"

"我要不要学一点……怎么说呢,握手暗号?特殊标记?或者暗语什么的,让其他清算者知道我是自己人?"

"孩子。"教授说,"你跟我们还不是自己人。"

"我明白,明白。"我抢着回答,"但我不想因为这个而被谁偷袭,被当作敌人之类的,而且——"

"梅根,"教授喊道,大拇指朝我一扬,"你来招待一下这个孩子。我需要思考。"他大步向前与缇雅并行,两人开始轻声交谈。

梅根对我怒目相向。这大概是我的报应,不该那么唐突,用种种问题烦扰教授。我只是太紧张了。菲德拉斯本人,清算者组织的创立者。沿着思考的方向,依据我从书上看到的描述——虽然都是只言片语——我认出了他。

此人乃一介传奇，游走在自由斗士与刺客之间的神级人物。刚才突然认出偶像，蓦然手足无措，才不由自主地冒出了一堆傻问题。其实我心里颇有几分得意，因为我克制住了自己没请他在枪上签名。

　　然而，我的克己并没赢来梅根的加分，而且她显然也不喜欢像个保姆似的喂糖哄觉。科迪和亚伯拉罕在前头说着话，所以就剩下梅根和我齐头并进，快步走过一条黑暗的钢铁地道。她一路无言。

　　而她真的很美，大概与我年龄相仿，可能就大一两岁。我还不太确定她为什么突然对我如此冷淡，也许搭讪两句可以改善改善气氛。"那么，呃，"我说，"你……怎么说呢，加入清算者多久了？了解一下？"

　　一阵沉寂。

　　"有够久了。"她说。

　　"最近的几起刺杀你参与了吗？陀螺人？暗疫？无耳贼？"

　　"也许吧。我想教授可能不赞成我透露太多细节。"

　　我们又无言地继续前行了一段。

　　"我说，"我打破沉默，"你其实不怎么会招待人。"

　　"什么？"

　　"教授叫你招待我来着。"我说。

　　"他只是想把你那通问题推给别人。我怀疑不管我做什么，你都不会觉得是特别招待。"

　　"我可不会这么说。"我答道，"脱衣秀我就挺喜欢的。"

她杏眼圆瞪:"什么?"

"之前,在外面巷子里的时候,"我说,"你……"

她的表情跌至冰点,足以用来给高开火率炮筒实施液冷,或者冰镇饮料。冰镇饮料——这个比喻恰当一些。

但我想,此时的她也不会欣赏我的幽默。"没什么。"我说。

"很好。"她回道,扭开头继续往前走。

我大出一口气,轻轻干笑了几声:"那时候,我一度以为你会开枪打死我。"

"我只在任务要求的范围内开枪杀人。"她说,"你只是不擅长搭讪而已,虽然惹人烦,但还没到要挨枪子儿的程度。"

"呃,谢谢。"

她正经八百地点了个头。想不到,被我救过一命的美女竟然会这样对我。不过说实话,她是我第一次英雄救美的对象——不管美不美,都是第一个,所以我心里也没个基准。

可是,她先前对我还挺友好的,不是吗?也许只需再加把劲。"那,什么样的信息你可以往外说呢?"我问,"关于你们小队,或者其他成员。"

"我更情愿讨论别的话题。"她说,"不涉及清算者的机密,也不关乎我的衣着。拜托。"

我陷入沉默。事实是,除了清算者和城里的史诗派以外,我所知甚少。诚然,我在工厂受过一点教育,但都是一些基本通识。而在那之前,我曾在街上流浪了一年,翻垃圾吃，营养不良，差点一命呜呼。

"我想，咱们可以聊聊这座城市。"我说，"我对地街相当了解。"

"你多大了？"梅根问。

"十八。"我答道，准备应对她的说教。

"不会有人来找你吗？就没人关心你的行踪？"

我摇摇头："之前我在工厂干活，两个月前到了成年的岁数，就被开除了。"

这是规矩。你只能在那里工作到十八岁，之后就得另谋生计。

"你在工厂干活？"她问，"干了多久？"

"差不多九年吧。"我说，"其实是一家军火厂，给治安军造枪的。"部分地街居民私下指责工厂压榨童工，上了年纪的人尤其爱说这种傻话，基于他们记忆中那个完全不同的世界，更加安定的世界。

而在我的世界，谁给你工作机会、能让你混口饭吃，谁就是圣人。玛莎力图保证她的小工人有饭吃，有衣穿，不受欺负，和平相处。

"那儿生活好吗？"

"还算好。不是奴隶劳动，不像人们想的那样。我们有工资的。"可以这么说。玛莎替我们把工钱攒起来，在我们告别工厂时一次性交给我们。这笔钱足够我们在外安家落户，另找营生。

钢铁心

"不管从哪方面看,那里都是片成长的净土。"我边走边说,语气无比怀念,"如果没进工厂,我可能根本没有机会学习用枪。孩子们本来是不准碰武器的,但是如果你有天分的话,玛莎——就是工厂的头头——也就装作没看见。"她手下已有不止一个孩子成年后进了治安军。

"真有意思。"梅根说,"再跟我讲讲吧。"

"嗯,那儿……"我看了她一眼,却再也说不下去了。直到此时,我才意识到,她其实只顾着往前走,目视前方,几乎不关心我在讲什么,只是偶尔插两句问话,给我话题继续往下说,也许是防范我再拿过界的问题烦她。

"你都没听。"我指责道。

"你好像挺想说话的样子。"她的回答很直白,"所以我给你机会说个够。"

扯火,我想着,感觉自己像个矬子。我们无言地继续往前走,沉默似乎甚合梅根的心意。

"你不知道这样有多窝火。"我终于还是开口了。

她瞥了我一眼,目无表情:"窝火?"

"没错,窝火得很。过去的十年,我大半辈子,都在研究清算者和史诗派。现在好不容易找到你们了,又警告我关键问题都不准问。太窝火了。"

"那就想想别的吧。"

"没什么别的好想。对我来说。"

"姑娘?"

"没有。"

"爱好?"

"也没有。我只关心你们、钢铁心,还有我的笔记。"

"等等。"她打断我,"笔记?"

"当然啦。"我说,"在工厂干活的那段日子,我一直留心打听各类传闻。工休时间,我就揣上攒起来的一点点零钱,去找那些从城外回来的人,找他们买报纸或者口头新闻。我结识了一些消息贩子。每天晚上我都仔细整理笔记,把零碎信息拼凑到一起。我知道,我必须深入了解史诗派,所以就成了专家。"

她秀眉深蹙。

"我知道。"我说着,苦笑一下,"听起来就好像我没有私人生活一样。你不是第一个这么说的。工厂里其他人——"

"嘘。"她制止我,"你记录史诗派的信息,那关于我们呢?清算者呢?"

"当然也写下来了。"我说,"不然该怎样?记在脑子里?我写了满满两个笔记本,虽然大多数是猜测,但我猜得还挺准……"我打住了话头,因为突然反应过来她的神情为什么如此焦虑。

"这些东西都在哪儿?"她轻声问。

"在我公寓。"我回答,"应该是安全的。我是说,那些打手都离我很远,不会看清我长相的。"

"那个被你赶下车的女人呢?"

钢 铁 心

我犹豫了一下:"没错,她看到我的脸了,也许还能描述得像模像样。但是,我说,就凭这个也不足以查出我的下落吧?"

梅根没有搭话。

是啊,我想,是啊,一眼也许就足够,治安军可不是吃素的。而且我不巧还有几项前科,包括故意损坏出租车。我有不良记录在案,外加钢铁心还会给治安军下发种种甜头,激励他们追查每一条与千王遇刺相关的线索。

"我们得向教授报告。"梅根说着,拽住我的手臂朝前面的队友走去。

第九章

教授仔细倾听我的解释，眼里透着沉思。"没错。"我讲完后，他开口道，"我早该想到这一点的。确实应该是这样。"

我放松下来。之前我一直担心他会勃然大怒。

"地址是多少，孩子？"教授问。

"迪特科巷1532号。"我说，住址号就刻在铁壁上，它位于地街一处较为舒适的居民区，旁边还带公园，"房间很小，我一个人住，每次出门都不忘反锁。"

"治安军可不需要用钥匙。"教授说，"科迪，亚伯拉罕，快去那儿，放一发燃烧弹，确保屋里没人，然后把整个房间炸掉。"

我突然有种大难临头的感觉，就像脚趾头被人连到了汽车蓄电池上。"什么？"

"我们不能让钢铁心获得那些信息，孩子。"教授说，"不仅是关于我们的信息，还有你收集来的其他史诗派的信息。如果它们真像你说的那么详细，那完全可以为他所用，用以打击本地其余强大的史诗派。钢铁心的影响力已经太过膨胀了。我们需要摧毁那份情报。"

"不行！"我不禁大叫，声音在地道狭窄的铁壁间回荡。那些笔记是我毕生的心血！当然，谈不上**毕生**那么久，不过也有……十年的心血。失去它们，犹如失去一只手。如果让我选择，我宁愿用手来换它们。

"孩子。"教授说，"别逼我。我们怎么处置你，还说不好。"

"你们**需要**那些信息。"我坚持道，"它们很重要，先生。几百页，写满了各个史诗派的超能力分析与弱点推测，烧掉做什么？"

"你说过，那些资料的来源都是道听途说。"缇雅抄着手解释道，"我怀疑里面根本不包含我们尚未掌握的信息。"

"你知道夜影的弱点是什么吗？"我绝望地发问。

夜影，高等史诗派，钢铁心的保镖之一，正是他的超能力创造了新加哥上空永恒的黑暗。他本人也是一道黑影，全然不具实体，枪炮及任何类型的武器都对他无效。

"不知道。"缇雅承认，"而且我怀疑你也不知道。"

"是阳光。"我说，"他在阳光下就会显形。我有照片。"

"你有夜影显形的照片？"缇雅问。

"我想是的。卖照片给我那人不敢肯定，但我个人相当确定。"

"嘿，小子。"科迪叫道，"要不要找我买尼斯湖水怪？给你算优惠价。"

我瞪了科迪一眼，他只是耸了耸肩。我只知道尼斯湖在苏格兰，而他帽子上的徽饰也许具有一定的苏格兰或英格兰背景，可他的口音却对不上。

"教授，"我转回头向队长说道，"菲德拉斯，先生，求求你，一定要看看我的计划。"

"你的计划？"他似乎并不为我猜了他的名字而惊讶。

"打倒钢铁心的计划。"

"你有计划？"教授问，"要打倒国内最强大的史诗派？"

"之前我就是这么跟你说的。"

"我以为你是想加入队里，再把一切摊派给我们来做。"

"我需要帮助。"我说，"但并非空手而来。我有一份详细的计划，我想是可行的。"

教授只是摇头，看似难于决断。

亚伯拉罕突然笑了："我挺喜欢他的。他有种……拼劲，初生牛犊不怕虎的感觉。你确定咱们不招人吗，教授？"

"对。"教授淡淡地说。

"至少先看过我的计划再烧吧。"我说，"求求你。"

"乔。"缇雅说，"我想看看那些照片。它们多半是伪造的，但即使如此……"

"行。"教授说道，丢给我一样东西，那是我步枪的弹匣。"计划变更。科迪，你带梅根和这个孩子去他的住处。如果治安军抢先一步到了，而且有带走资料的举动，就立即将之摧毁。如果那个地方看起来还算安全，就把资料取回来。"他看了我一眼，"凡是不方便带走的统统毁掉。明白了吗？"

钢铁心

"必须的。"科迪回话。

"多谢。"我说。

"我并非特别向你开恩,孩子。"教授说,"而且我也希望自己没犯错误。去吧。时间不多了,他们很快就会追查出你的住所。"

#

我们接近迪特科巷的时候,地街渐趋宁静。你也许会想,在永恒的黑暗笼罩下,新加哥不可能有真实的"日""夜"交替,但实际上二者还是有区别的。到了就寝的点儿,人们自然而然就爱犯困,所以我们也有规律的生活。

当然,总有少数叛逆的人,哪怕在小事上也不喜欢守规矩。我就是其中之一。我喜欢熬通宵,也就是在众人沉睡的时候保持清醒。这样更安静,更少受打扰。

街道的顶灯依据某地的时间进行了设置,到夜间光线就会变暗。变化其实很细微,但我们早已学会了分辨。所以,虽然迪特科巷靠近地表,此时街上却没有多少人活动,大抵都正漫步在梦乡。

我们抵达公园。这是从钢铁中切割出的一间较大的地下室,天花板上凿了许多通风孔输入新鲜空气,边缘的一圈聚光灯闪耀着紫蓝的光芒。高高的房间中央摆了一堆从城外搬来的岩石——真正的岩石,不是变成钢铁的那种。这里还有木制的游乐设施,维护得还可以,不知道是从哪里捡来的。白天,这里挤满了孩童——有的是还太小,没法进工厂干活；有的是家境尚可，不需要从小打工。老头老太太也爱来这里碰面，一起织袜子，或者做其他的简单工作。

梅根抬手示意我们不要轻举妄动。"手机？"她低声道。

科迪吸吸鼻子。"我像业余的吗？"他问，"静音了。"

我愣了愣，然后取下揣在肩袋里的手机，检查了两遍。还好是静音。但我仍然取出了电池，以防万一。梅根悄无声息地离开地道，穿过公园，走向一块大岩石的阴影之下。科迪跟在后头，我也紧紧跟上，放低身子，从生长着地衣的大石头边绕过，尽量不弄出声响。

几辆汽车从头顶的路面隆隆驶过，开过街顶的风口。这些下夜班回家的人，有时会朝地下的我们丢垃圾。如今，依然有为数惊人的富人干着普通工作，如会计、教师、销售、IT技师——虽然钢铁心的数据网只对自己最信任的人开启。我从没见过真正的电脑，只用过手机。

上面是一个不同的世界。曾经极为普通的工作，如今只归特权人士拥有，其余的普罗大众只能在工厂干活，或者在公园一边缝衣服一边看孩童嬉耍。

我抵达岩石边，蹲在科迪和梅根身旁。他们正暗自调查公园区尽头的两面高墙，在那铁壁之中凿有数排房间，几十个方洞提供了大大小小的住所。洞口外固定着从地面世界搜罗来的废弃金属消防梯，方便人们进出。

"那么，你住哪间？"科迪问。

我抬手一指："看见二层右边尽头那扇门了吗？就是那

钢铁心

儿。"

"不错。"科迪说,"你怎么住得起这种地方?"他随口问道,但我看得出他心存怀疑。他们都还不信任我。嗯,我想这也并非全无道理。

"我需要独立的空间,这样才好做研究。"我说,"我之前打工的那家工厂会暂扣童工的工资,留到年满十八岁的时候按年头支付。足够付一年的单间房租了。"

"真棒。"科迪说。不知道我的解释是否通过了他的试探。"看样子治安军还没到这儿,也许光凭描述没法跟你对上号。"

我缓缓点头,身旁的梅根环顾左右,细眯起双眼。

"怎么了?"我问。

"感觉太顺利了。顺利到这种地步的事情,我一般不相信。"

我扫视着远处的铁墙。墙边摆着几只空垃圾桶,一个楼梯间旁锁着几辆摩托车。好几块金属墙面被大胆的街头艺术家刻上了涂鸦。按规定他们是不能那么做的,只因为得到了同胞们默许支持。这也算是普通人能参与的为数不多的几种反叛形式之一了。

"嗯,我们也可以在这里干等,直到他们**真正追来**。"科迪说着,伸出粗糙的食指揉揉脸,"要不咱们直接过去吧。出发。"他站起身。

一只大号垃圾桶隐隐闪了闪微光。

"等等！"我说着，抓住科迪将他往下拉，心"怦怦"直跳。

"怎么了？"他问道，急不可耐地取下步枪。这杆枪做工精良，虽然有些年头了，却保养得很好，瞄准镜很大，前端还配有最新技术的消音器。我从没摸过这么好的东西。便宜货性能很差，而且我觉得连瞄准都很难。

"那边。"我说着，指向垃圾桶，"看那儿。"

他皱皱眉，还是照做了。我的脑子飞速运转着，搜寻记忆碎片中的研究结果。我需要查笔记。闪光……幻术系史诗派……是谁？

折光，我想到，终于挑定这个名字。C级幻术士，兼具个人隐身能力。

"这是要看什么？"科迪问，"你不会是为只猫什么的大惊小怪——"垃圾桶又闪了一下，科迪猛然住口，皱起眉头，身子俯低了些，"什么情况？"

"那儿有个史诗派。"梅根说道，眼睛又眯了起来，"一部分拥有幻术系超能力的低等史诗派，在幻象的精确度方面有限。"

"她叫折光。"我轻声说，"技术相当熟练，能够创造复杂的视觉幻象。但她本身能力并不是很强，幻象上往往存在破绽，通常会闪光，就像光线折射一样。"

科迪端起步枪瞄向垃圾桶说道："那么，你是说那只垃圾桶原本并不存在，而是其他东西的伪装。也许，是治安兵？"

"我猜是。"我说。

"子弹能伤到她吗,小子?"科迪问。

"能,她不是高等史诗派。但是,科迪,她可能不在那儿。"

"你刚不是说——"

"她是个C级幻术士。"我解释道,"但她还有辅助能力,B级隐身术。幻术和隐身术经常同时出现。总而言之,她能让自己隐身,却不能让别的东西隐形——对于其他人,得在其外围创造一个幻象。我敢肯定,她假造的垃圾桶幻象背后藏了一支治安军小队。如果她够聪明的话——她确实也不傻——会躲在别的地方。"

我感觉后腰上一阵刺痒。我讨厌幻术系史诗派。你永远不知道他们会在哪里出现。即使是其中最弱的——在我的标示系统中排到D级或E级的那些——也能造出大小足以把自己藏进去的幻象。如果他们还会隐身,就更难对付。

"看那儿。"梅根低声道,指向一处较大型的游乐设施——供小孩攀爬的木质城堡。"看见城堡塔楼上那堆箱子了吗?刚刚闪了一下。有人躲在后面。"

"那点空间只够藏一个人。"我低声回答,"那个位置正对着我公寓的门口,只要一开门,那人就能直视整间屋子。狙击手?"

"很有可能。"梅根说。

"那么,折光就在附近。"我说,"她需要处于既能看见木城堡、又能看见假垃圾桶的位置,否则没法维持幻象。她超能力的效果范围不算大。"

"要怎么引她出来?"梅根问。

"我记得,她喜欢指手画脚。"我说,"如果我们能让治安军士兵挪位置,她就会待在他们附近,以便下达指令或者提供幻术支援。"

"扯火!"科迪低语,"你怎么知道这些的,小子?"

"你都没听吗?"梅根轻声问,"他就是搞这行的,整个人生都围着史诗派转,一有空就研究他们。"

科迪抚摸着下巴,看样子,之前他认为我都是在大夸海口。"你知道她的弱点吗?"

"我笔记里有。"我说,"让我好好想想。啊……对了,一般来说,幻术士如果完全隐身,就什么都看不见了,因为没有光线刺激虹膜。所以,可以找找哪里有凭空出现的一双眼睛。不过,技术纯熟的幻术士会改变眼睛的颜色,使之融入周围环境。这不算她的弱点,应该说是幻术本身的一项局限。"

究竟是什么?"烟雾!"我大喊一声,又为自己的鲁莽而羞红了脸。梅根瞪了我一眼。"她的弱点,"我低声道,"她总是躲开抽烟的人,避开大大小小的火。作为史诗派的弱点,她这一点可算是家喻户晓了,而且经过数次证实。"

"看来最后还是得回到放火烧屋子的计划。"科迪说,似乎很为这个结果而激动。

钢铁心

"什么？不行。"

"教授说了——"

"我们还是可以把资料拿回来。"我说，"他们等的是我，却只派了一个低等史诗派。那就是说，他们想抓我，但还没有查明今晚刺杀行动的幕后主使是清算者——或者是，可能没有把我和刺杀联系在一起。大概他们还没有清彻我的房间，虽然已经闯进屋内大致搜了一遍。"

"这就是烧掉房间的绝佳理由了。"梅根说，"抱歉，既然他们这么接近……"

"可是，你瞧，我们必须马上突击进去。"我说道，心里着急起来，"得看看他们是否翻了我的东西，翻了哪些，这样才能得知他们发现了什么。假如现在就烧掉这个地方，我们自己也会失去线索。"

两人有些犹豫。

"我们可以击退他们。"我说，"也许还能顺道杀一个史诗派。折光手上可沾了不少血。就在上个月，有人超了她的车，她随即造出路面笔直向前延伸的幻象，将超车者赶下公路撞上了路边的房子。死了六个人。车里还有儿童。"

史诗派都明显缺乏道德或良知，甚至达到惊人的程度。这种现象困扰着哲学社科界的人们，如理论家和学者。他们无法解释为什么大量的史诗派都完全不讲人道。史诗派肆意杀人，是因为灾星——不管出于什么原因——只选择心狠手辣的人赋予超能力吗？还是因为如此神奇的力量会使人扭曲，抛弃责任感？

没有定性的答案，不过也无所谓，毕竟我不是学者。我研究史诗派，没错，但就像体育迷研究喜欢的球队一样，我没心思去管史诗派行为背后的动因，正如棒球迷懒得去了解球棒击球的物理原理。

我只在乎一件事——史诗派视人命如草芥。在他们看来，即使是最小限度的侵犯，也值得以命相抵。

"教授没有下达攻击史诗派的许可。"梅根说，"计划里没有这一步。"

科迪轻笑一声："杀史诗派是雷打不动的一步，妞。只是你入队不久，还没明白。"

"我房间里有颗烟雾弹。"我说。

"什么？"梅根问，"哪儿来的？"

"我从小在一家军火厂干活。"我说，"我们主要制造步枪和手枪，同时也接其他厂商的订单，偶尔能在质检拒收的货品堆里捡到好东西。"

"烟雾弹是好东西？"科迪问。

我皱起眉头。他这话什么意思？烟雾弹当然是好东西了，有白捡的谁不要？梅根更是露出了浅浅的微笑。她倒是明白。

真搞不懂你，妹子，我想。在上衣里藏炸药，又是百步穿杨的好射手，临到有机会刺杀史诗派，却烦恼计划里没有这一步？她一发现我在看她，立刻又换回了那副高冷的表情。

钢铁心

是不是我做错什么，惹恼她了？

"只要拿到那颗烟雾弹，就可以用它来废掉折光的超能力。"我说，"她喜欢待在队伍附近。如果我们能引诱士兵进入封闭的空间，她也许会跟着去。到时候，我拉开烟雾弹，等她一现身就开枪。"

"好得很。"科迪说，"但是，我们怎样才能做到这些，并且拿到你的笔记呢？"

"这好办。"我说着，不情愿地把步枪递给梅根。手无寸铁会让迷惑过他们的机会增大。"送上他们守株待兔的目标。我。"

第十章

我过街向公寓走去,手揣在夹克口袋里,手指玩着一直放在里面的那卷工业胶带。他俩不喜欢我的计划,却也提不出更好的建议。但愿两人能圆满完成自己的任务。

没了步枪,感觉简直就像一丝不挂。我房间里倒是存放有一两把手枪,可是没带步枪的人基本就谈不上威胁,至少那威胁有条件限制。手枪中靶总感觉是狗屎运上身。

可梅根就做到了,我想。她击中了目标,而且还是一个左躲右闪的高等史诗派,两支枪同时开火,其中一支架在腰间。

在我们对千王的袭击过程中,她曾多次表露情感:激情、愤怒、恼火,后两者是针对我的,但都事出有因。后来,在他被干掉之后的一段时间……我们关系缓和了。当她替我向教授美言的时候,也曾表达过满意与欣赏。

现在却只剩下冷漠。这意味着什么?

我在游乐场边缘停下。此时此刻,我真的在想一个女孩吗?仅约五步之外的地方就躲着一群治安兵,或许正用自动步枪或者能量武器瞄准我。

钢铁心

傻瓜,我想着,径直走上通向公寓的金属楼梯。他们要等我亮出罪证,再将我抓个现行。但愿如此。

像这样背对敌人爬楼梯真是种折磨,得想办法克服恐惧。于是我像平常害怕的时候一样,回忆父亲倒下的情景,他靠在银行大堂那根疮痍的柱子旁,血流如注,而我躲在一边,没有去救他。

我决不会再一次成为那样的懦夫。

我抵达公寓门口,装作在摸钥匙。我听到不远处传来窸窣声,但假装没有注意。一定是附近木城堡顶上的狙击手在调整位置,朝我瞄准。没错,从这个角度一看,就很确定了,木城堡的高度刚好能让狙击手的子弹穿过房门射进公寓。

我踏进属于我的单间。没有穿堂,不分居室,只是钢铁中切割出的一个洞穴,跟地街里多数房屋没什么两样。虽然没有卫生间,没有自来水,但和地街的一般情况相比,这样的居住条件已经相当不错——一个人拥有一整间屋子!

这个房间向来凌乱不堪。门边摆了一堆吃完的方便面碗,散发着辣味。衣服丢在地板上,桌上放着一桶两天前打来的水,旁边是一堆没洗的银餐具,坑坑包包胡乱地摞在一起。

我不用这些玩意儿来吃饭,它们都是摆设。地上的衣服也是,我一件都没穿过。而我真正常穿的衣服——四套结实的衣裤,总是洗得干干净净——都叠好放在床垫边地板上的行李箱里。我是**故意**把房间弄这么乱的,其实经常手指痒痒想收拾，因为我是个爱整洁的人。

  我发现邂逅鬼不容易招人起疑。假如包租婆要来打探我的八卦，她会发现情况跟自己想的差不离：一个刚满十八岁的年轻人，趁着没有什么负担，先烧钱游手好闲个一年半载。她没必要东戳西敲，到处找暗柜。

  我快步直奔行李箱，开了锁，取出背包——里面已经打包好了换洗衣物、备用的鞋、几份干粮、两升饮水，一个侧袋里放着手枪，另一个侧袋则是烟雾弹。

  我走向床垫，拉开外罩拉链。这里面藏着我的人生：几十个文件夹，收集的全是剪报和零散的信息；八个小笔记本，写满了我的发现与思考；一个大笔记本，标注着全部索引。

  也许我应该全数带上这些去观看千王遇刺，毕竟我原本就希望能跟清算者走。我曾就这一点反复推演，最终认定这么做并不可取。首先，从数量上说就太多了，硬要拿的话倒是可以拖去，但那样会影响我的速度。

  而且它们实在太珍贵。这些研究是我生命中最宝贵的东西。其中一些资料是我冒死收集来的——调查史诗派，问不该问的问题，花钱找地下消息贩子买讯息。我为它们骄傲，自然害怕它们遭遇不测。我想，放在这里会更安全。

  屋外传来靴声，摇晃着消防梯的平台。我扭头望去，眼前是地街最可怕的景象之一：全副武装的治安军官兵。他们站在楼梯间，手握自动步枪，头戴锃亮的黑色钢盔，军事级

钢铁心

护甲覆盖了胸膛、膝盖、手臂。共有三人。

他们拉下了钢盔的黑色面罩,完全遮住眼睛,只留嘴和下巴暴露在外。面罩兼有夜视功能,它们发着幽幽的绿光,正面显示出朦胧而诡谲的纹路,由旋涡和波形组成,据说有摄人心魄的效果。的确如此。

无须刻意表演,我本能地大睁双眼,肌肉紧绷。

"双手抱头。"领头的官兵命令道,步枪举至齐肩,枪口瞄准我,"跪下,贱民。"

那就是他们对老百姓的称呼,**贱民**。钢铁心已经懒得再粉饰太平,宣扬自己的帝国是共和制或代议政制之类的傻话。他眼里没有所谓**公民**,没有所谓**同志**,百姓不过是他帝国里的贱民。事实就是这么简单。

我迅速举起双手。"我什么都没干!"我带着哭腔喊道,"只是在那儿看热闹而已!"

"**两手抱头,跪下!**"官兵大喝。

我服从了命令。

三人进入房间,将房门大开,好让狙击手的视线直穿进门。依据我以前读过的信息推测,他们应该属于一支五人小队,名为"核心小组",由三个普通士兵、一个特种兵(这支队伍里是狙击手)、一个低等史诗派组成。钢铁心麾下大约有五十个这样的核心小组。

整个治安军部队主要以特别行动队为基本单位。如果遇到**极其**危险的大型战斗,钢铁心、夜影、火凤凰,甚至电老虎——治安军头领——会亲自出马。治安军只用于处理城里的小骚乱，钢铁心不屑过问的那些。从一定意义上讲，他根本不需要治安军。作为一个杀人如麻的独裁者，治安军于他无非是一班代客停车员。

三个士兵分工明确，一人盯着我的动作，另两人快速搜索着床垫填芯。她在屋内吗？我想，隐身在某处吧？直觉告诉我，她一定在附近，记忆中的情报研究也指向这个结论。

我只能希望她在屋里。同时，在科迪和梅根完成计划中的任务之前，我不能轻举妄动，所以眼下只能静待时机，脑子里一根弦绷得紧紧的。

两个士兵从床垫填芯的两层泡沫中间抽出笔记本和文件夹，其中一人翻了翻笔记本。"这些都是关于史诗派的信息，长官。"他说。

"我以为能看到千王和另一个史诗派的对决。"我适时插话，眼睛盯着地板，"后来发现大事不妙，就连忙逃跑了。我只是去那儿看热闹的，您相信我！"

领头的官兵开始浏览笔记本的内容。负责监视我的士兵不知怎么的似乎有些沉不住气，不停地来回瞟着我和他的队友。

焦急的等待。我感觉心脏狂跳不止。梅根和科迪很快就会发起攻击。我必须做好准备。

"你摊上大事了，贱民。"官兵说着，把我的一个笔记本丢到地上，"一个史诗派遇害了，而且，是重量级的。"

"跟我完全没关系！"我说，"我发誓。我——"

"喊。"领头的官兵朝下属一指，"把这些带走。"

"长官。"监视我的士兵说，"他可能讲的是实话。"

我愣了一下。那个声音……

"罗伊？"我惊得喊出声来。他比我早一年成年……随后就加入了治安军。

领头的将视线转回我身上："你认得这个贱民？"

"对。"罗伊似乎有些不情愿地承认。他身材高大，满头红发，我一直挺喜欢他的。他曾任工厂助理，玛莎把这一职位交给年龄较大的男孩担任，负责防范以大欺小、恃强凌弱等现象的发生。他做得很好。

"你怎么不早说？"领头的官兵质问，语气生硬。

"我……长官，对不起，我该早报告的。他一直对史诗派很痴迷。我曾经见过他步行到半个城市之外淋着雨干等，就因为听说可能会有一个新史诗派从城里经过。要是他听说两个史诗派将对战，那肯定会去看的，不管安不安全。"

"听起来确实像会满街乱跑的那种人。"领头的说，"把这些带走。孩子，现在我们要你*如实*报告你都看见了什么。坦白交待的话，也许还能活过今晚。这——"

外面传来一声枪响。官兵的脸上绽开一朵红花，他被子弹击中，钢盔正面炸裂开来。

我就地一滚，来到背包前面。科迪和梅根已经完成任务，悄无声息地解决了狙击手，进入战斗位置，向我提供支援。

我撕开背包侧袋的魔术贴，抽出手枪，迅速朝罗伊的大腿射击。子弹击中他高科技塑料护甲的空当，他随之倒地。其实我差点就射偏了。扯火的手枪。

另一个士兵随即也被科迪精准的枪法击倒，子弹应该是发自屋外的木城堡顶上。我没停下来确认他是否断气——折光也许就在屋里，全副武装，随时准备开枪。我赶紧取出烟雾弹，拔掉保险栓。

烟雾弹脱手，一股灰烟从弹筒喷出，充斥了整个房间。只要碰到烟雾，折光的超能力就会失效。我举着手枪，屏住呼吸，静待她现身。

什么都没出现。她不在屋内。

我依然憋着气，忍住骂娘的冲动，瞟了眼罗伊。他正在竭力爬起，一手捂腿，一手握着步枪，艰难地将枪口指向我。我纵身跳过滚滚烟雾，踢开步枪，又拔出他身侧皮套里的佩枪丢到一边。这两支枪我都用不上，它们有加密，只响应他手套的指令。

罗伊的手揣在口袋里。我持枪顶上他的太阳穴，一把将他的手拽了出来——他攥着手机想拨电话。我扳开手枪击锤以示威胁，他的手机滑落在地。

"你怎样都逃不掉的，戴维。"罗伊咯了口痰，又被浓烟呛得直咳嗽，"我们一离线，电老虎就能知道，其他核心小组肯定正在赶来增援。他们会先派侦察兵来打探情况，说不定已经到了。"

钢铁心

我闭着气一一检查了他所有的裤袋。没有其他武器。

"你这是在犯傻,戴维。"罗伊边咳边说。我没有理会他,扫视了一遍房间。我快憋不住了,烟雾大有乘隙而入之势。

折光在哪儿?也许在楼梯间。我把烟雾弹踢出门口,希望她正好候在外头。

毫无反应。要么是我弄错了她的弱点,要么是她判断没必要跟队友一起来抓我。

万一她偷袭梅根和科迪怎么办?他们会被杀个措手不及。

我低头,看见罗伊的手机。

值得一试。

我一把拾起,打开通讯录。折光以其史诗派诨名列于其中。多数史诗派都不大爱用自己的人本名。

我拨出号码。

几乎与此同时,屋外的游乐场传来一声枪响。

我再也憋不住了,一头钻出屋外,蹲身将烟雾弹踢下消防梯平台,接着冲下楼梯间,深吸一口气。

随后,我睁大噙满泪水的眼睛扫视游乐场。科迪正跪在木城堡顶上,步枪架在身前。梅根站在城堡塔楼底下,举着手枪,一具身穿黄纹黑衣的尸体卧在她脚边。折光。

梅根再次朝尸体开了一枪,只是确保万无一失,其实那女人显然已经死了。

又一个史诗派宣告灭亡。

第十一章

我的第一反应是回到房内,将罗伊的步枪丢出门外——幸好没被他够着。然后我查验了另外两个士兵的情况。一个已经死了;另一个还有微弱的脉搏,短时间内不会醒来。

现在,动作要快。我从床垫里抽出笔记本塞进背包,六个厚厚的笔记本再加一本索引,背包马上鼓了起来。我想了想,从包里取出了备用的鞋子。鞋可以重新买,这些笔记本却无可替代。

放好最后两本,我在旁边塞进了关于钢铁心、夜影、火凤凰的文件夹。稍加思考之后,又加上了电老虎的那一本。这本是最薄的。治安军的总指挥官行迹隐秘,外界对他所知甚少。

罗伊仍在咳嗽,虽然烟雾已经散去。他脱下钢盔。看见这张熟悉的脸,有种恍如隔世之感——相识多年的故友,身穿敌军制服。其实我们谈不上是故友;我没有朋友,只是曾崇拜过他。

"你在为清算者做事。"罗伊说。

看来我得想办法留条假线索,让他以为我在为别的人效命。"什么？"我反问，尽力扮出困惑不解的样子。

"别欲盖弥彰了，戴维。很明显，谁都知道是清算者袭击了千王。"

我将背包甩上肩膀，蹲跪到他身边。"听我说，罗伊，暂时别让他们治好你，明白吗？我知道治安军里有回复系的史诗派。只要你能做主，近期尽量不要接受治疗。"

"什么，为啥——"

"接下来这段时间你最好负伤休假，罗伊。"我轻声说道，语调恳切，"新加哥的权力即将易手。'绿光'要来挑战钢铁心。"

"绿光？"罗伊说，"见鬼，那是谁呀？"

我走到剩余的文件夹边，极不情愿地从行李箱里掏出一罐打火机油，倒在床上。

"你在替史诗派效力？"罗伊低声问，"你真的认为有人是钢铁心的对手吗？扯火，戴维！他都杀掉多少上门挑战的人了？"

"这次不一样。"我说着，拿出几根火柴，"绿光可不一样。"我划燃了它们。

剩下的文件夹没法带走，里面有原始资料、真实报道和文章，我笔记上里的情报分析主要就是从中提炼的。我舍不得丢下，可是包里已经没有空间了。

我丢下火柴。床铺腾起火焰。

"你有一个战友可能还活着。"我告诉罗伊，同时朝倒下的两个治安兵中的一人扬了扬下巴。领头的被打中了眉心，另一个小兵却只是体侧受伤。"带他走吧，别再搅和这些事了，罗伊。危险的日子即将到来。"

我整了整肩上的背包，快步出门，走上楼梯间。下楼途中遇到了梅根。

"你的计划失败了。"她轻声说。

"执行得挺好的呀。"我答道，"还干掉一个史诗派。"

"那只是因为她手机开了震动。"梅根说着，与我并排跑下台阶，"要不是她那么大意……"

"我们确实靠了一点运气。"我表示同意，"但毕竟赢了。"

手机是日常生活必不可少的一部分。即使在窝棚区也是人手一部手机，以供消遣之用。

我们在木城堡塔楼底下距折光尸体不远的地方与科迪会合，他把步枪递还给我。"小子，"他说，"干得真漂亮！"

我眨眨眼。我原以为他也要数落我一顿，就像梅根一样。

"教授没亲自来，否则肯定会嫉妒得红了眼。"科迪说着，将自己的步枪挎上肩膀，"是你给她打的电话吧？"

"对。"我说。

"漂亮。"科迪拍拍我的背，又夸了一遍。

梅根看起来似乎不怎么高兴。她瞪了科迪一眼，伸手来拿我的背包。

我不肯给她。

"你需要双手持枪。"她说着，扯下背包挎上自己的肩膀,"咱们走,治安军很快……"话到一半又止住了,她看见罗伊从燃烧的屋子里逃出来,使出吃奶的劲把另一个治安兵往消防梯平台上拖。

我心里有些不是滋味,但只是隐隐的一丝歉疚。直升机正在头顶"突突突"盘旋,他很快就会获得救援。我们急步跑过公园,前往通向地街纵深处的地道。

"你留了活口?"梅根一面跑,一面发难。

"这样更有用。"我说,"我放了条假消息,骗他说我的老大是个史诗派,想挑战钢铁心。但愿能打消他们搜寻清算者的计划。"我略一迟疑,"再说了,他们也不是敌人。"

"怎么不是。"她声色俱厉。

"不是的。"科迪插进话来,跑到她身边,"他说得对,妞儿。他们不是敌人。这些人是为敌方工作没错,但终究只是普通平民,为了糊口不得已而为之。"

"可不能那样想。"我们来到地道中的一个分岔口,梅根冷冷地瞪了我一眼,说道,"不能对他们心软,我们的心软换不来他们的仁慈。"

"我们不能变成他们那样,妞儿。"科迪说着,连连摇头,"偶尔也听听教授对这方面的看法吧。如果我们像史诗派欺压普通人一样对他们穷追猛打,将会得不偿失。"

"我听过他的说教。"她答道,依然看着我,"我管不了他,只是担心这个跪娃。"

"逼不得已的话,我会朝治安兵开枪的。"我说道,迎上她的视线,"但我不会浪费精力去追杀他们。我有目标。我要亲眼见到钢铁心死,这才是重点。"

"喊。"她嗤了一声,扭头不再看我,"答非所问。"

"咱们快走吧。"科迪催道,朝一处通往更深地道的楼梯间点了个头。

#

"他是个科学家,小子。"我们走过钢铁迷窟狭窄的走道,科迪向我解释,"早年参与过对史诗派的研究,并基于研究成果创造了一些相当神奇的发明。所以他才被称作教授,可不只是因为姓氏的关系。"

我点点头,思绪万千。深入地底之后,科迪明显放松了,梅根却仍然保持着紧张。她握着手机往前走,用它给教授发送任务报告。科迪的手机则设置成了照明模式,固定在迷彩服的左胸处。我已经把自己的手机网卡取了出来,他夸我做得对,说等亚伯拉罕或缇雅有时间了替我处理一下。

原来他们连骑士鹰工厂都不信任。清算者通常只将手机在内网互联,信号的发送和接收双端加密,不使用常规网络。我的手机尚未加密,目前只能用作相机和高级手电。

科迪向前走着,姿态尤其放松,步枪挎在肩上,以叉腰姿势轻扶着枪带,手自然下垂。折光的死似乎为我赢得了他的认可。

"那么,他以前在哪里工作?"我问。我迫不及待地想了解关于教授的信息,外界对清算者有很多传闻,其中确凿的事实却极少。

"不清楚。"科迪承认,"没人确切了解教授的过去,缇雅可能知道一点儿,但她从来不提。亚伯和我曾就教授的具体工作单位打过赌。我相当肯定是在政府的某个秘密机构。"

"真的吗?"我问。

"肯定的。"科迪回答,"就算有谁说是他所在机构触发了灾星的出现,我也不会惊讶。"

学者有一种理论,认为是美国政府(一说欧盟)在尝试启动超人计划的同时错误发射了灾星。我总觉得这种说法很牵强。我认为它就是一颗被地球重力捕获的彗星,但我不清楚这种提法是否合乎科学依据。或许它就是一颗人造卫星,这也符合科迪的猜测。

认为灾星弥漫着阴谋气息的并不止他一个,围绕着史诗派的诸多谜团都无法解释。

"啊,你也摆出那副表情。"科迪指着我说道。

"那副表情?"

"你觉得我疯了。"

"没有,没有,当然没有。"

"你肯定这么觉得。嗯,也没关系。我清楚自己的想法,即使每次我这么说的时候教授都送上白眼。"科迪笑道,"那是题外话了。至于他的研究方向,我想,肯定涉及军工研发。毕竟他还发明了'震击手套'。"

"震击手套?"

"教授不希望你跟他聊这个。"梅根回头望着我们，说道，"没人授予过他了解这些的资格。"她瞟了我一眼，又补上一句。

"我现在就授予他。"科迪语调轻松地回答，"他马上就得看到，妞儿。而且，别搬出教授的规矩来压我。"

她闭了嘴，一副求之不得的模样。

"震击手套？"我再次发问。

"也是教授的发明。"科迪说，"就在他离开实验室前后那段时间。他有好几种那样的新技术产品，赋予我们对抗史诗派的秘密武器，其中包括护身夹克——它可以吸收许多冲击——以及震击手套。"

"那到底是什么？"

"一种手套。"科迪说，"嗯，手套形状的装置，能制造震动，分解固形物体，对高密度物质尤其有效，比如石头、金属、一些致密的木头。它能将那些材料粉碎成尘末，但是活物和活人完全不受其影响。"

"你在开玩笑吧。"多年的研究当中，我从未听说过任何类似的技术。

"没有。"科迪说，"但是，震击手套很难上手。亚伯拉罕和缇雅是目前技术最熟练的。以后你就会明白——我们能靠它上天入地，出现在不该出现的地方。"

"太神奇了。"我赞叹道，大脑飞速运转。清算者在这方面确实声名赫赫，他们能出现在谁都意想不到的地方。相关

钢铁心

故事不胜枚举……史诗派在自己的房间遇刺,而该房间戒备森严,绝无纰漏。此外还有清算者近乎魔法般的绝境逃生。

一种能粉碎石头和金属的装置……有了它,能够无视安保设施,穿过紧锁的房门,可以破坏车辆,甚或还能拆除建筑。突然之间,围绕着清算者的一些最匪夷所思的疑云都豁然开朗了:他们如何能诱杀"白日风暴",在快被"宣战者"逼入死角的时候又是怎么逃脱。

他们必须精心选择闯入的地点,以免留下明显的洞口,暴露行踪。我能想象他们会怎样巧妙地加以利用。"可是,为什么……"我有些茫然地问,"为什么告诉我这些?"

"我说过,小子。"科迪解释道,"反正你马上就得看到它的使用效果,先有个心理准备倒也不错。另外,你对我们已经这么了解了,再多知道一点儿也没关系。"

"好嘞。"我轻快地答道,继而玩味着他一本正经的语气。他的话没有说完:我知道的已经够多了,现在可不能想走就走。

教授曾给过我机会,是我坚持要跟他们走。到了这个地步,要么让他们完全相信我并招纳我入队,要么被他们留在身后。作为尸体。

我不安地吞了口唾沫,嘴里突然发干。*这是我自找的。*我严肃地告诉自己。我早知道,一旦加入他们——如果能加入的话——就永远别再想走。生是他们的人,死是他们的鬼。

"那么……"我努力迫使自己不去细想,这个人——或者他们中的任何人——某天可能会以维护集体利益的名义处决我,"那么,他是怎么发明出这种手套的?震击手套?我从没听说过这种东西。"

"其实多亏了史诗派。"科迪说道,语调再次变得亲切友善,"教授曾经提过一次。这项技术来源于对一个具有类似超能力的史诗派的研究。缇雅说,这些研究都只存在于灾星纪初期——当时社会秩序尚未崩溃,一部分史诗派被拘捕收监,其中有些人并未强大到能够轻易逃脱拘禁。不同的实验室在他们身上进行试验,想弄清楚超能力的基本原理。震击手套这样的技术就出自那段时间。"

这是我头一次听说这些,脑子里的一些疑团渐渐有了明晰的答案。就在灾星出现那段时间,我们在科技上曾取得过突飞猛进的发展:能量武器、先进能源、新型电池、新一代通讯技术——所以我们的手机在地下也能相互联系,信号范围极广,且无须基站中转。

当然,在史诗派开始掌权之后,我们已失去了大部分新技术,依然存留的那些,都被钢铁心这样的史诗派控制在手中。我努力想象着他们早年被用于试验的情景。是不是因为这样,因为憎恨被用作试验,多数史诗派才对普通人怀有恶意?

"他们当中有没有自愿接受试验的?"我问,"有多少实验室在做研究?"

"不知道。"科迪说,"我觉得自不自愿都无所谓吧。"

钢铁心

"为什么这么说？"

科迪耸耸肩，步枪仍然挂在肩上，手机的灯光照亮了墓道一般的金属走廊，迷窟里散发着灰尘和凝水的味道。"缇雅老爱站在科学的基础上谈论史诗派，"他说，"但我觉得不能用科学来解释，关于他们的太多事实都打破了科学的界限。有时候我想，之所以出现这些解释，会不会是因为我们认为自己可以解释一切。"

没过多久，我们就抵达了目的地。我注意到，梅根一直在用手机导航，屏幕上显示着一张地图。太绝了。钢铁迷窟的地图？我从没想过会有这种东西存在。

"这边。"梅根说道，挥手指向墙上挂着的一丛厚厚的电线，好像一张门帘。这种景象在迷窟下很常见，都是挖掘队做到一半的施工现场。

科迪走上前去，朝电线附近的一块铁牌捶了一拳。一段时间之后，一记拳声远远地传了回来。

"进去吧，跪娃。"他对我说道，朝电线打了个手势。

我深吸一口气，踏前几步，用枪筒拨开电线。里面是一条通往斜上方的陡峭小地道，得手脚并用往上爬。我回头看他。

"不会有问题的。"他向我允诺。我看不出，他让我先走是因为心里暗藏对我的不信任，还是因为他想看我拙手笨脚的样子。感觉这时候质问他并不合适，退缩也不合适。我硬着头皮往上爬去。

这条地道很窄小，让我不禁担心，如果把步枪背到背上，会很容易擦到顶端，弄断瞄准镜或弄歪准星，所以我右手握枪往上爬着，致使动作越发地别扭。地道尽头远远地透出柔和的光芒，爬了这么久，终于来到那光芒跟前的时候，我的膝盖泛起了疼痛。这时，一只强劲有力的手抓住我的左胳膊，将我从地道里拉了上来。亚伯拉罕。黑皮肤的他换了身工装裤配绿背心，展露出强壮结实的手臂。我之前没注意到，他脖子上挂着一个小小的银坠，吊在背心外头。

我步入一个房间。它出奇地大，足以让整个小队将装备和铺盖卷一字儿摆开都还不嫌拥挤。屋内有一张金属大桌，桌腿与地板相连，桌子周围的一圈独凳，以及墙边的几根条凳，也像直接从地上长出来的一样。

我望着光滑平整的墙面，突然意识到，这地方是他们自己挖的，他们用震击手套塑造了这个房间，家具都是在塑造中完成的整体成型。

真令人叹为观止。我呆呆地看着，往旁边退开几步，好让亚伯拉罕将梅根拉出地道。房间里还有两扇门，通往两间看似小一些的屋子。主室以马灯照明，地上露出几条电线——用胶带固定起来，延伸向看不见的地方——消失在另一条小地道中。

"你们有电。"我说，"是从哪儿弄来的呢？"

"接了一条旧的地铁电缆。"科迪说着，从地道口爬出，"那地铁修到一半，就被施工队忘得精光了。这地方好在连钢

钢 铁 心

铁心都搞不清楚有多少秘密角落和死胡同。"

"只是进一步证实挖掘队都疯了。"亚伯拉罕说,"他们拿着电线胡拉乱搭。我们发现了一些完全封闭的房间,里面开着灯,自行亮了好多年。就跟闹鬼似的。"

"我收到了梅根的报告,"教授说着,从一间侧屋里出现,"说你们取回了资料,而且所用的方法还……挺不落俗套。"他仍然穿着黑色实验室大褂,尽管上了一点年纪,身体却很健壮。

"可不是嘛!"科迪说着,把步枪背到肩上。

教授鼻子里哼了一声:"那让我们看看都取回了些什么,再来决定你该不该挨吼。"他伸手去拿梅根手里的背包。

"其实,"我说着,向他们走去,"我可以——"

"你且坐下,孩子。"教授说,"让我好好看看这些。全部看完之后,咱们再聊。"

他的声音很平静,但我听出他话里有话。我心事重重地在钢桌边坐下,看着其他人聚到背包周围,开始翻阅我的人生。

第十二章

"哇。"科迪说,"说真的,小子,我一直以为你在说大话来着,可你真是个资深的超级技术宅,对不?"

我赧红了脸,仍然坐在凳子上没动。他们已经打开了包里的文件夹,翻开看过里面的材料,然后拿出笔记本互相传阅,仔细研读。科迪终于失去了兴趣,走过来坐在我身边,背对着桌子,手肘支在身后的桌面上。

"这是我给自己的任务。"我说,"我决心要把它做好。"

"真了不起。"盘腿坐在地上的缇雅说道。她已将下装换成了牛仔裤,上身仍穿着职业衬衫和运动外套,红色短发的造型尚不曾凌乱。她拿起我的一个笔记本,继续道:"虽然结构比较松散,也没用标准分类,但内容很详尽。"

"还有标准分类?"我问。

"有几种不同的体系。"她说,"看起来,你这里用的一些术语跟几种体系都有交叉,例如'高等史诗派'——不过我个人更喜欢阶梯式分级。还有些地方,你的提法很有意思。我挺喜欢其中的一些用语,比如一级无敌。"

"谢谢。"我说,虽然觉得有点不好意思。学者自然早对史诗派有了分类研究,只是我在学校没有学到过——在校外也从未获得相关资源,所以只好自拟。

分类系统的构建其实简单得出奇。当然,有一些边缘型史诗派——超能力古里古怪,无法归入任何一类——但就主流来说,为数惊人的史诗派在超能力上展示出共性,虽然难免带有个人特征,比如折光制造的幻象会微微反光,但核心能力通常极为相似。

"给我解释一下这个。"缇雅拿起另一个笔记本说道。

我犹豫地滑下凳子,坐到她身边的地板上。她所指的是一个标记,出现在名为"强塔"的条目底部,一个被我特别标注的史诗派。

"这是我的钢铁心标记。"我说,"强塔展示出的超能力与钢铁心类似。我特别关注这样的史诗派,如果他们被杀,或者在超能力上表现出局限性,我要第一时间了解原因。"

缇雅点点头:"为什么不把心灵幻术士和光子操纵者归在一起?"

"我喜欢以能力的局限作为分类的基准。"说着,我拿出索引,翻到相关页面给她看。拥有幻术系超能力的史诗派分为两类。一类通过改变光线的实际传播路径,利用光子本身制造幻象。另一类则通过影响他人的意识来实施幻术。他们制造的其实是幻觉,而非真正的幻象。

"瞧,"我指给她看,"心灵幻术士的局限趋近于其他超灵师——譬如催眠师或心灵操控者。而操纵光子的幻术士,其超能力的效用方式完全不同，更加接近操纵电能的史诗派。"

科迪轻轻吹了声口哨。他现在单手拿着个军用水壶，身子仍背靠在桌沿上。"小子，我觉得有空咱们得聊一聊，看你手上有多少时间，要怎样用在正道上。"

"比研究怎么消灭史诗派还正道？"缇雅问，扬了扬眉毛。

"当然啦。"科迪说着，端起水壶喝了一大口，"想想看，他肯定会大展身手，如果让他给城里所有酒吧分门别类，以啤酒为基准！"

"啊，得了吧。"缇雅干巴巴地应着，翻过一页笔记。

"亚伯拉罕，"科迪说，"快问我，为什么小戴维花这么多时间搜集整理笔记是件悲剧。"

"为什么说这孩子做这些研究是件悲剧？"亚伯拉罕一边擦枪一边问道。

"这个问题很有见地。"科迪说，"非常感谢你的提问。"

"不客气。"

"别的先不提，"科迪说着，又端起水壶，"你怎么那么想杀史诗派呢？"

"为了复仇。"我说，"钢铁心杀了我父亲。我要——"

"知道，知道。"科迪打断我的话，"你要再次见他流血那之类的话。你的信念很坚定，也很珍视家庭。但我告诉你，这些并不够。你拥有屠恶的热忱，此外还要有生活的热情。至少我这么认为。"

我不知道该怎么回答这席话。研究钢铁心，钻研史诗派，从而找到能手刃他的办法，这就是激励我生活的热情。假如世上只有一个能容下我的地方，那不就是清算者组织吗？反抗史诗派也是他们毕生的事业，不对吗？

"科迪，"教授说，"要不你去把第三个房间的扫尾活儿干了？"

"遵命，教授。"狙击手说着，拧上水壶盖子，慢悠悠地晃出了房间。

"科迪的话听听就好，孩子。"教授说着，把一个笔记本放回资料堆顶端，"他也同样劝诫我们其他人，担心我们过度专注于刺杀史诗派，忘了自己的人生。"

"他说得也许没错。"我答道，"除了研究这些之外，我……我真的算不上有什么人生。"

"我们所进行的工作，"教授说，"本就无关生活。我们的任务只有杀戮。把生活留给普通人去过吧，让他们从中寻找欢乐，享受阳光和雪景。我们要做的，就是让他们有机会拥有这一切。"

我还记得从前的世界，毕竟只过了十年。只是，当你每天视野所及都是黑暗，那阳光普照的世界似乎总在记忆的边缘躲闪。要回忆那段时光……就像回忆父亲面容的细节一样困难，它们会随着时间逐渐被淡忘。

"乔纳森，"亚伯拉罕将枪筒滑回原位，向教授发问，"你考虑好小鬼的请求没有？"

"我才不是小鬼。"我说。

他们的目光齐刷刷向我投来，甚至包括站在门边的梅根。

"我觉得必须指出这一点。"我说道，突然感觉很不自在，"我的意思是，我已经十八岁了，成年了，不再是个孩子了。"

教授打量了我一番，然后出乎意料地点点头："年龄并不是问题，你已经帮助我们干掉了两个史诗派，这在我看来就是一份优秀的答卷。大家应该都没有异议吧。"

"真不错。"亚伯拉罕的话音很温和，"但是，教授，就像我们以前讨论过的，光靠刺杀千王那样的史诗派，又能怎样呢？"

"我们殊死反抗。"梅根说，"我们是唯一反抗暴权的团体，这点就很重要。"

"可是，"亚伯拉罕说着，"咔"地一声把另一块零部件装回枪上，"我们并不敢挑战最强大的那些，所以，暴政统治仍在继续。只要他们没被推翻，其余的史诗派依旧会对普通人肆无忌惮。他们只怕钢铁心，怕'剿灭者'，怕'夜怨'。如果我们不敢直面这样的怪物，还能指望某天同胞们会站起来反抗吗？"

铁壁环绕的房间安静下来，我激动得屏住了呼吸。这几乎就是我先前质问过的原话，此刻由亚伯拉罕略带法语腔的温和嗓音再度重提，似乎更具分量。

教授转头看着缇雅。

她正拿起一张照片。"这真是夜影？"她问我，"你确定？"

钢铁心

　　这张相片是我压箱底的珍品，摄于吞并日当天，照片上的夜影和钢铁心并肩站在一起，片刻之后他的黑暗就笼罩了城市。这是一个熊孩子卖给我的，他父亲用一架老式宝丽来相机拍下了这珍贵的瞬间。就我所知，这张照片绝无仅有。

　　夜影通常以朦胧的影体示人。他可以在固体之中穿行，能够操控黑暗。他时常以影体在城里出现，而这张照片却呈现了他的肉身，身穿笔挺的黑色西装，头戴礼帽。他长着一副亚洲人的脸孔，留着及肩的黑发。我还有几张他影体形态的照片，面容与之一模一样。

　　"明显是他。"我说。

　　"而且照片没修过？"缇雅进一步确认。

　　"我……"这点我无法证明，"我不能保证，不过，鉴于是用宝丽来拍的，修图的可能性相对较小。缇雅，一定有办法让他现出肉身的。这张照片提供的线索已经很明确，况且我还有其他的佐证。有时候，人们突然闻到磷味儿，之后就会看到黑影掠过，而且与他的描述相符。"磷味是他使用超能力的标志之一。"阳光能使他产生变化，我搜集到的十几份资料都与这个观点相吻合——我怀疑是紫外光部分起到了作用，只要置身于紫外线下，他就会现出原形。"

　　缇雅把照片拿在眼前，沉思良久，然后开始浏览关于夜影的其余的笔记。"我想，咱们得研究研究，乔。"她说，"如果真有机会接近钢铁心……"

　　"有的。"我说，"我计划好了，一定行得通。"

"真是愚蠢。"梅根插进话来，她抄起手臂站在墙边，"十足的愚蠢。我们连他的弱点是什么都不知道。"

"可以搞清楚的。"我即刻还击，"我敢肯定。需要的线索都有了。"

"就算真搞清楚了，"梅根说着，抬手往空中一挥，"也派不上什么实际的用场。单说接近钢铁心这一步，就充满了无可逾越的障碍！"

我定定地盯着她，强压住心里的火气。我老感觉她跟我唱反调不是因为真的持有异议，而是看我不顺眼。

"我——"我刚一开口，却被教授打断了。

"大家跟我来。"说着，他站起身。

我与梅根忿忿地对视一眼，随后与大伙儿一道起身，跟着教授走向主室右边的小房间。第三间屋子里的科迪也过来了——不奇怪，他一直在听。他右手上戴了一只手套，掌心幽幽地发着绿光。

"成像器调好了吗？"教授问。

"基本上好了。"亚伯拉罕说，"它是我先前就设置好的。"只见墙上伸出几条电线，与地上的一台设备相连。他走到设备旁跪蹲下身子，打开开关。

房间里所有的金属表面突然全变黑了。我惊得一跳脚，感觉好像飘浮在黑暗中一样。

教授抬手在墙上画了个图案，墙面立即发生了变化，呈现出城市的景象，所显示的角度与我们站在一栋六层建筑楼

钢铁心

顶的远眺无异。黑暗中灯光闪烁，在组成新加哥的几百栋钢铁大厦之上闪耀。相比之下，旧楼的形态不那么千篇一律，而遍布全市、直抵钢铁湖面的新楼则更加现代。它们是先由其他材料筑成，再特意转化成钢铁的。听说，有了这样的选择，建筑工程变得相当有意思。

"这里是世界上最发达的城市之一，"教授说，"其统治者可说是北美最强大的史诗派。如果公然反抗他，危险系数将会急剧升高——而且我们已经押上了自己所能付出的极限。失败就意味着清算者的末路，随之可能会带来灾难性的后果，结束人类仅存的一丝反抗史诗派的力量。"

"先听我讲解计划吧。"我说，"我自信可以说服你。"我有种直觉，教授本身就想刺杀钢铁心。只要把情况说清楚，他一定会站在我这边。

教授转头与我对视。"你想让我们参与你的计划？行，我给你个陈述的机会。不过，我不要求你来说服我，"他指向站在门边依然抄着手的梅根，"而是要说服她。"

第十三章

说服她。*棒极了*，我想。梅根的视线简直可以洞穿……嗯，我猜什么都行。我的意思是说，视线本来不能穿过任何东西，所以不管拿什么来打比喻都行，对吧？

梅根的视线简直可以洞穿黄油。说服她？我想，*痴人说梦*。

但我不愿就此放弃，至少得试一试。我迈步走向那扇跳动着光线、映出新加哥版图的金属墙面。

"成像器什么都能显示吗？"我问。

"应有尽有，只要是基础监视网摄到的图像和声音。"亚伯拉罕解释道，从成像装置边站起身来。

"监视网？"我问道，心里突然一阵不舒服。我走上前去。这台装置真是太厉害了，让人感觉好像真的到了室外，站在城里的高楼顶上，而非置身于一间方形小屋内。投影其实谈不上完美——如果仔细观察周围，还能分辨出所处房间的墙角，近处物体的3D图像精度也稍欠。

不过，只要不过度注重细节——并忽略它少了城里的风向和气味——我真的能假想自己就在外面。眼前的影像竟然

钢 铁 心

是基于监视网来构建的?那可是钢铁心遍布全市的监控系统,治安军借以监督新加哥民众一举一动的工具。

"我知道他在监视我们。"我说,"但没想到摄像头竟然如此……广布。"

"幸好,"缇雅说,"我们找到了一些办法来干扰监视网络的音视频流,所以不用担心,钢铁心监视不到咱们。"

我仍感觉不自在,但此刻不值得去烦恼这些。我走上楼顶边缘,俯身看着下方的街道。几辆车经过,成像器里同时传出了行驶的声音。我伸出双臂,手掌贴在房间的墙上——看起来却像是撑着半空中什么无形的东西。我有种完全找不着北的感觉。

跟震击手套不一样,浸入式成像技术我以前就听说过——人们愿意花大把的钱去观看浸入式电影。我又想起了先前和科迪的对话。这种技术的开发会是来自幻术系史诗派的启迪吗?

"我——"我开口。

"不行。"梅根说,"如果要他说服我,那得让我来主持这场谈话。"她走到我身边。

"可是——"

"继续说,梅根。"教授发话。

我心里嘀咕着往回挪了几步,以免老觉得快要从几层楼高的地方自由落体。

"很简单。"梅根说,"要挑战钢铁心,有一个巨大的问题摆在我们面前。"

"一个？"科迪问，他靠着身后的墙，看上去就像倚在半空中一样，"咱们瞧瞧：彪悍无敌的武力、能赤手发射致命能量波、能将周围的任何无生物变成钢铁、能极为平稳地御风飞行……啊，还完全不怕子弹、兵刃、火、辐射、钝器打击、缺氧、爆炸。那好像是……三个问题，妞儿。"他举起四根指头。

梅根翻了个白眼。"都很对。"她说道，转头看着我，"但没有一个说中首要问题。"

"怎么找到他才是首要的问题。"教授轻声说。他和缇雅各自展开了一张折叠椅，两人并排坐在影像上的屋顶中央。"钢铁心疑心病很重，时时要确保没有人知道自己的行踪。"

"完全正确。"梅根说着，抬手竖起大拇指，以此手势遥控成像器。我们凌空飞掠过城市，身下的建筑一片模糊。

我打了个趔趄，胃里翻江倒海。我伸手去扶墙，又抓了个空，跟跟跄跄往旁边走了好几步才摸到。我们突然停止下来，悬在半空，俯视钢铁心的宫殿。

这是一座由阳极电镀钢铁铸成的黑暗堡垒，在城市边缘拔地而起，矗立在变成钢铁的部分湖面之上。它的结构向左右伸展，一长溜黑色的金属塔楼、桁梁与走道，活像旧式维多利亚庄园、中世纪城堡、石油钻塔这三者的混合体。墙垛间无数的枪孔深深地透出紫红色的灯光，烟囱上浓烟滚滚，给铅黑的天空更添一抹黑色。

"据说他特意修建了这个地方，专为掩人耳目。"梅根说，"里面有几百个房间，他每晚在不同的卧室睡觉，每顿饭在不同的房间用餐，想来连管家也不知道他在哪里。"她转头对着我，火药味十足，"你压根找不到他。**那才是首要的难题。**"

我晃了一下，仍然感觉像悬在半空中一般，但其他人似乎都没有丝毫不适。"能不能……"我打着干呕问道，扭头看向亚伯拉罕。

他轻笑一声，做了几个手势，把我们拉回附近的楼顶上。这儿有一根小烟囱，随我们的"降落"而摊平在脚下，成为地板上的一个二维矩形。看来这不是全息投影，只是将立体六面屏幕和部分3D成像结合在一起的前卫创新应用。就我所知，目前还无人能用技术手段模拟出幻术成像的水平。

"对。"我说道，感觉平稳多了，"总之，那也算得上是个问题。"

"除非?"教授问。

"除非我们不需要主动出击。"我说，"而是让钢铁心来找我们。"

"他如今已经很少公开现身了。"梅根说，"就算露脸也是行踪不定。灾星在上，你到底要怎样——"

"想想断层线。"我说。这个史诗派曾在我父亲遇害的那个可怕日子崩裂开大地，掩埋了银行，她后来向钢铁心发起了挑战。

"戴维说的有理。"亚伯拉罕插话,"她扬言要夺取新加哥政权的时候,钢铁心确实出山应战了。"

"而且,当'月中疾恨'前来挑战的时候,"我说,"他也曾亲自迎战。"

"我记得,"教授说,"那场冲突摧毁了城里整整一个街区。"

"听起来真是闹得欢啊。"科迪发表评论。

"没错。"我说。我有那场决斗的照片。

"所以你的意思是,我们得劝说一个强大的史诗派来新加哥挑战他。"梅根说道,语气里听不出褒贬,"然后就能得知他将在哪里出现。听上去挺简单。"

"不对,不对。"我说着,转身面对他们,背靠全屏映出的钢铁心那座浓烟弥漫的黑暗宫殿。"计划的第一部分是,让钢铁心以为有一个强大的史诗派要来这里挑战他。"

"那该怎么做呢?"科迪问。

"第一步已经开始了。"我解释道,"现在,我们首先要散布消息,称千王死于新来史诗派的使徒之手,同时要袭击更多的史诗派,并留下线索暗示是出自同一位对手的杰作。然后我们向钢铁心下达最后通牒:如果要结束对其追随者的追杀,就必须出来决一死战。

"他肯定会来的,只要我们的表演足够真实。教授,你说过他疑心病重,这话完全正确。他有妄想症——而且见不得自己的权威受到挑战。遇到史诗派对手,他总要出面亲自解

钢铁心

决,就像多年前手刃杀人指那样。而清算者最擅长的莫过于暗杀史诗派,只要我们在短时间内剿灭城里足够数目的有生力量,对钢铁心造成威胁,就能引蛇出洞,由我们自己挑选战场,逼他前来应战,主动踏入我们的陷阱。"

"想得美。"梅根说,"他只会派火凤凰或者夜影来。"

火凤凰和夜影,两个能力高强的高等史诗派,钢铁心的左膀右臂兼保镖,差不多跟他在同一个危险级别。

"我给你们看过夜影的弱点。"我说,"就是阳光——紫外线辐射。他还不知道弱点已经暴露,我们可以利用这一点给他设套。"

"但是你根本没有确凿证据。"梅根说,"我们只是看到他**拥有**弱点。每个史诗派都有。你不能确定他就怕阳光。"

"我把戴维的资料浏览了一遍。"缇雅说,"看起来……看起来确实有鼻子有眼的。"

梅根紧抿着嘴唇。如果必须要说服她支持我的计划,看样子我离失败不远了。不管我的答辩多么无懈可击,她死活就是不肯同意。

其实,我不相信这事非要博得她的支持不可,尽管教授是那么说。我看得出,清算者其他成员对他极其敬重,只要他认定这个计划可行,他们就会拥护。所以,我只求自己的推绎能获得他的认可,即使他要求我说服梅根。

"那火凤凰呢?"梅根问,"他怎么对付?"

"他简单。"我说着,兴致又高涨起来,"火凤凰并不是我们看到的那样。"

"这话什么意思？"

"我得借助笔记才能解释。"我说，"总之，他是三人当中最好搞定的一个——我向你保证。"

梅根的脸拉得老长，好像被这话惹恼了，似乎我动不动就提笔记让她很烦躁。"算了。"她说着，打个手势把投影旋了一圈，我跟着跌跌撞撞——虽然没有受到任何外力。她瞟了我一眼，我见她唇角浮起一丝微笑。好吧，至少我明白了，有一件事可以打破她的冷漠：让我的午饭都集结到喉咙口徘徊。

房间停止旋转，此时的视角向上倾斜朝着天空。我感觉身上的每个细胞都要往后滑下去撞墙了，我只能在内心告诉自己，这不过是视觉效果而已。

我们正前方出现了一组三架直升机，巡过城市上方的低空。光滑的黑色机身，每架由两个大旋翼提供升力，侧面用白漆喷涂着剑与盾牌组成的治安军军徽。

"没准儿还轮不到火凤凰和夜影出场。"她说，"我应该首先摆出这道障碍：治安军。"

"她说得对。"亚伯拉罕插话，"钢铁心出门总爱带一帮治安兵在身边。"

"所以得先把他们除掉。"我说，"反正挑衅的史诗派也有可能这么做——先挫败钢铁心的军队，便于己方长驱直入。这样做只会有助于使他相信发起挑战的的确是史诗派，清算者绝不会做出打击治安军这种事。"

"我们是做不出。"梅根说,"因为那纯粹是白痴的行径!"

"好像确实有点儿超出我们的能力范围,孩子。"教授说。不过我看得出,他已经被我勾起了兴趣,一直在兴致勃勃地观辩。他喜欢引诱钢铁心出战的计策,这与清算者的作风不谋而合,都是利用了史诗派的自负。

我抬起双手,模仿其他人的动作往前一推,想把成像室带往前方的治安军总部。房间极不自然地扯了一下,斜刺里在城中飞速掠过,撞上一幢楼的侧墙,卡在原地,无法继续呈现建筑内部,因为监视网在这里没有摄像点。整个房间抖动着,仿佛绞尽脑汁地想达成我的要求,却又不知该怎么走。

我的身子随影像一歪,撞到墙上,扑倒在地,头晕目眩。"啊……"

"要我帮忙吗?"门口的科迪问道,一脸乐不可支的样子。

"好的,谢谢,请到治安军总部。"

科迪做了一系列手势,将房间升到半空中调正,接着旋转180度移过城市上空,最后悬停在一栋四四方方的大型黑色建筑附近。它的轮廓就像一座监狱,虽然里面并未关押犯人。呃,全是受国法保护的那类罪人。

我端正了身姿,决心不再在别人面前出洋相,虽然我不敢肯定此刻能否真正做到。"也有一个简单的办法,给治安军来个釜底抽薪。"我说,"抹除电老虎。"

这一次,我的主意终于没有引发其他人的强烈反对,就连梅根似乎都陷入了沉思。她抄着手站在离我很近的地方。**真想再看她笑笑。**我这么想着,随即强行拉回了自己的思绪。我必须集中注意力,现时现地可禁不起再受个扫堂腿了。唔……姑且打个这样的比方。

"你们考虑过这个吧。"我环视房间一圈,大胆猜测,"你们袭击的是千王,但在此之前讨论过袭击电老虎的可行性。"

"那将是一记重拳击。"靠墙站在科迪身边的亚伯拉罕轻声说道。

"亚伯拉罕提议过,"教授说,"其实应该说是力争过,摆出的理由跟你的观点有部分重合——我们的打击力度不够,攻击的史诗派不够重量级云云。"

"电老虎不只是治安军首领那么简单。"我激动地说道,他们终于表现出在听的意思了,"他是个赋能者。"

"是个什么?"科迪问。

"这个词是黑话。"缇雅答道,"也就是我们说的转赋系史诗派。"

"没错。"我说。

"好极了。"科迪说,"那转赋系史诗派又是什么?"

"你就不能稍微走点儿心吗?"缇雅反问,"早就讨论过这个。"

"他一直忙着擦枪呢。"亚伯拉罕说。

"我可是艺术级的枪械大师。"科迪自夸。

亚伯拉罕点点头:"他是艺术级的。"

"枪的洁净程度与杀伤力成正比。"科迪补上一句。

"啊，得了吧。"缇雅说着，转回头对着我。

"所谓赋能者，"我说，"就是能够把超能力转赋到他人身上的史诗派。电老虎拥有两种转赋型超能力，两者都威猛得不可思议，没准儿连钢铁心都望尘莫及。"

"那怎么不是他当头头？"科迪问。

"谁知道呢？"我耸耸肩，"也许是因为他本身很脆弱。据说他没有任何抵御或抵消伤害的能力，所以总是躲在幕后，甚至连他长什么样都没人知道。他已经跟随钢铁心五六年了，一直在低调地统领治安军。"我回头看看治安军总部，"他的体内能产生储量惊人的电能。他把电力转赋给治安军各核心小组的组长，让他们得以使用机甲部队和能量步枪。没有了电老虎，就意味着能量装甲和能量武器全部报废。"

"后果不只这些，"教授说，"打倒电老虎或许会导致全城断电。"

"什么？"我问。

"光靠发电是远不够新加哥用的。"缇雅解释道，"所有灯都没日没夜地亮着……这么庞大的耗电量，就算在灾星现世之前也难以维持。目前整个散众国的基础设施水平都无法提供足够支撑这座城市生产生活的电力，而他做到了。"

"他利用电老虎增强了电力储备。"教授说，"原理不明。"

"照这么看，攻击电老虎的意义就更大了！"我说。

"几个月前我们才讨论过这个。"教授说着，向前倾过身子,十指在身前交织,"最后,我们认定袭击计划太过冒险。即使成功,也必然吸引过多注意,只怕会遭到钢铁心亲自追杀。"

"那岂不是正中下怀。"我说。

其他人似乎仍有顾虑。一旦走上这一步,正面挑战钢铁心的帝国,将会暴露他们的身份。他们不能再藏身于城里形形色色的地下场所,袭击反复筛选出的目标,不能再暗中发射反叛的冷箭。杀掉电老虎就不再有回头路,最后的结局要么是钢铁心死,要么是清算者被俘虏、击溃、处刑。

他要否决我了。我这么想着,望向教授的眼睛。他的相貌比我一直以来想象的要苍老,已步入中年,头发染了星星点点的白霜,脸上的神情分明写着,此生他已见证过一个时代的消亡,十年的艰苦奋斗只为终结下一个时代。这十年养成了他步步为营的作风。

他张嘴正要宣布结论,突然被亚伯拉罕的手机铃声打断。亚伯拉罕将手机从肩佩机套里取出。"治安播报的时间到了。"他微笑着说。

《治安播报》,钢铁心针对贱民的每日训导节目。"这里的墙上能放吗?"我问。

"当然啦。"科迪说着,调转手机朝投影仪按了个按钮。

"没那个必——"教授开口。

节目已经开始了。钢铁心出现在今天的画面上。他有时会亲自出镜,有时不会。只见他站在宫殿内一座高耸的电视

钢铁心

塔顶端,漆黑的披风在身后迎风招展。

节目内容都是预先录制好的,但看不出摄于什么时间,因为天空中永远没有太阳,城里也不再有树木生长,无以辨识季节。我几乎快忘了曾经只需要看看窗外就能知道大致时辰的日子。

钢铁心被下方射来的红光照亮。他一只脚踏上低矮的栏杆,身子前倾,扫视他的城市,他的领地。

我盯着面前放大几倍投影在墙上的钢铁心,不禁浑身发抖。杀害我父亲的凶手。暴君。画面上的他是如此沉静,一副忧国忧民的模样。煤黑的长发翻着波浪小卷垂至肩膀,衬衫紧绷在他超人的强壮体格之上,下身的黑色便裤乃是十年前那天所穿的宽松裤的升级版。这个镜头似乎要将他塑造成一个殚精竭虑关心民生疾苦的独裁者形象,就像我在工厂学校里习知的那些早期共产主义领袖一样。

他扬起手,凝神注视身下的城市,邪恶的能量开始在手中聚集,发出黄白的光芒,与下方浓重的暗红形成强烈反差。他手上的光球不是电,而是纯粹的能量。蓄积一段时间之后,它闪耀得镜头里只剩下茫茫一片亮光和光源前钢铁心的影子。

然后他指向某处,一束黄色的耀眼能量波脱手向城里发射。能量波击中一栋建筑,在墙上炸出一个大洞,火焰伴着碎渣从另一侧的窗户喷出。大楼浓烟滚滚,人们慌忙逃窜。镜头随之拉近,清晰地拍摄到他们的身影。钢铁心故意让我们知道他在轰炸一幢有人的建筑。

另一束能量波接踵而至，炸得大楼震了一下，一面铁墙熔化内凹。他又向旁边那栋建筑射出两发能量波，同样致使楼内烈火熊熊，墙壁也在他投出的巨大能量之中熔化。

镜头拉回，再次摄向钢铁心。他仍然保持着相同的半蹲姿势，低头俯瞰城市，脸上面无表情，下方的红光勾勒出他强健的下颌与沉思的眼睛。节目没有解释他为什么摧毁这两栋楼，不过下一则消息可能会细数楼内居民犯下的罪过——且不论是真实的或是莫须有。

也可能连罪名都懒得列举。新加哥的生活杀机重重，其中之一就是钢铁心会突然决定处死你和你的家人，不给任何解释。但住在这里也有诱人的一面，尽管危险，但这个地方至少有电，有自来水，有工作机会，有吃的。而今在散众国的大部分土地上，这些都是珍稀产品。

我踏前一步，径直走向墙边，细看浮现在墙上的那个人物。他要让我们生活在恐惧之中。我想，这就是播报的用意。他要让我们体会，没有人是他的对手。

早年的学者曾猜测，史诗派或许是人类发展的某个新阶段，是进化史上的一大突破。我不接受这个假说。这东西不是人，从来不是。钢铁心转脸面对镜头，唇角呈现出一丝隐隐的微笑。

身后传来椅子腿划过地板的声音。我转过头，只见教授站起身来，双眼紧盯着钢铁心。没错，那眼里盛满了憎恶，

钢铁心

深深的憎恶。教授低头与我四目相对,那一刻,我再次感觉到了心照不宣。

我们互相都清楚对方的立场。

"你还没说明要怎么杀他。"教授提醒我,"也没有说服梅根。你展示的这些,只是个不完整的计划,也经不起推敲。"

"我见过他流血。"我说,"秘密就藏在我的脑子里,教授。对你,对任何人来说,这都是杀他的绝好机会。你舍得就此错过吗?机遇当前,难道你真的舍得走开?"

教授直视我的眼睛,与我对视良久。身后,钢铁心的播报已经结束,墙壁又归于一片漆黑。

教授说得对。虽然我一度认为自己的计划十分巧妙,实际上它的出发点是大量的假说。假扮史诗派引出钢铁心;打倒他的保镖;击溃治安军;利用他的弱点杀死他,但这个弱点还是个谜,有几分可能隐藏在我记忆的某处。

计划确实不完整,也经不起推敲。所以我才需要找清算者帮忙。只有他们能使之实现。这个人,乔纳森·菲德拉斯,能让它实现。

"科迪,"教授转身说道,"立即着手训练新来的小鬼用震击手套。缇雅,咱们看看能不能开始追踪电老虎的行动。亚伯拉罕,我们需要集思广益,考虑怎么模拟高等史诗派,如果真能办到的话。"

我感觉心脏"扑通"直跳。"这就开始了?"

"没错。"教授说,"计划就此拉开序幕,但求天助。"

part two

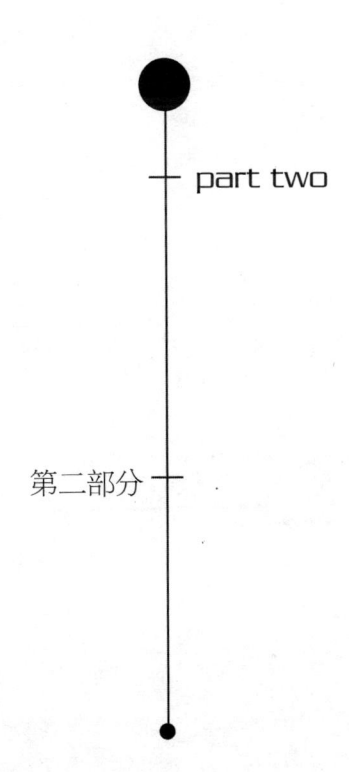

第二部分

第十四章

"那么,你对她要温柔。"科迪说,"要像掷木杆大赛的前夜美人在怀那样。"

"掷木杆?"我边说边伸手摸向摆在面前椅子上的铁块。我正盘腿坐在清算者秘密基地的地板上,身旁的地上坐着科迪,他后背靠墙,两腿往前伸得笔直。自千王遇刺以来已经过去了一周。

"没错,掷木杆。"科迪说道。他虽然操着一口纯正的南方口音——而且相当浓重——说起话来却总希望被当成苏格兰人。我猜他祖上可能是苏格兰裔之类。"这是我们老家举行的一项运动,主要内容是掷树。"

"小树苗吗?就像标枪那样?"

"不是,不是。木杆必须要有两手不能合抱那么粗。比赛规则是将这样的树从地上连根拔起,然后尽力往前投掷。"

我半信半疑地扬起眉毛。

"如果在投掷过程中撞飞一只鸟可以加分。"他补充道。

"科迪,"缇雅抱着一叠文件走过,"你究竟知不知道木杆是什么东西?"

"就是树嘛。"他答道,"我们用来搭剧台的。木杆舞也是打这儿起源的,妞儿。"他一脸严肃,我无法确定他说的究竟是真话还是玩笑。

"你这个小花脸。"缇雅说着在桌边坐下。桌上摊开了各种详细的图纸,看得我云里雾里,似乎都是作于吞并日之前的城市规划及设计图。

"多谢。"科迪说着,扬了扬迷彩棒球帽向她致礼。

"我又没夸你。"

"啊,你是没想夸我,妞儿。"科迪说,"但是'小花脸'这个词,它的亲戚'花脸'角色,有威猛的也有帅气的,所以照这么说——"

"你不是该去教戴维用震击手套吗?"她打断了他,"别来烦我。"

"没事的。"科迪说,"我可以一心二用,天生多面手。"

"可惜就是不懂得闭嘴。"缇雅嘀咕着,继续埋头在图纸上写写画画。

我笑了。共处一周之久,我仍然无法准确地概括这群清算者。我曾想象他们的每支小队都由精英特工组成,彼此忠诚不阿,紧密团结在一起。

这支队伍也秉承了这样的精神,缇雅和科迪即使互怼也无伤大雅。同时,他们的个性都很鲜明。每个人似乎……负责不同的任务。教授协调各人工作,完全没有领袖的架子,亚伯拉罕搞技术,缇雅做研究,梅根收集情报,科迪干杂活

——照他自己的话来说，就是把空地全抹上蛋黄酱。鬼知道是什么意思。

看到他们与常人没什么两样，总感觉怪怪的，我甚至还颇有几分失望。被我奉为大神的竟然只是群普通人，会拌嘴，会大笑，会互相抬杠，而且——说到亚伯拉罕——睡觉时还打鼾，鼾声如雷。

"好嘞，这个眼神不错，要专注。"科迪说，"干得好，小子。头脑要保持敏捷，神情要专注。就像勇士之魂威廉爵士[①]那样。"他咬了口三明治。

其实我的心思并没在震击手套上，但我装作很专心的样子，抬手按他的指导去做。手上这只手套薄薄的，每个指头嵌入了一根金属丝，沿手指而下，在掌心处联结成一个图案，所有线条发着幽幽的绿光。

我凝神屏气，手掌开始轻轻地振动，好像有谁在附近的某处播放重低音乐曲。诡异的振动沿手臂一路上传，要保持专心实非易事。

我朝金属块扬起手，这是一段管道的残片。显然，现在我得把振动推出体外。鬼知道那是什么意思。技术元件与神经相连，利用手套里的传感器解读大脑发出的电脉冲。亚伯拉罕是这么解释的。

科迪却说这是魔法，还叫我不要多问，免得"惹恼了手

[①]指威廉·华莱士，13世纪末至14世纪初领导苏格兰独立战争的英雄之一。

钢铁心

套小精灵和咖啡小精灵"。

我还是没法用震击手套做任何事情,不过应该也快了。我得保持专注,稳住双手,把振动推出去。就像吐烟圈一样,亚伯拉罕曾说。或者像不用手臂拥抱时体温的传递,这是缇雅的解释。每个人的感受都不一样,我想。

我的手抖得更起劲了。

"稳住。"科迪说,"要有定力呀,小子。"

我绷紧了肌肉。

"喔啊,别太僵硬。"科迪说,"稳住,用力,还得平静。就像美人在怀一样,记得吗?"

这话让我想起梅根。

我稳不住了,一波能量冒着绿烟从我手掌喷出,往前飞去,完全偏离了破管子,倒把下方的铁椅销掉一条腿。铁屑簌簌洒落,椅子随之歪倒,"当"地一声把破管子摔到地上。

"扯火,"科迪说,"记得提醒我千万别让你摸我,小子。"

"我还以为你教他想象美女来着。"缇雅说。

"没错。"科迪回答,"既然他对美女都这样,我可不愿意知道他会怎么对待一个苏格兰丑男。"

"成功了!"我指着碎成铁粉的椅子腿大声欢呼。

"好是好,可惜跑偏了。"

"管他的,"我说,"我终于会用了!"犹豫了一下,我接着说道,"感觉不像吐烟圈,像是……我的手在唱歌。"

"又是个新的说法。"科迪评论道。

"每个人感觉都不同。"依然在桌边伏案工作的缇雅说。她打开了一罐可乐，龙飞凤舞地写着笔记。她非凡的脑力必须靠可乐推动。"震击手套的使用对你的大脑来说并不自然，戴维。现在你已经搭建起了神经通路，可以这么说，接下来要时常和大脑连线，辨清需要屈伸的是哪条心理肌肉。我一直好奇，如果把震击手套交给小孩，他们能不能学得更顺利、更自然，就像练习协调自己的肢体那样。"

科迪看看我，低声说道："是小精灵，别听她忽悠，小子。我看她是得了它们的好处。有天晚上我还瞧见她给它们留馅饼呢。"

问题是，他正儿八经的样子让我不禁怀疑他是否真的相信这些。他眼中闪过的狡黠光芒暗示他在逗我，可这张脸上完全没有表情……

我脱下震击手套递了过去。科迪将它拉到手上，心不在焉地朝旁边扬起手——手掌向前——往外一推。手套随他手的移动而振动起来，振动停止之后，出现细细一缕轻烟般的绿波，击中倒地的椅子和管道残片。两者化成了灰，如雾散一般飘落在地。

每次看他们用震击手套我都觉得很神奇。其效用范围十分有限，至多仅几英尺，而且对活体不起作用，也没有多大实战价值——诚然，你可以销掉对手的枪，但前提是你们距离已经很近。在那种情况下，花时间去专注使用震击手套，可能还不如直接揍对方几拳来得有效。

钢铁心

不过,手套也给予了他们常人难以想象的法子,可以在新加哥钢铁迷窟的腹地穿行,随意从任何房间进出。如果藏好了手套,就算被困进天牢地穴也能逃出来。

"你再多练练。"科迪说,"你有天分,所以教授肯定希望你更熟练一些。我们正缺一个会用震击手套的队员。"

"你们不是人人都会吗?"我惊讶地问。

科迪摇摇头:"梅根用不了,缇雅的位置又很少用得上——出任务的时候需要她在后方支援。所以通常都轮到我和亚伯拉罕。"

"那教授呢?"我问,"手套是他发明的,他的技术肯定是炉火纯青了,对吧?"

科迪摇摇头:"不知道。他拒绝使用手套,好像是从前有过不堪回首的经历。他不愿意谈,也许是不能说,我们也没必要知道。总之,你要勤加练习。"科迪摇着头脱下震击手套塞进口袋,"想当初,我不惜任何代价也想得到这个……"

清算者掌握的其他技术也令人大开眼界。护身夹克就是其中之一,其作用有点像盔甲,科迪、梅根、亚伯拉罕人手一件——外观不同,但衬里都缝有复杂的二极管网络,起到神奇的保护作用。另有一项高端技术是线粒体检测仪,可以判断出一个人是不是史诗派。此外我还见过一项名为"轻安仪"的发明,该设备可促进身体的恢复能力。

科迪拿来一把笤帚清扫铁屑,我心里暗自想着,真可惜,所有这些技术……足以改变世界,如果不是史诗派抢先一步将它毁灭了的话。浩劫中的世界无法享受科技带来的好处。

"以前你过的是哪种生活？"我替科迪把着畚箕，"在这一切发生之前，你是做什么的？"

"说来你也不信。"科迪说着，微微一笑。

"让我猜猜。"我边说边猜测起科迪的故事，"职业足球运动员？天价杀手兼间谍？"

"我是警察。"科迪低头看着那堆铁屑，轻声说道，"在纳什维尔。"

"什么？真的？"我十分惊讶。

科迪点点头继续扫地，挥手示意我把第一堆铁渣倒进垃圾桶，说："我父亲早年也当过警察，在老家的一座小城市，你肯定没听说过。结婚以后他搬来了这里。我在纳什维尔长大，其实从没回过老家。我想成为老爸那样的人，所以他去世以后我就念了警校，当了警察。"

"哈，"我说着，弯腰装上第二箕灰渣，"远没我想象中那么有传奇色彩。"

"唔，我其实亲手端掉过一整窝毒枭，你懂吧。"

"当然。"

"还有一次，总统来纳什维尔的时候，护送他的特工误吃坏掉的司康饼闹了肚子，只得靠我们警署的人出马保护他躲过了暗杀袭击。"他叫了声正在给队里一把霰弹枪做保养的亚伯拉罕，"幕后主使就是法国佬，你知道吧。"

"我可不是法国佬!"亚伯拉罕高声回答,"我是加拿大人,你这矬子。"

"有什么区别!"科迪说着,咧嘴一笑,回头看我,"总的说来,好像是没多少传奇色彩,大部分时间都很平淡。但我喜欢这份工作,喜欢为民造福,服务人民,保卫人民。可是后来……"

"后来?"我问。

"国家垮台的时候,纳什维尔遭到了瓜分。"科迪解释道,"一个五人的史诗派团体掌握了南部主要地区。"

"女巫团。"我点头说道,"实际上是六人,其中有对双胞胎。"

"啊,对了,老是忘记你对这些消息灵通到夸张的地步。总之,政府被她们接手了,警署开始为她们服务,不服从的统统上交警徽一边儿凉快去。于是好人都自行退役了,坏人继续留在警察队伍里,越来越坏。"

"那你呢?"我问。

科迪指了指一直佩在腰间的东西。它套在腰带右侧,外形像个薄薄的钱包。他伸手拨开磁扣,亮出一枚警徽——虽有多处划痕,却仍擦得锃亮。

"我两样都没选。"他低声说,"我宣过誓,要服务人民,保卫人民。我不能因为某些会魔法的恶棍对民众颐指气使,就停止践行当初的誓言。就是这样。"

他的话让我浑身一个激灵。我盯着警徽,心绪像煎锅上的煎饼一样翻来覆去，我看不透这个人，难以把这个爱开玩笑编瞎话的吹牛大王与一个坚守职责的警官形象结合在一起。他仍坚持为民服务，尽管市局已经倒台，警署已经关闭，身边的一切俱已被夺走。

其他人或许也有类似的故事。我这么想着，瞟了眼缇雅，她小口饮着可乐，忙得不亦乐乎。是什么促使她加入被多数人视为毫无胜算的战斗，过上流离奔徙的生活，向逍遥法外的罪人施行正义？是什么促使亚伯拉罕、梅根，以及教授本人参与进来？

我回头看着科迪，他正动手扣上警徽套。皮套另一面的胶片背后夹着什么东西——一张女人的照片，上部剪掉了直直的一条，缺了眼睛和大半截鼻子。

"那是谁？"

"一个特别的人。"科迪说。

"谁呀？"

他没回答，"啪"的一声合上了皮套。

"最好别去了解对方的家庭，也别多问。"桌边的缇雅说，"清算者通常都以死收场，但偶尔也有一两个成员被俘。最好是保证没法泄露队友的私事，以免危及他们所爱的人。"

"哦。"我说，"对呀，有道理。"我压根没想到这点，我所爱的人全都已经离世。

"你那边进展怎样，妞儿？"科迪边问边溜达到桌旁。我跟了上去，只见缇雅铺开了一长溜的报告和账簿。

钢 铁 心

"完全没有进展。"缇雅愁眉苦脸地说着,将手伸到镜片下揉揉眼睛,"就像只用一片拼图来复原整张复杂的原图一样。"

"你在做什么?"我问。那些账簿跟图纸于我都艰深得像天书。

"钢铁心在吞并日挂了彩。"缇雅说,"如果你的回忆准确——"

"肯定准确。"我斩钉截铁地答道。

"人的记忆会随时间变得模糊。"科迪说。

"我的不会。"我辩称,"这些不会,那天的记忆不会。我可以告诉你,那天贷款业务员系了什么颜色的领带,当天有多少名出纳,兴许还可以数出银行吊顶用了多少块天花板。当时的场景历历在目,都烙在了我脑子里。"

"好的。"缇雅说,"喏,如果你的记忆确实无误,那么钢铁心在打斗中主要还是保持着无敌状态,只是临到结束时才挂彩。其间情形有变。我正在排查所有的可能性——关于你父亲、当时的地点或情形。最大的可能,应该是你提到的金库爆炸。可能里面有什么东西化解了钢铁心的防御,金库一炸开就影响到了他。"

"所以,你在找银行金库的出入库登记表。"

"对。"缇雅说,"简直是大海捞针。多数记录早就连同银行一道被摧毁了,不过应该有脱机备份,存在某台服务器上。第一联合大厦的数据主机由东利琼斯有限公司提供,其服务器主要位于得克萨斯，可是公司机房也在八年前的阿尔德拉暴乱中烧成了灰烬。

"唯一的机会只剩下纸质原件，或者其他分行留存的数据备份，但是，鉴于其主要办公室都设在同一幢大厦，所以这个机会也很渺茫。除此以外，我还在找客户名单——某些经常出入银行的有钱人或名人，他们存进金库保险箱的物品可能会公之于众，比如奇石，或者某个被钢铁心无意间看到的特殊标志之类。"

我看着科迪。服务器？主机？她在说什么？他耸耸肩。

问题在于，什么都可能成为史诗派的弱点。缇雅提到了标志——有些史诗派在见到某个特定图案时会暂时失去超能力，而其他的弱点，诸如：想了不能想的事物，没吃必须吃的食物，或者吃错了东西。比起超能力本身，弱点更是五花八门。

"如果这个谜题没有解开，"缇雅说，"整个计划就毫无用处。我们正走在一条危险的路上，但我们还不清楚最后能否抛出致命一击。这让我相当烦恼，戴维。要是你想到别的线索可以让我换一条思路，就尽管告诉我，*什么都行*。"

"一定。"我向她保证。

"好。"她说，"另外，麻烦你带科迪去别的地方，*拜托让我专心用功*。"

"你真该赶紧学学一心二用了，妞儿。"科迪说，"像我这样。"

"一边唱小花脸一边捣乱是很简单,科迪。"她回答,"但是,要一边对付小花脸,还要一边给他搅乱的东西归位,难度可就大多了。去找点儿事做吧,该干吗干吗去。"

"我以为我一直在干该干的事咧。"他心不在焉地说着,伸出手指朝一行字点了点。那张纸好像是银行客户清单,上面写着"琼生利宝代理公司"。

"你又在——"缇雅正要发作,突然看到那行字,顿时失语。

"什么?"我看着那页文件问道,"这些都是在银行里托管物品的人吗?"

"不是。"缇雅说,"不是客户名单,是银行的支出结算单。这个是……"

"他们家保险公司的名字。"科迪说着,得意地一笑。

"灾星在上,科迪,"缇雅咒骂了一句,"我恨你。"

"知道你恨我,妞儿。"

奇怪,两人竟然是笑着说出了这番对话。缇雅立即开始翻阅相关文件,同时注意到——眼神中透着无奈——科迪指过的纸上留下了一点三明治蛋黄酱的污迹。

他抓着我的肩膀,带我离开了桌子。

"刚才什么情况?"我问。

"保险公司,"科迪说,"第一联合银行向他们支付了大把的钱,为金库里的物品投保。"

"就是说,那家保险公司……"

"应该保留着详细的每日投保记录单。"科迪咧嘴一笑，说道，"保险公司的人对这些东西分析得相当细致，就像银行工作人员那样。其实缇雅也是这种。幸运的话，假如银行在大楼毁掉之后提交了理赔申请，就有附件备案可查。"

"高明。"我说，不禁对他刮目相看。

"噢，我只是擅长发现躲在眼皮底下的东西。我的眼神很锐利，曾经徒手抓到过小矮妖，你知道吧。"

我狐疑地看着他："那不是爱尔兰的吗？"

"当然。我们老家的小矮妖都是从爱尔兰换来的。三棵郁金香外加一个羊小肚就能换一只。"

"感觉你们有些吃亏。"

"噢，我倒觉得划算到扯火，想想看，小矮妖是多么神秘又难寻。嗨，教授，你的苏格兰短裙哪儿去了？"

"跟你的小矮妖一样难寻。"教授正从一间侧屋出来，走向被他征用作"冥想室"的房间，不知那里究竟有什么妙处，里面设了成像器，其他的清算者成员都对它敬而远之。"科迪，可否借戴维一用？"

"拜托，教授，"科迪说，"咱俩谁跟谁呀，这种话还需要问吗……你现在应该很了解我的收费标准了吧，租让小跟班是三英镑外加一瓶威士忌。"

我不知道该为哪件事感到羞辱，是他叫我跟班，还是他用这么低廉的价钱出租我。

教授没理他，拽着我的手臂说道："今天我要派亚伯拉罕

钢铁心

和梅根去'方片'那儿。"

"军火商?"我急不可耐地问道。他们曾提过,方片或许有能够帮助清算者假扮史诗派的技术出售,用以展现既炫酷又极具毁灭性的"超能力",博取钢铁心的注意。

"我想让你跟着去一趟。"教授说,"这对你是次难得的经历。不过要听指挥,一切是亚伯拉罕说了算。如果遇到有谁好像认识你,及时向我报告。"

"遵命。"

"那赶紧把枪拿上,他们马上要出发了。"

第十五章

"从枪的方面考虑一下如何?"路上,亚伯拉罕说道,"银行,金库里的物品,按这个方向找也许是错的呢?会不会是你父亲射伤他用的枪比较特别?"

"那把枪只是随便一个保安身上掉下的。"我说,"史密斯维森M&P 9毫米,半自动,没什么特别。"

"你连具体什么枪都记得?"

走过铁墙间的地道,我顺脚踢开一块垃圾。"我说过,那天的事全都历历在目,而且我对枪也很熟悉。"犹豫一下之后,我决定自曝傻事,"小时候我认为肯定是枪的型号比较特殊,就攒了钱打算买一把,可是没人肯卖枪给那个年龄的小孩。我当时计划溜进钢铁心的宫殿开枪打死他。"

"溜进钢铁心的宫殿。"亚伯拉罕语调平淡。

"啊,没错。"

"然后开枪打死他。"

"那时我才十岁呀。"我说,"给点儿鼓励嘛。"

"对一个有如此抱负的小鬼,我会表示敬意——而不是给谷粒,或者麦粒什么的。"亚伯拉罕的话音里透着笑意,"你

钢铁心

真有意思，戴维·查尔斯顿，感觉你小时候更有意思。"

我笑了。这位说起话来不紧不慢、语气温和、带着点法国口音的加拿大人有种奇特的亲和力，几乎让人忽略掉他肩上扛着的巨型机关枪——配有枪榴弹发射器。

我们依然还在钢铁迷窟中，在这里，即便如此高火力的装备也不会引起特别的注意。我们偶尔会遇到一群人，他们大多围在燃烧的火堆边，或挤在靠私接插座供电的电暖器旁，不少人随身携带着突击步枪。

过去的几天里，我也曾离开过秘密基地几次，每次都有一名清算者陪同。他们这样把我当小孩儿看，让我有些光火，但我也理解，不能指望他们马上就信任我，至少不会完全信任。另外——虽然我不会说出口——其实我也不愿一个人走这钢铁迷窟。

多年来我一直刻意避开地底深处。在工厂的时候，人们就时常讲起底层居民的故事，他们穷凶极恶，恐怖如怪兽。他们拉帮结伙，靠吃人维生，遇到那些一时误入被世人遗忘地道的糊涂虫，必然残害其命，分食其肉。这些杀人犯、罪犯、瘾君子与地街表层那些不可相提并论，称得上是丧尽天良。

也许传闻有些夸张。我们遇到的人确实凶神恶煞——但主要是出于敌意，而非精神变态。他们阴沉着脸，目无表情地追踪你的每一个动作，直到你走出他们的视野。

这些人不喜欢被打搅。他们都是社会边缘的边缘人物。

"钢铁心为什么默许他们住在这下头?"我问。我们又走过一群亡命徒。

梅根没有回答——她自顾自走在我们前面——亚伯拉罕则回头朝火光望去,只见取暖的人们鱼贯跟出来几步,确认我们是否离开。

"这种人是赶不尽杀不绝的。"亚伯拉罕说,"他必然知道。缇雅认为,他是故意把这些人安置在这里,方便掌握他们的动向。把罪犯聚集在已知地点,这种做法很有效,眼皮底下的人总比视野之外的人好管理得多。"

这话让我浑身不自在。我曾以为在这下头能完全避开钢铁心的监控,也许这地方没有我想象的那么安全。

"也不可能把这些人全给关起来。"亚伯拉罕说,"除非建一座牢不可破的监狱。所以,为了省事,统治者就给那些真正渴望自由的人们一点儿自由,从而避免他们造反。如果分寸把握得好的话。"

"他对我们就没把握好。"我轻声说。

"对,没错,的确没把握好。"

我一路走,一路回头看,总免不了担心迷窟里的某些人会袭击我们,虽然他们一直没有动手。他们——

我惊得跳了一下,此时才突然意识到*真的*有人跟着我们。"亚伯拉罕!"我轻声说,"他们跟来了。"

"对。"他平静地说,"前面也有几个在等咱们。"

前方的地道变窄了。完全可以肯定,有一群人影正站在那里守株待兔。他们衣不合体且破旧不堪，这是多数迷窟居民的常见打扮。他们携带的旧步枪和手枪上缠了不少皮条——那种枪三天两头地卡壳，在过去的十年里换了不下十个主人。

我们三人停止前进，后面那伙人便赶了上来，前后包围。我看不见他们的脸。没人开手机照明，地道里显得十分昏暗。

"装备不错啊，朋友。"前面这伙人里有人发话，但谁都没有做出明显的挑衅之举。他们手持武器，枪筒指向侧边。

我小心地慢慢取下步枪，心脏狂跳不止。亚伯拉罕却伸手按住我的肩膀，另一只手托着巨型机关枪，枪筒指天。他身穿一件清算者夹克，和梅根一样，不过他这件是灰底白纹，高领，有好几只口袋，而她的则是一般的棕色皮夹克。

只要离开秘密基地，他们总会穿着护身夹克。我从未见过夹克的使用效果，也不知道它能实际提供多少保护。

"别乱动。"亚伯拉罕对我说。

"可是——"

"交给我来处理。"他的声音波澜不兴，接着往前踏出一步。

梅根上前与我并肩站在一起，手按在枪套上。她的样子比我冷静不了多少，我俩都恨不能同时注意到前后的动静。

"你喜欢我们的装备？"亚伯拉罕的问话彬彬有礼。

"识相就把枪留下。"路匪说，"放你们走。"

"这话讲不通。"亚伯拉罕说,"既然你眼馋我的武器,也就说明我方的火力比你们强,打起来你们肯定输。是不是这个理儿?你恐吓我是没用的。"

"我们的人比你们多,朋友。"那人轻声说,"而且弟兄们都舍得拿命去拼。你们呢?"

我感到后颈上一阵凉意。不好,这些深踞地底的谋杀犯并非我从传闻中了解的那样。他们更加危险,像一群狼。

我从他们身上看到了狼的影子,从他们的行为——他们群聚在一起监视我们走过。这些人被社会驱逐至此,他们团结在一起,一体同心,作为一个群体生活,不再单打独斗。

对这个群体而言,亚伯拉罕和梅根所持的枪可以大大增加他们的生存概率。他们想得到枪械,即使丢几条命也在所不惜。情况看起来是十几个人对上三人,而且我们已受到包围。胜算小得可怜。我心里一阵痒痒,好想取下步枪开战。

"你没有伏击我们。"亚伯拉罕指出,"你并不希望用死解决问题。"

匪帮没有答话。

"感谢你给我们活命的机会。"亚伯拉罕说着,向他们点点头。奇怪,亚伯拉罕的嗓音听起来十分真诚,如果换个人这么说,这话兴许就变成奚落或讽刺,而他给人的感觉却真心实意。"你放我们在自划的地盘上通行了好几次。出于这一点,我要再次谢谢你。"

"枪。"路匪说。

钢铁心

"枪可不能给你。"亚伯拉罕答道,"我们自己也需要。再说,就算给了你,对你们也不是件好事。其他匪帮看见也会眼红,会上门讨要,就跟你们拦路抢我们一样。"

"那就轮不到你来操心了。"

"也许是。不过,既然你向我们展示出了气度,我愿意和你谈个条件。决斗,你跟我。双方都只出一个人。如果我赢,你就放我们走,而且以后也允许我们自由通行这段区域。如果你赢,我的朋友双手奉上武器,我是义不容辞。"

"这里是钢铁迷窟。"那人说。他见有些同伴在窃窃私语,便用深陷于阴影之下的眼睛瞪了他们一眼,继续道,"可不是谈条件的地方。"

"然而你给了我们谈条件的理由。"亚伯拉罕冷静地说,"你待我们光明磊落,我相信有一就会有二。"

这在我看来倒不是光明磊落。他们没有埋伏,只是因为怕我们;他们想要武器,但不希望流血冲突,而是企图靠恐吓得手。

不过,领头的匪徒终于点了个头。"好。"他说,"成交。"说完,他迅速举起步枪开火,子弹正中亚伯拉罕胸口。

我跳起来,骂了一句,慌忙取枪。

但亚伯拉罕依然屹立不倒,甚至连动都没动一下。又有两声枪响在狭窄的地道迸开,两发子弹击中他,腿上一发,肩膀一发。他没有动用强力的机关枪,而是冷静地伸手到胁侧,从皮套里拔出手枪,射向匪徒的大腿。

那人大叫出声，破烂的步枪失手掉落，他瘫倒在地，捂着受伤的大腿。其他人大都吓慌了手脚，几个人紧张地放下了武器。亚伯拉罕则悠悠然将手枪放回皮套。

我感觉冷汗从眉毛滴下。护身衣似乎发挥了作用，而且比我想象的厉害得多。可是我并没有这样的装备，万一其他匪徒开火……

亚伯拉罕把机关枪递给梅根，然后走向前蹲跪在倒地的匪徒身边。"请压住这里。"他的语气非常友善，教那人把手按在腿上正确的位置。"嗯，很好。那么，如果你不介意的话，我来给你包扎下伤口。刚才子弹打中了肌肉间隙，不至于卡在里面。"

亚伯拉罕拿出绷带为他包扎伤腿，匪徒痛得直叫。

"你杀不死我们的，朋友。"亚伯拉罕继续道，声音更加温柔，"我们不是你以为的那样。你明白吗？"

匪徒拼命点头。

"与我们化敌为友才是明智的选择，你说对不对？"

"对。"匪徒说。

"妙极了。"亚伯拉罕答道，一面绑紧绷带，"每天换两次，绷带要用开水煮过。"

"嗯。"

"好了。"亚伯拉罕起身拿回机关枪，转向匪帮其他人说道："多谢各位放我们通行。"

他们茫然失措，给我们让出一条道。亚伯拉罕迈步向

钢铁心

前,我俩匆忙跟上。我回头看去,只见匪帮成员在他们重伤的老大身边围了一圈。

"太帅了。"走远一些之后,我赞叹道。

"别这么说。这帮人成日里担惊受怕,他们只是想守护自己仅存的一点可怜尊严罢了。我为他们感到同情。"

"他们可朝你开了三枪哪。"

"是我主动允许的。"

"那也是他们威胁我们在先!"

"起因也是我们侵犯了他们的地盘。"亚伯拉罕说着,再次把机关枪递给梅根,边走边脱下夹克。我这才看见,有一颗子弹穿透了布料,鲜血正从他衬衫上的弹孔周围渗出。

"护身衣不能全部挡下吗?"

"它们并不是万无一失的。"梅根看着亚伯拉罕脱下衬衫,"我这件就从来不顶用。"

我们停下脚步,亚伯拉罕用手帕擦净伤口,挑出一小片金属。显然,子弹在触到夹克时就已分崩离析,只剩下这一小块弹片射穿了他的皮肤。

"万一他瞄你的脸怎么办?"我问。

"护身衣内藏有先进的防护装置。"亚伯拉罕说,"提供保护的其实不是夹克本身,而是它营造的防护场,可以形成一道看不见的屏障,抵御冲击,对整个身体起到一定的保护作用。"

"什么?真的吗?太神奇了。"

"没错。"亚伯拉罕犹豫了一下,又穿上衬衫,"不过,冲脸射来的子弹可能挡不住,所以,也算我走运,他们没有选这个部位。"

"我说过,"梅根插进话来,"护身衣远远不够,它不是万无一失的。"她似乎有些生亚伯拉罕的气,"防护场更适用于跌落和冲撞这类情况——子弹那么小,又是高速运动,护盾很快就会过载。刚才任何一枪都可能杀了你,亚伯拉罕。"

"可事实是没有。"

"你也可能会受伤。"梅根语气严厉。

"我已经受伤了。"

她白了他一眼:"伤得再重也是活该。"

"要不然就等他们开枪吧,"他说,"把我们全杀死。这样赌一把还是值得的。另外,我想他们现在应该会认为咱们仨是史诗派。"

"我都差点以为你是了。"我坦承。

"这项技术通常是秘不示人的。"亚伯拉罕说着,重新穿上夹克,"不能让人们将清算者的身份同史诗派联系在一起,这样有损我们代表的形象。不过今天事发危急,我相信这么做利大于弊。况且你的计划是需要放消息说城里来了新史诗派要挑战钢铁心,这些人有望帮忙散布谣言。"

"我觉得,"我说,"你这招很妙,亚伯拉罕。扯火,我一度以为咱们都死定了。"

"很少有人愿意杀人,戴维。"亚伯拉罕平静地说,"杀戮不属于健全人类心理的基本组成要素。多数情形下，人们都会千方百计地避免杀人。记住这一点，以后会有用的。"

"我见过很多人杀人。"我回答。

"没错，但往往都事出有因。要么是他们觉得走投无路——在这种情况下，如果你能提供别的选择，他们极有可能会选——要么就是心智不健全。"

"那史诗派呢？"

亚伯拉罕伸手抚摩脖子上细细的银项链："史诗派不能算是人。"

我点点头。这话我同意。

"接着聊先前的话题吧。"亚伯拉罕说着，从梅根手里拿过机关枪，随便往肩上一靠，继续往前走，"钢铁心是怎么受伤的？有可能是你父亲使用的武器比较特别。你小时候的英勇计划从未执行过吧？找支一模一样的枪，然后……你是怎么说的？溜进钢铁心的宫殿打死他？"

"对，没有执行。"我说道，面颊绯红，"最后我冷静下来了。不过，我现在认为不是枪的原因，M&P 9毫米并非多罕见的型号，肯定有人用来朝他开过枪。另外，我从没听说过哪个史诗派的弱点是某种特定口径的子弹或者枪的品牌。"

"也许吧，"亚伯拉罕说，"可是许多史诗派的弱点都令人意想不到，说不定真与那家特定的枪械厂有关系，或者换个方面想，可能涉及子弹的成分，好些史诗派都会被特定比例的合金削弱。"

"的确。"我承认,"但是那颗子弹会有什么特别之处,和其他人朝他射出的子弹又有什么不同呢?"

"不知道。"亚伯拉罕说,"但是这一点值得考虑。你认为是什么触发了他的弱点呢?"

"金库里的什么东西吧,和缇雅想的一样。"我说这话时并没有太多把握,"要不然,就是当时的情况达到了特定条件。也许是我父亲的年龄助了他一臂之力——我知道有些牵强,但是在德国就有个史诗派只能被37周岁的人打伤。或者可能是当时朝他开火的人员达到了一定数量。墨西哥有个叫'十字纹'的史诗派就只有在五个人同时攻击她的时候受伤。"

"管这么多干吗?"梅根突然插话。她蓦地在半道上停下,转身看着我们,"你们永远不可能搞清楚。**任何事物都可能是他的弱点,即使参考戴维的小故事——假设不是他编的——也没有办法确知。**"

亚伯拉罕和我停在原地。梅根的脸涨得通红,似乎怒不可遏的样子。一周以来冷淡又笃定的她突然发怒,着实很让人震惊。

她转过身,头也不回地走着。我瞟了眼亚伯拉罕,他耸耸肩。

我们继续前行,但交谈已无疾而终。亚伯拉罕屡次想追上梅根,可她每次都跟着加快脚步,我们也只好随她去了。她和亚伯拉罕都有军火商的坐标,即使不跟着他走,她一个人也能找到目的地。显然,这个叫"方片"的家伙只在城里

钢铁心

待一小段时间,而且每次来都选不同的地方开张。

我们在七弯八拐的迷窟中走了整整一小时,来到一个岔路口,梅根让我们停下,自己拿出手机对照缇雅上传的地图,屏幕照亮了她的脸。

亚伯拉罕也从夹克肩部取下手机,做出同样的举动。"快到了。"他指着前路告诉我,"这边,地道尽头就是。"

"这家伙有多少可信度?"我问。

"完全为零。"梅根说。她又换回了平日那张面无表情的扑克脸。

亚伯拉罕点点头:"最好千万别信任军火商,我的朋友,他们全都向交战双方无差别出售武器,如果打起持久战来,唯一获利的就是他们。"

"双方?"我问,"他也卖武器给钢铁心?"

"你去问他,他是不会承认的,"亚伯拉罕说,"但他必然是这副德性。钢铁心也知道厉害的武器贩子整不得,假如折磨或者杀掉方片这样的人,以后就再也不会有军火商来这里,钢铁心的军队就永远不会拥有邻城那么先进的技术。倒不是说钢铁心喜欢这样——方片永远不会跑去天街开张,在这里,钢铁心只好睁只眼闭只眼,只要能保证他士兵的装备供应。"

"这么说……不管我们从他手上买了什么,"我说,"钢铁心都会知道?"

"不,不。"亚伯拉罕连忙否认,脸上浮起笑意,好像我的问题简单到离谱，如同咨询捉迷藏的规则那般。

"军火商不谈论其他客户。"梅根说，"至少是眼下还活着的客户。"

"方片昨天刚回城。"亚伯拉罕说着，领我们走下地道，"他准备开张一周。如果我们率先光顾，就能比钢铁心的人先看到他卖些什么。这样就占了一丝先机，嗯？方片经常会有相当……有意思的货。"

那好吧，我想。就算方片两面三刀也没关系，我会不择手段地接近钢铁心，至于道德考量，早在多年前就被我抛诸脑后了。这样的世界，谁还有时间去遵守道德？

我们终于抵达通往方片店铺的过道。我本以为会有严密警戒，甚或动用整套能量机甲，不料却只有一个穿黄裙子的年轻姑娘。她铺了张毯子趴在地上，用一支银色的笔在纸上画画。她抬头看见我们，开始咬起了笔头。

亚伯拉罕礼貌地向女孩递上一块小小的数据芯片，她拿过去检查了一会儿，用它轻触手机的侧边。

"我们是菲德拉斯的人。"亚伯拉罕说，"有预约。"

"过去吧。"姑娘答道，把芯片丢还给他。

亚伯拉罕凌空接住，我们继续走进过道。我回头瞟了眼那个姑娘。"安保措施不算多强嘛。"

"方片总爱玩新花样，"亚伯拉罕笑道，"背后没准儿藏着什么精妙的机关——单靠那姑娘就能触发的陷阱之类，很可能埋有炸药。方片对炸药情有独钟。"

钢铁心

拐过一个转角,便踏入另一番天地。

"咱们到了。"亚伯拉罕宣布。

第十六章

方片的商店并没有开在一间铺子里,而是选在迷窟的一条长过道。我猜过道另一头要么是死胡同,要么雇了人把守。整间店由头顶的便携灯具照亮,从迷窟一成不变的黑暗中走来,这里简直亮得瞎眼。

灯光在待售的枪支上闪耀——几百杆枪,挂在过道墙上。炫酷的有色金属打磨得锃亮。突击步枪,手枪,庞然怪物般的电子压缩枪,和亚伯拉罕扛的这把很像,通体装载重力控制装置。老式左轮,成堆的手榴弹,火箭筒。

迄今为止,我只拥有过两支枪——一支手枪,一杆步枪。步枪和我是好搭档,我们在一起三年了,我深深依赖着她。需要她的时候她从不含糊,我们有着深厚的感情——我关照她,她关照我。

然而,看到方片店铺的时候,我感觉自己就像一个只拥有过一辆玩具车的小孩突然闯进了摆满法拉利的展厅。

亚伯拉罕信步走进过道,基本上没怎么看那些武器。梅根前脚进店,我后脚也跟了进去,盯着墙上的货品,眼睛都直了。

"哇,"我惊叹,"这里就像……结满了枪的香蕉种植场。"

"香蕉种植场。"梅根淡淡地说。

"对呀。你知道吧,香蕉在树上结得多旺,一串串垂下来,这些?"

"跪娃,你打比方的水平真差劲。"

我臊红了脸。艺术长廊,我突然想到,我应该说"像陈列枪支的艺术长廊"。不,且慢,那样说的话,就意味着这些枪只是用作展览供人参观的。那应该叫枪支长廊?

"你竟然知道香蕉这东西?"梅根低声说。亚伯拉罕正在一块空墙边同一个发福的男人寒暄。他无疑就是方片了。"钢铁心又没从拉美进口商品。"

"我有几部百科全书。"我心不在焉地答道。"罪恶毁灭之枪的长廊"。我应该这么说。这名字听起来很霸气,对吧?"读了几遍,有些内容很乱。"

"百科全书。"

"对。"

"你读了'几遍'。"

我停止发散的思绪,这才意识到刚刚说了什么。"呃,没有,我是指浏览过了几遍。怎么说呢,主要是找枪的图片。我——"

"原来你是个呆学霸。"说着,她走到前面去找亚伯拉罕了。她好像觉得我很搞笑。

我叹了口气,也上前站到他们身边,本想找机会重拾话题向她炫耀新的比喻，可是亚伯拉罕已经开始介绍我们了。

"……新来的小鬼。"他说着，朝我打个手势，"戴维。"

方片对我点了个头。他身穿鲜艳的热带风大花衬衫，也许是这副扮相让我想到了那个香蕉的比喻。他留着长发，须发皆白，额上的发际线有些推后，笑容豪放，目光炯炯。

"我看，"他对亚伯拉罕说，"你应该是想看新货、尖货吧。你知道吗，其他客户——咳咳——还没找来这儿呢！你是开张第一个！先到先挑！"

"价钱也最高。"亚伯拉罕说道，转头看着满墙的枪，"这年头，装备越好死得越快。"

"讲这话的人却扛着一挺电子压缩式曼彻斯特451，"方片说，"带重力控制和枪榴弹自动填装发射器。枪榴弹这东西不错，虽然小了一点，但是发射效果真爽爆了。"

"把你的好货都给我们看看吧。"亚伯拉罕礼貌地说，声音中似乎带着克制。我敢发誓，他对那些开枪打他的匪徒讲话的语气也比这冷静得多。奇怪。

"我专门为你准备了一些好货。"方片说。他笑起来像条鹦鹉鱼，我一直觉得那种鱼长得很像鹦鹉，不过以上两种我都没见过实体。"要不你四外看看？大略浏览一下，告诉我什么样的东西符合你的期许。"

"很好。"亚伯拉罕说，"谢谢。"他朝我们点个头，我们心领神会，着手寻找一件非比寻常的大规模杀伤性武器——破坏力足以匹敌史诗派的手笔。要想冒充得像，就得扮出石破天惊的效果才行。

梅根来到我旁边，细看一架爆燃弹机关枪。

"我不是学霸。"我压着嗓子悄声对她说。

"学霸怎么了？"她问，声调不冷不热，"脑子好使又没什么不对。说真的，如果你真够聪明，还会成为队里更宝贵的财富。"

"我只是……我……我只是不喜欢这个称呼。再说了，谁听说过哪个呆学霸从飞行的喷气机上跳下，朝地面自由落体的途中还能在半空击落一个史诗派的？"

"我从没听说过谁有这等能耐。"

"菲德拉斯就有。"我说，"三年前在加拿大，一举处决了'红叶'。"

"那个故事有添油加醋的成分。"亚伯拉罕从旁边走过，轻声说道，"他跳的是直升机，而且原本就是这么计划的——准备了万全的应急措施。现在，请集中精力执行当前的任务。"

我立即闭了嘴，专心研看这些武器。爆燃弹效果够炫，但算不上新颖，不够我们要求的视觉效果。实际上，任何基本类型的枪都用不上——不论是发射子弹、火箭弹，还是枪榴弹，都不具备说服力。我们需要的东西更接近治安军拥有的能量武器，可借以模仿超能力性质的火力。

我向过道尽头走去，好像往里越深，武器就越是特别。我在一组奇怪的物品边停下，它们看似完全无害——水瓶、手机、笔,却也像枪械一样陈列在墙上。

"啊……你很有眼光啊,是吧,戴维?"

我惊得一跳,转头看见方片正在背后冲着我笑。这样一个胖子走动起来怎么悄无声息的?

"这些东西是什么?"我问。

"高级伪装炸弹。"方片骄傲地回答。他伸手在一块墙面上划动,一个视框便浮现出来。显然他给这个地方装配了成像器。画面显示出桌上放着的一瓶水,有个生意人缓步走过,看着手里的什么文件。他把文件放在桌上,拧开瓶盖。

随即爆炸了。

我倒跳一步。

"啊,"方片说,"希望你能体味这段视频的价值——实地部署的伪装炸弹,拍得如此清晰而完整,这可是相当罕见的,真是精彩绝伦。注意到了吗?爆炸把尸体往后掀得远远的,可是对近处却没多大损害,这是伪装炸弹极其重要的特性,特别适用于刺杀可能携带了重要文件的目标。"

"真恶心。"我扭开头说道。

"咱们干的可是杀人的行当,小伙子。"

"我是说视频。"

"他本就不是什么善人,希望你听了心里会舒服些。"但我怀疑方片对此根本无所谓,他一脸殷勤地在墙上划来划去,"那爆炸真漂亮。说实话,我之所以卖这些东西,有一半的原因就是想炫耀这段视频。它独一无二。"

钢铁心

"这些都是炸弹?"我细看着那堆外表无害的物件问道。

"那支笔是起爆器。"方片说,"按下笔端,旁边这些橡皮擦形状的小装置就会起爆。它们是通用火帽,只要贴紧爆炸物引爆,一般都可以爆炸。虽然具体要看是什么材质,但它们以相当先进的检测算法编程,对大多数爆炸性物质都适用。贴一个到别人的手榴弹上,走开,然后将笔一按。"

"要是能把火帽都贴上对方的手榴弹,"梅根走近,"还不如直接把销钉给他拔下来,或者开枪更痛快。"

"它并不是任何情况都适用,"方片辩白道,"但是用好了相当有意思。在敌人意想不到的时候引爆他自己的炸弹,还有什么比这痛快的?"

"方片,"亚伯拉罕在过道另一头喊道,"来给我介绍一下这个。"

"啊!明智之选!这东西爆破威力可了不得……"他踏着小碎步跑开了。

我看着满墙外表纯良暗藏杀机的武器,总感觉什么地方很不对劲。我以前杀过人,但从不暗下毒手,我会亮出手里的枪,而且不到万不得已不会出手。我的人生没有多少原则,其中一条是父亲教给我的:千万别主动出第一拳。如果非得回第二拳不可,确保它是为了阻止第三拳。

"这些可能用得上。"梅根说道,依旧抄着双手,"虽然我怀疑那个吹牛大王并不明白它们的真正用途。"

"我知道。"我回答,想方设法博取她的好感,"我是说,还把那个可怜虫的死拍下来？实在太不专业了。"

"说到底，他是卖炸弹的，"她说，"所以，拥有那样的录像对他来说反倒显得专业。我怀疑他每种武器都录了一段使用视频，毕竟这里没法亲手试用。"

"梅根，那段录像可是一个人被炸得稀巴烂。"我恶心地摇摇头，"丧尽天良，这种东西不该拿出来显摆。"

她顿了一下，似乎在为什么事情而烦心。"对。当然。"她看着我，"你还一直没解释为什么这么讨厌被人叫学霸呢。"

"跟你说过了，我不喜欢那个称呼是因为，怎么说呢，我想做惊天动地的事，可是学霸并不——"

"不是这个。"她说着，冷冷地盯着我。扯火，她的眼睛真美。"烦扰你的是你内心深处的东西，需要有意识地克服，那是你的弱点。"她瞟了眼水瓶，转身走向亚伯拉罕正仔细察看的一件武器。那是一支反坦克火箭筒。

我把步枪甩到肩上挎好，双手插进兜里。似乎我最近花了很多时间挨训，我曾以为离开工厂就可以结束这种生活，但我显然是想多了。

我转身背对梅根和亚伯拉罕，望着对面最近的那块墙。我静不下心看那墙上的枪，虽然那是当前的首要任务。我脑子里在反复思索她方才的问话：为什么不喜欢被人叫学霸？

我走到她身边。

"……拿不准到底是不是我们要的。"亚伯拉罕正说着。

"但是火箭弹爆炸这么威猛。"方片回答。

钢铁心

"是因为聪明的孩子会被他们带走。"我轻声告诉梅根。

我感觉她将视线投向了我,但我还是继续盯着墙。

"工厂里有许多孩子都拼了命地证明自己有多聪明。"我悄声说,"我们有学校,知道吧,上半天学,干半天活,除非被学校开除。如果成绩太差,老师就会开除你,然后你就得整天整地干活。学校生活比工厂轻松多了,所以多数孩子都会拼命学习。

"但是,真正聪明的那些……天才和神童……学霸……都待不久,他们会被带到上面的城市。只要在电脑、数学、写作等方面展示出天分,妥妥的!听说他们都找到了好工作,在钢铁心的外宣团或者会计室之类的。小时候我还为钢铁心养会计感到好笑。他养了一大帮会计,知道吧,帝国需要这样的人。"

梅根看着我,眼神里充满了好奇:"于是你……"

"学会了装傻。"我接话道,"或者说保持平庸。傻瓜会被逐出学校,而我想学习——知道自己*需要*学习——所以我必须留下。我也知道,到了上面就会失去自由,他对手下会计的监视比对普通工人严密多了。

"也有其他男生跟我持同样的想法。许多女生很快就提上去了,她们都很聪明。然而,我认识的有些男生开始将留在学校视为一种荣耀,不愿'出人头地'。我必须极度小心,因为我经常问一大堆关于史诗派的问题;还得把笔记本藏起来,想办法避免给人留下聪明的印象。"

"可你早就离开学校,加入清算者了,没必要在意这些了吧。"

"有必要。"我说,"因为我不是学霸。我并不聪明,只是肯下苦功。我那些聪明的朋友根本不需要学习,而我在每次考试之前都得像匹马一样地发奋。"

"像匹马一样?"

"怎么说呢,因为马很勤劳,拉车犁地之类的?"

"对,我刚没想到这一点。"

"我并不聪明。"我说。

其实我向她略去了一点,我之所以这么用功学习,其中一个原因是我必须知道每个问题完全正确的答案,只有这样才能保证答出准确数量的错题,停留在中等梯队。智力表现足以留在学校,但又不值得引起别人的注意。

"另外,"我继续道,"我认识的那些真正的聪明人,他们念书是因为热爱学习。我不是。我讨厌读书。"

"可你读过百科全书,还读了几遍。"

"只是为了寻找史诗派弱点的可能范围。"我说,"我需要了解不同类型的金属、化合物、元素、标志。实际上,任何一样东西都可能是弱点,我寄望于从书中获得灵感,发现他的秘密。"

"就是说,什么都以他为出发点。"

"我生命中的一切都是以他为出发点,梅根。"我直视着她说道,"一切。"

钢铁心

我们陷入了沉默，只有方片仍在滔滔不绝。亚伯拉罕转头看了我一眼，似乎若有所思。

这下好了，我才意识到，他也听到了，好得很。

"够了，请别说了，方片。"亚伯拉罕制止他，"这件武器真的用不上。"

军火商叹了口气："那好吧。不过，你可以大致提示我一下，什么样的武器可能用得上。"

"与众不同的，"亚伯拉罕说，"从来没人见过的东西，同时要具有极强的破坏力。"

"嗯，我没几样东西是不具有破坏力的。"方片说，"但要与众不同……我看看……"

亚伯拉罕挥手示意我们继续寻找，可刚等梅根走开，他就一把抓住了我的胳膊。他手劲可真大。"钢铁心把聪明的孩子带走，"他轻声说，"是因为他心存惧怕。他明白着呢，戴维。所有这些枪炮，他没有一样怕的，仅靠武器不可能推翻他，关键是要有足够聪明、足够智慧的人，能找出他无敌防御中的破绽。他知道聪明人不可能被赶尽杀绝，不如将他们纳入麾下。终结他性命的必定是你这样的人。记住这一点。"

他松开手，跟到方片后面。

我目送他离开，然后向另一组武器走去。他的话并没能改变什么，但是，奇怪，在我依次扫视整列枪支，一一辨识出生产商的时候，竟觉得自己身姿挺拔了些。

但我根本算不上学霸，至少我还有这点自知之明。

我把这列枪反复看了几分钟，为自己能认出其中不少而颇感得意，只可惜好像没有一杆枪达到与众不同的程度。其实，这些枪既然连我都能认出来，那就保准很普通了，而我们需要的是谁都没见过的武器。

说不定他根本没有。我想，要是他的存货不定期轮换，那我们可能选错了时间光顾。来得早不如来得巧，况且——

眼前突然一亮，我停下脚步。摩托车。

三辆摩托并排停放在过道尽头附近。起初我一心看枪，没有发现它们。深绿的车身光滑锃亮，两侧饰满黑色的花纹，让我不禁想跨上座位，本能地俯身减少风阻。我能想象出骑着摩托在街头枪战的情景。它们的样子凶险如鳄鱼，身披黑衣、风驰电掣的鳄鱼。忍者鳄鱼。

我决定不和梅根分享这个比喻界新成果。

车上没有配备明显的枪械，但两侧装有奇怪的装置，或许是能量武器？它们似乎与方片这里的主流货品格格不入，但是平心而论，店铺的风格其实相当包罗万象。

梅根从旁边走过，我连忙伸手把摩托指给她看。

"不行。"她说，看都没看一眼。

"可是——"

"不行。"

"可是它们好酷！"我手舞足蹈地说道，仿佛这一句就足以成为购买的理由。而且，扯火，这个理由还不够吗？真是酷毙了！

"你连那位女士的轿车都开得惊心动魄,跪娃,"梅根说,"我可不敢看你骑上带重力控制的车辆。"

"重力控制!"那岂不是更酷了。

"不行。"梅根的口气不容置喙。

我将视线投向正在附近看货的亚伯拉罕,他瞟了我一眼,望望那边的摩托,笑了。"不行。"

我叹了口气。逛军火店怎会这般无趣?

"方片,"亚伯拉罕叫过老板,"这是什么?"

军火商晃晃悠悠地迈步走来。"啊,这东西了不得,爆炸效果惊人。它……"待他走近,看清亚伯拉罕真正在看什么,脸上顿时没了神采。"哦,那个啊。呃,它也相当霸气,但不知道是否满足你们的要求……"

两人谈论的主角是一挺巨大的步枪,枪筒很长,顶上装有瞄准镜,外表有几分像AWM——工厂生产线上的一款狙击步枪原型。不过这杆枪的枪筒更大,通体漆成深墨绿色,前托周围绕着奇怪的线圈,后边有个大洞,看来是装弹匣的地方。

方片叹了口气:"这件武器本身是很棒的,鉴于你是个好主顾,我得敬告一句,我这里没有能启动它的资源。"

"什么?"梅根问,"破枪你也卖?"

"不是。"方片说着,伸手在枪边的墙上一划。视频画面上的人驻扎在地面掩体背后,手握步枪,正透过瞄准镜观看几栋倾倒的建筑。"这叫高斯枪,是基于对某个史诗派的研究而开发的,其超能力是把任何物体变成爆弹。"

"里克·奥谢,"我点头道,"爱尔兰籍史诗派。"

"那真是他的名字?"亚伯拉罕轻问。

"对。"

"太糟糕了。"他浑身一抖,"明明是个好听的法语词,偏偏给变成……科迪的念法,真叫人哭笑不得!"

"总而言之,"我说,"他可以通过触碰使物体变得不稳定,受到较大冲击力之后会发生爆炸。他的主要招数就是给石头充能,将之抛向人群,随即爆炸。标准的动能系史诗派。"

我更感兴趣的,是方片提及这项科技源于对里克超能力的研究。清算者向我解释过,早年曾有史诗派被抓起来做实验,但小里克是个新人,那段时间他还没出现呢。这是否意味着那种研究还在继续?现在依然有关押史诗派的地方?可我从未听说过这种事。

"这枪怎么样?"亚伯拉罕问方片。

"喏,像我刚才说的,"方片轻敲侧墙,视频开始播放,"它是高斯枪的一种,只是发射前需要预先给枪弹充能,普通子弹一变成爆弹,就利用小型电磁线圈推进至极限速度。"

视频中的持枪者扳开一个开关,线圈亮起绿色。他扣下扳机,一束能量喷薄而出,而枪身看似接近零后坐力。一道绿光飞速离开枪筒口,在空中划出明显的轨迹。远处一栋建筑随之爆炸,腾起古怪的绿色烟尘四处零落,仿佛空气已然

钢铁心

扭曲。

"我们……并不清楚枪的原理。"方片承认,"也不了解技术过程,总之,子弹变成了能量爆弹。"

我浑身一个激灵,想到了震击手套和护身夹克,两种被清算者掌握的技术。实际上,现在使用的许多技术都是随着史诗派的出现而问世的,可我们真正理解的有多少?

我们所依赖的一知半解的科技,源自对一类神秘人物的研究,而他们自身也不清楚其超能力从何而来。我们就像跳舞的聋人,努力想跟上听不见的节拍,而音乐其实早已结束。或者……且慢,我不知道自己到底想说什么了。

总之,那杆枪射出的子弹爆炸时发出的绿光相当独特,甚至称得上美丽,而且似乎没产生多少残砖碎瓦,只有一波绿烟依旧在空中飘荡,几乎像是楼厦被直接转化成了能量。

脑子里突然灵光一闪。"北极光,"我指着视频说道,"跟我在照片上见过的很像。"

"破坏力看起来还不错。"梅根说,"差不多一击就完全轰倒了一栋楼。"

亚伯拉罕点点头:"也许就是我们需要的。不过,方片,容我问一句,你刚才说什么来着?它用不了?"

"它完全能用。"商人迅速回答,"只是要开动的话,需要外接强力能量源。"

"要多强力的?"

"56千赫,"方片顿了顿,继续道,"每发。"

亚伯拉罕吹了声口哨。

"这个数字很大吗?"梅根问。

"是啊。"我啧啧惊叹,"相当于几千块标准燃料电池的贮量。"

"通常情况下,"方片说,"它得用专线连接专用电源。插墙上的民用插座,这坏小子只会装睡,演示视频里打这一发,用了好几根6英寸电缆连入专用发电机。"他抬头看看那杆枪,"我进这件货,本是希望能找某个客户买一些高能量燃料电池,再实际出售可以正常使用的高斯枪。"

"还有谁知道这个武器?"亚伯拉罕问。

"没人知道。"方片说,"我是直接从创制它的实验室买来的,视频也是我雇人拍的,它从来没面市。说起来,它的研发员几个月后就死了——炸飞了自己,可怜的傻子们。想来也是,玩火易自焚,天天搞超能机械研发的也差不多。"

"我们要了。"亚伯拉罕说。

"你要?"方片面露惊讶,随后脸上笑开了花,"喔……多么明智的选择!你保准会满意的!但我再次声明,要想用这杆枪,除非找到专用能量源不可,而且还必须具有超强的输出,很可能无法随身搬移。你明白吗?"

"我们会想办法找的。"亚伯拉罕说,"怎么卖?"

"十二。"方片满有把握地出价。

"没有人会买你这杆枪,"亚伯拉罕说,"而且你也没法按正常状态出售。算四个好了,谢谢。"亚伯拉罕拿出一个小匣子，敲两下，递了过去。

"再送个笔式起爆器吧。"我正拿手机对着墙下载高斯枪的发射视频，一时嘴快加了这么一句。其实我恨不得叫他送辆摩托，又觉得这个要求的确有些过分。

"行吧。"方片说着，拿起亚伯拉罕给他的匣子。那到底是什么？"千王在里头吗？"他问。

"唉，"亚伯拉罕叹道，"我们交完手时间太紧，没来得及好好收割，但这里面有四个，包括'离形'。"

收割？那是什么意思？离形是去年被清算者杀死的史诗派之一。

方片咕哝了一声。我发觉自己十分好奇匣子里到底装了什么东西。

"再添上这个吧。"亚伯拉罕递过一张数据芯片。

方片笑着接了过去："你真舍得给甜头，亚伯拉罕，老大方了。"

"别让任何人知道我们拥有这家伙。"亚伯拉罕说着，将头朝高斯枪扬了扬，"也切勿泄露它的存在。"

"当然了。"方片的语气有些不高兴。他走到收银台前，从台桌下抽出一只标准步枪袋，然后取下高斯枪。

"我们用什么付的钱啊？"我问梅根，声音极其细小。

"史诗派死的时候，尸体会发生变化。"她答道。

"线粒体变异。"我点点头，"对。"

"喏，我们杀掉史诗派之后，会把他们的线粒体收集一部分起来。"她说,"科学家需要用它研发新科技,所以方片拿去才有销路,卖给秘密研究室。"

我轻轻吹了声口哨。"哇。"

"没错。"她说话的神情有些忧虑,"细胞必须在几分钟内冷冻,否则就会消亡,所以收割起来有一定难度。目前有一些群体专靠收割细胞谋生——他们不杀史诗派,只是偷采血样加以冷冻。这种东西已经成了黑市通行的高级货币。"

原来是这么回事,史诗派不知道也罢。但我了解这些之后,却陷入了更深的忧虑。整个科技研发过程我们究竟懂得多少?史诗派如果得知自己的基因物质在黑市出售,又会作何感想?

我从未听说过这些,尽管我对史诗派的研究颇有所得。这件事提醒了我:或许我推理出了一些鲜为人知的事实,但在此之外,还有整整一个未知世界等待我去探索。

"亚伯拉罕给他的数据芯片呢?"我问,"方片称之为甜头的,是什么?"

"那上头记录了爆炸。"她说。

"啊,我怎么没想到。"

"你要那个起爆器做什么?"

"我也说不上来。"我答道,"只是觉得它蛮有意思。而且,看样子我暂时还得不到摩托——"

"你就别妄想要摩托了。"

"——所以我想要点儿别的。"

钢铁心

　　她没有回答，但看她的样子，我好像又一次在无意中惹恼了她。我绞尽脑汁也没法确定到底是什么引她心烦——关于什么是"公"什么是"私"，她似乎有自己的一套原则。

　　方片给枪装好袋，顺手丢进了一支笔式起爆器和一小包配套的"橡皮擦"，我大喜过望，获得赠品的感觉真好。然后我闻到一股蒜味。

　　我皱起眉头。不完全是蒜味，但很接近。什么东西……蒜味。

　　白磷有蒜味。

　　"咱们遇到麻烦了。"我赶紧告诉他们，"夜影来了。"

第十七章

"不可能!"方片说着,对了下手机,"他们应该在一两个小时之后才会到。"突然,他顿了口,伸手按按耳边佩戴的微型耳机——手里的手机不断闪烁。

他顿时脸色煞白,可能是接待的姑娘向他报告了客户已提前抵达。"啊,糟了。"

"扯火。"梅根说着,将高斯枪的袋子挎上肩膀。

"你今天约了钢铁心?"亚伯拉罕问。

"不是他。"方片说,"就算他是我的客户,也绝对不会亲自过来。"

"只会直接派夜影来。"我说着,嗅了嗅空气,"没错,他在这儿。你闻到了没?"

"怎么不预先通知我们?"梅根质问方片。

"我从来不把客户信息泄露给——"

"算了。"亚伯拉罕说,"我们走。"他指着走廊入口的相反方向,"这边过去是哪儿?"

"此路不通。"方片说。

"你连后路都不给自己留一条?"我问,感到难以置信。

钢铁心

"又没人会攻击我!"方片说,"我有这些货,谁来自讨没趣?灾星!想不到会这样,我的客户一般都懂的,不会提前到。"

"把他拦在外头。"亚伯拉罕说。

"拦夜影?"方片不敢相信自己的耳朵,"灾星在上,他又没有肉身,穿墙也能进来。"

"那别让他到走廊深处去。"亚伯拉罕冷静地说,"后边比较黑,我们暂且躲那阴影里头。"

"我不能——"方片开口道。

"没时间争了,我的朋友。"亚伯拉罕说,"虽然大家都装作不在意你跟每一方都有生意往来,但我怀疑,夜影如果知道我们在这里,肯定不会给你好果子吃。他认得我,我们以前打过照面。要是他发现我在这儿,你我都得完蛋。听明白了吧?"

方片点点头,脸色依旧惨白。

"跟我来。"亚伯拉罕说着,扛起枪跑过店铺后半截走廊,梅根和我赶紧跟上。我的心狂跳不止。夜影认得亚伯拉罕?他们有过怎样的恩怨?

走廊尽头堆着许多大箱小盒。这里的确是条死胡同,而且没有装灯。亚伯拉罕挥手示意我们躲到箱子背后。这里一眼就能看见我们刚才所站的地方,满墙的武器一览无余。方片站在原地不停搓手。

"来,"亚伯拉罕说着,取下巨枪架在一只箱子上,径直瞄准方片,"你来负责这个,戴维,不到**万不得已**别开枪。"

"反正开枪也对夜影无效。"我说,"他属于一级无敌梯队——子弹、能量武器、爆炸,都只会从他的影体穿过。"除非能让他暴露在阳光下,假如消息无误的话。我的计策表面上严丝合缝,只可惜一切都基于道听途说。

亚伯拉罕伸手进工装裤口袋,掏出什么东西。震击手套。

一阵宽慰立即涌上心头:他将为我们销出一条自由之路!"这么说,不用耐着性子死等喽?"

"当然了。"他平静地说,"我感觉就像一只被夹住的老鼠。梅根,快联系缇雅,我们需要了解离这儿最近的地道的方位,我好挖条路过去。"

梅根点点头,跪着身子,一手罩在嘴边对着手机低语。亚伯拉罕开始预热震击手套,见我展开他机关枪的瞄准镜,开关拨至自动连发模式,他赞许地点了个头。

我透过瞄准镜监视周围的情况。这只瞄准镜性能极佳,比我的要强大百倍,带有距离示数、风速监测、可选低光补偿,能把方片看得清清楚楚。他正张开双手欢迎新客户,脸上挂着一个大大的笑容。

我不免感到紧张。他们有八个人——身穿制服的两男一女,外加四个治安兵,以及夜影。他长着亚洲人的脸孔,高大的身材只有半截浮在空中,缥缈虚无。他身穿高档西装,上衣较长,款式带有东方的风韵。留着短发,爱把双手握在背后踱步。

钢铁心

　　我的手指伸向扳机，蠢蠢欲动。这家伙是钢铁心的左膀右臂，遮蔽新加哥艳阳与星光的黑暗就是出自这个史诗派之手。阴影般的迷雾在他周围的地面翻涌，滑向附近的影子，聚集成一团。这是他杀人的武器，他可以让那团黑雾探出卷须，变成尖利的矛头刺穿对手。

　　他已知的超能力仅有这两种——非实体化，以及对迷影的操纵——然而这些都是绝无仅有的。他可以在固体物质间穿行，也能像所有非实体超能力者一样，以稳定速度飞行。他能让一个房间完全被黑暗充斥，然后用那黑暗化作的武器刺穿你的身体；他也能让整座城市陷入永恒的黑夜。许多人猜测，他主要的能量都用在了维持这片暗夜上。

　　我一直闹不明白。要不是成天忙于维系城市上空的黑暗，他的能耐应该不在钢铁心本人之下。不管怎样，他要搞定我们三人也是绰绰有余，何况我方全无防备。

　　他和两个跟班正在与方片交谈。我很想听听他们在说什么，犹豫一会儿，放开了瞄准镜。很多高级枪械都装配有……

　　找到了。我拨开侧边开关，激活瞄准镜的定向扩音器，取下插在手机上的耳麦，拿到瞄准器芯片跟前晃了晃，配对成功之后塞进耳朵。我往前伏过身子，准星对准那伙人，接收器立即捕捉到谈话内容：

　　"……这次对某些特定类型的武器感兴趣。"夜影的一个跟班说道。她身穿裤式西装，黑发短至耳际，"陛下担心我们

- 184 -

的军队过度依赖重型装甲，你这儿有没有适合较轻便部队的装备？"

"呃，多得很。"方片说。

扯火，看那慌张的样儿。他倒没有偷瞟我们，只是管不好自己的手脚，看样子好像浑身都在冒汗。作为一个从事地下武器交易的人，他的应变能力显然太糟糕了。

方片的视线离开女人，瞄向反背着双手的夜影。依据我笔记上的信息，他在商业事务中极少直接发言，更倾向于授意手下表态。这也是日本文化模式的一部分。

双方继续交谈，夜影则继续默不作声，挺直背站一边旁观。尽管方片一再暗示他们随便看看，却没人去动墙上的枪，而是吩咐他亲自取来，再由一个助手专门负责检查和提问。

那倒挺省事儿。我想道，一颗紧张的汗珠从太阳穴滴落。他可以专心观察方片——仔细打量、揣摩，还犯不着跟他说话。

"来了。"梅根低声道。我回头一瞟，只见她一手遮挡住屏幕的光线，倒过手机给亚伯拉罕看缇雅发来的地图。亚伯拉罕要俯得很近才能看清上面是什么，她把亮度调到了近乎全黑。

他轻轻咕哝一声："对直往后七英尺，然后斜向下。得花几分钟。"

"那就赶紧动手吧。"梅根说。

钢铁心

"我需要你帮忙刨开铁粉。"

梅根迅速让到一边,亚伯拉罕双手贴上后墙根,启用了震击手套。一大片圆形的铁块开始在他的触碰下分崩离析,形成一条可供人爬过的地道。亚伯拉罕聚精会神,梅根则着手拨过铁粉刨开。

我扭头看他们,同时尽量压低呼吸。震击手套的噪音不大,只是低声的"嗡嗡",但愿不会有人注意到。

"……主人觉得这件武器质量太差。"夜影的爪牙说着,递回一挺机关枪,"你的眼光让我们有些失望啊,枪贩子。"

"唉,你们又要重装,又不要机枪,这个期望太难满足了。我——"

"墙上这儿是什么东西?"一个绵软而诡异的声音问道。它带着微弱的口音,好像在压着嗓子尖声说话,刺人耳鼓,听得我不寒而栗。

方片身子一僵。我稍稍调整了瞄准镜的视野,只见夜影站在武器展示墙边,指向一块空墙上钉着的挂钩——方才挂高斯枪的地方。

"这里有东西的吧?"夜影问。他几乎从来不像这样和别人直接说话。感觉有些不妙。"你今天才开张,就已经做成生意了?"

"我……不聊其他客户。"方片说,"您知道的。"

夜影回头打量那面墙,正当那时,弯腰刨铁粉的梅根撞到了一只盒子,声音不大——其实连她自己都好像没察觉到异样，可夜影的头却猛地朝我们这边转过来。方片的视线也随之移动，瞧这军火商紧张得，保准手一搅就能把牛奶变成黄油。

"他注意到咱们了。"我轻声说。

"什么？"亚伯拉罕应道，仍旧专心忙活。

"你只管……继续挖就好。"我说着，站起身来，"别弄出响声。"

是时候再来点临场发挥了。

第十八章

我扛起亚伯拉罕的枪,不顾梅根的低声咒骂,没等她伸手拉我,就一溜小跑离开了箱子背后,还好最后时刻想起来扯出耳朵里的耳机塞进兜里。

我刚走出暗区,夜影的士兵就迅速端枪对准了我。我感到焦虑如芒刺在背,无力自保的感觉令我坐立难安。我讨厌被人拿枪指着……虽然我想,在这点上每个人应该都和我差不多。

我继续往前跑。"老板!"我拍拍武器喊道,"弄好了,现在弹匣很容易取下来了。"

士兵们朝夜影投去短短一瞥,好像在寻求射击许可。那史诗派双手扣在背后,空洞无形的双眼打量着我,似乎没有注意到自己的手肘拂过墙边,直穿入了坚固的钢铁。

他反复打量我,却没有任何动作。凶神恶煞的家伙们也没有开枪。好兆头。

给力点儿,方片。我这么想道,尽力压制紧张的情绪,别像愣着,说点儿什——

"是销扣卡了吗?"方片问。

"不是，先生。"我答道，"是弹匣一头有点弯。"我毕恭毕敬地向夜影及其走狗点了个头，来到墙边把枪放上挂钩。刚好合适，真走运。我猜它应该差不多，毕竟和高斯枪的实际大小很接近。

"嗯，方片，"夜影的女助手说，"大致跟我们讲讲这件新货吧。看起来——"

"不。"夜影轻声打断，"我要听这小弟说。"

我身子一僵，紧张地转过身："先生？"

"给我介绍一下这杆枪。"夜影说。

"这孩子是新招的，"方片插话，"他不——"

"没事的，老板。"我说，"这杆枪是曼彻斯特451，火力强劲——点50口径，带电子压缩弹匣，单支容量800发，有多种射击模式可选，支持单发、连发、全自动发射。它还装有重力控制后坐力抵消系统，支持肩射，最佳配置的高级瞄准镜集成了声频捕获、距离测定、遥控开火等机制，此外还可选配置枪榴弹发射器，装备穿甲燃烧弹，先生。您不会找到比它更好的枪了。"

夜影点了点头。"这个呢？"他问道，指指旁边那杆枪。

我不禁掌心出汗，双手紧贴口袋内侧揉擦。那是……它是……对了，我知道的。"勃朗宁M3919，先生。比刚才那杆稍显逊色，但性价比很高。它也是点50口径，只是没有后坐力抵消、重力控制、电子压缩这些装置。作为预装武器它是上乘之选——枪筒配有先进散热系统，每分钟射数约800发，

钢铁心

有效射程达1英里以上,精准度极佳。"

走廊陷入沉静。夜影看看那杆枪,转身对手下打了个简短的手势。我差点吓得跳起来,但其他人周围的紧张气氛似乎消散了。显然,我通过了夜影的测试。

"我们想看看曼彻斯特。"女人说,"它正是我们要找的,你应该早点推荐。"

"我……觉得弹匣卡了,不便拿出手。"方片说,"曼彻斯特的弹匣常出问题,恐怕也是众所周知的了。不管什么枪总会有点小毛病。听说,把弹匣上端的边缘锉掉一点点,会比较容易滑进滑出。来,我再帮您取下来……"

双方继续交谈,忘了我的存在,我可以回到他们的视线之外了。*要不要找机会溜开?*我思量着。再回到走廊那头反而会显得可疑,对吧?扯火,他们好像要买走亚伯拉罕的枪。但愿他能原谅我。

如果亚伯拉罕和梅根已经钻墙洞出去,我只消在这里等到夜影离开,然后同他们会合。按兵不动似乎是当下最佳的行动方案。

几个跟班继续谈着生意,我发觉自己盯着夜影的背挪不开眼。我离他……唉,就三步吧?钢铁心最信任的三人之一,现世最强大的史诗派之一,他就在那儿,我却连碰都碰不到他。唔,要说我确实"碰"不到他,因为他没有实体——但我想表达的是个比喻的意思。

极少有人敢反抗史诗派。自灾星出现以来一直如此。我曾目睹孩童在父母眼前惨遭杀害,却无人敢出手阻止。挺身而出何益?徒送性命耳。

从一定程度上讲,他也把我变成了懦夫。我和他同处一室,可我满脑子只想逃跑。你们把普通人都变得自私自利。我朝夜影想道,所以我恨你们,恨你们所有人。但最恨的是钢铁心。

"……可以用上一些更好的法医工具。"夜影的女下属说,"我也了解,这方面不是你的专长。"

"每次来新加哥我都会特意为你们捎上一些。"方片回答,"来,给你们瞧瞧都有什么。"

我眨眨眼。他们已经了解完有关曼彻斯特的各方面数据,而且显然买下了它——还追加了一笔300挺的订单,方片为交易达成而开心得合不拢嘴,尽管这件样品并不属于他。

法医……我暗暗想着,记忆里有什么东西呼之欲出。

方片踏着鸭步走过来,在台桌下一阵翻找,摸出几个盒子。他发现我还在旁边,立马挥手打发我走:"你可以回库房继续点货了,孩子。这里已经没你的事了。"

也许我应该听从他的吩咐,但我却干了件傻事。"货已经差不多清点完了,老板。"我说,"可以的话,我想留在这儿。我对法医设备了解得还不多。"

他停下手里的动作,打量着我,我则将双手插进外套口袋,尽量装作别无他念的样子。一个小声音在我脑袋里嘀咕,你这个傻瓜,你这个白痴,你这个蠢蛋。可是这样的机

钢铁心

会几时才会再有？

　　法医设备包括用于犯罪现场调查的那类工具，而且我对此所了解的比我刚才向方片暗示的略多，至少在书上看到过。

　　而且我记得，通过紫外线照射可以显示DNA和指纹。紫外线……正是我笔记里所宣称的夜影的弱点。

　　"好。"方片继续翻找，"只要你没事别去惹那位大人。"

　　我后退几步，低眉垂眼。夜影完全忽略了我的存在，他的跟班们抄起手臂站在原地，看方片码出一列盒子。他开始询问他们需要什么，我很快从他们的应答中判断出，新加哥政府中有人——夜影，甚或钢铁心本人——深为千王遇刺而困扰。

　　他们想要能够侦测史诗派的设备。方片没有这种东西，他坦承，他曾听说丹佛有售，结果却发现只是谣传。看来清算者所拥有的线粒体检测仪并不容易到手，连方片这样的老江湖也只有望洋兴叹的份。

　　他们还想要能够较准确判断弹壳与炸药产地的设备。这个要求他倒是能满足，尤其是炸药的查踪溯源。只见他打开几只纸板箱，取出泡沫塑料包裹下的装置，然后呈上一个扫描仪，借用它可以分析爆炸余烬的成分，从而鉴定出炸药中所含的化学物质。

　　我紧张地候在一边。一个跟班拿起什么东西，看样子像只侧面上锁的金属手提箱。她翻开箱盖，映入眼帘的是一套小型器械，分别嵌在各自的泡沫孔里，看起来正像是我在书上读到过的法医工具箱。

箱子一打开，嵌在顶部的一小块数据芯片便发起微光。这就是操作手册了。那跟班心不在焉地拿手机在它前面晃了晃，下载使用说明。我也靠过去做出类似的动作，她瞟我一眼，随即不再理我，埋头继续验货。

我扫视过手册的内容，心脏加速狂跳。总算让我找到了：带视频摄像头的紫外线指纹扫描仪。我迅速浏览完使用说明。接下来，只要能拿到箱子里那玩意儿……

女人取出一件器具细看。不是指纹扫描仪，所以我没多注意。趁她转开视线的当儿，我立马一把抓起扫描仪，假装拿在手里瞎摆弄，尽量让人觉得我只是东看西看，图个新鲜。

我装作误打误撞摁开了它。前端立即亮起蓝光，尾部的屏幕随之启动——功能有点像数码摄像机，只是镜头换成了紫外灯。灯光扫过物体的同时，显露出的景象便如数记录下来，用于地毯式搜索房间中的DNA应该很便利——凡是眼中所见的均会自动摄录。

我打开摄像功能。接下来要做的事，极有可能让我丢掉性命。我曾见过别人仅仅轻微地冒犯了他就招致杀身之祸，但我也知道缇雅想要更有力的证据，趁此机会拼一把吧。

我打开紫外灯，照向夜影。

第十九章

夜影迅即转身面对我。

我早已转开了紫外灯的方向,埋头装作研究这件工具,努力想搞清楚它的使用方法。我要让他以为,我只是在胡搞瞎弄的过程中偶然让光线扫到了他。

我没有看夜影,也**不敢**看夜影。我不知道光线是否对他产生了作用,而如果真起了效果,只要他怀疑被我看见,我必死无疑。

反正我也难逃一死。

强忍住不看紫外灯效果的感觉真痛苦,还好摄像头在正常摄录。我转身背对夜影,一只手乱按仪器按钮,假扮成尝试操作方法的样子,另一只手——紧张得五指颤抖——拨出数据芯片藏进手心。

夜影仍旧盯着我,我能感觉他的视线仿佛在我背上钻出了两个洞。房间似乎更黑了,暗影逐渐拉长。墙边的方片继续大谈特谈手中所演示仪器的特性,好像没人发现我激起了夜影的注意。

我也假装没有发现,虽然心脏在胸腔里"怦怦"跳得更厉害了。我又胡乱摆弄了一阵扫描仪，然后将它举至眼前，做出终于弄明白了怎么使用它的样子。我往前走几步，将大拇指在墙上按一下，然后退回去，验看指纹是否在紫外光下浮现。

夜影没有任何动作。他正在考虑如何行动。假如紫外线的效果曾入我眼，那么他为了自保必须杀我。他完全可以这么做，然后宣称我侵犯了他的私人空间，或者看他的眼神不对。扯火，连借口都不必找，他想干啥就能干啥。

不过，那样对他也有风险。当一个史诗派莫名其妙地不按习惯套路杀人，别人总会怀疑其是否出于隐瞒弱点的企图。他的手下见过我手握紫外扫描仪，可能会将两者联系起来。于是，为了安全起见，大概还得连带方片和治安兵一块儿杀掉，兴许连贴身助手也不能留下活口。

此刻我浑身冒汗，内心无比煎熬。站在这儿，背后的人正考虑着该怎么杀我，我却不敢面对他。我真想转身直视他的眼睛，啐他一脸唾沫，死个痛快。

稳住。我告诉自己。我换上一副不以为然的表情，回头望望，假装是第一次注意到夜影正盯着我。他仍保持着先前的站姿，两手背在背后，黑西装和黑色细领带把他分隔成了几道竖杠。一动不动的眼珠，半透光的皮肤，似乎什么都没有发生过，看不出我的预测可曾*真正*发生。

与他目光相遇的刹那，我吓得跳了起来。恐惧无需伪装，我感觉皮肤顿时变得苍白，脸上血色尽褪。我轻轻惊叫

钢铁心

一声，指纹扫描仪失手滑落，掉到地上摔裂了。我随即咒了一句，蹲身准备收拾脚边破损的仪器。

"你在干什么，傻蛋！"方片连忙向我跑来，似乎并不太关心扫描仪，更担心我无意间惹怒了夜影，"十分抱歉，大人。这傻瓜笨手笨脚的，可除他之外我招不到更好的了。您——"

附近的影子逐渐延长旋绕，融成粗壮的黑绳。方片猛然噤声，跌跌撞撞地逃开了，我也是又吃一惊。然而，黑暗却没有刺向我，而是托起掉落的指纹扫描仪。

黑暗似乎在地面囤积，表面扭转翻绕，漆黑的卷须将扫描仪高高送至夜影眼前的半空，他冷冷地打量了它一会儿，将视线投向我们。更多的黑暗腾起，包裹了扫描仪，随后突然传来"哗啦"一声，犹如一百颗核桃被同时碾碎。

蕴含的信息很清楚：触怒我，辄身同此物。夜影摆出明确的威吓声势，巧妙掩饰了自己对扫描仪的恐惧以及摧毁它的渴望。

"我……"我轻声说，"老板，要不我还是照你的吩咐，回后边继续点货吧？"

"你早该这么干了。"方片说，"快去。"

我转身拙手笨脚地离开，手里攥着取自紫外线扫描仪的数据芯片握在腰间，不顾这副样子有多别扭，加快脚步跑进箱子背后相对安全的暗影里。有了，靠近地板的位置，我找到了那条打穿后墙的已完工的地道。

我猛然刹住脚，深吸一口气，手脚并用地爬进通道口，在钢铁表面滑过七英尺的距离，从另一头钻了出去。

突然有什么东西拽住我的胳膊。我本能地将手往回抽，脑子一阵发蒙，心想是不是夜影派出了黑暗的兵马紧追不放，仰头却见到一张熟悉的脸，不禁松了口气。

"嘘！"亚伯拉罕握着我的手臂说道，"他们追来没？"

"我觉得没有。"我轻声说。

"我的枪呢？"

"呃……算是被我卖给了夜影。"

亚伯拉罕扬了扬眉毛，然后把我拉到旁边，梅根则端起我的步枪进行掩护。她完美演绎了"职业"的形象——嘴唇抿成一线，双眼密切搜查附近的地道，警惕危险。这里唯一的光源来自她和亚伯拉罕佩在肩上的手机。

亚伯拉罕朝她点点头，小叙结束，我们三人匆匆逃过走道。来到迷窟下一个分岔口，梅根把我的步枪丢给亚伯拉罕——无视我已伸手去接——然后从皮套里拔出一把手枪，向他点了点头，便打起头阵快步向前，为我俩在钢铁地道中开路。

我们照此模式继续前行了一段，一路无言。而我之前就已迷糊得分不清东南西北，现在跟着他们转来转去，连上下的方向都快搞不清了。

"可以了。"亚伯拉罕终于发话，挥手示意梅根回来，"稍微缓口气，看看有没有人跟踪。"他选在走道中的一处小凹间

钢铁心

稍事休整,便于注意身后的长路是否有敌人跟来。因为一侧肩膀已负伤,他似乎把主要动作都交给了另一条手臂完成。

我到他身边蹲下,梅根也返回队伍。

"你那步棋走得真是出其不意,戴维。"亚伯拉罕镇定地轻声说道。

"来不及多思考,"我说,"他们听到了我们的动静。"

"没错,没错。那之后,方片暗示你回来,你却说想留下?"

"这么说……你都听到了?"

"没听到的话,我怎么会提起这回事呢。"他时刻不忘监视走道。

我瞄了眼梅根,她杏眼一瞪,冷若冰霜。"业余。"她喃喃道。

我从口袋里摸出数据芯片。亚伯拉罕瞟了一眼,皱皱眉头。显然,他在上面没待多久,没看见我对夜影做了什么。我把芯片贴近手机下载信息,再轻敲三下,开始播放紫外扫描仪拍摄的视频。亚伯拉罕眼角的余光扫向屏幕,连梅根也伸长脖子凑过来看拍了什么。

我屏住呼吸。我还不能确定自己对夜影的判断是否正确——即便正确,也还不清楚扫描仪匆匆一晃是否拍摄下任何有用的图像。

视频图像显示出地面,我在镜头前挥手,然后转向夜影。我心里"咯噔"一下,点击屏幕,定格了画面。

"你真是个机灵的小婊子。"亚伯拉罕低声道。看啊,屏幕上,站立的夜影有半截身体完全转为了肉身。不太明显,但确实起了变化,紫外线照到的地方不再透光,身体的轮廓也似乎更加清晰。

我再次点击屏幕,紫外线拂开,夜影重新变回影体。视频只有一两秒钟,但已经足够。"法医用紫外扫描仪,"我解释道,"我想这是个绝佳的机会,可以确认……"

"真不敢相信你去冒这种险,"梅根说,"不问任何人的意见。算你走运,没把我们全害死。"

"不也没死么。"亚伯拉罕说着,从我手里拿过数据芯片仔细查看,似乎带着古怪的敬意。随后他抬起头,好像刚刚记起原本打算监视走道里是否有跟踪的迹象。"得把这块芯片交给教授。马上。"稍作犹豫,他又补充一句,"干得漂亮。"

他起身返回,我不禁眉开眼笑。转头看梅根,她瞪我的眼神竟比先前更冰冷、更凶狠。紧接着,她也起身跟上亚伯拉罕。

扯火,我想,到底要怎样才能打动这姑娘?我摇摇头,小跑步跟到他们后面。

第二十章

返回基地时,科迪出门为缇雅做侦察任务去了。缇雅挥手指指主室后桌,那里摆着几包干粮等待我们吞噬。吞食。怎么说都行。

"去找教授报告你的发现吧。"亚伯拉罕轻声说着,走向储藏室,梅根则径直朝干粮走去。

"你这是要上哪儿?"我问亚伯拉罕。

"看样子我要换杆新枪了。"说完他笑了笑,低头钻进门口。他没有责怪我擅自处置他的枪——他也看见我拯救了小队,至少我希望他这么看待。不过,他的语气里还是流露出明显的失落感。他喜爱那杆枪,原因显而易见——如此精良的武器我做梦也不曾拥有过。

教授不在主室里。缇雅瞟了我一眼,扬起眉毛:"你找教授报告什么?"

"我来解释吧。"梅根说着,到她身边坐下。跟平常一样,缇雅桌上摆满了文件和可乐罐。看来她已经调取到了科迪所说的保险记录,她面前屏幕上显示的应该就是。

既然教授不在这里,我推测他多半在浸入式成像的冥想室中。我走过去,轻敲外墙——门口只搭了一块布帘。

"进来,戴维。"教授的声音从屋里传出。

我迟疑了一下。之前我就是在这间小屋里向队员们讲解我的计划,从那以后就再也没进去过,其他人也很少进去。这是教授的密室,队友如有事报告,往往是他亲自出来——而不是邀请他们进去。我瞟了眼缇雅和梅根,两人脸上也挂着惊讶,虽然都没有说话。

我撩开布帘,踏入房间。先前我曾想象教授会怎样使用浸入式成像器大展拳脚——也许正是利用小队所侵入的监视网在城市中穿行,研究钢铁心及其走卒的行动。而眼前的一幕却极为普通。

"黑板?"我脱口而出。

教授站在对面的墙壁跟前,手拿粉笔写写画画。听到我的声音,他转过身。整整四面墙,连同天花板和地面,全变得青黑如石板一般,覆满潦草的白色字迹。

"我知道,"教授说着,挥手示意我进屋,"不够先进,对吧?凭我拥有的技术,几乎能够随心所欲地将任何东西以任何方式呈现,但我却选择了黑板。"他摇摇头,仿佛为这个怪癖而自嘲,"这样才能最大限度打开我的思维。老习惯的影响吧,我想。"

我朝他走去。现在我才看清,教授并非真正在墙上写字,他手里拿的其实是一支粉笔形状的小光笔。成像器通过解读光点轨迹,把他书写的词语呈现在墙上。

钢铁心

　　布帘已经垂下,遮挡住了其他房间的光线。教授的身影几乎融入了黑暗,唯一的光芒来自六面墙上微微发光的白色字迹。我感觉自己好像飘浮在太空,词语构成的星辰与星系在遥远的居所向我闪耀。

　　"这是什么?"我问道,抬头看那满天花板的文字。有些字打上方框,与其他内容区分开,还画上箭头和线条,指向不同的位置,我看不太懂是什么意思。文字好像是英语,但多数写得细小又简略,可能是某种速记符号。

　　"那项计划。"教授心不在焉地说。他没戴护目镜,也没穿黑大褂——两样东西都堆在门边——黑色纽扣式衬衫的袖子卷至手肘。

　　"我的计划?"我问。

　　教授微微一笑,映着粉笔线条发出的苍白光芒:"不再是了,虽然你提出了很多有价值的设想。"

　　我感到心里猛地一沉:"但是,我是想说……"

　　教授看我一眼,将手搭上我的肩膀:"你做得很棒,孩子,方方面面都考虑到了。"

　　"那它有什么问题呢?"我问。花了那么多年……的确,我这辈子都用在了制定和完善这项计划上,我本来对它相当有信心。

　　"没有,没问题。"教授说,"想法很成熟,可圈可点。让钢铁心相信城里有对手叫板,引蛇出洞,发动袭击。只是有个严重的纰漏,你不知道他的弱点是什么。"

"嗯，的确有这个问题。"我低头承认。

"缇雅正在努力调查，能梳理出实情的人非她莫属。"教授说着，停顿稍许，又继续道，"其实也不对——我不应该说这不是你的计划。它就是你的，而且也不仅仅停留在设想阶段。我浏览过你的笔记，你的考虑十分全面透彻。"

"谢谢。"

"但是你的眼界太过狭窄了，孩子。"教授放开搭在我肩上的手，走到墙壁跟前，执粉笔式光笔点了点，房间的文字随之旋转移换，仿佛四周的墙壁在翻滚倒转。教授没有表现出丝毫不适，而我却感到头晕目眩。旋转终于停止，一面写满文字的新墙弹现在他眼前。

"从最基本的开始吧。"他说，"除了钢铁心的弱点尚不明确之外，你的计划中最大的缺陷是什么？"

"我……"我皱起眉头，"消灭夜影，对吗？但是教授，我们刚刚——"

"其实，"教授说，"这个答案不对。"

我的眉头皱得更紧了。我从未想过这项计划竟然还有缺陷。我已经反复修改了好多遍，抹平所有的瑕疵，犹如少年用洁面乳消灭掉下巴上所有的青春痘。

"咱们来逐个分析。"教授说着，挥臂拂过一片墙面，就像在抹擦窗上的泥巴。那些字词皱缩到一边，没有消失，而是堆叠起来，如同在纸卷上铺开了一截新纸。他扬起粉笔，开始在新的空白区域写字，"第一步，假扮成强大的史诗派。"

钢铁心

第二步，刺杀钢铁心手下重要的史诗派，激起他的恐忧。第三步，引他现身。第四步，杀他。按这样的步骤，还世人以希望，鼓励人民反抗。"

我点点头。

"但是其中有一个问题。"教授说着，继续在墙上涂写，"就算真的成功置钢铁心于死地，我们假托的外表终究是个强大的史诗派。那么，大家都会认为胜利背后的主导是史诗派。这样对我们有什么好处？"

"事后我们可以宣布一切都是清算者所为。"

教授连连摇头："没用的。不会有人信的，况且前期还须大费周章，让钢铁心都相信我们是史诗派。"

"嗯，那有什么关系呢？"我问，"反正他死了。"然后，我放低声音补上一句，"而我完成了复仇。"

教授迟疑一下，粉笔在墙上顿住了。"没错，"他说，"我想不会影响你达成愿望。"

"你也想取他人头。"说着，我踏前一步到他身旁，"我知道的。我看得出来。"

"我想取所有史诗派人头。"

"不只如此。"我说，"我看得出你有更大的决心。"

他瞟我一眼，目光变得严厉："决心什么的不重要，关键是要让民众知道我们才是幕后策划。你自己也说过——我们不可能杀光外头的每一个史诗派，清算者一直在原地打转。我们唯一的希望，人类唯一的希望，就是让民众相信自己有能力反抗。要实现这一点，就必须由人类亲手结果钢铁心。"

"可是要引他出来，必须让他相信对他构成威胁的是个史诗派。"我说。

"看出问题所在了吗？"

"我……"我有些明白了，"这么说，不能假扮史诗派喽？"

"还是要的。"教授说，"我喜欢那个点子，叫人眼前一亮。我只是向你指出，还存在一些问题需要解决。如果这个叫……绿光的，要杀掉钢铁心，我们就得想办法确保事后能让民众相信出手的其实是我们。这并非不可能，所以我得对现有计划加以完善和扩充。"

"明白。"我说道，放松下来。这么说并未偏离原路。假史诗派……我那项计划的灵魂仍在。

"不巧的是，还有个更大的问题。"教授说道，粉笔一头轻敲着墙壁，"你的计划里要求刺杀钢铁心政权集团里的史诗派，对他构成威胁，诱使他现身。你特别指出，这么做是要证明新来城里挑衅的是个史诗派。只是，这条路行不通。"

"什么？为什么呢？"

"因为那是清算者的做法，"教授说，"秘密刺杀史诗派，从不正面挑战。这么做，他必然产生怀疑。我们需要转变思路，想想真正的对手会怎么行动。觊觎新加哥的人行事绝不局限于此。世间任何一个史诗派都可以占有一座城市，做到这点并不难。而要夺取新加哥，必须抱有豪情壮志，要称王

钢铁心

称帝，要史诗派也对你俯首称臣。所以，挨个杀掉他们毫无意义。明白吗？"

"都死光了也就无人追随了。"我说道，渐渐领会他的意思，"多杀一个史诗派，就等于多削弱一份巩固新加哥统治的力量。"

"完全正确。"教授说，"夜影、火凤凰，也许再加上电老虎……他们必须被铲除。同时还要小心选择，对哪些人痛下杀手，对哪些人利诱收买。"

"但是也没办法收买。"我说，"就算他们相信咱们是史诗派，哄得了一时也骗不了一世。"

"这不就看出另一个问题所在了。"教授说。

他说得对。我顿时蔫了，像一杯隔夜的汽水跑光了气。我怎么没看出计划里这么大的漏洞？

"我正在想办法解决这两个问题。"教授说，"如果要假扮史诗派——而且我认为还是有这个必要——那就得证明，从头到尾我们都是幕后主使。这样，真相才能迅速传遍新加哥，并进一步传播到整个散众国。不仅要杀他，还要全程拍摄记录。到最后时刻，还需要把计划的相关信息透露给城里适当的人知道——从而能为我们作证，比如方片这种黑白通吃的人物，非史诗派，具有影响力，又和政府没有直接联系。"

"明白。那第二个问题呢？"

"我们要打击钢铁心的痛处。"教授说，"但时间不可过长，战线不可太广，也不能以史诗派为核心目标。只需要一两起大规模袭击，让他出血，让他视我们为威胁，以为遭遇了一个意欲取他而代之的对手。"

"所以说……"

教授伸手拂过墙壁，地板上的文字旋转到他面前。他轻击一处区域，部分文字发起绿光。

"绿字？"我乐了，说道，"这算哪门子复古情结啊？"

"黑板上也可以写彩色粉笔。"他没好气地答道，圈出四个字：**排污系统**。

"排污系统？"我脱口而出。我想象中的选址，应该更上得了台面一点，没那么……腌臜。

教授点点头："清算者从不攻击建筑设施，只注重歼灭史诗派。如果袭击城里一处主要设施点，就能让钢铁心相信挑衅他的不是清算者，而是另外一支力量，专以推翻其统治为目的——要么是城里的叛乱分子，要么是侵入他领地的另一个史诗派。

"新加哥的统治原则有两条：恐怖与稳定。城里基本的市政设施是许多城市没有的，所以能吸引人们前来，而钢铁心的恐怖统治又能有效控制移民。"他再次滚动墙上的文字，移过对面墙上用"粉笔"勾画的网状图，它看起来像一幅简略的结构图，"要想吸引钢铁心注意，着手攻击基础设施会比攻击他手下的史诗派更有效率。钢铁心很聪明，他知道人们为什么来新加哥。如果失去基本的生活保障——排污、电力、

钢铁心

通讯——他也就失去了这座城市。"

我缓缓点头:"真搞不懂为什么。"

"为什么?我不是刚刚解释……"教授没往下说,他看了看我,皱起眉头,"你指的不是这点吧。"

"我搞不懂他为什么在乎这些。为什么费那么大劲去创造一座相对宜居的城市?为什么在乎人们是否有饭吃,有水喝,有电用?他杀起人来眼都不眨一下,却还费心管理市民温饱。"

教授沉默片刻,最终摇摇头。"无人追随的光杆皇帝有什么意思?"

我回想起那天,父亲丧命的那天。**本地居民生杀予夺的大权归我**……我反复玩味这句话,对史诗派的理解更深了几分。个中情理,在我先前多年的研究中竟然未能参透。

"仅仅拥有神力还不够,"教授低声说,"仅仅拥有不死之身,能呼风唤雨,翱翔天际,这样还不够,远远**不够**,除非你能凭此力量广为服众。从某种角度来说,没有普通人,史诗派一文不值。他们需要臣民供其支配,以某种方式借助超能力耀武扬威。"

"我恨他。"我压着嗓子用气音说道。其实我并没打算说出口,甚至没意识到自己正这么想。

教授看着我。

"怎么了?"我问,"是不是要告诉我愤怒没有任何好处?"从前人们就老爱这么劝我,玛莎更是一马当先,预言复仇的渴望会将我生吞活剥。

"你的情绪你自己掌控，孩子。"教授说着，转开头，"我不管背后的**动机**是什么，只要你勇于战斗。也许愤怒会吞噬你的理智，但奋勇冲锋总好过在钢铁心的指头下退缩。"他顿了顿，继续道，"再说了，我劝你别发怒，岂不是有点像壁炉劝灶膛冷静？"

我点点头。他理解我。他也有同样的感受。

"先不管这些，现在，计划重新编排过了。"教授说，"我们要袭击废水处理厂，因为那里的防御最为薄弱。如此出手，是为了保证钢铁心将该事件与史诗派敌手相联系，而不只是叛乱分子。"

"让市民以为是揭竿起义又有什么不好呢？"

"那就没法引出钢铁心了，这是其一。"教授说，"其二，如果他认为是普通大众发动叛乱，一定会给他们苦头吃。我不想因为咱们的行动致使无辜平民受到报复性屠杀。"

"可是，我想说，那不也达成目的了吗？可以让公众看到，我们有能力反抗强权！其实，我刚刚想到，也许我们可以在新加哥打出鲜明旗帜，如果赢了，说不定从此可以领导本地——"

"别说了。"

我皱起眉头。

"我们以刺杀史诗派为己任，孩子。"教授突然降低了音量，语调严肃起来，"而且很擅长。可是，别就此把我们当作

钢铁心

革命者，想要粉碎世间的黑暗与不公，开创新秩序取代旧政制。一旦开始这样想，方向就偏了。

"我们要引导群众反抗，要予他们以激励，可是万万不能将群众的力量据为己用，那是自断生路。我们是杀手。我们要将钢铁心赶下王座，想办法把他的心脏从胸腔里挖出来。那之后，再把这座城市的命运交给他人定夺，我不想参与。"

教授轻声说出的这些决绝的话语让我平静下来。我不知道该怎样回答。他的话也许确实有道理，这才是刺杀钢铁心的意义，目标必须专一。

但我还是感觉怪怪的，他竟然没有批驳我复仇的热情。没给我苦口婆心灌输一堆复仇无益论的，他差不多算是第一个。

"好。"我说，"但我觉得袭击排污站不是特别好的选择。"

"你会选哪儿？"

"发电站。"

"戒备太森严了。"教授翻看笔记，我发现他也有一幅发电站的结构图，周围记满了注解。他考虑过。

想到我俩思路如此一致，我心中激动不已。

"正是因为戒备森严，"我说，"摧毁它才能掀起轩然大波。而且去了还可以偷一块钢铁心的能源电池。我们从方片那里弄来了一杆枪，但是没动力，需要强大的能源才能开动。"我拿起手机贴在墙边，上传高斯枪开火的视频。视频随即出现在墙上，挤开教授写下的一些粉笔字迹，开始播放。

他默默地看完，点了个头："这么说，我们伪装成的史诗派拥有能量系超能力。"

"所以他要摧毁发电站，"我说，"这样符合他的特性。"史诗派喜欢坚持特性，一以贯之。

"但是毁掉发电站也无法阻止治安军，这点太糟糕了。"教授说，"他们是靠电老虎直接供能的。城里一部分设施也是由他直接供电，不过据我们的情报来看，是通过给这里储存的能源电池充电而实现的。"他把发电站结构图升到眼前，"只需要一块那种电池就能启动这杆枪——它们极为便携，每块容纳的电量都远远超出物理限度。如果炸毁发电厂和其余的电池，城市必定会元气大伤。"他颔首道，"我喜欢这个点子。风险大，但我喜欢。"

"我们还是要袭击电老虎。"我说，"这样顺理成章，即便是史诗派对手也会这么做。首先铲除发电站，然后干掉警察部队，制造混乱。如果能用那杆枪击杀电老虎就再好不过，来场壮观的魔幻绿光秀。"

教授点点头："计划还需要继续完善。"说罢，他扬手擦"黑板"，视频随之消失，好像粉笔画出来的一般。他推开另一片文字，拿起光笔准备继续推演，却突然停下了，转头看着我。

"怎么了？"我问。

他走到桌边，从搭在桌上的清算者夹克底下摸出什么东西，又走过来递给我。一只手套。震击手套。"最近有练习吗?"他问我。

"还不太熟练。"

"加紧练起来。队伍必须战斗力最大化,梅根好像用不了这手套。"

我伸手接过,一言不发,虽然那个问题在舌尖直打转,*为什么你不亲自使用呢,教授?为什么拒绝使用自己的发明?* 缇雅曾警告我别乱打听,我忍住了没有开口。

"我遇到了夜影。"我脱口而出,因为现在才想起要找教授报告的事由。

"什么?"

"他当时也在方片店里。我跑出去谎称是方片的助手,用……他的一个紫外线指纹扫描仪确认了夜影的弱点。"

教授打量着我,从他脸上看不出任何情绪:"今天下午辛苦了。我看,你这么做,让整个小队冒了很大风险吧?"

"我……是的。"亲口坦白总好过由梅根向他报告我是如何偏离了计划。她肯定会一五一十详细上报的。

"你很有潜力。"教授说,"敢于冒险,并获得成果。你对夜影的判断拿到证据了是吗?"

"我录了视频。"

"好样的。"

"梅根不太高兴。"

"梅根比较保守。"教授说,"新队员的加入总会打乱现有节奏。另外,我觉得她可能担心你会揭她伤疤。她用不了震击手套,一直耿耿于怀。"

梅根?担心我揭她伤疤?教授肯定还不太了解她。

"那你先出去吧。"教授说,"你要赶在袭击发电厂之前学会自如地使用震击手套。还有,你不用太在意梅根的话……"

"不会的。谢谢。"

"……我的话就够你反省的了。"

我顿时僵住。

教授开始在黑板上写字,他背对着我开口了,言辞尖锐:"为了得到结论,你竟让我手下的人面临生命危险。我想应该没人受伤,否则你现在早该提起了。我说过,你很有潜力,但是,如果你鲁莽蛮干,害死他们,戴维·查尔斯顿,你就不必为梅根烦恼了,我不会听任你有手有脚地跑去烦她。"

我吞了口唾沫,嘴里突然发干。

"我把他们的性命交在你手上,"教授说着,仍然奋笔疾书,"他们手中也握着你的生命线。别背叛那种信任,孩子,抑制住自己的冲动。大丈夫有所为有所不为。记住这句话就没事的。"

"是,先生。"说完,我快步跨出布帘遮挡的门口。

第二十一章

"信号怎么样?"耳机里传来教授的问话。

我扬手至耳边。"挺好的。"我说。我的手机佩在腕部的机套里——刚经过调试,接入清算者手机网络,完全免于钢铁心的窃听。我还得到了一件夹克,薄薄的,红黑相间,款式有点像运动外套——但是衬里布满了电路,背后逢了个小电源包。就是这些东西可以在我受到重击时在身体周围展开一个缓冲能量场。

这是教授亲手为我改装的,他说这衣服能保护我从低处摔落或经受小型爆炸时安然无恙,但劝我不要尝试跳崖或者正脸挨枪子儿。我好像也不愿意逞这种强。

我骄傲地穿上了它。他们一直没有正式宣布认可我的队员身份,但我感觉这两项变化基本上等于默认了我的加入。当然,参与这项任务大概也是个积极的信号。

我瞟了眼手机,上面显示我正与教授单独连线。滑动屏幕,可以选择与所有队员连线、单独连线或创建对话组。

"请确认是否就位。"教授下达指令。

"已就位。"我站在纯铁构筑的黑暗地道中间,唯一的光芒来自我和梅根的手机。她正在我上方检查顶壁，穿着深色牛仔裤和棕色皮夹克，前胸敞开，露出里面的紧身T恤。

"教授，"我扭开头轻声问道，"你确定这次任务我不能和科迪搭档吗？"

"科迪和缇雅负责后勤干扰。"教授说，"早就定下来了，孩子。"

"那我也可以和亚伯拉罕搭档吧，或者是你。"我往身后瞟一眼，声音放得更低，"她真的不怎么喜欢我。"

"我不允许团队里成员之间心存芥蒂。"教授严厉地说，"你要学着合作。梅根很专业，不会为难你的。"

对，她是很专业。我想，太专业了。但我没说出口让教授听见。

我做了个深呼吸。我知道，我的紧张一部分是来自这项任务。和教授交谈以来的这一周里，其他清算者队友已经达成一致意见，认为假扮史诗派敌手袭击发电站是最佳计划。

今天是行动的日子，我们要溜进新加哥发电厂并摧毁它。这是我第一次参加真正的清算者行动。我终于成为队伍的一员，绝不能示弱。

"准备好了吗，孩子？"教授问。

"好了。"

"马上要行动了。定好时间。"

我在手机上设置了十分钟倒计时。教授和亚伯拉罕要率先突入发电站另一侧的大型设备所在地，一路往上，布下炸

钢铁心

药。十分钟准点一到，梅根和我便溜进去偷一块可供高斯枪使用的能源电池。最后，缇雅和科迪将从教授和亚伯拉罕留下的洞口进入。他们是后勤支援组，机动待命，在必要时协助我们撤离，如无突发情况则按兵不动，提供信息，指挥行动。

我又做了个深呼吸。我一手佩戴手机，一手戴着黑色皮质震击手套，发着绿光的线条从指尖延伸至掌心。这条地道是亚伯拉罕在前一天的侦察任务中挖开的，我大跨步向尽头走去，梅根瞅了我一眼。

我把倒计时亮给她看。

"你确定干得下来吗？"她问我，声音里透出些许怀疑，脸上一派波澜不兴。

"我对震击手套的使用已经熟练多了。"我说。

"你忘了，你练习的情况我基本上都见过。"

"科迪可不会这样假惺惺的。"我小声嘀咕。

她朝我扬起眉毛。

"我做得到。"说完，我迈步走向地道尽头，亚伯拉罕在地面留了一小段垂直突出的铁柱，不太高，站上去刚好能碰到地道顶部低矮处。时间一分一秒流逝，我俩相对无言。我在脑子排练了好几种挑起话题的句式，但每次临到张嘴，只见梅根冷淡无情地狠瞪我，话又从舌尖上缩了回去。她懒得闲聊，只顾完成任务。

何必拿热脸去贴冷屁股？我想着，仰头看走道顶部。除了第一天之外，她对我的态度就只有冷漠，偶尔掺杂着一丝鄙夷。

然而……她真是与众不同。不只是美丽，不只是在背心里藏微型手榴弹——话说我仍然觉得她这么做帅呆了。

工厂里也有女生，她们都不能免俗地自矜自骄。她们自称这是女孩应有的品质，但内心里却充满恐惧，害怕治安军，害怕被史诗派杀掉。

梅根好像什么都不怕，无所畏惧。她也不和男人暧昧，眨着媚眼说些口是心非的话。她行事干脆利落，无可挑剔。我发现这一点极其吸引我。我真想对她表白，但是要让这番话从嘴里说出来，感觉就像把弹珠穿过钥匙孔那么难。

"我——"我开口。

正当这时，手机响了。

"开动。"说着，她视线往上一扬。

试图告诉自己，我没有因梅根的打断而感到庆幸，同时抬手至地道顶部，闭上眼睛。我对震击手套的操作渐渐熟练些了，虽然还比不上亚伯拉罕，但已经不再出洋相，至少次数少多了。我将手平贴在金属地道的顶层，往前一推，待振动开始，凝神稳住手掌。

嗡嗡嗡，好似肌肉车刚发动后急切期待换挡的突突声，那是科迪打的另一个比喻；而我却把这种感觉比作高低不稳的洗衣机里挤了一百个癫痫发作的黑猩猩，并且相当引以为傲。

钢铁心

我稳住手掌往外推，嘴里轻轻哼着同样的调子，帮助自己专注。其他人不需要这样，也不必每次都用手掌贴着墙。我希望自己最终能学到他们的水准，虽然眼下还得经历这个阶段。

振动逐渐蓄积，我的手仍旧保持稳定，让振动停留在手上，一直停留，直到我的指甲都感觉快要震脱了，这才抽回手，凭意念往外推。

请想象你嘴里含着一群蜜蜂往外吐，并试图依赖纯粹的气息意念力让它们保持在同个直线方向，使用震击手套的感觉就类似于此。我的手猛抽回来，将那带着音律的振动送往地道顶部，手套低声嗡鸣震颤，在铁壁上摩擦得"沙沙"直响。铁屑在我手臂周围簌簌滑落，如细雨洒向下方的地面，就像有人拿着奶酪刨在刨冰箱。

梅根仍然扬着眉毛，袖手旁观。我准备好迎接一段冷言冷语，不料她却点头称赞道："干得不错。"

"谢谢，喏，知道吗，最近我可是下了大功夫苦练。绝技：空手碎铁石！"

"空什么？"她皱起眉头，拖过一路扛来的棚梯。

"没什么。"说完，我爬上梯子，探头窥视第七站（即发电站）的地下室。我从未进入过任何市政站点内部，那是自然：它们全都建有高高的铁墙铁栅栏，里三层外三层围得跟地堡似的。钢铁心喜欢凡事一举一动尽在掌握。这种地方应该不仅是发电站，上层多半还设有政府办公室，全都密不透风地围起来，派专人警戒、监视。

幸好，地下室没有监控摄像头，它们主要安在走廊里。

梅根递过我的步枪，我爬出洞口，进入上面的房间。这是间储藏室，漆黑一片，除了几点发光的"常亮"指示灯，建筑物里通常都有这种……呃，常亮的指示灯。我移到墙边，点了下手机。"我们进来了。"我轻声说。

"好。"科迪的声音传来。

我涨红了脸："不好意思，我是想发给教授的。"

"你没发错。他叫我关照你一些。把耳机上的视频传输打开。"

我戴的是后挂式耳机，有个小摄像头探出在耳朵上方。我点了几下手机屏幕，激活视频功能。

"不错。"科迪说，"缇雅和我也已顺利进驻教授的突入点。"教授喜欢两手准备，那通常意味着留一两位队员殿后，万一主力受到牵制，则上场转移敌方目标或执行替补计划。

"这里没啥事干。"科迪继续道，南方口音的拖腔浓重如常，"所以我要继续骚扰你。"

"谢谢。"我说道，回头瞟梅根，她正从地洞爬上来。

"不客气，小子，别再偷看梅根领口了。"

"我没有——"

"逗你玩儿呢。我支持你继续看，等她逮到你，朝你破脚开一枪，那场面该多有意思。"

我猛转回头。还好，看样子科迪没有把梅根加进这段对

钢 铁 心

话。得知有科迪督管，我不由得发自内心地舒了口气。梅根和我是队里资历最浅的两个成员，最需要指点的就是我们了。

梅根背上的背包里装着秘密潜入所需的全部装备，只把手枪拿在外面。实事求是地讲，在近身战中手枪比步枪好用得多。"准备好没？"她问。

我点点头。

"今天我又要准备领教你多少'临场发挥'？"她问。

"该多少还得多少。"我嘟囔着，抬手到墙边，"要是我知道哪时候需要发挥，就不叫临场了，对吧？那就是计划了。"

她"嗤"地一笑："你这么说倒挺新鲜。"

"新鲜？你没看到我交给队伍的计划写满了好几个笔记本吗？我说，就是咱们冒死抢回来的那些？"

她转头不再看我，态度也僵硬起来。

扯火，这女人。我想道，偶尔也叫人理喻一次吧。我摇摇头，将手掌贴上墙壁。

市政站点被认为是坚不可摧的，其原因之一就是安保严密，所有走廊和楼梯间都安装有摄像头。我原以为计划是要侵入安保系统篡改视频流，而教授说安保网络是肯定要侵入的，但只用于我方监控，要想通过替换视频数据来掩饰潜入行动，绝对达不到旧时电影里那么好的效果。钢铁心手下的安保人员没一个傻子，必然会注意到视频的循环重复。再说了，走廊里还有士兵巡逻。

不过，要确保我们不被发现，另有个简便得多的办法

- 220 -

——只需避开走廊即可。大多数房间里都没有摄像头，因为这里的研究和实验都得保密，即便对警戒这幢建筑的安保人员也不能泄露。而且，照逻辑推断，只要真正做到严密监视所有走廊，侵入者必然无所遁形；除此之外，还能以什么方式在屋子之间穿行呢？

我扬起手，稍稍集中精神，销出一个四英尺宽的墙洞，然后打开手机照明灯察看另一侧的情况。墙上的计算机设备已经废了，前面挡着一张办公桌，得搬开才能进去，不过房间里没人。夜里这个时候，发电站大多数科室都下班了，况且缇雅对路线的规划极为谨慎，力图将撞见他人的可能性减到最小。

钻过墙洞之后，梅根从背包里拿出什么东西安放在新挖的洞口旁边，上头有个小灯闪着邪恶的红光。我们每销一个洞都要在旁边安置炸弹，以便及时引爆，这样，外人就无法凭楼体爆炸的残骸获知震击手套的存在。

"迅速前进。"科迪说，"你在这里多拖一分钟，别人就多一分钟的机会闯进房间，寻思这些该死的洞都是打哪儿来的。"

"明白，前进中。"我说着，手指划过手机屏幕，调出缇雅的地图。径直向前穿过三个房间，即将抵达一个应急楼梯口，那里安防摄像头较少，贴墙而行就有望避开监控，直上两层。之后我们需要进入堆放能源电池的主储藏室，偷走一两块电池，安设好剩余炸药，然后撤退。

钢铁心

"你自个儿在嘀咕什么?"梅根问。她在门口警戒,直臂举枪至齐胸,随时准备出击。

"告诉她你在听耳妖叨叨。"科迪建议道,"屡试不爽。"

"科迪在和我连线。"我说道,着手在第二面墙上销洞,"给我一些实时评论缓和气氛,顺便还讲了耳妖的故事。"

这句话逗得她差点笑出来。我发誓我见到了一丝笑容,至少有那么一瞬间。

"耳妖是真实存在的。"科迪说,"这种耳麦就是靠它们传递信息,也是它们在你耳边唆使你跟缇雅抢最后一片馅饼吃。先别动,我已接入安保系统,走廊上有人过来了。别动。"

我猛地停止动作,匆匆关闭了震击手套。

"确认,他们正在进入你们隔壁的房间。"科迪说,"灯已经开了。屋里可能还有别人——安保视频里看不清楚。好险,你躲掉了一颗子弹。更准确地说,躲掉了需要躲掉几颗子弹的境况。"

"现在该怎么办?"我紧张地问。

"回话也要我教?"梅根皱起眉头反问。

"科迪,把她也加进来行不行?"我恼怒地说。

"你真想加她进来听你聊她乳沟?"科迪故作天真。

"不想!我是说,千万别提这回事。"

"好嘞,梅根,隔壁有人。"

"备选方案?"她冷静地问。

- 222 -

"可以等，但是灯亮着，我猜是有科学家在加夜班。"

梅根举高了枪。

"呃……"我欲言又止。

"别啊，妞儿，"科迪说，"你清楚教授的态度，只有迫不得已才能朝保安开枪，不可滥杀无辜。"计划里包含的重要一步，就是在引爆炸弹之前拉响警报，疏散整幢大楼。

"没必要朝隔壁的人开枪。"梅根冷静地说。

"那你要怎么做，妞儿？"科迪问，"揍晕他们丢在这里，和这栋楼一起被炸掉？"

梅根面露犹豫。

"好嘞，"科迪给出答案，"缇雅说还有一条路，不过得从电梯井上去。"

"漂亮。"梅根说。

我们快步返回潜入的第一个房间。缇雅给我上传了新的地图，标示了开洞点，我着手忙活，这次略微紧张了些。会不会到处都遇到科学家或职工随意逛荡？要是被人突袭该怎么办？万一只是无辜保安在履行职责，该怎么办？

我平生第一次体会到对自身预期行为的忌惮，胜于自己受他人威慑时的焦虑。这种感觉很不舒服。我们目前的行动，从本质上讲，就是恐怖袭击。

*我们是好人。*我这样劝说着自己，打穿隔墙让梅根先钻过去。可是，当然，哪个恐怖分子不自认是好人？我们的行动意义深远，可要是导致保洁女工不幸遇害，于其家人又意

义何在？我快步穿过下一个漆黑的房间——这是间实验室，桌台上摆好了烧杯等玻璃器皿——这些问题萦绕于心，无法拂去。

于是我集中精神回想钢铁心。那狂妄而可憎的冷笑。他站在我父亲面前，握着从他手上夺去的枪，枪筒指向下方无力还手的弱者。

记忆中的影像奏效了。想到它，我便能进入心无旁骛的状态。那些问题我无法尽数解答，但至少我有目标。复仇。它吞噬我的内心也好，留我空具皮囊也罢，管它呢，只要能驱使我为他人的美好未来而奋斗。这一点，教授理解，我也理解。

我们穿过与之接邻的储藏室，顺利抵达电梯井。我在外壁上销出一个大洞，梅根探头进去仰视漆黑的深井。"照你说，科迪，这里有路上去？"

"肯定有。侧壁应该有攀梯把手，所有电梯井都有。"

"看来施工方忘了向钢铁心提这回事。"我凑到梅根旁边察看情况，"墙面上下很平整，没有任何攀梯之类的东西，也没有绳索管带。"

科迪咒骂了一句。

"这么说还是得回去走老路？"梅根问。

我再次扫视井壁。黑暗似乎朝天空和地底无限延伸。"要不然等电梯下来。"

"电梯里也有摄像头。"科迪说。

"那就跳到顶上去。"我提议。

"跳上去,好警告里面的人?"梅根问。

"等里面没人的时候。"我说,"大约半数的时间电梯都是空的,对吧?只要有人按它就会运行。"

"也行。"科迪说,"教授和亚伯拉罕也遇到了一点小麻烦——要等隔壁房间的人走光才能继续前进。教授让你等五分钟,如果到时候毫无进展,就取消行动。"

"好吧。"我说道,感觉被失望猛戳一记。

"我要给他们共享画面了。"科迪说,"这边暂时先下线,要找我就打电话。我会注意电梯的,它一动就告诉你。"线路那头传来"哔"的一声,科迪切换了频率,我们开始苦等。

我俩静静地坐着,绷紧了神经听电梯的动静,尽管绝不可能比科迪先发现它的移动,毕竟他是靠视频判断。

"那个……这种情况多不多?"我问。我蹲跪在梅根身边,一两分钟过去,我们仍困在室内,守着那个打穿电梯井壁的大洞。

"哪种情况?"她问。

"干等。"

"比你想象的要多。"她说,"干我们这行,基本上全靠掐点。恰到好处的时机要求经常性的等待。"她瞟了眼我的手,我这才发现自己一直紧张地敲着井壁。

我强迫自己停止了动作。

"坐着干等,"她继续道,语气缓和了些,"把计划在脑子里排演一遍又一遍，到头来还是免不了出岔子。"

　　我满腹狐疑地看着她。

　　"咋啦？"她问。

　　"你刚才说的这回事，跟我想的完全一样。"

　　"然后呢？"

　　"然后，既然免不了出岔子，你为什么老跟我的临场发挥过不去？"

　　她抿起嘴唇。

　　"不行。"我说，"咱们是时候把话说开了，梅根。不只是这次任务，还有其他一揽子事情。你到底哪根筋不对？为什么总摆出一副恨我的样子？当初我想加入的时候，不是**你**最先挺我的吗？听你的口气，一开始对我印象还蛮好的——要不是你替我美言，教授可能根本不会听我介绍这个计划。可是从那以后，你的表现，好像我是个吃你自助餐的大猩猩似的。"

　　"吃我……啥？"

　　"吃你自助餐的大猩猩。怎么说呢……把你的饭菜全吃了，惹你冒火，那什么的。"

　　"你真是个奇葩，戴维。"

　　"是啊，我每天早晨起来都不忘吃颗奇葩丸呢。我说，梅根，我**不想**这样不了了之。自从加入清算者以来，我就一直觉得自己做错了什么，惹你不高兴。喏，到底是什么事？是什么事让你这样对我？"

她别开头。

"是我的长相问题吗?"我问,"因为我只能想到这点了。我是说,干掉千王之后,一开始你也是全盘支持我的。可能是我的长相有问题。但我觉得自己长得也不丑,总不至于到滚出肖像界的地步,虽然有时候是有些傻里傻气的,比如——"

"跟你的长相无关。"她打断了我。

"其实我也这么觉得,但我需要听你说实话,说话呀。"因为你在我眼里热辣撩人,而我完全不明白问题究竟出在哪儿。幸好我及时阻止了自己说出这句话。同时,我保持直视她的头部,以防科迪在监视。

她一言不发。

"嗯?"我不依不饶。

"五分钟到了。"她看了眼手机,说道。

"我不会让你这样轻易搪塞过去的,这样——"

"五分钟到了。"科迪突然插进话来,"抱歉,孩儿们,任务宣布失败。没人叫电梯。"

"你不能替我们叫一下吗?"我问。

科迪轻声笑道:"我们是可以侵入监控视频,小子,但是远远达不到控制大楼设施的地步。要是缇雅有这么大能耐,直接从内部摧毁这栋楼多爽快,比如让发电装置过度负荷之类的。"

"哦。"我仰头看那幽深的竖井。它好似一根巨大的喉

钢铁心

管，向上延伸……我们需要逆行而上……就像……

蹩脚的比喻，糟糕透顶。不说了，我感觉肚子有些翻腾。我不喜欢打退堂鼓的想法，进一步就是打倒钢铁心的路，退一步则是更多的等待，更多的计划。我都计划这么多年了。

"啊，不会吧。"梅根突然说。

"怎么了？"我心不在焉地问。

"你又要临场发挥了，是吗？"

我手戴震击手套伸向电梯井，手掌平贴上井壁，蓄积一小束振动波。亚伯拉罕教过我怎么制造不同大小的震击波；他还说高手能够控制实际的振动，随意锁切目标物体，甚至取出一块塑造成想要的形状。

我平展手掌用力往前推，感受手套的振动。其实不只是手套，整只手都在震颤。起初我很困惑，感觉创造那震击之力的不是手套，而是*我自身*——而手套似乎仅仅有助于震击波的塑形。

这个一定不能失败。如果失败，行动即告结束。这点足以对我造成压力，可我却气定神闲。我意识到，在真正非常非常紧张的情况下反而更容易放松，虽然个中原理不明。

钢铁心的庞大身躯立于我父亲眼前。一声枪响。*我不能再退缩。*

手套继续振动，手掌触及的小范围墙面铁尘簌簌。然后我将手指滑进凹陷处，摸摸这件最新成果。

"是个把手。"梅根拿手机电筒照了照,轻声说道。

"什么,真的?"科迪问,"把摄像头打开,妞儿。"片刻之后,他吹了声口哨,"你小子挺沉得住气啊,戴维,没想到竟然熟练到这种程度。要是知道你有这水平,没准儿我就直接建议你这么干了。"

我移开手,在井壁外侧靠近墙洞的位置做出第二个把手,与前一个左右并排,又在下方依样做了两个供脚踩蹬,然后双手双脚各就其位,扭身钻过洞口,上半身进入电梯井。

我向上伸手,在头顶做了另一对把手,然后往上爬,步枪斜挎过肩膀。我没有往下看,只顾继续塑造把手,继续往上。在攀爬过程中使用震击手套销坑根本不是容易的活计,但我能够控制震击波的形状,在每个把手前端留一点边脊,这样至少便于抓握。

"可以让教授和亚伯拉罕再拖一会儿吗?"下方传来梅根的问话,"戴维好像动作挺快的,不过爬上去应该也要十五分钟左右。"

"缇雅在计算。"科迪说。

"嗯,我要跟戴维上去了。"梅根说道,声音闷闷的。我扭头朝下一看,只见她脸上蒙了张丝巾。

因为把手会飘落尘屑,她不想吸进去。真聪明。我现在就躲得很辛苦,而且铁尘吸进鼻腔好像不太舒服。虽然亚伯拉罕说震击屑实际上没有多大危害,但我还是觉得能避则避,每次销塑新坑的时候都埋头屏住呼吸。

钢铁心

"挺能干的。"一个声音传入耳朵,教授的声音。我差点吓得跳起来,幸好没有,不然可就完蛋了。教授肯定用手机连接了我的视频信号,能看见我耳机摄像头拍下的图像。

"这些坑窝销得挺利落,形状也不错。"教授继续道,"再多加练习,很快就能赶上亚伯拉罕了,目前看来应该超过了科迪。"

"你的语气好像在担心什么。"我边做把手边说。

"我不担心,只是惊讶。"

"我必须这么做。"我含混不清地说着,爬过第一层。

教授沉默了许久:"的确是。听我说,你们不能照原路撤离,那样太费时间了,所以得换一条路线。等会儿缇雅会给你指示。等待第一声爆炸信号。"

"确认。"我说。

"还有,戴维。"教授补上一句。

"什么?"

"干得不错。"

我不禁微笑,再攀上一阶。

我们继续前进,爬上电梯井。我总担心电梯会突然下落,不过即使下落也会有几英寸的间隙。我们所在的侧壁原本就是安装维修梯的地方,只是他们没装而已。

也许钢铁心也看过那部电影。我这么想着,爬过第二层,对自己做了个鬼脸。终于只剩一层了。

耳中传来手机的"嘀"声。我瞟了眼手腕——有人开启了私密频道。

"我不喜欢你改变了队伍。"呼叫的是梅根，声音闷闷的。

我扭头看她。她背着塞满装备的背包，鼻子和嘴都蒙在丝巾之下，眼睛紧盯着我，映着小臂上手机的微弱光芒。丝巾的包裹之上，一双善睐顾盼生辉。

其身后却张开了一个巨大的黑洞。哇。我眼一黑，身子晃了晃。

"矬子，"她喊道，"精力集中。"

"是你先说话的！"我低声道，转回了头，"你说不喜欢我改变了队伍，是什么意思？"

"你出现之前，我们本已准备离开新加哥。"下方的梅根说，"干掉千王就撤。是你阻住了我们。"

我继续攀爬："可是——"

"啊，闭嘴让我先说完行不行。"

我依言闭嘴。

"我加入清算者，是要杀那些罪责当诛的史诗派。"梅根继续道，"而新加哥是整个散众国最安全、最稳定的地区之一。我觉得钢铁心不该杀，我也不喜欢你劫持整支队伍向他宣战以泄私愤的做法。他是草菅人命，没错，但比多数史诗派要好得多。他罪不至死。"

这番话震惊了我。她认为钢铁心不该杀？还说他罪不至死？真是疯了。我抑制住再次往下看的冲动。"现在能说话了吗？"我问道，继续做下一对把手。

钢 铁 心

"好，行。"

"你是不是疯了？钢铁心是个禽兽。"

"对，我承认，可他是个**务实**的禽兽。你想想，咱们今天干吗来了？"

"摧毁发电厂。"

"那么，外头有几座城市还有发电厂？"她问，"你知不知道？"

我继续攀爬。

"我是在波特兰长大的。"她说，"你知道那里的情况吗？"

我知道，但我没说。那里情况很糟糕。

"史诗派成天打仗抢地盘，城市一片狼藉。"梅根继续道，此时语气温和多了，"什么都不剩，戴维。**寸草不剩**。整个俄勒冈成了焦土，连草木都枯尽了，更别提什么发电厂、污水处理厂、杂货店之类。要不是钢铁心介入，新加哥也会变成这样。"

我继续攀爬，汗滴下我的后颈。我回想着梅根的转变——她开始对我冷淡，正是在我第一次提出讨伐钢铁心之时。而她对我态度最差的两次，也恰恰与我的努力实现突破的时间重合。一次是我们回去拿笔记本，一次是我确认了夜影的致命弱点。

招致她敌意的不是我的"临场发挥"，而是我的计划，以及我成功说服小队将钢铁心列为打击目标。

"我不希望在我的手下出现另一个波特兰。"梅根继续道,"的确,钢铁心凶狠残暴,但他在残暴之外还留给人活路。"

"那你为什么不退出?"我问,"为什么还留在队里呢?"

"因为我是清算者。"她说,"而且,抵触教授不在我的工作职责之内。我会干好分内之事的,跪娃,决不敷衍塞责。只是,我觉得这次行动是个错误。"

她又叫我那个绰号了。其实这应该是个积极的迹象,因为她只在不怎么烦我的时候才那样叫我。有一丝亲昵在里头,对吧?只是有一点不好,这个绰号跟那么难堪的场面联系在一起。为什么不叫……超级神枪手?念起来也顺口,对吧?

我们默默爬完最后一程。梅根又把我们的音频波段向其他队友公开,看来这表示她认为对话结束了。也许是——我自然也不知道还有什么好说。她怎么可能觉得在钢铁心手下苟活是件好事呢?

我想起工厂里的其他孩子,想起那些地街居民。我猜许多人也是这么认为的——明知钢铁心是禽兽还要执意搬来这里,就因为考虑到新加哥的生活条件比别处好。

不过,那些人都满脸洋溢着优越感——梅根则完全不同,她争强好动,能力超群,出类拔萃。她怎么会持有他们的俗见呢?这严重动摇了我的世界观——至少是我过去的世界观。清算者岂可流于庸俗。

万一她是对的呢?

钢铁心

"啊，扯火！"耳中突然传来科迪的声音。

"怎么了？"

"你有麻烦了，小子。是——"

正当那时，头顶的电梯井维修门——位于三楼——突然滑开了。两个身穿制服的保安移步门边，凝神细看下方的黑暗。

第二十二章

"我跟你讲,真有动静。"一个保安说着,眯起眼俯看下方,视线似乎直直对着我,但电梯井里很黑——没想到开着门还这么黑。

"我什么都没看到。"另一个说,声音微微在井壁间回荡。

前一个人扯下腰带上的手电。

我的心脏一抖。完蛋。

我只好将手紧贴墙面,除此之外已想不出别的办法。震击手套又开始振动,我尽力让自己专心,可是有他们在上边,很难集中精神。手电"啪嗒"一声打开了。

"怎么样?听到了吧?"

"像锅炉的声音。"第二个保安不以为然地说。

我的手靠在墙面上嗡嗡作响,确实有几分像远处的机器声。我不禁龇牙咧嘴,保持姿势。手电光束扫过竖井,我几乎控制不住那振动了。

借助电筒,他们不可能发现不了我。隔得太近了。

"那儿什么都没有。"那保安咕哝道。

什么?我仰头看去。不知怎么回事,虽然相距很近,他们却好像并没看见我。我困惑地皱起眉头。

"哈，"他搭档说，"我明明听到有声音。"

"那个是……你懂的。"前一个保安说。

"啊，"他搭档附和道，"没错。"

前一个保安将手电塞回腰带上。他怎么可能没看见我呢？光束明明直扫到了我的方向。

两人退回维修口外，关上滑门。

灾星业火，什么情况？ 我想。*我们真被黑暗吞没了，所以没被看见？*

震击手套突然失控。

我本来准备在墙里销个洞藏身——以躲避他们的枪击，如果事情落到那一步的话。而现在我分了神，震击波突然把眼前的墙面销掉一大块，把手瞬间消失。我赶紧去抓大洞边缘，险些没抓住。

一大团铁屑扑簌簌撒过我全身，飞流直下般冲向梅根，好一场壮观的铁粉雨。我紧抓着大洞边缘看看下方，她眼睛里闪烁着铁尘，仰头瞪我的眼神怒不可遏，伸手似乎真要去摸枪的样子。

灾星！ 我竟有些心惊肉跳。她的丝巾和面部皮肤覆了一层银灰，眼里怒火熊熊。我想我从未在谁眼里见过这样的神情——至少从未亲身直接体验。我仿佛能感受到她浑身散发着杀气。

她的手还在爬向胁侧的手枪。

"梅——梅根?"我试探地叫她。

她的手顿住了。不知道刚才是不是我的错觉,顷刻之间,那恨意消失了,她眨眨眼,表情缓和下来。"看准了再动手,跪娃。"她严厉地训道,伸手擦去脸上的尘灰。

"好。"说完,我回头看手边扒着的大洞,"嘿,这里有个房间。"我扬起手机照进洞内,仔细察看。

这是间小屋——几张配备电脑终端的办公桌整齐地靠墙排列,另一侧的墙边则摆了一排文件柜。房间有两扇门,其中之一是带密码门禁的加固金属安全门。

"梅根,这里确定有个房间,而且好像没人在。跟我来。"我两手一撑爬过洞口。

一进房间,我就伸手去拉电梯井里的梅根。她犹豫片刻才接过我的手,进来之后便一言不发地走到一边。她好像又重新对我冷淡起来,也许还外加几分刻薄。

我蹲跪在连通电梯井的洞口边缘,心头的疑云挥之不去,刚才的事情着实非常费解。先是保安看不见我们,然后是梅根将刚刚对我敞开的心扉又完全封闭,前后不过几秒之差。是因为她吐露心声之后又反悔了,担心我告诉教授她不支持刺杀钢铁心吗?

"这是什么地方?"梅根站在小室中间说道。天花板低得她微微弓起背——那我必须得弯腰了。她解开丝巾,抖出一团金属粉,五官紧皱,开始拍抖衣服。

"不知道。"我边说边拿过手机查看缇雅上传的地图,"图

钢铁心

上没这个房间。"

"层高这么低,"梅根说,"安全门还带密码。有意思。"她把背包丢给我,"去给洞口安炸药,我来检查这里的情况。"

我从背包里摸出炸药,她则打开不带密码按键的那扇门,走了出去。我把小型爆炸装置安在洞口边缘,突然注意到墙根处有几条裸露的电线。

我顺藤摸瓜,来到电线没入地面之处,撬开地板。这时,梅根回来了。

"还有两个这样的房间。"她说,"都没人在,房间很小,紧贴电梯井修的。我猜测这里本来应该安装供暖设备和电梯维修设备,但他们却在这里开辟了密室,还从大楼规划图上抹去了这一块。我好奇其他楼层之间有没有夹层——以及密室。"

"看看这个。"我指着新发现说道。

她跪在我身边,打量墙根的布线。

"炸药。"她说。

"房间已经设置好炸毁程序了。"我说,"诡异吧?"

"不管这里有什么,"梅根说,"肯定是很重要的资料,重要到值得炸毁整座发电厂以保证其不遭外泄。"

我俩同时抬头看那排电脑。

"你们在干吗?"科迪的声音重新加入我们的波段。

"我们找到一间密室。"我说,"而且——"

"赶紧撤。"科迪打断我道,"教授和亚伯拉罕刚遇到几个保安，被迫开了枪。保安给干掉了，也藏好了尸体，但上面很快会发觉他们失联，巡逻到一半人不见了。走运的话，最多还有几分钟时间。"

我骂了一句，伸手去摸口袋。

"你在摸什么？"梅根问。

"从方片那儿弄来的万能火帽。"我说，"我想试试能不能用。"我拿电子胶带把小圆片贴到地板下发现的炸药上，心里有些紧张。起爆器就揣在我口袋里——外形像一支笔。

"根据缇雅给我们的结构图，"梅根说，"再过两个房间就到能源电池存储区，只是我们的位置有点靠下。"

我们对视一眼，便分头搜查密室。时间不多，但我们至少得尽量找找这地方藏了什么机密信息。她打开一个文件柜，抽出几个文件夹。我也立即着手翻找各个桌屉。一个抽屉里放着几张数据芯片，我一把抓起，朝梅根挥挥手，放入她的背包。她把文件夹丢进去，继续搜查下一张办公桌，我则抬手在右侧墙上销洞。

由于密室夹在两层楼之间，我不确定它与大楼其他房间的结构关系，只得往目标方向的墙上销洞，靠近天花板的位置。

如此就打通了三层一个房间的墙根，看来这间密室与三楼有一小段共墙。我瞟了眼结构图，便明白了密室的所在。图上显示的电梯井比实际稍大，还包含一个并不存在的维修竖井——这也就解释了电梯井里为什么没装简梯。施工方以

钢铁心

为有专用维修井用于检修电梯，殊不知那片空间实际上成了密室。

梅根和我爬过洞口，上三楼，经过那个房间——像是会议室之类——再穿过配套的监控室，在隔墙上销出一个洞口，便通往狭长低矮的存储区。这就是我们的目标：存放能源电池的存储室。

"我们进来了。"我俩钻入洞口，梅根及时报告科迪。房间里满是置物架，上面摆放着各种类型的电器设备，没一样是我们要的。

我俩匆匆分头寻找。

"棒极了。"科迪说，"能源电池应该就在这里的某个地方，注意找能够合握的圆柱体，大约有靴子那么长。"

我发现尽头的墙上有几个柜门紧锁的大型储藏柜。"也许在这里面。"我对梅根说道，朝它们走去，迅速用震击手套销掉锁，打开柜门，她正好过来了。里面是横向堆放的高高的一摞绿色圆柱，外表大致像是微型啤酒桶与汽车蓄电池的结合体。

"那些就是能源电池。"科迪说话的声音好像松了口气，"我还有些担心没放在这里呢，幸好出发前带上了四叶草。"

"四叶草？"梅根嗤声道，从背包里摸出什么东西。

"当然啦。打老家带来的呢。"

"那是爱尔兰的，科迪，跟苏格兰没关系。"

"我知道。"科迪忙不迭地说，"那是我杀了个爱尔兰佬抢来的。"

我抽出一块能源电池。"没我想象的重。"我说,"这东西的分量确定足够启动高斯枪吗?那家伙需要的能量可不少。"

"这些电池是电老虎亲自充的,"科迪的声音传入耳朵,"比我们自制或者买到的任何电源都要强大好几个数量级。要是连这都用不上,那就没什么能用的了。能带多少带多少。"

电池虽然没我想象的重,但体积也不算小。我们从梅根背包里取出剩余的所有物品,拿出预备在下边的小布袋。我负责朝背包里塞进四块电池,梅根则把剩余物品——炸药、绳索、弹药——转移到小布袋里。有两件化装用的白大褂没往里装——我怀疑逃跑时需要用到它们。

"教授和亚伯拉罕情况怎样?"我问。

"正在撤出。"科迪说。

"我们怎么撤呢?"我问,"教授不建议爬电梯井回去。"

"白大褂带了吗?"科迪问。

"必须的。"梅根答道,"不过进走廊的话,脸可能会被录下来。"

"还是得冒这个险。"科迪说,"两分钟后启动第一场爆炸。"

我们迅速套上白大褂,我蹲下身,在梅根帮助下背起满满一包能源电池。包很重,但好歹能正常行走。梅根的白大褂上身效果不错,不过她应该穿什么都好看。她把手里那个较轻的布袋挎上肩膀,眼睛紧盯我的步枪。

钢 铁 心

"可以拆的。"我解释道,取下步枪枪托,"咔嗒"一声抽出弹匣,倒出枪膛里的子弹,为防万一还拨上了保险栓,然后把大卸八块的枪塞进她布袋。

大褂上绣着第七站的标志,我俩还配了相应的假安检牌。仅靠这样的伪装绝不可能混进来——安检太严了——但借助它们应该可以趁乱出去。

伴着一声不祥的轰响,大楼轻度摇晃——一号爆炸,主要用于提醒人员疏散,而非造成任何实质性破坏。

"走!"科迪在耳边大喊。

销脱储藏室门锁,我俩随即冲进走廊。人们开了门探头观望——这层楼似乎到夜间依旧一派忙碌景象,有身穿蓝色连体服的保洁员,也有身穿白大褂的技术人员。

"是爆炸!"我拼命扮出慌张的模样,"有人袭击了这栋楼!"

周围顿时乱作一团,我们很快便混入逃离大楼的人群之中。大约三十秒后,科迪触发了位于四楼的第二起爆炸。地面猛烈摇晃,周围的十几人纷纷抬头看天花板,尖叫声充斥走廊,好几个抓紧了手里的电脑或公文包。

其实没什么好恐慌的,头几次爆炸都设在无人地点,也不至于炸塌这幢楼。初期爆炸共有四轮,其目的是为了疏散所有平民,然后才开始动真格的。

我们匆忙跑过走廊,下了楼梯间,注意尽量不露脸。这里感觉怪怪的,我一面跑,一面想明白了怪在什么地方:大楼太干净了，地板、墙壁、房间……一尘不染。进来时，因为周围太黑，我还没注意到，而此刻借着灯光的照耀，四周简直干净得煞眼。地街从未有过这般洁净，看到所有东西都干干净净，整整齐齐，我心里不免有些别扭。

我们继续往前跑。显然，这地方够大，不可能每个职员之间都互相认识，尽管我们的情报显示保安人事库里记录有全部人的长相，可以对照视频排查，却没人质疑我们的身份。

大多数保安只顾着加入越来越壮大的队伍逃生，他们与其他人一样害怕爆炸，这让我的担忧更减了几分。

我们一群人黑压压拥过最后一段楼梯，冲进前门大厅。

"什么情况？"一个保安大喊。他守在门口，拔枪对着人群，"到底有没有人亲眼看到？"

"是史诗派！"梅根上气不接下气地说，"穿着绿衣服，我看见他在楼道里面，一边走一边乱发能量波！"

第三声爆炸响起，摇撼了整幢建筑，随之而来的还有一系列小型爆炸，人群如潮水般从附近楼梯间以及底楼走廊涌出。

保安咒骂了一句，便做出聪明的选择，随了大流逃跑。他不能抗击史诗派——的确，这么做会惹来麻烦，即便对方与钢铁心是死对头。普通人不得干涉史诗派，铁纪如山，在散众国，这是一条至高无上的铁律。

我们冲出大楼，来到前院。我回望庞大建筑之上飘飘袅袅的轻烟，恰好见证了在上排窗户发生的一连串小型爆炸，次第闪耀着点点绿光。教授和亚伯拉罕安置的不只是炸弹，更是一场炫目的表演。

"**绝对**是史诗派。"旁边的女人倒吸一口气，"谁会傻到……"

我匆匆向梅根投去一个微笑，混在人流之中冲向围墙大门。前院的保安拼命把人们挡在里面，但下一场爆炸响起时，他们也放弃了坚持，打开大门。梅根和我随着人群一拥而出，跑上城市漆黑的街道，将浓烟滚滚的大楼抛在身后。

"监控摄像头还在运行，"科迪在公共频道上向大家通报，"大楼仍在疏散。"

"压轴的炸弹暂时别动。"教授冷静地指挥，"先派传单。"

身后传来轻轻的"砰"声，我知道，宣告新史诗派到来的传单刚从楼上飞出，正在城里飘散。来者名为绿光——我选的名字。传单上全是煽动性文字，宣称绿光将是新加哥的新主人，以刺激钢铁心现身。

梅根和我得赶在科迪清场之前上车。我爬进驾驶座，梅根跟着我从同一扇车门进来，把我推到副驾驶座上。

"我会开车。"我说。

"你上次开的车，才过一个街区就挂了，跪娃。"她边说边发动车子，"我记得，撞倒了两个路牌，而且在逃跑途中，好像还看到了几具垃圾桶的残尸。"她唇边隐隐露出微笑。

"不怪我。"我应道，回头看矗立于黑暗天空下的第七站，为首战告捷而激动不已，"是那些垃圾桶厚着脸皮自己贴上来的，一群烁子。"

"我要开大的了。"科迪的声音传到耳边。

楼内响起一连串爆炸，我想，梅根和我放置的炸药应该也在其中。大楼猛烈摇晃，火苗从窗口窜出。

"哈，"科迪的声音里透着迷惑，"居然没倒。"

"不错了。"教授答道，"我们侵入的证据已经抹去，短时间内站点也不可能重开。"

"话虽如此，"科迪说道，语调中浓浓的失意，"我还是希望场面更恢宏一些。"

我从口袋里抽出笔式起爆器。可能不会有任何反应——我们安置在墙上的炸药兴许已经引爆了埋在地板下那些。但我仍旧摁动了笔端的按钮。

接下来的爆炸当量约有先前的十倍，连我们的车也摇晃不已，碎片喷向整座城市上空，灰尘与岩屑纷如雨下。座位上的我和梅根不失时机地转身，望着大楼轰然溃倒，声如山崩。

"哇，"科迪叹道，"瞧瞧这场面，我猜肯定有能源电池爆炸了。"

梅根瞟我一眼，看看起爆笔，翻了个白眼。几秒之后，我们便已冲上街道，向着消防车与应急小组到来的相反方向，前往会合点，与清算者队友接应。

part three

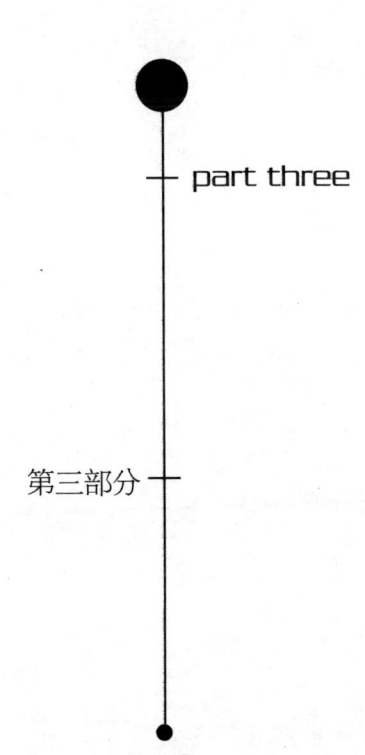

第三部分

第二十三章

我嘴里咕哝着，两手交替拉动绳索。每拉一下，滚轮便发出一声哀怨的尖叫，好像我拴了只倒霉的老鼠上刑具，以扭转折磨它为乐似的。

滚轮装置沿地道拉设，位于清算者藏身洞的唯一进出通道。自发电站遭袭以来已经过去了五天，其间我们大体保持低调，默默计划下一步行动——打击电老虎，削弱治安军。

亚伯拉罕刚跑完补给回来，这意味着我暂停了队里震击专员的职务，开始出任免费青壮年劳力之职。

我继续拉动绳索，汗水从眉毛滴下，渐渐浸透T恤。板条箱终于在幽深的洞口现身，梅根将它拖下滚轮板车，搬进房间。我松开手，让板车带着绳索滑回地道底端，以便亚伯拉罕捆上另一箱补给。

"下一趟你想来不？"我边问梅根边用毛巾擦眉间的汗。

"不想。"她轻声说道，将板条箱搬上滑动台架，推到其他箱子旁堆在一起。

"你确定？"我问。手臂酸疼。

"你干得这么好，"她说，"还能健身呢。"她放下板条

钢 铁 心

箱,便坐上一把椅子,双脚搁在桌子上,品着柠檬水用手机看电子书。

我摇摇头。她真是不可思议。

"就当作是履行骑士精神吧。"梅根心不在焉地说着,滑动屏幕展开剩余的文字,"保护柔弱女子免受痛楚之类的。"

"柔弱?"我反问。这时,亚伯拉罕在下边叫我,我叹口气,又开始拉绳子。

她点点头:"抽象用法。"

"人怎么能抽象地柔弱?"

"得费可大劲儿呢。"她说着,啜了口柠檬水,"只是看起来简单,就像抽象艺术那样。"

我闷哼一声。"抽象艺术?"我问道,拉起绳子。

"当然啦。比方说,一个人在画布上涂条黑线,说是隐喻,就能卖几百万。"

"哪有这种事?"

她抬头看着我,忍俊不禁:"当然有啦。你在学校没学过抽象艺术?"

"我在工厂念的书。"我说,"就学了基础数学、语文、地理、历史,没时间学别的。"

"那之前呢?灾星现世之前?"

"那时候我才八岁,"我说,"而且住在芝加哥内城,梅根,从小受的教育主要是学习怎么躲避黑帮,以及如何在学校保持低调。"

"你八岁时就学了这？在小学？"

我耸耸肩，继续拉货。我的话似乎令她难以理解，不过我承认，我也想不通她所说的话。真有人花那么多钱买那么简单的东西吗？我感到迷惑，灾星出现之前的人类真是怪头怪脑。

我拖上来又一只板条箱，梅根再次跳下椅子搬起它。我无法想象她能看进书，但即时的杂事似乎并不打断她的阅读。我看着她，拿过水杯喝了一大口。

自从她在电梯井里向我坦陈心迹之后，我们的关系……有了些许起色，她与我各方面的相处都更为自然融洽。我有些不太理解，我们之间不是该闹得更僵才对吗？我知道她不支持这项行动，若换作是我，那这问题就麻烦了。

但她真的很专业。尽管不赞成杀死钢铁心，她却没有弃清算者而去，甚至没有提出调到别的分队。我不知道清算者有多少分队——显然，只有缇雅和教授清楚——至少另外还有一支吧。

无论如何，梅根坚守岗位，也没让私人感情影响任务。或许她认为钢铁心罪不至死，但我探过她的口风，她对反抗史诗派的行为是完全赞成的。她就是一位绝对忠诚的战士，心知某场战役的战术并不完备，却仍旧追随将军誓死效命。

我敬重她这一点。扯火，我真是越来越喜欢她了。虽然她最近对我也没有多么的亲近，但已不再直白地表露敌意和冷漠。如此，打开一丝缝隙，就有了施展诱惑术的空间——

要是我懂那种魔法该多好。

她放好板条箱，我则等着拉下一趟货，却迟迟不见亚伯拉罕发令。终于，他出现在地道口，开始拆卸滚轮装置。他肩上的枪伤已经被轻安仪治愈——那是清算者独有的医疗设备，可以帮助肌体迅速愈合。

我知晓的不多，虽然特意问过科迪——他称其为"三大发明的最后一种"。教授将自己科研时代开发的三项惊人技术带给了清算者：震击手套、护身夹克、轻安仪。听亚伯拉罕说，每项技术都是教授亲自研发并从所在实验室窃走的，只为向史诗派开战。

亚伯拉罕拆掉最后的滚轮部件。

"全搞定了？"我问。

"没错。"

"我点过数，不只这些箱子。"

"剩余的那些太大了，塞不进地道。"亚伯拉罕说，"待会儿让科迪开车运到机库去。"

他们所称的"机库"其实就是泊车的地方。我去过那儿，空间很宽敞，里面停了几辆轿车和一辆货车。机库完全不及这处藏身所安全——须由城市地表驶入，因而不属于地街。

亚伯拉罕来到我们搬进秘密基地堆放整齐的十几个板条箱前，揉着下巴审视它们。"不然先开箱吧，"他说，"我还有一个小时的空当。"

"然后要干什么去?"我问道,跟他一起开箱。

他没有回答。

"这几天你经常都不在。"我软磨硬缠。

他还是没有回答。

"他不会轻易透露行踪的,跪娃。"随意靠坐在桌边的梅根说道,"习惯就好了。教授经常派他出去执行秘密任务。"

"可是……"我张口争辩,心里有些受伤。我原以为自己凭借辛勤努力已经获得了入队资格。

"别这副丧气样,戴维。"亚伯拉罕说着,抓起撬棍撬开一只箱子,"并不是不信任你,有些事情必须保密,连队友也不能随意泄露。万一谁不幸被俘,钢铁心有的是办法把机密弄到手——了解全盘大局的,有教授就够了。"

理由很充分,但我心里仍觉得烦躁。也许正因如此,我总也打听不到其他清算者小队的信息。亚伯拉罕撬开另一只箱子,我则伸手进侧边口袋抽出震击手套,用它销开几只木箱的顶盖。

亚伯拉罕朝我扬起眉毛。

"怎么了?"我说,"科迪叫我勤加练习。"

"你已经练得相当好了。"说完,亚伯拉罕将手伸进我打开的板条箱,摸出一个苹果,蒙在上头的木屑撒得到处都是。"相当熟练,"他继续道,"但有时候还是撬棍更好使,嗯?而且,这些箱子以后可能还用得上。"

我叹口气,点了点头。只是……唔,需要克制。我难以

钢铁心

忘怀潜入发电站时力量感的膨胀,在墙上开洞,制作那些把手,让坚密的物体臣服于我的意志。越是使用震击手套,我就越是为它带来的别种选择感到兴奋。

"还有一点很重要,"亚伯拉罕说,"要避免留下技术发明的使用痕迹。可以预见,要是这些东西被大家知道了会怎样,嗯?我们的世界将天翻地覆,行动更加艰难。"

我点点头,不情愿地收起震击手套:"糟糕,上次的洞没机会处理,肯定给方片看见了。"

亚伯拉罕愣了一下,立即道:"没错,是很糟糕。"

我协助他开箱卸货,梅根也过来帮忙,极有工作效率。最后,她主要做起了监管,安排我们分门别类存放各种食物。亚伯拉罕欣然接受她的指挥,尽管她在队里的资历比他浅。

货大约卸到一半,教授从冥想室出来,手拿文件夹一边浏览文件一边走向我们。

"看出什么门道了吗,教授?"亚伯拉罕问。

"这次的传闻对我们有利。"教授说道,将文件夹丢上缇雅的桌子,"城里炸开了锅,说来了个新史诗派挑战钢铁心。一半市民都在谈论这个话题,另一半则躲进了地下室,等待战事过去。"

"太棒了!"我说。

"的确。"教授面露忧色。

"还有什么问题吗?"我问。

他用手指敲敲文件夹："缇雅有没有告诉你，你从发电厂带回来的数据芯片上是什么内容？"

我摇摇头，努力掩饰自己的好奇。他会告诉我吗？也许我可以从中发现亚伯拉罕这几天秘密行动的线索。

"都是政治宣传。"教授说，"我们认为，你们找到的密室是钢铁心政府的舆情操控机构。你们拿回来的文件包括新闻披露、计划散布传闻的提纲，以及关于钢铁心的陈年旧事。据缇雅鉴定，大部分资料和传闻都是假的。"

"为自己编造辉煌历史的统治者有很多，他并不是第一个。"亚伯拉罕评论道，将几个鸡肉罐头放进壁架。储藏间的凹进式壁架总体高宽与墙壁等同。

"可钢铁心有什么必要那么做呢？"我抹着眉毛问道，"我是说……他真正拥有不死金身，好像也不需要虚夸自己的能耐。"

"他很自大。"亚伯拉罕说，"人人都知道。他的眼神和言行满是嚣张跋扈的意味。"

"对。"教授说，"所以这些言论真叫人捉摸不透。那些资料都不是为了改善他的形象——或者说，全是从负面加强他的公众形象，主要内容是关于他曾经犯下的暴行，杀了多少人，击毁了多少建筑——甚至踏平过好几座城镇。但这些其实都是子虚乌有。"

"他散布流言说自己血洗过几座城镇？"梅根有些许烦躁地问。

"在我们看来是这样。"教授说道,上前帮我们卸货。我发现,自从他过来之后,梅根就停止了发号施令。"至少,有人想对公众夸大钢铁心的恐怖程度。"

"也许我们发现的是某个革命团体。"我急切地发表意见。

"未必。"教授说,"在一处主要政府机构内部?那样严格的安保措施之下?而且,据你们的描述推测,保安似乎知道那个地方。再者,许多资料中归附的档案都宣称其内容由钢铁心本人亲自杜撰,有的甚至标示出假得太离谱的部分,以及需要如何捏造事实加以佐证。"

"那他一直在吹牛撒谎喽?"亚伯拉罕说,"还捏造证据——到了现在,他的统治集团必须证实以前那些大话全都是真的,否则会暴露他的低能。"

教授点点头,我则感到心里一沉。我原以为找到了什么重要信息,不料,偶然发现的秘密部门却只是负责为钢铁心塑造强硬的公众形象,以及更暴虐的秉性,诸如此类。

"这么说,钢铁心没他表面上宣称的那么可怕。"亚伯拉罕得出结论。

"唔,他是真的恐怖得很。"教授说,"你说呢,戴维?"

"超过1700起命案确认归于他名下。"我答道,兀自出神,"我笔记里都有,其中很多是无辜百姓。不可能全是捏造的。"

"也的确不是。"教授说,"他是个可怕的人,极其恐怖。他宣扬这些,只是为了保证让每个人都牢记于心。"

"真怪。"亚伯拉罕说。

我伸手探进一箱奶酪,取出防油纸包裹的酪块,放入房间另一头的冷藏洞。清算者吃的许多食物都是我以前从来买不起的,比如奶酪、新鲜水果。新加哥的食品主要依赖进口,因为终年不见天日,地里种不出水果蔬菜,而钢铁心又刻意对城郊的农田严加把持。

昂贵的食物,我已经开始习惯吃这些了。转变竟然这么快,感觉挺奇怪的。

"教授,"说着,我把一块圆形奶酪放进冷藏洞,"你有没有想过,假如钢铁心下台了,新加哥的情况可能会更糟?"

房间另一头的梅根猛地转头瞪我,但我没看她。*我不会向他打你小报告的,别瞪我了。我只是想知道答案。*

"也许会,"教授说,"至少会乱一阵子。城市的基础设施多半会崩溃,食物将面临短缺,还会出现趁火打劫的情形,除非有极富魄力的人取代钢铁心的位置,掌管治安军。"

"可是——"

"你想复仇对吧,孩子?嗯,那就是代价。我也没必要挑好听的告诉你:不管如何避免伤害无辜,一旦杀死钢铁心,照样会给民众带来痛苦。"

我在冷藏洞边坐下。

"你从来没想过这个问题吗?"亚伯拉罕问。他又从衬衫里取出了链坠,手指抚摸着它,"计划了这么多年,一心准备刺杀痛恨的宿敌,就从没想过会对新加哥造成什么影响?"

钢铁心

我涨红了脸,接着摇摇头。确实没想过。"那……现在该怎么办?"

"照原计划继续。"教授说,"社会染了疾病,我们的职责就是为其切除感染的体肤。只有这样,身体才有康复的可能——但首先要面临极度的疼痛。"

"可是……"

教授转头对着我,我看见他的表情异于寻常,深深的疲惫萦绕其间,那是抗争了太久太久之后,对战争自然而然的厌倦。"你这么想是件好事,孩子。思索,忧虑,彻夜难眠,唯恐自身的思想违反了人道。能意识到战争的代价,对你有益无害。

"但我得提醒你一点,世上没有现成的答案,也没有十全十美的选择。要么向暴君屈服,要么以混乱和痛苦打破伪和平。我在让灵魂经受无数拷问和折磨之后,最终选择了后者。如果不反抗,人类将宣告完蛋,我们将逐渐习惯对史诗派逆来顺受,作牛作马,止步不前。

"这不只是复仇或血债血还的问题,它还关乎我们民族的存亡,关乎人类能否成为自身命运的主宰。我选择暂时的灾殃与动荡,而不是成为哈巴狗摇尾乞怜。"

"作为个人的选择,"梅根说,"那样当然很好。可是,教授,你的选择并不单单影响到自己,其结果将波及城里每一个人。"

"所以我权衡再三,为他们做出选择。"他把几只罐头推

Reckoners

进储藏架深处。

"到头来，"梅根说，"他们依然成不了自身命运的主宰。失去了钢铁心的统治，就只能自生自灭——这种状态至少持续到下一个史诗派前来，重新开启对他们的统治。"

"那就把新来的也杀了。"教授轻声说。

"又杀得了多少呢？"梅根问，"你不可能阻止所有的史诗派，教授。早晚会有一个来这里扎下根基。你敢说他就一定比钢铁心更好？"

"够了，梅根。"教授打断话头，"这个问题早就讨论过，我也做出了选择。"

"新加哥是全散众国最宜居的地区之一。"梅根不顾教授定论性质的回复，继续道，"我们的重心应该放在无力治理领地的史诗派身上，放在生活秩序更差的地方。"

"不对。"教授说道，语气愈加愠恼。

"怎么不对？"

"因为这正是问题所在！"他厉声喝道，"人人说起新加哥，都夸它好，夸它棒，可实际上它毫无可取之处，梅根，它的好，只是相对而言罢了！没错，有些地区情况更糟，但只要这种地狱坑仍被视为理想，我们的事业将举步维艰。不能盲目随大流，认为这样的就是正常生活！"

房间陷入沉默，梅根似乎被教授突如其来的爆发震慑住了。我仍旧坐着，塌肩弓背。

我从没想过会这样。清算者光环灿烂，对史诗派实施制裁，我一次也没想过他们竟会背负罪疚，会有争执，会难以抉择。我看得出，他们心底也藏着我在发电厂感受到的同样的恐惧，担心自己可能加重事态的恶化，最终招致人间灾祸，无异于史诗派。

教授大步走开，失意地挥了挥手。外面传来布帘的"沙沙"声，他回到了冥想室。梅根望着他离去，气得满脸通红。

"消消气，梅根。"亚伯拉罕悄声说道，神态依然冷静，"一切都会好起来的。"

"你竟然这么说？"她不肯听劝。

"你瞧，我们并不需要把所有史诗派都打败，"亚伯拉罕说道，项链握在黝黑的手里，小小的链坠垂荡在下方，"只要坚持到底，就会有转机。"

"我才不想听你说蠢话，亚伯拉罕。"她回答，"现在没心情。"说完，她转身离开储藏室，爬下通往钢铁迷窟的地道，不见了身影。

亚伯拉罕叹了口气，转头看着我："你脸色不大好，戴维。"

"我很难受。"我实话实说，"我原以为……嗯，我以为，假如这个问题有答案，它一定握在清算者手里。"

"你误解了我们，"亚伯拉罕说着，向我走过来，"也误解了教授。行刑者手起刀落，却并非出于自身杀人的意愿。教授就是社会的行刑者，人类的斗士。重建社会的工作，自然有其他人来办。"

"你不烦心这回事吗？"我问。

"一般般。"亚伯拉罕简单地答道，将项链戴回脖子上，"但话说回来，我心里还抱有希望，尽管其他人早已放弃。"

此时我才看清他佩戴的链坠，小小的银坠，上面刻着花式的S标志。我隐约觉得在什么地方见过这个标志，它让我想起父亲。

"你是个信善徒。"我猜道。我听说过这个群体，但从未亲眼见过。工厂养大的个个都很现实，做不了梦想家，而信善徒必定心怀梦想。

亚伯拉罕点点头。

"你怎么还能相信会有善良的史诗派出现呢？"我问，"我是说，毕竟过了十来年了。"

"放在历史的图卷下，"亚伯拉罕说，"十年并不算久。咳，放在历史图卷下，人类也算不得多古老的物种。英雄必将降临。总有一天，会出现反对屠杀、憎恨、支配他人的史诗派，我们将受到保护。"

傻瓜，我想道，但这只是直觉反应，我立即为之感到羞惭。亚伯拉罕可不是傻瓜，他明察善断，或者说此前一直给我这样的印象。可是……他怎么会真心相信世间将出现善良的史诗派呢？正是同样的观念让我父亲惹来了杀身之祸。

但他至少还有盼头。我想，期待某个除暴安良的神秘史诗派团体——等待他们降临，拯救世人，倒也不赖吧？

亚伯拉罕捏了一把我的肩膀，冲我笑笑，然后走开了。

钢铁心

我站在原地,看见他跟着教授进了冥想室,而我从未见过谁有这样的特权。随即,传来低声的交谈。

我摇摇头,打算继续卸货,又觉得全然没了心情。我瞟了眼通往钢铁迷窟的地道,脑子一热,顺着它爬了下去,想见见梅根。

第二十四章

梅根并未走远。我一出地道就看到了她，坐在秘密基地外头一堆旧板条箱顶上。我犹豫地走上前去，她猛地向我投来怀疑的一瞥，表情又随即缓和下来，转头凝视眼前的黑暗，其间一直开着手机照明。

我爬到板条箱上，在她身边坐下，没有说话。我想找个不温不火的完美语句挑起话题，却又——跟平常一样——想不出说什么好。问题在于，我基本上同意教授的观点，即使我因此问心有愧。仅凭我所受的教育，无法预测新加哥在首领遇刺之后的事态走向，但我确凿地知道，钢铁心是个恶魔。没有哪座法庭会宣判他有罪，但我拥有伸张正义的权利，让他还我和我的人生一个公道。

于是我只是坐在那儿，努力构思要说的话，既不惹毛她，又不显得理屈。可是想起来容易做起来难——也许正因如此，我通常想到什么说什么，停下来思考，反而收不到任何成效。

"他的确是个禽兽。"梅根终于开口，"我知道他是。我讨厌替他说话，特别是我本就没那个心。我只是不敢确定，杀

钢铁心

掉他会不会反而害了我们意欲保护的民众。"

我点点头。我明白，真的理解。我们再度陷入沉默，静静地坐着。走道里远远地传来杂音，被钢铁迷窟怪异结构形成的声效扭曲。有时会听到流水声，因为城里的污水管道经过附近。有时我发誓听到了老鼠叫，虽然我也很困惑它们在这下头能吃啥。还有些时候，大地仿佛在轻轻地呻吟。

"他们到底是什么人，梅根？"我问，"你思考过吗？"

"你是指史诗派？"她说，"许多人提出了不同的理论。"

"我知道。可是你怎么想？"

她没有立即回答。确实，许多人有自己的看法，而且大多乐于分享其结论，诸如史诗派是人类进化的下一阶段，或是某个神明派来惩罚人类的使者，或是货真价实的天外来客，或是政府某项秘密计划的产物。也有人认为全都是假象，他们只是在利用科技伪装超能力。

多数理论在面对现实时都被无情地敲得粉碎。有普通人突然获得超能力，成为史诗派，他们不是什么外星人之类的生物。也有足够多的一手信息涉及家庭中唯独一个成员展示出超能力。科学家宣称史诗派的基因异于常人，但我对这种事了解不多。再说，大多数科学家要么失踪了，要么归顺于某个较强大的史诗派麾下。

总之，许多流言都不证自伪，但那也不会阻止它们传播，或许永远不会。

"我觉得他们是某种试炼。"梅根说。

我不禁皱眉。"你是说,像宗教试炼那样?"

"不,不是信仰之类的试炼,"梅根说,"我是指个人的意志。如果拥有超能力,无尽的特权,我们会怎么做?会产生什么样的改变?要怎么应对这种境遇?"

我吸吸鼻子。"如果史诗派给我们示范了人类面对权力的反应,那我宁愿什么都别有。"

她没有答话。过了一阵,我听到又一个古怪的声音。口哨声。

我转头,惊讶地发现科迪正沿地道走来,一个人步行,想来他把板车——之前用来运输那十几箱补给品的——留在了机库。他的枪挎在肩上,头戴棒球帽,上面绣着他所谓的苏格兰宗族的纹章。他向我们脱帽致意。

"这是……在开派对哪?"他问道,看了眼手机,"还是茶点时间到了?"

"茶?"我问,"从没见过你喝茶。"

"我一般吃炸薯鱼条。[①]"科迪说,"这叫英伦范儿,你们美国佬不懂。"

这句话似乎有哪里不对,但我知识不够丰富,无法指出不对在什么地方。

"我说,你俩干吗都绷着脸?"科迪问道,跳上板条箱,来到我们身边,"你们两个,活像要赶在下雨天出去猎浣熊似

[①] 这是指英国的传统食物,炸鱼薯条。

的。"

哇，我想，我怎么就编不出这样的比喻？

"我跟教授吵起来了。"梅根叹气道。

"又吵了？我以为你俩早放下了呢。这次又怎么啦？"

"我不想说。"

"好吧，好吧。"科迪拿出长猎刀，开始修指甲，"夜影开始了全城大搜捕，到处都有人目击他穿墙游走，搜查不法之徒和低等史诗派的窝点。城里边人人自危。"

"挺好的，"我说，"那说明钢铁心很重视我们的威胁。"

"也许吧。"科迪说，"只是可能。我们留下的挑战他还未表态，夜影的排查连很多普通人都不放过。也许钢铁心怀疑有人在他格子裙底下放烟雾弹。"

"要不，先干掉夜影。"我说，"反正已经知道了他的弱点。"

"这主意大概不错。"科迪说着，从腰包里摸出一件细长的工具扔给我。

"这是什么？"

"紫外手电筒。"他说，"好不容易找到一家卖这个的——其实是，嗯，灯泡，总之，我换掉原装灯泡，配了几支这样的手电。最好随时预防着夜影偷袭。"

"你觉得他会来这里？"我问。

"他早晚会来钢铁迷窟开搜的。"科迪答道，"说不定已经开始了。只要夜影决定穿墙而过，把我们扼死在睡梦中，秘密基地再具战略优势也没用。"

多么鼓舞人心的画面。我不寒而栗。

"现在至少有对抗的筹码，"科迪说着，又摸出一支手电给梅根，"但我觉得咱们准备得太不充分。我们仍然不知道钢铁心的弱点是什么，万一他立马就要挑战绿光怎么办？"

"缇雅会找到答案的。"我说，"她有很多线索，肯定能发现银行金库里的秘密。"

"那火凤凰呢？"科迪问，"我们甚至还没有开始计划怎么对付他。"

火凤凰，钢铁心另一个贴身保镖，高等史诗派。梅根看我一眼，明显很好奇我接下来要怎么回答。

"火凤凰不值得费心。"我说。

"之前你就这么讲过，给我们极力推荐这系列计划的时候。但你一直没解释原因。"

"我已经跟缇雅详细论证过，"我说，"火凤凰不是你以为的那样。"我对这个结论相当有把握，"来，我解释给你看。"

科迪扬了扬眉毛，但还是跟着我爬进地道。教授已经了解了我的笔记内容，但我不确定他是否认可我的意见。我知道，他打算把大家召到一起讨论怎么对付火凤凰和夜影，我也知道，他在等缇雅拿出答案再继续执行计划，以免操之过急。假如她无法断定钢铁心的致命弱点，纵使万事俱备也是枉然。

我不愿去想这些。事到如今，因为不知道他的弱点而放弃……就好比在工厂抓阄分糕点，发现就一个数字之差。但中不中都一样，因为彼得已经溜进厨房去偷糕点了，所以任谁抽中也只能空欢喜——而且连彼得也没那口福，因为原本就没有糕点。嗯，类似于这样。我觉得我的比喻还是有进步。

一爬出地道，我就带着科迪直奔我存放笔记的箱子，翻找几分钟后，发现梅根也跟着我们上来了，脸上的表情深奥难解。

我抓起关于夜影的文件夹拿到桌边，摊开几张照片。"你对火凤凰了解多少？"

"他是火系史诗派。"科迪指着一张照片说道。照片上是一团人形的火焰，热度炽烈，周围的空气荡起了波纹。照片无法捕捉到火凤凰的面部细节，只能呈现出静止的火焰形态。实际上，我拣出的每张照片都因为他过度明亮而扭曲了画质。

"他拥有标准火系超能力，"梅根说，"能化身为火焰——实际上，差不多总是以火人形象出现。他会飞，能从手中投出火球，以及操纵外在的火焰。他周围产生的高热场能融化子弹——不过就算不融化，子弹应该也伤不着他。很基本的火系超能力体系。"

"太基本了。"我说，"每个史诗派都独具的特点，不可能有谁的超能力与基本体系**完全**吻合。这是第一个引发我怀疑的地方。这里还有另一个线索。"我用指尖敲敲这一系列照片——每张照片都拍摄于不同的日期，火凤凰通常跟在钢铁心左右，身后还有大批随从。夜影经常外出执行任务，往往由火凤凰留在钢铁心身边，担任首席保镖。

"看明白了吗？"我问。

"明白什么？"科迪反问。

"这儿。"说着，我指向一张照片里混在钢铁心警卫队中的一人。他身材瘦长，面须刮得很干净，身上西装浆挺，脸上戴着墨镜，头上配一顶宽檐帽，遮蔽了他的面容。

我指向下一张照片，同样有这个人。再看下一张，下下张，都有。其他照片里也很难辨清他的模样——没有一张特意朝他对焦，而且他的五官总是隐藏在帽檐和墨镜下。

"每次火凤凰出现的时候这人都在场。"我说，"很可疑。他是谁？在这里干什么？"

梅根蹙起眉头："你想表达什么意思？"

"来，"我说，"再看这几张。"我取出一套五连拍的照片，上面记录了五个短暂的瞬间。拍摄的场景是钢铁心带着一拨随从飞过城市。他有时会这么做，看似是奔赴某个重要场所，而我怀疑其实是在借故巡城，耀武扬威。

夜影和火凤凰左拥右护，距地约十英尺高度飞行。下方一列车队开道，如同军事护卫队。车里谁的脸也看不清，但我怀疑那个可疑的人就在其中。

五张照片。前后四张显示史诗派三人组并肩飞行，而中间那张——时间顺序排列的正中间——火凤凰的形体模糊了，朦朦胧胧。

"火凤凰也能实体元素化,就像夜影那样?"科迪猜测。

"不对。"我说,"火凤凰是假的。"

科迪不住眨眼:"什么?"

"他是假的,至少,不是我们以为的那样。火凤凰是个极其精妙复杂的幻象——而且幻术士的技法极为高超。我怀疑照片里我们看到的这个人,穿西装戴宽檐帽这个,才是真正的史诗派。他是幻术士,能够操纵光线制造幻象,这点很像折光——只不过能力等级高了数个台阶。火凤凰的真身与钢铁心合计捏造出一个假史诗派形象,差不多就像我们捏造绿光这样。这张照片正好拍到他分神的一刹那,那个真正的史诗派精力没有集中,所以幻象产生了杂点,几乎消失。"

"假史诗派?"梅根不屑地说道,"有什么意义呢?钢铁心又没必要这么干。"

"钢铁心的内心世界不能用常理评判。"我说,"相信我。我敢打赌,除了他的心腹之外,我比任何人都了解他。就像亚伯拉罕说的,他很自大,但同时,疑心病也很重。他日常的主要事务就是巩固权力,强制臣民听命。他每晚都换不同的寝室睡觉。有什么必要这么做呢?他根本就是刀枪不入的,对吧?他疑心太重,生怕被人发现弱点。他摧毁了整间银行,就因为我们可能发现他受伤原因的蛛丝马迹。"

"很多史诗派都会这么做。"科迪指出。

"那是因为大多数史诗派都患有同样程度的疑心病。你们想,诱骗暗处的刺客防备一个并不存在的史诗派,这怕是最出其不意的阴招了吧？全部时间都花在扫除火凤凰的计划上，结果却遇到一个幻术士，绝对被打个措手不及。"

"的确是这样，假如你判断正确的话。"科迪说，"跟幻术士交手很难搞。眼见不为实的感觉特别不爽。"

"喏，幻术系史诗派的说法也不是完全站得住脚。"梅根说，"有火凤凰融化子弹的事件记录在案。"

"那是因为，子弹抵达幻象跟前时，火凤凰先把它们变没，然后造出子弹融化后落到地上的幻象。过后，钢铁心再派手下去现场抛撒真正被融化的子弹，以证明其真实性。"我又取出一组两张的照片，"我有证据，他们就是这么做的，这方面的文件资料我这里多得很，梅根，欢迎你通看一遍。缇雅已经认同了我的意见。"

我再从这叠资料里挑出几张照片。"给，这个，看这儿，有几张火凤凰'烧毁'建筑的照片，都是我亲自拍的。看，他是怎么抛掷火球的？仔细观察下一组照片里第二天墙上留下的焦痕，完全跟火凤凰头一天的动作对不上。真正的焦痕是专门派人趁夜做上去的。当时他们清理了现场所有人，我没法进去拍照，但第二天的证据很明显。"

梅根一副如临大敌的样子。

"怎么了？"科迪问。

"你们说得我心里很焦躁，"她答道，"幻术士很难对付。我只希望别跟他交手就好。"

"我觉得不必和他交手。"我说，"我已经通盘考虑过，尽

钢铁心

管火凤凰名气很大,但危险系数似乎不高,没有哪起死亡能够直接归咎于他,他也很少出手。这是必然的,因为他得留神避免泄露真实身份。你要事实证据的话,这些文件夹里有。火凤凰一旦出现,我们只要开枪打死制造幻象的家伙——照片里这人——所有幻象自然不攻自灭。应该不太难。"

"你说是幻象,可能没错,"科迪说着,逐个查看另一组照片,"至于你认为是这个人制造了火凤凰的形象,我不敢苟同。他要是有点脑子的话,就会在制造幻象的同时隐身。"

"可能他不会隐身。"我说,"隐身不是幻术士的必备技能,即便他能力超群。"犹豫一下,我又改口道,"你说得对。我们不能确认制造幻象的是谁,但我还是觉得没必要费心火凤凰。我们只消吓唬他一下——设立陷阱,揭他装神弄鬼的老底。我敢打赌,只要感觉到身份暴露的威胁,他一定会逃跑。基于我对他的判断,他应该比较胆小。"

科迪若有所思地点着头。

梅根却连连摇头。"我觉得你太掉以轻心了,"她的语气有些愤怒,"如果钢铁心真的一直在愚弄大众,那么火凤凰可能比我们想象的还要危险得多。一想到这,我就莫名地心烦,我认为咱们的准备太不充分。"

"反正你就是想找茬取消这次行动。"我立即还嘴,恼得不行。

"我可没那么说过。"

"还用说吗?这么——"

我的话被地道口传来的响动打断了，我转过头，正好看见缇雅爬进秘密基地，她上身穿着清算者夹克，下身是条旧牛仔裤，膝盖处沾满了灰。她直起身来，笑容满面。"找到了。"

我的心在胸腔里怦怦直跳，一阵难以言喻的情绪如电流通遍全身。"是钢铁心的弱点吗？你找到答案了？"

"不是答案，"她激动地说道，双眼放着光彩，"是通往答案的线索，我找到了。"

"到底是什么，缇雅？"科迪问。

"银行金库。"

第二十五章

"早在你分享童年故事的时候,我就开始考虑这个可能性了,戴维。"缇雅对我解释,此刻,整支清算者小队正跟着她走过钢铁迷窟的地道,"随着我对银行调查的深入,我越发地感到好奇。怪事接二连三。"

"怪事?"我问。一行人紧凑前行,科迪当先,亚伯拉罕殿后。他已经给那挺极为精良的机关枪找到了类似的替代品,只是没有那么多华丽的附加功能。

有他殿后,我感到十分安心。在这样狭小的空间内,重机枪会很有优势,它的杀伤力足以逼退任何企图靠近的人,而地道侧壁则会起到保龄球道护栏的作用,亚伯拉罕根本不用担心受到反击。

"比如挖掘队。"走在我旁边的教授说,"他们曾接到禁令,不得挖掘银行旧址下方的区域。"

"对。"缇雅迫不及待地答道,"很反常。钢铁心极少对他们下达任何指令,迷窟底层结构的混乱就是证明,何况他们到后期精神严重错乱,难以控制。尽管如此,钢铁心仍旧严格推行了这则禁令:银行下方的区域绝不能碰。不用细想也该知道，这只可能是因为你描述的情况，即当天下午断层线抵达之时，银行大堂已几乎全部变换成钢铁。而断层线的超能力包含两个部分，其一——"

"没错，"我激动得忍不住打断了她，断层线就是在我逃跑之后，被钢铁心带去掩埋银行的那个女人，"我知道，双属性超能力——两种二级能力组合而成的一级能力。"

缇雅笑了："你看过我分类体系的笔记。"

"我觉得咱们还是使用同一套术语比较好。"我耸耸肩，"我可以随时切换，没问题。"

梅根瞟了我一眼，嘴角隐隐浮起一个微笑。

"怎么了？"我问。

"呆学霸。"

"我不是——"

"别跑题，孩子。"教授说着，瞪了梅根一眼，"我碰巧喜欢学霸的呆劲。"梅根则憋着笑，两眼放光。

"我也没说过我不喜欢呀。"她轻声答道，"只是一遇到有人死不承认自己是谁，我就觉得好玩。"

随你便，我想。按照缇雅的分类体系，断层线属于一级史诗派，但缺乏无敌加成，也就是说，她攻击力极高，防御力极差。可惜她没有意识到这一点，几年前她企图抢夺新加哥时，并未预见到自己绝无胜算。

一言以蔽之，像她这样的史诗派，同时拥有几种次级超能力，将它们组合运用之后，产生的结果即呈现为一种效果

钢铁心

非凡的新能力。具体到她身上，她会移动大地——只要地面不是太硬，同时，她还拥有将普通石头和泥土变为沙尘的能力。

表面看来她可以发动地震，实际上是先在地面分解出一道裂缝，再以此为切入口将大地分开。其实，世上有真正会制造地震的史诗派，而出乎意料的是，他们的能力却没什么用——或者说，至少是没这么好用。其中较强的那些，其超能力足以摧毁一座城市，却不能有针对性地掩埋一幢建筑或一群人，类同于板块运动的原理，杀伤范围大，却无法精确利用。

"还没懂我意思吗？"缇雅问，"钢铁心把银行大堂变成了钢铁，包括墙壁、大部分的天花板、地板——然后，断层线分解掉它下方的土地，让它沉降下去。于是我想，或许有可能——"

"——它还在原地。"我轻声说道。我们依然行走在迷窟之中，转过一个拐角，缇雅上前拨开几片垃圾，一条地道展现在眼前。基于丰富的实践经验，我看出这应该是用震击手套挖的。震击手套掘出的地道往往是圆管形，除非刻意精确控制；而挖掘队打穿的通道则是方形或矩形。

这条地道通向钢铁地层深处，微微下斜。科迪率先走进去，拿灯照了照。"唔，我大概猜到这几周你跟亚伯拉罕都背着我们忙什么去了，缇雅。"

"我们试了好几个不同的开挖点。"缇雅解释道，"因为我无法确定银行大堂最后陷了多深,甚至不能确定其外部结构是否保留完好。"

"它仍然完好?"我问,突然有种奇怪的麻木感。

"完好如初!"缇雅说,"太神奇了,快来看看。"她带头走过地道,地道差不多刚好一人高,不过亚伯拉罕可能得弯腰。

我有些迟疑,但其他人都等着我跟上去,于是我强迫自己迈腿,来到缇雅身边。其余队友随即跟在后面,我们的手机用作路上唯一的光源。

不对,慢着。前面有光,就在缇雅修长身段的影子周围,若隐若现。我们终于抵达地道尽头,往前一步即踏入回忆。

缇雅已在屋角和桌上安了几盏灯,但由于房间漆黑宽敞,灯光显得黯淡微弱。房间沉降后略有倾斜,地板呈现一定坡度,歪斜的角度更平添了这个地方幽冥诡谲的气氛。

我在地道口止步,双腿僵如冰结。房间仍保留着记忆中的模样,完好得令人称叹。威严高耸的堂柱(如今已变作钢铁)、零落的办公桌、柜台、瓦砾、地板上的瓷砖拼花仍依稀可辨,只是如今徒余轮廓,失却了大理石与石砖的纹彩,浑然一体地闪耀着银色光泽,其间点缀了些许突脊和拱包。

房间几乎一尘不染,点点尘粒懒懒地在空中飘忽,翩跹在缇雅安置的白色马灯周围,映出朦胧的微小光晕。

我猛然意识到自己还愣在地道口,连忙迈步踏入房间。

钢铁心

啊，扯火……我暗自想着，胸口骤然收紧，双手不由自主握紧了步枪，尽管我明知没有危险。记忆如洪流涌上心田。

"回过头来看，"缇雅正在解释——心不在焉地听着——"也不必惊讶于它保存得如此完好。大堂沉降之时，断层线的超能力让下方大地起到了一种缓冲作用，掩埋之后，钢铁心又将包裹它的泥土整个儿变成了金属。上层房间在他攻击银行时就已被摧毁，到大楼沉陷时即与底层断裂脱离。而这个房间，及其附属的金库，却得到钢铁心自身超能力的保护，真是聪明反被聪明误。"

地道碰巧从银行正面通入。这里曾经装置的宽敞气派的玻璃门已被枪炮和能量束击毁，地面两旁散落着钢铁瓦砾和杀人指手下亡魂的铁骨。我朝前走，踏上钢铁心当年跨入大堂的路径。

那些就是柜台，我直视前方想道，*出纳员办公的地方*。柜台中间有一段遭到了损毁，我手脚并用地从那个缺口爬过，走向金库。附近的天花板已被毁坏变形，而金库本就是由钢铁打造，不受钢铁心的力量影响。此刻我突然想到，也许这会有助于保护里面的藏品，正如他变换能力的特性使然。

"房间里的残渣主要来自天花板的塌陷。"缇雅在我身后说道，她的声音在开阔的大堂内回荡，"亚伯拉罕和我尽量做了清理。有大量泥土从墙壁和天花板的豁口落入，填塞了大堂与金库相接的部分空间。我们用震击手套销掉那堆铁泥，又在地板一角挖了个洞——因为楼底下方有少量架空——然后把铁屑刨了下去。"

我走下三级台阶，来到矮处的地面。这里是大堂中央，钢铁心向杀人指叫板的地方。**本地居民生杀予夺的大权归我**……我本能地转头向左，在柱子旁边发现了那个女人的尸骸，瑟缩一团，怀抱婴孩的白骨。我不寒而栗。她如今成了一具钢铁雕塑。她是什么时候死的？怎么死的？我记不起来。也许是死于流弹？她肯定早已断气，否则不会变成钢铁。

"真正保全这个地方的，"缇雅继续道，"恰是大变换，钢铁心把新加哥里里外外全变成了钢铁。要不是他及时施展超能力，整间大堂将完全被泥巴填满；除此之外，大地在重力作用下也可能压垮天花板。而大变换将房间内剩余物体变成钢铁的同时，也将它周围的泥土变成了钢铁，房间实际上被原样封存在了原地，好比冻结在池塘冰层中间的气泡。"

我继续朝前走，直到那间曾供我藏身的贷款业务室映入眼帘，小小的隔间死气沉沉，窗玻璃而今已不再透明，前门敞开，一眼就能看到里面。我踏入其中，手指抚过办公桌边沿。隔间似乎比记忆中更为狭小。

"保险记录单庞芜杂乱，"缇雅继续道，"但其中确有一起就大厦本身提请的索赔，称其毁于地震。莫非银行股东们真以为保险公司会买账？想来颇有些荒唐可笑——不过，当然了，那时候人们对史诗派的存在还不了解。总之，它启发了我的思路，我便着手调查围绕银行被毁始末的相关资料。"

"然后就顺藤摸瓜到了这儿？"科迪问。他正在大堂周边寻查，声音自黑暗深处传来。

"其实不是。调查结果相当耐人寻味，资料寥寥无几。于是我寻思，之所以没法在保单里查到相关信息，金库的进出物品记录单也完全不见踪影，必定是因为钢铁心已经派人查明并秘密调出了那些文件。我意识到，因为他蓄意的掩盖，仅凭保险公司的文书绝不可能得到任何有用信息，我们唯一的机会只能是找到那家银行——钢铁心认为它已深埋地底，无法靠近。"

"想法倒不差。"科迪的声音听起来思虑重重，"没有震击手套——或者挖掘队拥有的那种超能力——几乎不可能抵达这里。谁能挖穿五十英尺厚的纯铁？"挖掘队原本都是普通人，他们那奇怪的能力是由一个叫"掘域"的史诗派转赋得来，他和电老虎一样是赋能者。而挖掘队……下场都不好，似乎有些超能力并不适用于凡人。

我仍然站在隔间里，贷款业务员的遗骨散落在桌脚周围的地面，头颅半掩在一堆碎渣背后，仿佛在朝外张望。这一切如今都成了金属。

我不愿看，却转不了头，**拔不开眼**。

我环顾四周，良久，内心怅然迷失，过去与现实交错。父亲仿佛站在眼前，决心坚毅，举枪守护一个恶魔。爆炸，叫喊，尘沙，惊呼，烈火。

恐惧。

指尖触及隔间冰冷的铁墙，我眨眨眼，一阵战栗传遍全身。房间里弥漫着古旧的灰尘味，隐约还能闻到血腥气，以及恐惧的味道。

我踏出隔间，走向钢铁心当年所站之处。他手握一把简易手枪，伸出手臂对准我父亲。砰。一枪毙命。我仍记得那声枪响，虽然它极有可能是我主观意识的事后重构，当时我几乎已经被爆炸声震聋了。

我跪在柱子边，眼前是个泛着银辉的小丘，钢铁瓦砾将下方的一切遮盖，但我有震击手套。我已无心聆听队友的交谈，他们的话语成了我耳中嗡嗡哼哼的低沉背景音。我戴上震击手套，伸手向前——非常小心地——开始一点点销掉铁渣。

时间没花太久。渣堆的主体就是一大块顶板，销开它之后，我不免愣住了。

是他。

父亲肩倚支柱瘫倒在地，头垂向一边，弹孔凝固在T恤的钢铁褶皱之中，死不瞑目。他好似一具细节铸造得纤毫分明的雕塑——连表皮的毛孔都清晰可辨。

我瞠目结舌，浑身无法动弹，手也忘了放下。十年了，这张熟悉的面孔几乎击溃我的心。我没有一张父母的照片，逃跑之后我不敢回家，尽管钢铁心不可能知晓我的身份。可那时的我濒临崩溃，有如惊弓之鸟。

一看见他的脸，种种回忆与情感顷刻间涌上心头。他的神态是如此……自然，多年前即已不复存在的自然，世间不

钢铁心

再配享的自然。

我紧抱双臂,视线锁住父亲的脸。无法移开。

"戴维?"是教授的声音。他蹲跪在我身边。

"我父亲……"我低声道,"他死于反抗,死于出手保护钢铁心。现在我来了这里,拼命想杀死欠他一命之恩的家伙。是不是很有意思?"

教授没有回答。

"可以说,"我继续道,"都怪他自作自受。杀人指本来要从背后偷袭钢铁心的。"

"他根本不会得逞。"教授说,"杀人指不知道钢铁心有多强,那会儿谁都不知道。"

"我想应该是。但我父亲真是个傻瓜,死活不肯相信钢铁心是坏人。"

"你父亲是用最大的善意去揣测他人。"教授说,"你可以称其为傻,但我绝不会说他自作自受。他是位英雄,孩子。他奋起反抗,杀掉了杀人指——一个草菅人命的屠夫,即便这么做让钢铁心幸免于难……唔,那时候,钢铁心还没有什么令人发指的劣迹。你父亲又不会预知未来。人不能因为惧怕未知而裹足不前。"

我凝视着父亲了无生气的双眼,不由自主地点起了头。"这就是答案。"我低语,"你和梅根争执不下的那个问题的答案。"

"这不是她的答案。"教授说,"只是我的。或许也是你的。"他伸手捏了一把我的肩膀，然后向站在金库附近的其他清算者队友走去。

我从未想过还能再次见到父亲的脸。那一天，我看见他翕动嘴唇企求我逃跑，我便独自逃掉了，懦夫的标签在心头挥之不去。我独自苟活了十年，心中只被一种想法占据：我要复仇，我要证明自己不是懦夫。

而今，他就在我面前。望着那双变成了钢铁的眼睛，我知道，父亲不会执迷于复仇，但他同样会选择杀掉钢铁心，如果给他这个机会阻止屠杀。因为，有时候，得有人为英雄开路。

我站起身。那一刻，我莫名地认定，银行金库及其藏品都是误导线索。它们不是钢铁心的弱点之源。真正攻破他防御的是我父亲，或者是他的某种信念。

想到这里，我离开父亲的尸体，来到队友身边。"……打开保险箱的时候一定要极其小心。"缇雅正叮嘱道，"别弄坏里面的东西。"

"我觉得咱们方向偏了，"我的话引得他们纷纷侧目，"金库藏品不是他弱点的诱因。"

"你说过，火箭弹炸开金库之后，钢铁心刻意看了它一眼。"缇雅说，"而且他也派特工力搜集并缄封了涉及此地物品的任何清单。"

"我想他本人当时也不知道受伤的原因。"我说，"许多史诗派一开始并不清楚自己的弱点。他应该只是秘密派人收集相关资料，逐一分析，以便查出结果。"

"那他可能就在其中找到了答案。"科迪耸耸肩说道。

我扬起眉毛："如果他发现是这间金库里的东西使他受了伤，你觉得这地方还会存在吗？"

队友们陷入沉默。没错，那样的话，这地方早就不存在了，钢铁心掘地五十尺也会摧毁它，不管那样做有多么艰难。我越发肯定，削弱他的绝不是某个实体物件，而是与当时情景的某种特性有关。

缇雅脸上阴云密布，大概在怨我不早指出这一点，害她这么多天都白挖了。但我也没有办法，毕竟没人告诉我她这些天在忙什么。

"好了，"教授说，"咱们先搜金库。戴维的说法有道理，但同时也不能完全否认是金库里的藏品削弱了他。"

"真能搜出东西来吗？"科迪问，"什么都变成了铁，全都熔在了一块儿，不知道还能分辨出多少来。"

"也许有些东西还保留着最初形态。"梅根说，"其实这种可能性还挺大。金属可以阻绝钢铁心的变换能力。"

"金属可以什么？"科迪问。

"阻绝变换能力。"我重复道，"他能操控一种……变换震荡波，可以穿过非金属物质并使其发生变化，好比声波传过空气，或者水波荡过池塘。震荡波遇到金属——尤其是铁或者钢——就会停止。其他种类的金属会稍许受到影响，同时使传播速度急剧减慢；钢铁则能使之完全停止。"

"就是说,这些保险箱……"科迪说着,踏入金库。

"也许隔绝了里面的物品。"梅根替他说完剩下的半句,也跟着他走进金库,"可能有些还是会发生变化——大变换期间释放的震荡波频率极强,但我觉得仍然会有所收获,特别是金库本身就由金属打造,能起到第一重阻绝的作用。"她无意间回头,发现我正盯着她看。"怎么了?"她不客气地问。

"呆学霸。"我说。

她一反常态地气得面红耳赤:"既然来了这座城市,我自然会去关注钢铁心,去了解他的超能力。"

"我又没说这是件坏事。"我淡淡地说道,走进金库扬起震击手套,"只是陈述事实而已。"

被人怒瞪的感觉原来也可以这么好。

教授无奈轻笑。"好啦,"他说,"科迪,亚伯拉罕,戴维,销掉保险箱正面,*千万别碰坏里头的东西*。缇雅,梅根,你们和我把藏品取出来,找找看哪些东西值得研究。赶紧开工吧,这得花费点儿时间……"

第二十六章

"哎,"科迪看着这堆金银珠宝说道,"哪怕没别的用处,至少可以让我发家了。这样的失败我还是承受得起。"

缇雅嗤了一声,拣选着珠宝。我们四人,包括教授,围坐在一个隔间里的大办公桌旁边。梅根和亚伯拉罕站岗去了,警戒通往银行大堂的地道。

房间有种不容亵渎的感觉——仿佛非得庄严肃穆不可,以示敬意——我想其他人一定也感受到了这种气氛,大家都压低了嗓门悄声说话。只有科迪除外。他拿起一颗大红宝石,用力往椅背一靠,但是——自然,椅子腿儿牢牢地粘在钢铁地面上。

"以前倒可能会让你发家,科迪,"缇雅说,"但现在买主不好找。"

这话不假。如今珠宝真是不值钱,外加还有几个史诗派自己就会变宝石。

"也许吧。"科迪说,"但黄金还是硬通货啊。"他挠挠头,"可是真想不明白为什么。又不能吃,还人人追捧。"

"因为它普及度高,"教授说,"不生锈,容易铸造,又难造假。没有哪个史诗派会变金子，目前还没有。人们需要商品交换的媒介，尤其在各国或各城的交界处。"他伸指挑起一条金链，"科迪说的其实很对。"

"我？"科迪看似颇感意外。

教授点头："不管是否挑战钢铁心，光凭这里挖到的金子都够清算者好几年的花销了。"

缇雅把笔记本放在桌上，心不在焉地拿笔杆在上面敲。贷款业务区的其他办公桌上分门别类地摆好了金库里发现的宝贝。大约四分之三的保险柜里物品保存完好。

"主要的东西以遗嘱居多，"缇雅说着，打开一罐可乐，"还有股票凭证、护照、驾照复印件……"

"哪天有空可以用这些虚假身份打造一整座城市。"科迪说，"想想就觉得好玩。"

"第二大类别，"缇雅继续道，"就是先前说到的珠宝，值钱不值钱的都有。如果是某种物体影响了钢铁心，从数量上判断，这一类的可能性最大。"

"但实际不是。"我说。

教授叹了口气："戴维，我知道你——"

"我的意思是，"我打断他，"珠宝经不住推敲。钢铁心没有攻击过其他银行，也从未以任何直接或间接的方式禁止人们在他面前穿戴珠宝。在史诗派群体中，珠宝更是常见，他也从没采取措施加以限制。"

"我同意，"缇雅说，"部分同意。我们的考虑可能有疏忽。钢铁心向来行事隐秘,也许他秘密禁运过某种类型的宝石。我会仔细调查的,同时,我赞成戴维的说法,如果真是什么东西影响了钢铁心,那它多半不是寻常之物。"

"那稀罕物总共有多少件?"教授问。

"超过300件。"缇雅说着,摆个苦脸,"主要是纪念物、馈赠品之类,没什么实际价值。理论上说,其中任何一件东西都可能是诱因,但与此同时,触发物也可能携带在房间里某人的身上,或者,像戴维想的那样,是当时情景所存在的特性使然。"

"仅仅靠近某种普通物质就能受到影响,这样的弱点在史诗派身上极为罕见。"我耸耸肩说道,"除非金库里的某件物品会发出特定类型的辐射,或者发光、发声之类——而且必须与钢铁心有实际接触——否则,都不大可能成为诱因。"

"总之,把这些东西都过一遍吧,缇雅。"教授说,"兴许能找到和钢铁心统治手段之间的一两个关联。"

"会不会和黑暗有关系?"科迪问。

"夜影的黑暗?"

"当然啦。"科迪说,"我一直觉得奇怪,他干吗老把这里搞得这么黑。"

"大概是出于夜影本人的需求吧。"我说,"他不想被太阳照到,以免现出肉身。我想这也是夜影甘愿臣服于钢铁心之下的原因之一,即便告诉我这是两人之间的交换条件,我也毫不惊讶。钢铁心的政府能提供基础设施——食物、电力、犯罪预防——以补偿终年黑暗的负面影响。"

"我觉得你说得有理。"科迪评论道,"夜影需要黑暗,非得有座合意的城市才能供他尽情施展,就有点像一个笛手需要一座热情的城市支持他,才能站上悬崖顶端演奏。"

"一个……敌手?"我问。

"啊,拜托,别让这话痨又来劲了。"缇雅说道,伸手揉着额头。

"风笛手。"科迪说。

我茫然地看着他。

"你竟然没听说过风笛?"科迪问道,仿佛惊骇不已,"它也是苏格兰的标志,就跟短裙和红腋毛一样!"

"呃……疯迪?"我说。

"没错。"科迪回答,"我们必须推翻钢铁心,才有机会让孩子们获得应有的教育。像这样简直有辱我祖国的尊严。"

"棒极了。"教授说,"真高兴咱们现在有了一项正当动机。"他漫不经心地敲着桌子。

"发什么愁呢?"缇雅说。她仿佛能看穿教授的心思。

"将军已迫在眉睫。照当前进度继续下去,很快就能引出钢铁心,但我们却无力与之抗衡。"

围坐在桌边的我们安静下来。我抬头凝视高高的天花板,屋内惨淡的白灯光线微弱,无法照亮最遥远的角落。房间寒冷而幽静。"撤出行动的最后期限是什么时候?"

"唔,"教授说,"我们可以引诱他出来与绿光决斗,然后故意躲着不现身。"

"那倒挺好玩的。"科迪发话,"我怀疑钢铁心很少被人放鸽子。"

"他要是丢了面子,决不会善罢甘休。"教授说,"现在,清算者不过是根肉中刺——小痛小病而已。我们只在他的地盘发起了三次袭击,还没有动过他组织里的哪个关键人物。如果逃跑,一直以来的行迹就会暴露。亚伯拉罕和我已经埋好了证据,证明我们就是幕后主使——因为这是唯一能保证胜利果实归于普通人而非史诗派的办法,假如最后能胜利的话。"

"这就是说,如果逃跑……"科迪开口。

"钢铁心就会知道绿光是虚构的,实质上是清算者在想方设法刺杀他。"缇雅接过话。

"嗯,"科迪说,"已经有很多史诗派想置我们于死地了,再多一个大概也无妨。"

"这次可不会那么简单。"我依旧看着天花板,说道,"连救援人员都惨遭毒手,科迪,他绝不放过任何漏网之鱼。只要他发现了我们的企图,一定会主动追杀我们。只要想到我们意欲消灭他……想到我们在研究他的弱点……他决不会作壁上观。"

阴影拂动,我放平视线,看见亚伯拉罕向我们的隔间走来。"教授,你叫我时间到了提醒你来着。"

教授对了下手机,点点头:"该返回秘密基地了。每人拿个麻袋，装一袋藏品扛走。咱们换个相对好掌控的环境进一步筛查。"

我们纷纷从座位上起身，科迪顺手拍拍身旁死者的头——铁头颅凝止不动——他曾是银行客户之一，瘫靠在这个隔间的墙边死去。待他们离开后，亚伯拉罕把什么东西放在了桌上。"给你。"

一支手枪。"我不擅长……"话到一半，我住了口。它很眼熟。*是那支枪……父亲从地上捡起的那支枪。*

"这是在你父亲遗体旁边的碎渣里找到的。"亚伯拉罕说，"大变换将枪把和外壳变成了金属，好在其主要零件原本就是纯度较高的精钢。我刚才取下弹匣清空了内膛，滑套和扳机都还能正常使用。现在还不能完全保证它的性能，等我带回基地大致检查一遍再说。但它能顺畅开火的概率应该很大。"

我拿起枪。就是这件武器杀了我父亲。把它握在手里的感觉很糟糕。

同时，就我所知，它也是迄今为止唯一伤害过钢铁心的武器。

"还不能确定是不是这把枪有特别之处，从而导致钢铁心受伤，"亚伯拉罕说，"但我觉得这个猜想值得深究。我会替你拆解它保养一遍，再检查一下弹夹。各个部件应该都没问题，不过可能需要更换火药，那得看火药匣有没有完全阻绝变换。如果都没问题，就可以交给你佩带了。遇到有机会，你可以朝他开枪试试。"

我感激地点点头，跑去拿了个麻袋，往里面塞满金库藏品拖出大堂。

#

"风笛是世间最壮美的声音。"我们正走过地道前往秘密基地，科迪动作夸张地打着手势解说，"雄浑嘹亮，将力度与娴静融于一体的天籁奇音。"

"听起来就像一群被塞进搅拌机的猫在喊命。"缇雅对我说道。

科迪有几分神伤："哎，风笛曲子都是美妙悠扬的，妞儿。"

"呃，等等。"我伸出食指打断他们，"关于风笛，要做风笛的话，需要……你怎么说的来着？'需要亲手杀死一头小龙，那可是完全真实存在的物种，根本不是什么神话生物——至今仍在苏格兰高地栖息。'"

"是的，"科迪说，"得选头小龙，这点很重要。你瞧，大的太危险了，而且它们的膀胱也不是做风笛的上等材料。但是你必须亲自把龙杀掉，明白吗，风笛手必须亲手屠龙。这是一条不成文的规矩。"

"那之后，"我说，"要切下膀胱，装上……什么来着？"

"装上雕花的独角兽角，就可以制成风笛。"科迪答道，"当然，你也可以用更常见的材料替换，比如象牙，但若是追求纯粹完美的话，就必须用独角兽的角。"

"你真是博学练达。"缇雅说。

"你用词很有造诣。"科迪称赞道,"当然,'练达'这个词源于苏格兰古语,'达'字就取自'达尔里阿达',传说中伟大的苏格兰古国。哎呀,我看看,那个时代流传下来了一首伟大的风笛曲,《阿布哈赛尔伊达科伊塞纳顿埃迪恩》。"

"阿布……哈……什么?"我问。

"阿布哈赛尔伊达科伊塞纳顿埃迪恩。"科迪说,"这个优美的标题,如果翻译成英语,很难保留原文的诗意——"

"这是句苏格兰盖尔语,意为'魔鬼去了爱丁堡'。"缇雅倾身朝我说道,音量足够传入科迪的耳朵。

这下竟弄得科迪接不上话了。"你会苏格兰盖尔语?妞儿?"

"不会,"缇雅说,"只是你上次讲完这个故事之后,我特意去查了一下。"

"呃……你查过,嗯?"

"没错。不过你的翻译有点问题。"

"嗯,呵呵,我就一直说你很聪明嘛,妞儿,冰雪聪明。"他掩嘴咳嗽一声,"啊,瞧啊,到基地了。这个故事待会儿再接着讲。"前面的队友已抵达藏身所外,科迪快步追上,紧跟在梅根后头进了地道。

缇雅摇摇头,和我一起走向地道。我让她先行一步,亲自确认入口垂挂的电缆线绳完全遮盖了通道后,打开隐蔽的动作传感器以及时警告敌人的入侵,然后才爬上去。

钢 铁 心

"……说不好，教授。"只听亚伯拉罕低声道，"真说不好。"回程途中，他俩一直走在前面，悄声说着话。我想凑上去偷听，但缇雅眼疾手快，伸手拽住我的肩膀把我拉了回去。

"嗯？"等大伙儿都聚到主桌边，梅根抄起手臂问道，"怎么了？"

"亚伯拉罕不太喜欢目前的舆论走向。"教授说。

"公众倒好像挺接受绿光的传言，"亚伯拉罕说，"城里人心惶惶，加上我们对发电站的袭击起到了效果——城市里大多数地方受到波及。但除此之外，没有证据表明钢铁心已被说服。治安军正在地街实施地毯式搜索，夜影则在城里严密筛查。我从知情人那里听来的所有消息都是同一个口径，说钢铁心在搜查一伙叛军，而不是前来挑衅的史诗派。"

"那咱们就发动一波狂暴式的反击。"科迪说道，他抄着手臂，背靠地道口旁的墙壁，"再杀几个史诗派。"

"不行。"我记起先前与教授的交谈，"咱们要明确重点，不能漫无目的地滥杀史诗派，要以夺城作为目标策划行动。"

教授点点头："只要绿光不公开亮相，每发动一次袭击，都只会让钢铁心更加怀疑。"

"那要放弃吗？"梅根的声音里透着一丝急切，虽然她明显在极力掩饰。

"怎么可能。"教授说，"也许最后还是会见机撤退——如果对钢铁心的弱点不够有把握，我可能会那么做，但目前还没到那一步，暂且先继续当前的计划。咱们得露一手了，最好借此机会让绿光亮个相。我们要尽量给钢铁心施加压力，惹他发怒，逼他现身。"

"怎样逼他呢？"缇雅问。

"是时候了结电老虎了，"教授说，"以及击垮治安军。"

第二十七章

电老虎。

从很多方面来看,他都不愧为钢铁心政权的中坚力量。一个低调的人物,神秘程度不亚于火凤凰和夜影。

我没有一张电老虎的高清照,手里仅有的几张相片还是花高价买来的,全都模糊不清。我甚至不能确定他是否真实存在。

卡车隆隆地驶过新加哥的黑暗街道。车内很闷。我坐在副驾驶座上,梅根掌着方向盘,科迪和亚伯拉罕位于后厢。教授驾另一辆车掩护突击,缇雅留在后方基地支援,密切注意城市街道的监控视频。天很冷,车里的加热系统偏巧又坏了——亚伯拉罕没来得及修。

教授的话语在我脑海中萦绕。之前我们就考虑过袭击电老虎,只是后来放弃了这个想法,觉得风险太大。当时订立的计划还在,现在来看,危险系数并未减少,但我们如今骑虎难下,没有理由不继续向前。

电老虎是真实存在的吗?直觉告诉我,他是真的。正如有关火凤凰的线索指向乌有,围绕电老虎的线索会集起来,暗示确有实体的存在，一个力量强大、防御脆弱的史诗派。

钢铁心时常转移电老虎，教授说，从不让他在同一个地方久留。而转移的形式遵循一个固定模式，通常是派一辆装甲轿车，车内配六名警卫，车外有两辆摩托护送。只要注意寻找这样的车队，等他一开始转移，就有机会在中途当街拦截，发动袭击。

至于判断他存在的线索，在于即使钢铁心所有的发电厂满负荷运行，产生的电力也不足以维系整座城市的用量，然而，他竟还有办法维持那么多燃料电池的使用。人形机甲没有自带电源，多数直升机也没有，它们是由治安军高阶将领直接供能的，这已经不是秘密了，尽人皆知。

他远在天边，又近在眼前。作为赋能者，他能以多种形式将能量转出，诸如发动汽车、为燃料电池充电，甚至点亮大片城区的灯火。如此层级的超能力令人叹为观止，不过夜影和钢铁心拥有的力量应该也与之相当。处于能力层级塔尖的史诗派，其力量自然不可等闲视之。

卡车颠了一下，我下意识地握紧步枪——枪放在低处，上了保险栓，枪筒朝下指着地面。车外的人看不见，同时又便于出枪。随时应急。

缇雅已经准确查探到了今天护送轿车的车队，我们迅即出发。梅根驾车带我们前往预定地点，制造与电老虎所乘轿车的偶遇。她眼里闪耀着每次出任务时的认真劲儿，但今天明显掺杂了一种焦躁。不是恐惧，可能是……担忧？

钢 铁 心

"你不赞成这次行动,是吗?"我问。

"我应该早就说清楚了吧。"梅根答道,语气冷淡,直视前方,"没必要打倒钢铁心。"

"我是专门问你对电老虎的意见。"我解释道,"你很紧张。平常你都不紧张的。"

"我只是觉得,我们对他掌握的信息不够。"她说,"连照片都没见过的史诗派,不该贸然出动袭击。"

"你真的很紧张。"

她继续开车,双眼直盯前方,两手紧握方向盘。

"我也理解。"我说,"我觉得自己就像块稀饭做的砖。"

她看我一眼,眉毛拧成一团疙瘩。驾驶室陷入沉默。片刻之后,梅根突然大笑起来。

"别笑,别笑啊。"我说,"你听我解释!听我说,砖都是坚硬的,对吧?那,现在有这么一块,外表是砖,里面是稀饭,其他的砖都不知道。它待在砖堆中间,看别的砖那么坚固,就会烦心自己太弱了,一砌到墙上就给压成饭泥,你想,可能还会跟砌墙用的砂浆混到一块儿。"

梅根此时笑得更厉害了,喘得上气不接下气。我本想继续解释,却不禁跟着她笑了起来。我好像从来没听她笑过,真心的笑,不是轻笑,也不是张开嘴唇嘲讽性的假笑,而是发自内心的笑声。最后她终于控制住自己,眼泪都快笑出来了。我暗自庆幸她没有撞上灯柱之类的东西。

"戴维,"她喘着气说道,"那真是我至今为止听过的最搞笑的话，最无厘头，最莫名其妙，简直是滑天下之大稽。"

"呃……"

"扯火，"她长吐一口气说道，"这下我放松多了。"

"真的？"

她点头。

"那，要不……就当作我是在特意调节气氛吧？"

她看看我，面带微笑，双眸明丽。我们之间的嫌隙仍未消除，但已退减了几分。"当然啦。"她说，"我的意思是，蹩脚双关也是一门艺术，对吧？那蹩脚的比喻又未尝不可呢？"

"有道理。"

"如果它也算一门艺术，你就是位绘画大师。"

"嗯，正儿八经地说，"我评价道，"你这句不好，你瞧，这个比喻太符合逻辑了，我怎么也得是，比方说，王牌飞行员之类的。"我垂下头，"其实这句也巴着点儿谱。"扯火，故意打个蹩脚比方也很难，我觉得这实在太不公平了。

"你们那边都好吧？"耳边响起科迪的声音。卡车后厢与驾驶室之间有一道金属板相隔，就像服务车那样。隔板上有扇小窗，但科迪还是喜欢用手机交流。

"挺好。"梅根说，"刚刚聊了个语言学平行研究的抽象话题。"

"你不会感兴趣的。"我说，"跟苏格兰人八竿子打不着。"

"哎呀，说真的，"科迪不为所动，"在我的家乡，土著语言……"

钢铁心

梅根和我对视一眼，不约而同地拿过手机静音了他，毫不手软。

"他说完了叫我，亚伯拉罕。"我对着手机说道。

线路那头的亚伯拉罕叹了口气："想换位置不？现时现刻我恨不得自己能把科迪本人给静音了。有他坐旁边，太难熬了，窝火得很。"

我窃笑一声，瞟了眼梅根，她依然眉开眼笑。看到她的笑容，我心里产生了一种强烈的成就感。

"梅根，"耳边传来缇雅的声音，"保持当前路线，直行。车队正在直线前进，不偏不倚，预计再过十五分钟左右相遇。"

"收到。"

车窗外街灯闪烁，我们路过一栋公寓群楼，房间内灯光忽闪。电压不稳。

直到现在，打劫案件数量依然为零。治安军在街上巡逻，市民高度恐慌。开过一个十字路口时，我看见一具庞大的人形机甲正笨重地走过侧街，十二英尺高，手臂有机枪筒那么粗，一个五人的治安军核心小组随行。其中一个士兵扛着的明显是能量武器，通体刷得鲜红，警告闲杂人等远离。这种武器配置的能量弹只消几发就足以夷平一幢楼。

"我一直想体验一把人形机甲。"我不禁感叹。卡车继续行驶。

"也没多刺激。"梅根说。

"你体验过?"我大为震惊。

"对。里面很闷,而且反应太慢。"她顿了顿,又说,"但我承认,两手开动转轮机枪肆意发泄的感觉非常爽,有一种原始的快感。"

"手枪党,我们一定要把你拉回步枪的正路上来。"

"想都别想。"她说道,伸手拍拍胁侧的枪套,"要是遭遇近身战怎么办?"

"那就用枪托砸。"我说,"就算砸不到敌人,手里有杆枪作击打武器总是好的。"

她开着车,一脸嫌弃地瞪我一眼:"步枪出枪太慢,不方便……自由发挥。"

"还好意思说,某些人一遇到临场发挥就抱怨。"

"我只是抱怨你临场发挥。"她说,"我自己要发挥当然不一样了。再说,手枪又不是盲狙的代名词。你用过MT318没?"

"那倒是款好枪。"我承认,"假如只能选手枪不可,我会考虑MT。问题在于,那东西杀伤力太弱,还不如直接用手朝对方扔枪子儿。不痛不痒的。"

"如果你枪技过关,区区终点弹道性能都可以忽略不计。"

"如果你枪技过关,"我手按胸膛一本正经地说道,"多半已经用上步枪了。"

她嗤了一声。"那,有机会的话,你会选哪款手枪?"

"杰宁斯点44。"

"自动喷子?"她难以置信地问道,"那东西的准头,相当于抓起一把子弹朝火里丢。"

"没错。可是,既然我拔出了手枪,那说明对方已经近在眼前,可能没有补弹的机会,所以必须速战速决。这种情况下精不精准无所谓,反正距离很近。"

梅根直接翻了个白眼,摇摇头:"你没救了,想当然还信以为真。用手枪也可以达到步枪的精准度,而且在近距发射时灵活得多。可以说,**真正的神枪手都是使手枪的**,因为它更难把控。随便一个矬子使步枪都不会失手。"

"你怎么能这样说。"

"我就要说。而且开车的是我,所以爱吵不吵都是我说了算,就此打住。"

"你……你也太不讲道理了!"

"讲什么讲,"她回嘴,"道理就是块稀饭做的砖。"

"我说,"缇雅的声音传入耳朵,"你俩都既扛步枪又佩手枪,这不就结了。"

"重点不在这里。"我和梅根分秒不差地同时反驳,"你不懂。"

"管你们的。"缇雅回答。我听到她抿了口可乐。"倒计时十分钟。"一副受够我们瞎吵的语气。然而,她看不见我俩都在笑。

*扯火,我太喜欢这姑娘了。*我想着,偷瞄梅根。她好像挺得意自己抬杠赢了。

我按下手机的全静音键。"对不起。"我由衷地说道。

梅根朝我扬起眉毛。

"我改变了清算者的行动轨迹,"我说,"走上一条你不愿走的路,要你违心地承受不喜欢的任务。"

她耸耸肩,也按下了静音键,"我已经不纠结这些了。"

"你怎么想通的?"

"最后我发现自己太喜欢你了,恨不起来,跪娃。"她扫我一眼,"可别叫这话冲昏了头啊。"

我不担心头昏,倒是小心脏快要昏厥了。一波震荡冲刷过全身。她刚才真是那么说了?

然而,在我整个身心融化之前,手机闪起了灯。教授的联络请求。我迅速接起来,关掉静音。

"紧张起来,你们两个。"他提醒我们,声音里有一丝怀疑,"士气加满。"

"遵命,长官。"我立即回答。

"八分钟。"缇雅说,"车队左转进入富利万屯。注意前方路口右转,保持截击路线不变。"

梅根专心驾驶,我则在脑子里把计划过了几遍——以免我心心念念地专注于她。

这次行动重在精简,教授说,不必造势渲染。电老虎很脆弱。他是策划者、组织者、牵线人,但他没有自保的力量。

我们接近车队,亚伯拉罕用线粒体检测仪检测车里是否真有强力史诗派。确认之后,卡车超到车队前面,打开后厢

钢铁心

门,科迪穿上行头站在车尾。

科迪高举双手,亚伯拉罕即时在他身后打一发高斯弹,希望敌方在混乱之中误看作科迪掌心发射出绿色的雷霆——击毁整辆轿车,只剩铁渣,我们随即逃跑,让幸存的摩托卫兵替我们散布传闻。

一定要按剧本来啊,千万千万。只要没了电老虎向高阶治安兵赋能,所有机械装甲、能量武器、直升机都将罢工。燃料电池耗尽,全城断电。

"目标正在接近。"耳边传来缇雅轻声的战况播报,"轿车右转,上了比格。教授,启动β阵形。我很肯定他们要前往市郊,那就必然会转入芬格大街。梅根,继续追踪目标。"

"明白。"教授说,"即刻就位。"

我们经过一座荒废的旧时公园,这是通过凝止的枯草与落地的断枝辨识出的,它们已统统变成钢铁。只有枯死的东西产生了变化——钢铁心不能对活物施加影响。事实上,他的脉冲要变换任何过于靠近活体的物品都有难度。一个人的衣服通常不会有反应,而他们周围的地面却会改变。

这种怪象在超能力案例中司空见惯,同其他许多现象一样,无法以科学常理来解释。从科学的角度看,死尸与活体并无大异,但前者会受到许多更加稀奇古怪的超能力影响,后者却不会。

卡车行驶过游乐场,我的气息在窗玻璃上凝成白雾。来这里游乐已不再安全,枯草如今变成了边缘参差的铁皮。钢铁心变换出的钢铁不生锈，但会折断，留下尖锐的断口。

"好，"几分钟后，教授发话，"我到了，正在爬大楼外墙。梅根，重复应急预案给我听。"

"不会出岔子的。"梅根说。她的声音同时在我耳边和耳机里响起。

"总会出这样那样的岔子。"教授说。我听到他攀爬得呼哧呼哧直喘气，虽然利用了重力控制背带的辅助，"应急预案。"

"只要你或者缇雅一声令下，"梅根说，"就分头撤离。你制造干扰，我们坐卡车这四人分成两个小队，从相反方向前往γ会合点。"

"我不太明白，"我说，"到底要怎么分头撤离？咱们只有一辆卡车。"

"啊，我们在这后厢备了个小彩蛋，小子。"科迪说。我已经把教授和其他队友都取消了静音，包括他，"其实我有点期待意外状况，挺想打开这个彩蛋。"

"可千万别盼着出状况。"缇雅说。

"不出点状况心里又总不舒坦。"教授补上一句。

"你想太多了，老伙计。"缇雅说。

"该死，没错。"教授的话音有点瓮，也许正放下火箭筒，蹲坐下来。我本以为他们会安排科迪背上狙击步枪去那里蹲点，但教授说他宁愿在治安军出动的时候扛个重家伙。方片知道了一定会引以为傲。

钢铁心

"快要接近了，梅根。"缇雅说，"再过几分钟应该就能相遇。保持当前速度，轿车的车速比平常要快些。"

"他们是不是怀疑什么了？"科迪问。

"傻子才不怀疑吧。"亚伯拉罕轻声说，"依我看，这些天电老虎必定格外小心。"

"值得冒险。"教授说，"当心些。"

我点点头。如果城里大幅停电，致使治安军整体抛锚，城市将陷入混乱，从而迫使钢铁心走到台前，挥动铁腕阻止抢劫和暴乱。那就意味着他将以某种方式现身。

"他从来不怕单挑其他史诗派。"我脱口而出。

"你在说什么？"教授问。

"钢铁心。他愿意亲自接受其他史诗派的挑战，毫不含糊。但他不喜欢亲自镇压暴乱，总是派治安军代劳。我们认为这是因为他不屑出手，可万一是另有隐情呢？万一是他害怕混战？"

"谁挑战了？"亚伯拉罕问。

"没有，没人挑战，只是我突然想到——钢铁心会不会是害怕意外伤害？那会不会就是他的弱点？他被我父亲打伤了，但我父亲瞄准的并不是他。他会不会只能被瞄向他人的子弹误伤？"

"有可能。"缇雅说。

"眼下先专心执行任务，"教授回答，"戴维，这个想法暂且搁置，回头再谈。"

他说得对，我打偏了注意力，就像兔子没去留神提防狐狸，反而做起了算术题。

不过……假设我的推测正确，那么单挑对决于他绝无危险，他就曾毫发无伤地撂倒过其他史诗派。他害怕的似乎是子弹横飞的大型战役。这还是说得通的。看似简单，但多数史诗派的弱点就是很简单。

"稍微慢一点儿。"缇雅轻声提醒。

梅根听从了指令。

"来了……"

一辆流线型的黑色轿车转向驶入前面的黑暗街道，与我们同方向行驶，两侧各有一辆摩托护航——很好的安全措施，但也说不上完备。清算者最初计划打击电老虎时就已怀疑这支护卫队听命于他，而此刻我们要利用线粒体检测仪来确认。

我们继续沿原路前行，跟在轿车后边。我震惊于缇雅和梅根的行动力，尽管事先不知道轿车的目的地，却仍旧将时机拿捏得恰到好处，让轿车开上我们这条街，而不是我们主动开过去，这样就大大减小了我方被怀疑的可能。

我的任务是监视周围情况，倘一有变，即开枪反击，掩护梅根驾驶。我从口袋里摸出一副小望远镜，弓起背透过镜头察看前方的轿车。

"怎么样？"教授的问话传入耳朵。

"看来还顺利。"我说。

钢铁心

"下个红灯,我就停到他们旁边。"梅根说,"这样感觉比较自然。做好准备,亚伯拉罕。"

我把望远镜随手丢进口袋,装作若无其事的样子。抵达下一个路口时正好是绿灯,梅根便继续尾随轿车,保持在安全的距离。然而,下个路口在轿车抵达之前就已经亮起红灯。

我们低速行至轿车左边,停下。

"已确认附近存在史诗派。"卡车后厢里的亚伯拉罕说道,轻轻吹了声口哨,"超能力指数很强,非常强。检测仪正在定位,结果马上出来。"

一个摩托车手扭头打量我们。他头戴治安军头盔,一支冲锋枪挎在背上。我想看看轿车车窗内都有谁,瞄一眼电老虎的样子。我一直好奇他长什么样。

车窗有色贴膜阻挡了视线,但卡车再次启动时,我看到了坐在副驾驶座的女人,隐约觉得眼熟。她和我短暂对视之后,转开了头。

商务套装,黑发剪至齐耳。她是夜影的助理,曾跟随他前往方片的店铺。可能她同时也负责与治安军联络,这就解释了她为什么也在轿车里。

但我仍然无法打消心中的疑虑。她刚才与我目光相遇,应该认出了我才对。或许……已经认出了我,只是毫不惊讶于我的出现。

我们加速前行,绿灯明亮,强烈的预感在我心中拉响了警报。"教授,我觉得咱们中了圈套。"

话音未落,夜影本人已经飞出轿车顶篷,大展双臂,指尖衍生道道黑暗,混入夜色。

第二十八章

大多数人从未见过气焰高涨的高等史诗派——我们如此形容他们动起真格蓄积超能力的状态——强势登场，情绪灼烈，怒火炽旺。

浑身似乎散发着光晕，空气好似携满电荷，猛然而躁动。心跳仿佛静止，连风也屏住了气息，夜影的出击，让我第三次目睹这样的场面。

他穿披夜色，黑暗在周围缠绕盘曲。他苍白的面容半虚半实，双眼闪闪发亮，嘴角微扬，形成憎恶的冷笑。这是蔑视一切的神的冷笑，对同阵营的盟友亦不手软。他专程为毁灭而来。

光是看着他，内心的恐惧便油然而生。

"灾星！"梅根咒道，夜影周围探出黑暗卷须袭来的一刻，她抬脚猛踩油门，卡车急转方向。卷须摇曳拂动，如同幽灵的手指。

"行动中止！"缇雅大喊，"赶紧撤离！"

没时间了。夜影凌空飞来，风和重力之类的因素似乎对他不起作用。他像幽鬼一般从轿车车头飞出，扑向我们。然而他的本体并不具威胁——真正的危险来自那些黑暗的卷须，几十条卷须张牙舞爪，卡车无从躲避。

我屏退恐惧，端起步枪。卡车不住颠簸，哗哗作响。缕缕黑暗往上升腾，包裹了车身。

笨蛋。我想着，放下步枪，将手插进大衣口袋。夜影已飞到近前，漂在车窗外，影体横浮于地，如同在空中游泳。手电！我慌忙打开，对准夜影的脸射去。

效果立竿见影。尽管肉眼几乎看不见手电的光芒，夜影的脸却立时显出了原形。他的眼睛不再发亮，头颅周围的阴影也消散殆尽。不可见的光柱洞穿了黑暗的卷须，如同激光射穿一堆绵羊。

紫外光照射之下，夜影的脸不再散发神灵般的光晕，而是脆弱如肉体凡身，脸上流露出无比惊讶的神情。我想尽办法拿枪朝他开火，可步枪太长，调转不开，父亲的手枪又别在腰侧，握着手电腾不出手。

夜影惊惧得双目圆睁，愣愣地看了我一拍心跳的时长，随即离开卡车斜刺里飞逃而去，眨眼便无影无踪。他被手电照到之后漂浮的高度似乎略有降低，仿佛整体的超能力都受到了削弱。但我也不敢确定。

他跑过一条侧街消失了，先前包围卡车蠕动着的阴影也随之退去。我感觉他短时间内不会再回来，刚才必定被我吓坏了。

周围突然爆发出冲锋枪的轰击，子弹倾泻在卡车侧面，金属感的"乒乓"声连绵不绝。旁边的车窗碎了,我咒了一句,伏下身子。开火的是摩托队。尽管我身子伏得很低,恐怖的景象依然映入眼帘:一架流线型的黑色治安军直升机正从前方商厦的背后徐徐升起。

"灾星,缇雅!"梅根猛打方向盘尖叫道,"你竟然算计漏了?"

"怎么回事,"缇雅说,"我——"

一团光球拖着推进器长长的烟尾蛇行过天空,击中直升机身侧爆炸。直升机在空中一颠,火舌舔噬着它的侧身,细碎的残渣自天空抛洒。

旋翼慢了下来,直升机轰然坠落。

是火箭弹,我意识道,*教授发射的*。

"别慌。"教授音调平稳,"还不至于葬身此地。科迪,亚伯拉罕,准备分头撤离。"

"教授!"亚伯拉罕说,"我有情况要——"

"还有四架直升机正在赶来!"缇雅插话道,"看样子是事先埋伏在轿车行驶路径沿线仓库里的。他们不知道具体的袭击地点,刚才这架碰巧离你们最近而已。我……梅根,你在干吗?"

直升机已然失控,侧面浓烟翻腾,机身头重脚轻地翻滚着,坠向前方的路面。梅根却没转弯,反而全速前进,上身伏在方向盘上,驾驶卡车如癫似狂地径直冲向直升机的落地点。

我心下着慌，坐直身子贴紧靠背，慌里慌张抓住车门边框。她疯了吧！

没有时间抗议，弹雨如注，车窗外的街道模糊成一团，梅根驾着卡车迎头冲向坠落的直升机下方，其坠地的力道足以让脚下的大地震颤。

接着，只听得什么东西从卡车顶篷蹭过，金属与金属的尖厉擦刮声令人胆寒，我们急转向路边，车身贴上一幢铁砖建筑的外墙，卡车副驾驶侧摩擦着墙面往前行驶。嘈杂，混乱，天旋地转。身旁的车门猛然脱落，卡车铁皮紧擦过铁墙，墙面离我仅数英寸之距，时间仿佛凝固了。

一秒之后，卡车伴着猛烈的晃动骤然刹止。我依旧颤抖不已，做了个深呼吸。此刻我披了一身安全玻璃的碎渣，挡风玻璃已然粉碎。

驾驶座上的梅根大喘粗气——脸上露出欣喜的狂笑，睁大双眼看着我。

"灾星！"我叫道，望向梅根旁边的侧视镜，看到了燃烧的直升机。坠落在地的残骸阻断了后方摩托队的追击，而我们抢先一步堪堪躲过。"灾星，梅根！太帅了！"

梅根脸上笑意更浓。"后边的两位还好吧？"她大声问道，透过小窗察看货厢。

"我还以为给丢进了离心机。"科迪抱怨道，不住呻吟，"觉得苏格兰科迪给拉到了脚板下，美利坚科迪漂到了耳朵这儿。"

钢铁心

"教授,"亚伯拉罕说,"夜影逃跑的时候,检测仪还没关,指示了几个史诗派的位置。数据有些蹊跷,轿车里还有一个史诗派,或许两个。真让人搞不懂……"

"不,很好懂。"梅根说着,匆匆推开车门跳到街上,"他们确实在转移电老虎,只是在不确定我们是否发动袭击的情况下未雨绸缪而已。他肯定在车里,所以你才能检测到,亚伯拉罕。可能还派了个低等史诗派护送,图个双保险。"

我匆忙伸手去解安全带,这才意识到右半截早已在卡车漂移蹭墙的途中挣断。我不禁打个寒战,手脚并用地从驾驶座侧车门爬下车。

"赶紧的,你们四个。"教授说。我听到线路那头传来引擎的启动声,"其余的直升机就快追上你们了,治安军摩托队也换了条路绕过来。"

"我监视着呢。"缇雅说,"你们大概还有一分钟时间。"

"夜影哪儿去了?"教授问。

"戴维拿手电把他吓跑了。"梅根说着,走到卡车车尾,拉开货厢门。

"干得漂亮。"教授说。

我得意地咧嘴一笑,来到卡车货厢后边,正好看见科迪和亚伯拉罕推开一只巨大木箱的侧板。货是在机库装的,所以我预先不知道里面有什么。

科迪身穿墨绿色夹克,头戴墨镜,这是我们专为绿光设计的亮相装扮。而我的眼睛被木箱内的东西深深吸引:三辆锃亮的绿色摩托。

"方片店里的摩托!"我指着它们大叫,"你真的买了!"

"当然买了。"亚伯拉罕说着,伸手抚摸摩托流线型的深绿表面,"这么酷的机车岂能错过。"

"可是……你当时亲口跟我说不行!"

亚伯拉罕却笑道:"我听说过你开车的技术,戴维。"他从货厢里放下一块斜板,推过一辆摩托给梅根。她乘上去,发动引擎,摩托两侧嵌置的小椭圆形闪起明亮的绿光,我在方片店里的时候就注意到了。

重力控制系统,我想,也许是为了让摩托更轻盈?重力控制不能让物体飞起来,只能用于减轻武器后坐力或者让较重的物品易于搬动。

亚伯拉罕推过下一辆车。

"本来这辆归你的,戴维。"科迪说道,迅速收拾着货厢里的物品,包括线粒体检测仪,"可惜某人自毁了卡车。"

"它早晚也得被直升机赶上。"梅根说,"要安排一辆摩托载两个人。"

"我来搭戴维。"科迪说,"把那包拿上,小子。头盔在哪儿?"

"赶快!"缇雅大喊,声调急切。

我跳起来,抓住科迪指的那个背包,包挺沉。"我也能开!"我说。

梅根瞟我一眼,戴上头盔:"你光是转一个弯就能撞倒两

钢 铁 心

个路牌。"

"都是小路牌!"我说道,挎上背包奔向科迪的摩托,"而且当时情况危急!"

"是吗?"梅根说,"就有点像现在?"

我答不上来。喔,搬起石头砸自己的脚,怨谁呢?

科迪和亚伯拉罕发动了各自的摩托。头盔只有三个,我没要——但愿清算者夹克足以保护我。

还没到科迪车边,头顶已传来直升机的"突突"声。一辆治安军装甲卡车从侧街开出,车顶机枪台内的敌兵猛烈开火。

"灾星!"科迪骂道。子弹击中他身旁的地面,他抬脚猛踩,摩托一溜烟向前开走了。我慌忙躲回报废的卡车旁。

"上来!"梅根朝我大喊,她离我最近,"快!"

我猫着腰跑向她的摩托,纵身跃上后座,揽住她的腰。她发动引擎,伴着惯性的一仰,摩托飞速离去,呼啸着冲过小巷,此时,治安军摩托队从另一条侧街咆哮而出。

眨眼之间,科迪和亚伯拉罕便不见了踪影。我紧紧抱着梅根——我承认,要不是情况如此危急,我即使有这个心也没这个胆。科迪的包在我背上一颠一颠的。

步枪给丢在卡车上了。我突然意识到这一点,心里犹如灌了铅。刚才慌忙抓起科迪的包跳上摩托,竟没注意到。

我的心情糟糕透了,如同抛弃了朋友那般难受。

梅根载着我冲出小巷,转上一条黑暗的城市街道,疯狂加速至难以想象的地步。强风猛烈鞭打着我的脸,我不得不缩紧身子,躲在她背后。

"这是去哪儿?"我大喊。

幸好我们的手机和耳机都还在,虽然裸耳听不清她的答话,耳机的传输却很清晰:"计划好了的!我们分头会合!"

"只是你走错路了。"缇雅的语气透着愠恼,"亚伯拉罕也是!"

"轿车到哪儿了?"亚伯拉罕问。虽然耳机就佩在耳边,他的声音仍险些被风声盖过。

"别管轿车了。"教授发令。

"我还有机会接近电老虎。"亚伯拉罕说。

"无所谓了。"教授说。

"可是——"

"已经完了。"教授严厉地说,"跑砸了。"

跑砸了。

梅根开过一处拱突,我身子一斜,但没有错过线路上的信息。我领会了教授的意思,顿觉心乱如麻。真正欲图打败钢铁心的史诗派,以一当百绝不在话下,不可能在治安军面前逃跑。

一逃跑,我们的真实身份便不证自明。如是,钢铁心决不会亲自应战了。

"那我想给他们点颜色瞧瞧。"亚伯拉罕说,"弃城之前,让他体会一下什么叫疼。半数的治安军即将出动追捕我们,

钢铁心

那辆轿车无人戒备,我这里还有些手榴弹。"

"乔,让他试试吧。"缇雅说,"已经没法收拾了,这样至少也能让钢铁心付出点儿代价。"

街灯模糊成一片。我听见身后传来摩托的轰鸣,大着胆子回头望去,灾星!我暗暗骂道,他们跟了上来,车灯照亮了街道。

"你不可能如愿的,"教授告诉亚伯拉罕,"治安军盯上你了。"

"我们过去替他引开敌人。"我说。

"等等,"梅根道,"你说啥?"

"多谢。"亚伯拉罕说,"4区诺德尔见,看你们能否替我解决后顾之忧。"

梅根半扭过身子,隔着头盔护目镜狠狠瞪我。

"专心开车!"我慌忙喊道。

"矬子。"说罢,她拐过下一个弯,丝毫没有减速。

我放声尖叫,以为我俩死定了。摩托几乎平行于地面在街上漂移,侧面的重力控制装置明光闪耀,使我们免于翻倒。我们半打滑半行驶过转角,简直像被绳子拽着抡过去似的。

直到回到直立状态,我的尖叫才渐渐消散。

身后突然一声炸响,钢铁街道震颤不已。我转头回望,发梢在风中竖立飘摇。一辆黑色的治安军摩托方才转弯时没能控制好车速,现在成了一堆冒烟的废铁,蹭上旁边钢铁建筑的外墙不动了。他们的重力控制系统似乎不如我们的好，说不定根本就没有。

"敌方几辆车？"梅根问。

"目前三辆。不，等等，又来了俩，一共五辆。扯火！"

"棒极了。"梅根喃喃自语，"你打算怎么替亚伯拉罕解围？"

"不知道。临场发挥吧！"

"他们正在附近街上设置路障。"缇雅的警告传入耳朵，"乔，直升机抵达17区。"

"马上过去。"

"去做什么？"我问。

"想办法保住你们这些小鬼的命。"教授说。

"扯火，"科迪咒道，"8区有路障。准备走小路去马斯顿。"

"不行。"缇雅说，"那样正中他们下怀。换条路绕回去，到莫尔顿就能撤回地街。"

"明白。"科迪说。

梅根载着我冲上一条大路，一秒之后，亚伯拉罕的摩托从前头的侧街滑行而出，车身几乎平行于地面，在重力控制装置的作用下避免了整体侧翻。这番景象着实令人称奇，车身接近平倒，飞速旋转的轮子底下火星四溅。重力控制机制减缓了冲击，因而轮胎不至于脱离地面，在滑行较长距离之后完成了转弯。

钢铁心

我打赌我肯定也能开这家伙,我在心里告诉自己,看起来并不是太难,不就像踩着香蕉皮以80码时速漂移拐弯而已嘛,小意思。

我回望身后,现在后边跟了至少十几辆黑色摩托,却没有谁敢贸然朝风驰电掣的我们开枪,人人都得全神贯注地驾驶。也许这就是飙车的真正意义所在。

"机甲兵!"缇雅叫道,"就在正前方!"

一具气势磅礴的人形机甲缓慢开到街上,两腿直立足有十五英尺高,双臂的转轮机枪同时开火,子弹击中身旁的钢铁墙壁,火星迸溅。说时迟,那时快,梅根猛踢摩托上一根支杆,来了个半悬浮式长距滑行,几乎平行于地面从子弹下方擦过,我缩起脖子,下巴紧抵胸膛。

劲风撕扯着我的夹克,火星四溅。我们从机甲胯下滑过,我几乎分辨不清两侧的金属巨足。梅根驾着摩托疯狂地急速转弯,亚伯拉罕也从旁侧绕行过机甲,摩托后面拖着黑烟。

"我中弹了。"亚伯拉罕说。

"你还好吗?"缇雅紧张地问。

"有夹克,还凑合。"亚伯拉罕呻吟道。

"梅根,"我轻声说,"他的样子不妙。"亚伯拉罕一手按着侧腰,逐渐减速。

她迅速瞟他一眼,转头看着前路:"亚伯拉罕,等会儿我们要过一条弯道,你就在第一个路口右转,躲进巷子里去。

他们离得还远，应该不会看见。我保持直行，吸引他们的注意。"

"那他们照样会去找我的下落。"亚伯拉罕说，"这——"

"听我的！"梅根凶巴巴地吼道。

他没再反对。我们来到巷口，放慢了速度，以免亚伯拉罕跟丢。我看得见他在淌血，摩托上布满了弹孔，还能开动简直就是个奇迹。

我们行过弯道之时，亚伯拉罕右转飞速离去。梅根一拧车把，冲过黑暗的街道，风声凌厉号叫。我大着胆子向后看去，科迪的背包滑下肩膀，差点掉落，我只好暂时放开梅根，一手扶她，一手扶包，顿时失去了平衡，险些栽到地上。

"找死啊。"梅根骂道，爆了句粗口。

"我的错。"我应着，心里有些困惑。在那手忙脚乱的一刻，我恍惚看见还有辆一模一样的绿色摩托紧跟在我们后面。

我再次回头看去。治安军摩托队似乎上钩了，全体跟着我们，放过了亚伯拉罕。他们的车灯在街上连成一道起伏的光链，头盔反射着街灯，而刚才恍然看见的车影已杳无踪迹。

"扯火。"缇雅说，"梅根，你们周围所有路线都被封锁了，特别是通往地街的那些入口。看来他们已经猜到了我们要往那里跑。"

我远远地看见空中闪过一串爆炸，又一架直升机开始冒烟。然而，还有一架正往我们的方向飞来——黑色的机身，信号灯在漆黑的天空下明灭。

钢铁心

梅根持续加速。

"梅根?"缇雅喊道,声音焦急万分,"你正前方就是封锁线!"

梅根没有应答。我双手扶着她,感到她的躯体越来越僵硬。她伏着身子,浓浓的疾恨仿佛拖曳在身外。

"梅根!"我连声提醒。前方亮光闪耀,治安军架起了封锁线,轿车、面包车、卡车一应俱全,十几个步兵,一具人形机甲。

"梅根!"我高声尖叫。

刹那间,她浑身抖个不停,接着,她咒了一声,猛然掉头转向,身旁的街上弹火纷飞。我们疾驰过一条小巷,巷壁距我手肘仅一寸之遥,随后,摩托拐个大弯驶入下一条街,轮胎迸出了火星。

"我逃掉了。"亚伯拉罕伴着呻吟轻声道,"弃了摩托,可以走到附近的应急洞。他们没发现我,只是刚刚走过一段楼梯之后,有几个敌兵过去设了卡。"

"扯火,"科迪嘀咕道,"你有没有监听治安军通话线路,缇雅?"

"有的,"缇雅回答,"他们给搞糊涂了,以为这是夺城战的全面总攻。直升机来一架被教授击落一架,我们又都朝各个方向分散,治安军应该以为敌对的叛乱分子有几十个,乃至几百个吧。"

"很好。"教授说,"科迪,敌人甩掉没有?"

"还在跟几辆摩托兜圈子,"他答道,"看来要一直兜下去了。"犹豫片刻,他又问,"缇雅,轿车去哪儿了?还在路上吗?"

"掉头往钢铁心宫殿去了。"她说。

"我也正往那边。"科迪说,"哪条街?"

"科迪……"教授说。

身后传来枪声,我分了神,没听见接下来的对话。我转头瞥见一群摩托,车手个个握着冲锋枪开火。我们现在速度慢多了,梅根误入贫民窟片区,在狭窄的街道中七弯八绕地穿行。

"梅根,那边太危险了。"缇雅说,"有很多死胡同。"

"另外条路全是死胡同。"梅根答道。她刚才魔障了似的朝封锁线冲去,现在好像缓过劲来了。

"这边导航有难度。"缇雅说,"找个机会右转。"

梅根立即靠向右侧,此时旁边一辆摩托冲上来截住了前路,车上敌兵单手持冲锋枪朝我们一顿扫射。梅根骂了声街,放慢速度,任那敌兵往前冲去,瞅准时机拐进了左侧一条小巷。一只大号垃圾桶挡在跟前,她眼疾手快,及时绕开。我猜测现在时速不到20码。

时速不到20码,我想。20码的速度,冒着枪林弹雨在窄巷子里绕,这同样很疯狂,另一类的疯狂。

照当前速度,单手就能抓牢。科迪的背包在背上一颠一颠的,竟然一直没掉。我都不知道里面到底是什么……

钢铁心

我伸手摸摸,感觉内有玄机,便小心地将背包换到胸前,抵在梅根背上,一手抓着膝间的摩托后座,另一手放开梅根,拉开拉链。

高斯枪果然躺在里边,外形像一杆普通的突击步枪,也许稍长些,侧边已接上前次行动中得来的能源电池。我急忙将它抽出来。加了电池之后重量挺沉,但基本上不影响操作。

"梅根!"缇雅急忙提醒,"前面有埋伏。"

我们拐进另一条小巷,我本能地伸手去抓梅根,差点把枪弄掉了。

"不!"缇雅说,"别往右,那边——"

一辆摩托跟着我们驶入小巷,子弹掠过头顶击中上方的墙面。而就在前方,巷子尽头立着一堵墙。梅根捏下了闸把。

我没有多想,双手握枪,身子往后略倾,枪筒扛在梅根肩膀之上。

朝那堵墙开了一枪。

第二十九章

前方的墙消散在一束明亮的绿色能量之中。而梅根已经侧转车头捏死了闸把，车轮滑过翻腾的绿色烟雾，碾过地上的石块，直滑向墙后的街道，这才停下。梅根在惯性冲击下僵直了身体，似乎吓得不轻。

治安军摩托车手赫然在烟雾中现身。我调转高斯枪枪口，轰掉了他身下的摩托，只一枪，整辆摩托就闪着绿光变成了纯粹的热能，连同敌兵下半身完全蒸发，他的躯干滚落在地。

这杆枪太棒了——没有后坐力不说，其射击效果是让目标直接蒸发而非爆裂，少有残屑，而且光效绚丽，烟雾滚滚。

梅根转头对着我，粲然一笑。"搭车这么久，也是时候派上用场了。"

"走。"我说。听声音，增派的摩托已抵达后边的巷子。

梅根启动摩托，载着我疾冲直前，穿过贫民窟的狭窄街道，搅得我肚子一阵翻江倒海。行车途中我没法转身向后开枪，只好一手揽着她的腰，一手将枪靠上她的肩膀扶稳，光学瞄准镜折回到侧边，只剩机械瞄准器可用。

钢铁心

摩托呼啸着冲出小巷,包围网赫然眼前,前轮匆忙打滑。我瞄准一辆货车轰开缺口,为保万全又击伤了人形机甲的腿部。敌兵叫喊着四散奔逃,有的连忙开火,我们趁机加速穿过刚刚打开的通道。机甲溃然倒下,梅根闪到一边,开上一条黑暗的胡同。叫喊声、咒骂声从身后传来,追捕队的好些摩托被这团混乱阻住了。

"干得好。"缇雅的声音传入耳朵,语气再度冷静下来,"我应该可以带你们回地街。前面一条分洪渠底下连着旧涵洞,只是可能要打穿几面墙才能畅通无阻。"

"打一两扇墙倒没问题。"我说,"只要它们不躲。"

"悠着点儿。"教授说,"那杆枪吃起能量来,就像缇雅几口干掉六罐可乐。那块电池足够一座小城用的,最多也只能开十一二枪。亚伯拉罕,还在吗?"

"在。"

"你到应急洞了?"

"对。在包扎伤口,伤得不算重。"

"我来替你看看。快到你那儿了。科迪,你的情况?"

"轿车已进入视野。"耳边传来科迪的声音,此时梅根转过另一个拐角,"马上就要跟丢了。我有震击手套,准备朝轿车打一发枪榴弹,然后用手套挖条路回下边地街。"

"行不通。"教授说,"挖那么深要花太多时间。"

"快打墙!"缇雅大喊。

"明白。"说着,我在巷子尽头的墙上轰了个洞。摩托呼啸着冲进一家人的后院,我又打穿另一面墙,抄进隔壁院子。梅根右打方向,驾车穿过两座房屋之间极窄的狭缝。

"往左。"一回到街上,缇雅便发出指示。

"教授,"科迪说,"我看得到轿车,在射程内。"

"科迪,我不——"

"我要开枪了,教授。"科迪坚持道,"亚伯拉罕说得对。这次行动必然招致钢铁心的报复。我们要尽量给他打击,趁现在有机会。"

"好吧。"

"往右。"缇雅说。

我们立即右转。

"我要带你们去一栋大楼背后。"缇雅说,"能搞定吗?"

弹药倾泻在旁边的墙上,梅根咒骂着将身子伏得更低。我手握高斯枪,掌心起了汗,后背受敌的感觉令我相当心虚,而身后的摩托声已近在耳边。

"他们好像一心想抓住你俩。"缇雅轻声说,"调遣了大量军力围堵你们,而且……灾星!"

"怎么了?"我问。

"视频信号突然全断了。"缇雅说,"怎么回事。科迪?"

"略忙。"他咕哝道。

后方的枪声愈加猛烈,摩托不知被什么击中,车身一震,梅根破口大骂。

"位置,缇雅!"我催道,"怎么去那栋楼?进去就能甩掉

钢铁心

他们。"

"第二个路口右转。"缇雅告诉我们,"然后直走到底,有座旧商场,穿过去就到分洪渠。我还在查其他路线,不过——"

"这条路就行。"梅根简短地回复,"戴维,准备开路。"

"明白。"说完,我把枪稳在肩上,虽然在加速的情况下有一定难度。我们转过街角,冲向大路尽头一座占地宽敞的低矮建筑。我隐约记得灾星临世之前这里是座商场,卖东西的地方,四周全封闭。

梅根驾车疾速行驶,直冲前方。我注意瞄准,轰开了几重钢铁前门。我们飞也似的穿过烟雾,进入浓黑的废弃商厦内部,摩托前灯照亮了两侧的展柜。

这地方老早就遭到过洗劫,但许多商品仍摆在店里。变成了铁的衣服毫无用处。

梅根游刃有余地在商场展柜通道间穿行,经一座废弃的自动扶梯上了二楼。治安军摩托群跟了进来,整栋大楼回荡着引擎的轰鸣。

看来缇雅没法继续替我们导航了,而梅根似乎知道自己该做什么。我在二楼阳台朝下方追击的摩托队开了一枪,击中他们眼前的地面,地上猛地熔出一个大坑,打头的几个倒地不起,后面的四散躲避寻找掩护,看样子谁的车技都比不上梅根。

"前头的墙。"梅根说。

我轰掉它，瞟了眼高斯枪侧边的能量显示槽。教授说得对，我用得太奢侈了，大概还只够最后一两发。

摩托车轰鸣，冲出墙外，重力控制装置全速运行，减轻从二楼跃下的冲击力。我们在街上安然着陆，但反作用力依旧猛烈，毕竟摩托不适合如此高度的飞跃。我疼得哼了一声，背侧与双腿都被震得发麻。梅根一拧车把，加速冲上商场背后的窄巷。

我看见前方的路面戛然而止，渠口到了。我们只能——

直升机流线型的黑色机身从前方渠口外升起，机侧的转轮机枪旋转探出。

拼死一搏了。我这么想着，双手端起高斯枪瞄向目标。梅根身子一伏，摩托抵达渠口边缘。直升机猛烈开火，我瞄准了驾驶舱玻璃罩子下飞行员的头盔。

果断开枪。

我时常梦想自己也能做出惊人之举，常想象自己作为清算者执行任务，抗击史诗派，身体力行，而不是坐着空想。这一枪成了我梦寐以求的机会。

我在半空中瞄准那上百吨重的死神机器，扣下扳机，正中直升机驾驶舱顶，飞行员连人带舱瞬间蒸发。那一刻我体会到了史诗派的感受，仿佛拥有神力。

接着，我脱离了后座。

我应该预料到这点的——从二十英尺高的分洪渠边沿自由落体，却还双手握枪，不腾只手来抓座位，这几乎是必然的结果。当我发现自己马上就要摔断腿,心里再也得意不起来了。情况可能还更糟。

但我临危开了一枪……那一枪也值了。

摔落的过程只有短短一瞬,我没有太多感觉。在我意识到屁股离开座位之后,仅仅片刻工夫就已撞地,发出"咚"的一响。然后是一声震耳欲聋的"砰",随之而来的还有一波热浪。

我趴在原地,头晕脑涨,视力一片模糊。我发现面前不远处熊熊燃烧的正是直升机残骸,而痛觉已经麻木。

突然我感觉梅根在摇我。我咳嗽一下,翻过身来抬眼看她。她取下了头盔,脸庞呈现我眼前,姿容秀丽,担心跃然脸上,我不禁莞尔一笑。

她在说着什么。我耳边嗡嗡作响,几乎听不见声音,眯起眼睛试图解读唇语。"……起来,你个矬子!起来!"

"从那么高的地方摔下来你还摇我。"我咕哝道,"说不定背脊断了呢。"

"再不起来脖子也得断了。"

"可是——"

"蠢蛋,你的夹克吸收了冲击力。想起来没?就是你身上穿这个,保护你免于一死,专门用来预防你半空中做出放开我这种傻事。"

"又不是我想放开你。"我喃喃道,"情愿一辈子抱着。"

她身子一僵。

等等。莫非我刚才说出声了？

夹克，我边想边屈伸脚趾，然后抬起双臂。夹克的防护装置保护了我。而且……而且追兵还没甩掉。

灾星！我真是个矬子。我翻身跪立，梅根扶我站了起来。我咳了好几下，现在感觉顺畅多了。我放开她的搀扶，走到摩托跟前时，已经能站得稳当了。而摩托车在她的操控下安稳着陆，没出任何意外。

"等等。"我环顾四周，说道，"这里是……"

高斯枪摔上一块铁石，断成几截躺在地上。我心里沉甸甸的，虽然我知道这杆枪现在对我们几乎没有用处，以后也不能用它来假扮史诗派了，开枪的场面已经被治安军看在眼里。

不过，失去那么好的武器仍然很可惜，特别是我自己的步枪还丢在了货车里。真是丢三落四成了习惯。

我爬上摩托后座，前面的梅根重新戴上头盔。这台可怜的机车如今伤痕累累，划痕和凹坑到处都是，挡风玻璃裂了，有个重力控制装置——右侧一个手掌大小的椭圆形——也不再亮起。但摩托仍旧启动了，引擎轰鸣，梅根驾着它穿过分洪渠，冲向前方一条宽阔地道。它看似是下水道入口，但这些东西在新加哥大多已失去了原有功用，在大变换和地街的修造之后。

"嗨，伙计们？"耳边传来科迪的轻言细语。摔落过程中我竟然保住了手机和耳机，这不能不说是个奇迹。"情况很微

钢铁心

妙。非常，非常之诡异。"

"科迪，"缇雅呼叫，"你的位置？"

"轿车已攻下。"他说，"我打爆了一个轮胎，车子开去撞了墙。干掉了六个敌兵才终于接近它。"

梅根和我进入地道，一段下坡路，黑暗愈加深邃。我隐约认得这个地方，我想应该是通往吉本斯街附近的地街区域，那里人烟相对稀少。

"电老虎呢？"教授问科迪。

"车里没有人。"

"那可能你刚才打死的治安兵里头有一个就是电老虎。"缇雅说。

"不会。"科迪说，"我找到他了，在后备箱里。"

线路上安静了一刻。

"你确定是他？"教授问。

"呃，不确定。"科迪说，"也许后备箱里绑的是另外一个史诗派。不管怎么说，线粒体检测仪显示这家伙超能力非常强。可是他昏迷了。"

"打死他。"教授下令。

"不，"梅根说，"抓活的。"

"我觉得她说得对，教授。"科迪赞同道，"既然被五花大绑，他肯定没那么强。要么是本身不强，要么是弱点被人利用，削弱了能力。"

"但我们不知道他的弱点，"教授说，"赶紧给他解脱吧。"

"我不会开枪打一个昏迷的家伙，教授。"科迪说，"就算是史诗派也不会下手。"

"那就不管他。"

我难以决断。史诗派都该死，统统该死。可他偏偏昏迷了——他们对他做了什么？他到底是不是电老虎？

"乔，"缇雅说，"他对我们也许有用处。如果真是电老虎，我们就可以从他嘴里问出点什么来，甚至利用他的能力对抗钢铁心，或者用他作筹码换取我方安全撤离。"

"他应该不太危险。"我在频道上发表意见。嘴唇出血了，是在摔落过程中咬破的。现在我脑子稍稍清醒了一些，这才意识到腿疼，腰侧的血管一跳一跳的。夹克起到了防护作用，但远非完美。

"行吧。"教授说，"应急藏身洞7号，科迪。别带他去基地，别给他松绑，让他一直蒙着眼堵着嘴。别对他说话。我们要一起审问他。"

"收到，"科迪说，"立即执行。"

"梅根，戴维，"教授说，"我要求你们——"

剩下的话淹没在了四周猛然爆发的枪声之中。严重受创的摩托旋转着飞了出去，侧面倒地。

恰恰是重力控制装置坏掉的那一侧。

第三十章

失去了重力控制装置，极速行驶中的侧倒就与任何普通摩托没有区别。

这可不是件好事。

我被抛出车外——腿部触地，摩擦力抵消了一部分前行的速度，摩托离开我胯下继续往前滑行。梅根则没那么幸运了，她被压在摩托底下脱不了身，在车身重量的压制下沿路擦过地面，随它一道撞上金属廊道的弧形侧墙。

眼前的地道不住晃动，腿上火烧火燎地疼。我翻滚几圈稳住身子，眼中景物终于不再摇晃，我才意识到自己还活着，打心眼儿里感到惊讶。

在我们身后，是刚骑车经过的一间凹室，阴影浓重，两个身着治安军整套盔甲的家伙从中走出。凹室边缘饰了一圈昏暗的小灯，借着灯光，我看见两个敌兵神态很放松。我发誓听到其中一个在通讯线路上与队友交谈，头盔底下传来窃笑。他们认为，经过这样的车祸，梅根和我都死定了——至少也得失去战斗力。

见灾星去吧，我想道，气得脸颊发烧。来不及细想，我便拔出胁侧枪套里的手枪——杀害我父亲的手枪——近乎射距离朝两人连开四发。我瞄准的不是胸口，那里有盔甲保护。甜区位于脖颈。

两人先后倒下。我深吸一口气，气息粗重，持枪的手仍在身前颤抖。我眨了好几下眼睛，为成功击中他们而惊诧。也许梅根说得对，手枪的准头没那么差。

我呻吟一声，然后坐了起来。清算者夹克给磨得稀烂，衬里上许多二极管——就是生发保护场的那些——要么在冒烟，要么完全脱落了。右腿外侧也被严重擦伤，痛得不得了，所幸创口并不深。我还能勉强站起来走路。勉强。

疼痛……钻心。

梅根！这个念头穿透迷蒙，顾不上检查两个敌兵是否气绝——真是愚蠢——我跛着脚走向摩托摔落后滑行撞墙之处。这里一片漆黑，全赖手机照明。我推开残骸，发现梅根四仰八叉躺在下方，身上的夹克竟比我的还破烂。

情况看来不妙，她一动不动，双眼紧闭，头盔已然破裂，滑下来半截。血淌下她的脸颊，和她的嘴唇一样鲜红。她的手臂别扭地拐着，整个侧身——从腿到腋下——全沾满了血。我大惊失色，连忙跪下身，冰冷镇定的手机光芒所到之处都一片可怕的伤口。

"戴维？"隐隐传来缇雅的话音，来自挂在夹克上的手机。它竟然还能通话，真是奇迹，只可惜耳麦弄丢了。"戴维？我联系不上梅根，她怎么了？"

钢铁心

"梅根出事了。"我麻木地答道,"手机不见了,大概摔碎了。"它之前就挂在她夹克上,而夹克也没剩多少皮料了。

呼吸。赶快看看她还有没有呼吸。我俯身想用手机屏幕照她的鼻息,随后又想到可以检查脉搏。我受了脑震荡,脑子一塌糊涂。脑子一塌糊涂,还能意识到自己脑震荡?

我用手指按压梅根的脖子。她的皮肤触感黏黏的。

"戴维!"缇雅催道,"戴维,治安军频道上已经传开了,他们知道你的位置,几支小队正在朝你的方位会合,步兵机甲兵都有。快走!"

我摸到她的脉搏。既浅又弱,但毕竟在。

"她还活着。"我说,"缇雅,她还没死!"

"你必须立即撤离,戴维!"

贸然移动梅根可能不利于她的伤势,但留她在原地显然更糟。万一被他们抓住,她将遭受折磨与极刑。我脱下破破烂烂的夹克,简单捆扎一下腿部,其间摸到口袋里有什么东西,扯出来一看,原来是笔式起爆器和火帽。

我脑子骤然开窍,拿了个火帽贴上摩托车燃料电池。听说可以让这东西陷入不稳定状态并爆炸,只要你清楚自己在干吗——而我脑子一团糟,但这个主意看起来又挺不错,至少我个人认为。我拿过手机塞进腕佩机套,然后深吸一口气,搬开残缺不全的摩托——前轮已完全脱离——抱起梅根。

她那破损的头盔立即滑落,"咣当"一声掉在地上,于是长发如瀑布垂过我的肩膀。她没有看上去那么轻盈。一般人都是这样。虽然她个头不高，身子却很结实，*挺沉的*。我敢断定她多半不喜欢听我这么描述她。

我将她扛上肩膀，抬脚三步一趔趄地走过地道。顶面每隔一段就挂着一盏黄色小灯，光线昏暗，连我这样的地街居民都觉视物困难。

很快，我便肩酸背疼起来，但我咬牙继续坚持，一步，再一步。我的动作不怎么利索，脑筋也不怎么好使。

"戴维。"是教授的声音，平静而急促。

"我*绝不会*丢下她。"我从齿间挤出答复。

"我也不会逼你那么做。"教授说，"我准许你一意孤行，你俩一块儿死在治安军枪管下吧。"

听得人真不是滋味。

"不会到那种地步的，孩子。"教授说，"我这就过来增援。"

"我好像听到他们的声音了。"我说。地道终于走到尽头，抵达一处狭窄的十字岔路，各各通往地街。这里没有任何建筑，只有钢铁走道纵横交错。我不熟悉这片城区。

此地的顶面平整严实，没有居民工的那种换气孔。我听到的确然是喊声无疑，在右侧廊道回荡。后方则传来"哐哐哐"的声音，那是金属脚底与金属地面的撞击。叫喊声此起彼伏；他们发现了摩托。

我靠墙稍歇，把梅根换了个肩，然后摁下笔式起爆器的按钮。后边传来"砰"一声巨响，摩托车燃料电池爆炸了，尖叫声四起。我略微松了口气。这次兴许炸到了几个；如果能让他们以为我躲在车子附近丢了颗手榴弹之类的，那就真是太走运了。

我扛起梅根，至岔道口左转。她的血已经浸透了我的衣服，生命垂危，说不定——

不，不能这么想。我往前跨出一步，再一步。增援即将到来。教授承诺了增援，就一定会来。教授决不食言。乔纳森·菲德拉斯，清算者创始人，冥冥中与我心意相通的人。这世间若还有什么人可令我信任，一定他莫属。

走了足足五分钟之后，我被迫停下脚步。道路消失了，一面平坦的铁壁赫然堵在尽头，无路可走。转头回望，只见手电光点晃动，人影绰绰。那边也逃不掉。

尽头这段地道空间开阔，宽和高都有二十步余。地上有一些旧的施工设备，看样子主要是拾荒捡回来的，附近垒了几堆断砖和煤渣砖。最近有人在这下头隔建新屋。嗯，这些东西大概可以起到一点掩护作用。

我跌跌撞撞地赶过去，到最大的那面半成品墙背后把梅根放下，然后将手机切换为手动应答模式。这样，教授和其他队友只有在我点击屏幕应答按钮的情况下才能收到我发出的信息，同时，他们与我联系的过程中也不会暴露我的位置。

我蹲在残墙后面。它没法完全掩蔽我，但聊胜于无。陷入绝路，武器占下风，还逃生无门……

我突然意识到自己的糊涂，赶紧伸手进裤腿上的拉链口袋，摸到震击手套，兴高采烈地拿了出来。如此，大概能一直挖通至钢铁迷窟，最起码也能打穿侧墙，找一条更安全的路。

我戴上手套，这才发现它已经残破不堪。我愣愣地盯着它，心越来越沉，万念俱灰。它正好放在刚才摔下摩托时擦过地面的右腿裤袋里，口袋底部磨穿了，震击手套不见了两根手指，电子元件七零八落，一个个半吊着，活像旧时恐怖片里突出在僵尸眼窝外头的眼球。

我重新坐下，差点露出一丝苦笑。治安兵正在搜索地道，叫喊声、脚步声、手电光柱，越来越近。

手机信号灯轻柔地闪烁着。我把音量调到最小，然后点击屏幕凑近去接听。"戴维？"缇雅问话的声音很低，"戴维，你在哪儿？"

"我进了下方地道。"我低声回复，手机握在嘴边，"然后左转了。"

"左转？那是条死胡同。你得——"

"我知道。"我说，"其余几个方向都有追兵。"我看看无力地躺在地上的梅根，再次查验她的颈脉。

脉搏还在。我松了口气，闭上眼睛。虽然在也不见得有什么用。

"灾星。"缇雅突然骂道。枪声传来，我惊得一跳，以为是我这里的声音，然而出乎意料，它竟来自线路那头。

"缇雅？"我压着嗓子用气音喊道。

"他们攻过来了。"她说，"不用担心我，这里我守得住。戴维，你得——"

钢铁心

"喂,什么人!"岔道口响起一声叫喊。

我匆忙俯身,可这面墙体积有限,要想完全隐蔽非得躺平不可。

"那边有人!"那声音喊道。治安军专用强光手电纷纷射向我的方向,其中多数应该就装在突击步枪前端。

手机信号灯再度闪烁,我接起来。"戴维,"是教授的声音,气喘吁吁的,"用震击手套。"

"坏了。"我低声说,"刚才摔烂了。"

沉默。

"只管先试试。"教授着急催促。

"教授,它已经挂了。"我凑到残墙顶端打探,只见地道另一头麇集了大量敌兵,其中几个蹲跪在地,瞄准镜架在眼前,枪口指着我的方向。我连忙俯身。

"照我说的去做。"教授下令。

我叹了口气,手掌贴向地面,闭上双眼,可是难以摒除杂念。

"举起手,慢慢走出来!"地道那头一个声音朝我喊话,"再不出来我们就要开枪了!"

我尽力排除他们的干扰,专注于震击手套及其振动。有一阵子,我恍然感觉到了什么,像是低声的嗡鸣——深沉、有力。

却又转瞬即逝。可笑,就好比拿一瓶汽水企图在墙上锯洞。

"抱歉，教授。"我说，"它已经稀巴烂了。"我查看父亲手枪的弹匣，还剩五发。珍贵的五发子弹。它们有可能伤及钢铁心，而我将不再有机会验证。

"你的时间不多了，朋友！"敌兵继续向我喊话。

"一定要顶住！"教授急切地说道。手机音量很低，他的声音听起来有些虚弱。

"你应该去帮缇雅。"我说道，做好了背水一战的准备。

"她没事的。"教授说，"亚伯拉罕已经过去增援了，而且秘密基地在设计上就秉着易守难攻的原则，她可以封闭入口跟敌人耗着。戴维，你一定要尽量坚持，等我抵达。"

"我决计不让敌人活捉我们，教授。"我向他保证，"清算者的安危比我更重要。"我从梅根身侧摸出她的手枪，拨开保险栓。西格绍尔P226，点40口径。好枪。

"我过来了，孩子。"教授轻声说，"顶住。"

我探头观望，只见敌方官兵正端着枪谨慎前行，也许是想活捉我。唔，那我死前大概还可以拉几个垫背。

我举起梅根的枪，好一番快速连续射击。敌方官兵分头躲闪，寻找掩护，有的开枪还击，砖块在自动武器的火力下爆裂，碎片横飞，我的目的达到了。

唔，不必奢望他们活捉我了。

我满头大汗。"这下真正走上绝路了，是吧？"我忍不住对梅根这样说，弓身至残墙边缘向一个进犯的敌兵开枪。我想有颗子弹真的穿透了盔甲——他跛着脚跳到了几只锈铁桶

钢 铁 心

背后。

　　我再次蹲坐下来，突击步枪的连发如同鞭炮在易拉罐里炸响。的确是这样，我想道，这里确实有几分像大铁罐。**比喻的功力有所长进嘛**。我自嘲地笑笑，丢掉梅根手枪的弹匣，扣上新的。

　　"对不起，我对不起你。"我对她说道，她的身体一动不动，呼吸愈发地浅了。"你才应该活下去，我不配。"

　　我本想再来几发，奈何敌方火力太猛，逼得我一枪没开就躲回了掩体。我喘着粗气，抹掉脸上的血。刚才有几块爆裂的碎渣弹过来，力道不小，划破了皮。

　　"你知道吗？"我说，"我觉得见到你的第一天我就动心了。挺傻的是吧？一见钟情，说来真老土。"我打出三枪，但现时敌兵的反应没那么惊慌了。他们已经辨明只有我一人，武器也只有一把手枪。我能扛到现在，兴许是因为之前炸了摩托，让他们担心会有炸弹。

　　"我不清楚那到底叫不叫爱。"我低声说着，重新装弹，"我是爱上了你，还是单纯在犯花痴？咱们认识还不到一个月，其中半数的时间你都不拿正眼瞧我。可是，袭击千王的那天，还有在发电厂那天，我们之间好像有种不一样的感觉。有种……怎么说呢，想和你在一起，二人同心的感觉。"

　　我看了看她纹丝不动的苍白躯体。

　　"我想，"我继续道，"换作是一个月前，我肯定会把你丢在摩托那儿不管。因为我太渴望向他复仇了。"

砰，砰，砰！

砖堆剧烈摇晃，敌军的子弹大有穿墙而过之势。

"想到从前的自己真叫我害怕。"我轻声说，没有看梅根，"太不值了。感谢你，让我重拾了感情，不再执着于钢铁心。我不知道自己是不是爱上了你。不管算不算爱，都是多年以来我所体会过的最强烈的感情。谢谢你。"我朝各个方向连开几枪，突然一颗子弹擦过手臂，我向后跌倒。

弹匣已空。我叹了口气，放下梅根的枪，拿起父亲那把，指向她。

但我的手指却在扳机上顿住了。这对她是解脱。痛快地死，好过遭受折磨与极刑。我努力强迫自己压下扳机。

扯火，她的模样真美。我想道。她身体左侧朝向我，没有血，金发铺散，肤色苍白，双眼轻闭，仿佛在沉睡。

我怎么下得了手？

枪声暂息。我壮着胆子凑到渣屑零落的残墙顶端打探，只见两个巨人般的身影迈着机械的步伐重重地踏过廊道。这么说他们还出动了机甲部队。我不禁感到几分骄傲，我在他们眼里竟有如此能耐。清算者今日大闹新加哥，重创钢铁心手下的走卒，逼得他们过度重装上阵。派出二十人小队外加两具机甲，只为对付一个仅持手枪的人。

"我送你上路吧。"我低声道，"我想在待会儿起来当靶子的时候，用手枪射击十五英尺高的能量机甲，至少那场面会很壮烈。"

钢铁心

　　治安军的身影在黑暗的地道里匍匐前行，几乎已将我包围。我做了个深呼吸，直起身，枪口对准梅根，这一次的决心更加坚定。我要杀了她，然后迫使敌兵开枪打死我。

　　我注意到手机正闪着灯。

　　"开火！"敌兵中有人喊道。

　　正当此时，顶壁陡然消融。

　　我清楚地看见了。其时我正将视线转向地道深处——不忍见到梅根在我的枪口不毙命——却清晰地看见顶壁被划出一个圆圈，圈内的钢铁变作一柱黑尘，溃散的铁粉哗哗坠落，如瀑布般跌向深潭，又似流沙自巨型管口泻出，沙粒撞击地面，向外翻腾起滚滚尘云。

　　迷尘渐散。我的手指抽动一下，但没有扣扳机。蹲踞在铁尘之中的人影站立起来。从天而降的他身穿黑色风衣——很薄，像一件实验室大褂——黑裤黑靴，双眼罩在一副小护目镜下。

　　来人正是教授。他两手各戴一只震击手套，绿光荧荧，缥缈如幻影。

　　敌方官兵猛烈开火，子弹如疾风骤雨倾泻过地道。教授抬手将发光的震击手套往前一送，我仿佛切身感受到那件神器的嗡鸣。

　　子弹在半空中爆裂散落，簇簇铁粉组成的小团抖抖索索撒在教授身上，危险系数不超过几撮尘土。几百颗子弹争先恐后地涌向他和他周围的地面，却无一命中，全在空中四散纷飞，光点缭乱。我顿时明白了他佩戴护目镜的真正原因。

我站起身，忘了指间的手枪，震惊得合不拢下巴。我曾以为自己已能熟练操控震击手套，可用它摧毁子弹……简直超越了我的认知。

教授没有给惊蒙的敌兵以喘息之机。他赤手空拳地纵身跃出尘屑的迷雾，直冲向前。机械化部队立即开火，这次动用了转轮机枪——似乎不敢相信眼前的所见，以为换上高口径就能解决问题。

更多的子弹"突突突"射至空中，悉数被教授的震击手套分解。他脚踏铁尘滑行过地面，顷刻间已抵达治安军阵前。

仅凭一双肉掌攻向全副武装的敌军。

我瞪大了双眼，只见他一拳揍上敌兵的脸，那人应声倒地，头盔在他的攻势面前化成粉末。**他竟能将破甲与攻击集于一体！**教授在两个敌兵之间游刃有余地周旋，这边厢握拳猛揍这个的肚子，转身又挥臂俯击那个的腿脚。粉尘四处喷洒，他们的盔甲不复坚密，在教授的攻击之下分崩离析。

他旋身而起，挥拳猛砸铁室的侧壁。铁粉倾如雨下，一件细长的东西从墙上落入他手中。那是柄剑，由精确得令人咋舌的震击波在铁墙中切销而成。

铁剑寒光，教授突入敌阵，敌方官兵阵脚大乱，有的匆忙开火，有的提起警棍乱挡——不论警棍还是子弹，都被教授轻而易举地销解。他一手挥舞长剑，一手释放出近乎无形的震击波，将金属与强化纤维化为乌有。过于近身的敌兵周

钢铁心

围粉屑翻腾，突而脑袋上的头盔没了，猛地周身护甲散了，一不留神偏了重心，摔的摔，滑的滑。

大功率手电前血肉横飞，敌兵接二连三倒下。教授从天而降不过几次心跳的时间内，已有十数个士兵阵亡。

机甲步兵连忙启用肩置能量加农炮，但教授已近在咫尺。他快步冲刺，踩上一片铁粉，蹲身借助粉尘往前滑行，此技显然驾轻就熟。随后他扭身侧转，小臂一挥便**击碎**了机甲腿部，手臂直穿而过，铁粉向后爆炸式喷出。

他单膝触地继续滑行稍许才终于停止。机甲轰然倒地，巨大的声音在地道中回荡，与此同时，教授往前一跃，拳头洞穿第二具机甲腿部。他抽出手，膝腿随之弯折，只听"轰隆"一声，机甲斜刺里倒在地上，黄蓝两色的能量束歪斜着射向地面，熔出一个大坑。

教授踏上倒地的机甲。一个治安军队员冒冒失失地向他发起冲锋，他连剑都懒得使，顺势闪到一边，随即往前冲拳。我分明看见教授的拳头逼近敌兵的脸，看见那头盔的面罩在拳头底下化作烟尘。

敌兵随之倒地。走廊沉静下来，道道光束中铁屑飘舞，光点璀璨，如同午夜的雪花。

"大爷我，"教授的声音铿锵有力，尽显桀骜之态，"人称绿光。回去禀报你们主子，要我亲自对付你们这些小喽啰，本大爷气愤**至极**。算我倒霉，手下跑腿的全是蠢蛋，连最简单的命令都完成不了。"

"告诉你们主子,玩笑的时间已经结束了。要是他躲着不肯出面与我对决,我就把这座城市一片片撕碎,直到找到他为止。"教授大步跨过幸存的敌兵身边,不屑一顾。

他走向我,背朝敌兵。我紧张得不敢动,害怕他们乘机反击,可对方却没有任何动作,兀自退缩。人类不是史诗派的对手。他们常年接受这样的训导,早已根深蒂固。

教授来到我跟前,他的脸隐没在黑暗中,背后灯火通明。

"太高明了。"我轻声说。

"快带她走。"

"真不敢相信你——"

教授低头看我,我这才终于看到他的面容,下颌紧咬,怒目圆睁,似乎快要喷火,眼神里充满鄙弃。见到这副神情,我吓得连滚带爬后退了好几步。

教授似乎颤抖不已,他双手握拳,仿佛在克制什么可怕的东西。"带。她。走。"

我机械地点点头,手枪塞回口袋,扛起梅根。

"乔?"他的手机里传来缇雅的讯息,而我的手机仍开着静音,"乔,我这儿的敌兵都撤退了,怎么回事?"

教授没有回答,将手上的震击手套一挥,眼前的地面骤然消融,铁屑如沙漏中的沙粒一般疾速流走,展露出通往下方底层迷窟的新辟地道。

我跟着他穿过地道,成功脱逃。

part four

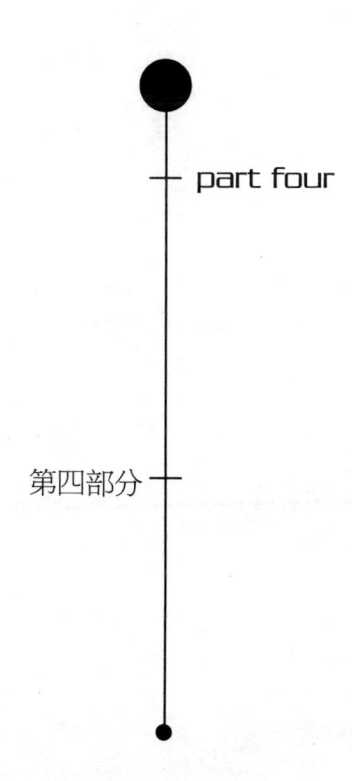

第四部分

第三十一章

"亚伯拉罕,血浆告急。"缇雅边说边手忙脚乱地实施急救。亚伯拉罕匆忙跑向冷库,手臂上吊着的三角巾被自己的鲜血染红了。

梅根躺在秘密基地主室的铁会议桌上。几叠纸和亚伯拉罕的几件工具散落在地,是我刚才路过时打翻的。此刻,我坐在旁边,感到无助、疲惫又惧怕。教授从后面为我们打穿了一条通往基地的密道,正面入口已经被缇雅用金属塞和一种特殊类型的燃烧手雷封堵了起来。

缇雅在紧急抢救梅根,但我不明白她为什么主要在缠绷带和缝针。梅根显然有内伤,这个情况比她大量失血更令缇雅焦头烂额。

我能看见梅根的脸。她面朝我,天使般的双目柔弱地微闭着。缇雅割掉了梅根大部分的衣服,展露出伤口的情况。伤势很可怕。

她的脸庞安详得近乎诡异,但我感觉能够理解她的心境——我自身也已麻木。

一步,再一步……我把她扛回了秘密基地。我对那段时

钢铁心

间的记忆很模糊，隐隐记得痛苦与害怕交缠，疼痛与晕眩交织。

教授没有向我提出哪怕一次帮助，好几次还差点把我丢在了身后。

"来了。"亚伯拉罕朝缇雅叫道，拿着又一袋血浆回来。

"挂上去。"对面的缇雅心烦意乱地说着，继续处理梅根的腰侧。我看见她沾血的外科手套反射着灯光。她来不及换衣服，身上的便装——衬衫搭开衫配牛仔裤——染上了道道红痕。她的动作极致专心，声音里透出了慌乱。

缇雅的手机有节奏地轻声"嘀嘀"响着，它装有医疗程序包，此时放置在梅根胸口监测心律。缇雅偶尔把它拿起来，有条不紊地做腹部超声检查。我脑子里仅剩的一点思维机能深深地为清算者的充足准备而折服。我甚至不知道缇雅接受过医疗培训，更别提小队预储有血浆和外科设备。

她不应该是这副样子。我想着，一眨眼，不知何时涌出的泪水滴滴滚落。她是如此脆弱，赤身裸体躺在桌上，已不再是那个坚强的梅根。手术的时候不是该用床单什么的稍微盖一盖吗？

我起身想拿条被单遮住她的羞处，予她外表以尊严，却又突然意识到这个念头有多蠢，于是制止了自己。此刻，一分一秒都至关重要，不能乱帮倒忙，干扰缇雅。

我又坐下来。我身上沾满了梅根的血，却已闻不出腥味，我想是嗅觉已经麻木了。

她一定会没事的。我茫茫然想道，我救了她，带她回来了。现在她一定会没事的。剧情都是这样写的。

"不该这样啊。"亚伯拉罕轻声说，"轻安仪……"

"它并非对每个人都有效。"缇雅说，"我不知道为什么。要是知道原因就好了，该死，它对梅根一直不起效果，就跟震击手套一样，她怎么也用不了。"

别再揭她伤疤了！我在脑子里朝他们吼道。

梅根的心跳越发地微弱，我听得见，声音经缇雅的手机放大——嘀，嘀，嘀。我不自觉地站了起来，转身走向教授的冥想室。科迪还未回到基地；他仍在奉命监视另行关押的史诗派俘虏。只有教授在。他在另一个房间，一回来就径直走了进去，没看梅根和我一眼。

"戴维！"缇雅厉声喝道，"你在干什么？"

"我……我……"我结结巴巴说不出话，"我要找教授，他一定有办法能救她。他知道该怎么做。"

"乔来了也不顶事。"缇雅说，"回去坐下。"

干脆直白的命令刺穿我混沌的迷茫，我重新坐下，望着梅根紧闭的双眼。缇雅全力抢救，自言自语地低声咒骂，骂声差不多与梅根心跳的频率一致。亚伯拉罕站在一边，神情很无助。

我望着她的眼睛，望着她安详宁静的脸。"嘀"声逐渐减缓，最后停止了。手机里不再传来心电图的跳动，只剩静寂，承载了沉重的意味；只剩虚无，载满数据的虚无。

钢 铁 心

"那个……"我说着,眨眼抑住泪水,"我想说,我一路背她回来,缇雅……"

"节哀吧。"缇雅说着,抬手擦额头,额间留下一道血痕。然后她叹了口气,背靠在墙上,一脸疲惫。

"快想想办法。"我说。这不是命令,而是乞求。

"我已经尽力了。"缇雅说,"她走了,戴维。"

沉默。

"她伤得很重。"缇雅继续道,"你也尽力了,这不是你的错。说实在的,就算你及时把她带回来,我也不能保证她挺得过去。"

"我……"我顿时蒙了。

布帘沙沙作响,我循声看去,教授站在冥想室的门口。他掸掉了衣服上的灰尘,外表整洁而体面,与其他队友形成强烈反差。他目光闪烁,望向梅根。"她走了?"他问,声音比先前温和了一些,但在我听来还是有些太过冷漠。

缇雅点点头。

"能带走的都拿上。"教授说着,挎上一个背包,"我们要放弃这个据点。它已经暴露了。"

缇雅和亚伯拉罕点点头,好像一直在等待这个命令似的。亚伯拉罕庄重地驻足片刻,一手搭上梅根肩膀,鞠了个躬,接着伸手摸摸脖子上的吊坠,便匆匆离开去收拾工具。

我从梅根的铺盖卷里取出一条盖毯——里面没有床单——拿过去盖在她身上。教授看我一眼,好像要反对这无谓的举动，但终究没有开口。我把盖毯掖在梅根肩膀下，让她的头露在外面。我不知道人们为什么习惯把死者的脸也盖上，脸才是唯一的最后的慰藉。我的手指拂过她的脸庞，皮肤尚有余温。

不会的。我麻木地想着，清算者不会这样轻易向死神低头。

可惜事实却如洪水漫过我的脑海——我已知的事实：清算者的确有失败的时候，也确有清算者队员牺牲。我做过研究和统计。这些事确实会发生。

但怎么也不该发生在梅根身上。

我要确保她入土为安。我想着，弯腰去抱她。

"别管她尸体了。"教授说。

我没有理会，随即感到他的手抓住我的肩膀。我仰起头，朦胧的泪眼望见他严厉的表情，怒目圆睁。与我目光相遇的瞬间，他的眼神缓和了点。

"事情已成定局。"教授继续说道，"我们要烧掉这处基地，以烈火为她送葬倒也不差。此外，要带上尸体只会拖慢速度，甚至招来杀身之祸。敌兵也许还在前线阵地观察，不知道过多久就会发现这里新挖的应急藏身洞。"犹豫一下，他又说道，"她已经走了，孩子。"

"我应该跑快一些，那样就能救她。"我低声道，尽管缇雅明确否决了这个可能。

"你恨自己吧？"教授问。

钢铁心

"我……"

"丢掉负罪感，"教授说，"摒弃自我否认。害死她的是钢铁心，他才是我们的目标，才是你关注的重心。时间不够我们哀痛，只够我们复仇。"

我不自觉地点起了头。也许很多人会认为这话大错特错，于我却如醍醐灌顶。教授说得对。一味忧郁和哀伤，只会将我推向死路。我需要用别的东西，用另一种强烈的情感来替换它们。

对钢铁心的愤恨。这个就行。他先是从我身边夺走了父亲，现在又夺走了梅根。我隐隐地认为，只要他活着，早晚会把我心爱的一切都夺走。

我恨钢铁心。用这个念头支撑我继续下去。没错……我能做到。我点点头。

"笔记拿上，"教授说，"成像器收拾起来。十分钟后全体撤离，留下的东西全部烧毁。"

#

我回望在教授手下贯通秘密基地的新地道，尽头闪耀着刺眼的红光，那是梅根火葬的现场。亚伯拉罕所安置炸药引爆后的高温足以爆化钢铁，远在这里都能感受到热量。

即使治安军成功侵入基地，能找到的也只有铁渣和灰烬。我们把能搬走的都尽量带走了，缇雅还让亚伯拉罕在附近一条走道里挖了个隐蔽的小洞，藏了些东西进去。一个月内，我第二次望着自己熟悉的家被付之一炬。

而这次还有非常珍贵的东西随之而去。我想说声再见，低声说出来，至少在心里道别，却找不到合适的词句。我只是……只是还没有做好心理准备。

我转身随其他人离开，步入黑暗。

#

一个小时之后，我仍旧背着背包在漆黑的走道中垂头穿行，累得什么都不愿想。

但我心里有种异样的感觉——我的仇恨在短暂的时间内曾一度炽烈，现在却只剩温热。用梅根来替换憎恨似乎很不划算。

前面传来什么动静，缇雅落到队伍后面。她早已迅速换下了染血的衣物。放弃基地之前，她逼我也换了衣服，我还洗了手，但没洗掉指甲缝里凝积的血块。

"嗨，"缇雅说，"你好像很疲倦的样子。"

我耸耸肩。

"想聊聊吗？"

"不想聊她。我是说……现在不想。"

"行。那聊点别的可以吧？"好让你分分心，她的语气暗示道。

嗯，也许那倒不错。只是我现在唯一想谈论的话题同样不轻松。"教授怎么生这么大的气？"我轻声问，"他看起来……好像恨铁不成钢的样子，却非得大老远跑来救我。"

我感觉很难受。手机通话的时候，他的语气充满了鼓励，决意前来搭救。可是后来……感觉却完全变了个人，而且到现在还怨怒未平，一个人走在队伍最前头。

缇雅随我看看前方，说道："教授有些……和震击手套相关的痛苦回忆，戴维。他一用就会怒火中烧。"

"可是——"

"他没有生你的气。"缇雅说，"他那肚子火也**不是**因为要特意来救你，尽管表面看起来是。他只是不满他自己。让他独处一阵就好了。"

"可他技术**那么棒**，缇雅。"

"我知道。"她轻声说，"我见过。这其中另有隐情，你理解不了，戴维。有时候，重复过去的举动会让人回想起曾经的自己，而且往往是不好的那一种。"

我不太明白她的意思。但话说回来，那时候我的脑子本来就不怎么好使。

我们终于抵达新挖的藏身所，这里比老基地小多了——只有两间小屋子。科迪出来接我们，说话时小心翼翼，显然已获知了最新情况。他帮我们把装备搬进新藏身所的主室。

治安军头领电老虎就关在上边的某处。我们自认能关押住他，是否太莽撞了？会不会是踏入了另一个圈套？我必须相信教授和缇雅对此成竹在胸。

亚伯拉罕忙活着，中弹的手臂已经屈伸无碍。轻安仪小小的二极管在他肱二头肌上闪亮，弹孔已经结痂。戴着这些二极管睡一晚上，到明早这条胳膊就能活动自如了。再过几天，枪伤就只剩下一个疤。

然而，我把背包递给科迪，一面爬过通往斜上方房间的地道，一面想着，它却救不了梅根。不管我们怎么抢救她，仍是回天乏术。

过去十年里，有很多人离我而去。在新加哥生活并不容易，尤其是对孤儿而言。但自从父亲去世以来，没有谁的离去对我的打击有如此之深。我想这也是件好事——它意味着我重拾了对人情冷暖的珍视，虽然我此刻的感觉依然糟糕透顶。

爬出入口地道，便进入新的藏身所，教授正在吩咐大家铺开被褥过夜。他希望我们补充一些睡眠再来处理那个史诗派俘虏。打理铺盖的时候，我听到他在跟科迪和缇雅说话，大概是叫他们给被俘的史诗派注射镇静剂，让他多昏迷一会儿。

"戴维？"缇雅叫我，"你也受伤了。我来给你接上轻安仪，然后……"

"我死不了的。"我说。我可以明天再让他们治疗，现在完全没有心思。我躺上铺盖卷，转身面朝墙壁睡下。然后，泪水终于夺眶而出。

第三十二章

　　大约十六小时之后,我坐在新挖藏身所的地面上,端着碗吃葡萄干燕麦片,轻安仪的二极管在我腿上和胁侧闪着光。我们被迫丢弃了大多数新鲜营养的食物,一日三餐只能依赖先前储备在秘洞里的干粮。

　　其他队友没有过多打搅我。我感觉有些奇怪,因为他们和梅根的交情都比我更久。我和她之间其实并没有特别亲密,虽然她对我的态度开始有所缓和。

　　其实,现在回想起来,我对她离去的反应真是够傻的。我那时还小,初心萌动,却依然感到心痛,深深的心痛。

　　"嗨,教授,"坐在笔记本跟前的科迪喊道,"快来看看这个,伙计。"

　　"伙计?"教授问。

　　"我跟澳洲也有点渊源。"科迪说,"我爸他姥爷有四分之一澳大利亚血统,我一直想换个风格试试。"

　　"你真是个小怪胎,科迪。"教授说道。他已经恢复了往常的样子,与平日没有大的不同——只是今天似乎略显庄重,其他人也是如此,甚至包括科迪。失去队友不是桩愉快的经历，虽然我感觉得出，他们早已有过类似的体验。

教授凝神看了一会儿，扬起眉毛。科迪放大屏幕，又再次放大。

"怎么了？"缇雅问。

科迪把笔记本转过来。我们没有椅子，全都坐在各自的铺盖卷上。虽然这处藏身所比上一处小，我却感觉空荡荡的。人员不齐。

蓝底的屏幕上，显示着简单的黑体大字：选定时间地点必当奉陪到底

"这条信息，"科迪说，"在钢铁心电视网络的一百个娱乐频道上反复滚动，谁都看得见。每部登录的手机、城里每块信息屏上也都在滚动显示。我觉得他终于明白我们的用意了。"

教授微笑道："这样挺好，把决战地点留给我们选择。"

"他向来爱这么干。"我说道，定定地盯着燕麦片，"当年他也是让断层线先选。他认为这是在传达一则信息——这座城市属于他，要不要找有利地点随你便，反正你会被他杀掉。"

"真不喜欢两眼一抹黑的感觉。"缇雅说。她坐在对面的角落里，手里的数据板后部与手机相连，放大显示手机屏幕。"我很困惑，他们是怎么发现我侵入了监视系统的呢？我现在被全方位屏蔽了，每个漏洞都被堵上了，跟瞎子一样。"

"所以要挑个能安置摄像头的地点。"教授说，"不会让你

摸黑指挥作战的，缇雅。这——"

亚伯拉罕的手机响了，他伸手拿起来，说："近敌警告，我们的俘虏快醒了，教授。"

"好。"教授说道，站起身望向关押俘虏的小房间门口，"那个谜团在我心里闹腾一天了。"他转回头，视线落在我身上，我从中捕捉到一丝歉疚闪过。

他快步走过我身边，开始下达指令。我们马上要审讯俘虏，前面用亮灯对他直射，科迪站在后面拿枪抵住那史诗派的头。每个人必须穿护身衣，他们给我也找了件备用的，黑色皮夹克，大了一两个号。

清算者们立即行动起来，执行各项要求。科迪和缇雅进入关押俘虏的房间，教授随后也跟了进去。我舀起一勺燕麦片塞进嘴里，这才注意到亚伯拉罕仍在主室逗留。

他走向我，单腿蹲跪下来。"活下去，戴维，"他轻声说，"生活还要继续。"

"我活着呢。"我嘟囔道。

"不对，你这是在让钢铁心主宰你的人生，每走一步都摆脱不了他的控制。你的人生要自己做主。"他拍拍我的肩膀，好像这就会让一切好起来了似的，然后挥手叫我跟他去隔壁房间。

我叹口气，爬起身跟着他过去了。

被俘的人瘦高个子，年纪挺大——约莫六十多岁——头顶半秃，皮肤黝黑。他左右转动着脑袋，想弄清自己身在何处，尽管仍旧蒙着眼堵着嘴。他这副被绑在椅子上的模样看起来毫无威胁。当然，有很多"毫无威胁"的史诗派基本上动个念头就能杀人。

电老虎应该没有那样的超能力。但话说回来，谁也想不到千王竟有迅捷的身手，况且我们还不确定他就是电老虎。我意识到自己在分析眼前的情况，这样很好，至少能将我的思绪从她身上转移开。

亚伯拉罕打开一盏大射灯，对准俘虏的脸。许多史诗派对他人运用能力都需要视线辅助，所以扰乱其空间感具有十分实际和有用的目的。教授对科迪点个头，他便扯下了俘虏的眼罩和堵嘴布，退后几步，举起凶神恶煞的点357左轮瞄准那人的头。

俘虏被强光射得直眨眼。他左右望望，在椅子上缩成一团。

"你是谁？"教授问。他逆光站在射灯旁边，俘虏无法分辨他的面容。

"埃德蒙·森斯。"俘虏说完，顿了一下，又问，"你呢？"

"我的名字对你不重要。"

"喏，既然你这样关着我，我料想你的大名对我应该是尤为重要的。"埃德蒙语气和善，略微带着印度口音。他似乎有些紧张——眼睛不停地东瞟西瞟。

"你是个史诗派。"教授说。

"对。"埃德蒙回答，"人们叫我电老虎。"

钢铁心

"钢铁心治安军部队的头领。"教授说。其余队友依旧遵照指示保持安静,让他无从猜测房间里实际的人数。

埃德蒙低声轻笑。"头领?没错,我想,也可以这么说。"他往后一靠,闭上眼睛,"不过,更恰当地说,我是治安军的核心,或者动力源。"

"你为什么会在那辆车的后备箱里?"教授问。

"因为我正在转移。"

"而你怀疑自己的座驾可能被攻击,所以躲进了后备箱里?"

"年轻人,"埃德蒙和蔼地说,"假如我只是想躲藏,有必要把自己绑起来,堵住嘴,蒙上眼睛吗?"

教授语塞。

"你想让我证明自己的身份。"埃德蒙叹了口气,说道,"唔,我也不愿逼你对我上刑。要不然拿个没电的机械装置试一下?电池耗尽的那种?"

教授看看左右。缇雅在口袋里摸索一阵,递过一支迷你手电。教授摁动开关,没有光。他突然犹豫起来,最后挥手示意我们出去。科迪留在房间里,举枪指向埃德蒙,其余的人——包括教授——都聚到了主室。

"也许他能充电至超荷,使其爆炸。"教授轻声说。

"可我们总得验证他的身份。"缇雅说,"如果他碰一下就能充电,那他要么是电老虎,要么是超能力与之*极其*相似的另一个史诗派。"

- 364 -

"或者是个接受了电老虎超能力转赋的人。"我补充道。

"线粒体检测仪显示,他是个强大的史诗派。"亚伯拉罕说,"我们以前测试过接受电老虎赋能的治安兵,没有任何示值。"

"万一他是另外一个史诗派呢?"缇雅问,"预先得到电老虎赋能,故意表演电能转赋给我们看,让我们相信他是电老虎,装作温顺无害的样子,然后趁我们松懈之时全力扑杀。"

教授缓缓摇头:"我看未必。那样太折腾了,而且过于危险。他们没理由认定我们就是要绑架电老虎吧?我们完全有可能在发现这人的时候将他当场杀掉。我觉得他说的是实话。"

"可他为什么被人塞在后备箱里?"亚伯拉罕问。

"直接问他吧,他多半会坦白。"我说,"我的意思是,迄今为止他都挺合作的。"

"我就是担心这一点。"缇雅说,"进展太顺利了。"

"顺利?"我反问,"抓那家伙可是以梅根牺牲为代价的。我非从他嘴里拷问出点什么不可。"

教授瞟我一眼,若有所思地拿迷你手电敲着手掌,点了个头,亚伯拉罕便取来一条长木棍,把手电绑在上头。我们回到小房间,教授手持木棍用手电触碰埃德蒙的脸。

手电的灯泡立即开始发光。埃德蒙打了个哈欠,身子在绳索下扭动,想坐得舒服些。

教授收回手电,它仍旧亮着。

钢铁心

"电池充满了,"埃德蒙说,"不知道够不够打消你的怀疑,给我口水喝……"

"两年前的七月,"我说着,不顾教授的命令,走上前去,"出于维护钢铁心的利益,你参与了一场大规模行动。当时是什么情况?"

"我的时间感真的不强……"那人说。

"应该不难回忆。"我说,"当时电老虎遭遇了一件怪事,虽然市民都不知情。"

"夏天?嗯……就是我被带出城外的时候吗?"埃德蒙笑了,"想起来了,我记得那时的阳光。他要我替他开动几辆战斗坦克,具体原因我不清楚。"

那场进攻的目标是戴亚拉斯,一个底特律的史诗派,他之所以触怒钢铁心,是因为切断了其部分粮食供应。行动中涉及电老虎的部分处理得极其隐秘,鲜有人知。

教授看着我,嘴唇紧抿成一条线。我没有理会他,继续问道:"埃德蒙,你是哪一天来的新加哥?"

"灾星纪4年的春天。"他说。

灾星临世第4年。我反复斟酌这则信息——多数人以为电老虎是在灾星纪5年才与钢铁心联手,其时治安军首度编入了机械化部队,灾星纪4年的不定时断电也最终趋于稳定。我曾潜心收集到的内部消息则宣称,钢铁心起初不信任电老虎,所以在将近一年之后才把重要事务交付与他。

我看着这人,笔记中许多有关电老虎的疑团渐渐消散。

为什么电老虎从不现身？为什么他被五花大绑着运送？为什么电老虎总笼罩着一层神秘感？不仅仅因为他防御力薄弱。

"你被囚禁了。"我说。

"这不明摆着吗。"教授说道。而电老虎点了点头。

"我不是指眼下，"我对教授说，"他一直被囚禁着。钢铁心并没任用他作副手，而是作为一个能量源。电老虎并非治安军头领，他不过是……"

"是块电池，"埃德蒙说，"是个奴隶。没关系，直说吧，我习惯了。我是个有价值的奴隶，事实上这算是个令人眼羡的位置。我怀疑再过不久他就会找到我们，把你们杀光，因为你们绑架了我。"他表情扭曲了一下，"很抱歉。其实我特别讨厌人们为争抢我而刀戈相见。"

"一直以来……"我说，"扯火！"

钢铁心不可能让公众知晓他对电老虎的所作所为。在新加哥，史诗派的地位近乎神圣，谁更强大，谁就拥有更多特权，这构成了政府统治的基础。史诗派的圈子论资排辈，因为他们知道，即便处于特权阶层底端，也远比普通人更有分量。

而这里却有个史诗派过着奴隶般的生活……仅仅被当作活体发电机。这将给新加哥的每个人心中都投下怀疑的种子，钢铁心撒下了弥天大谎。

没想到我竟然如此惊讶，我暗暗思索，我是指，他干了那么多伤天害理的事，这一桩完全是小巫见大巫。不过我心

钢铁心

里还是很在意，或许是因为它让我头一次转移开对梅根的痴念，认真地动起了脑子。

"拉闸吧。"教授下令。

"你说什么？"埃德蒙问，"拉什么闸？"

"你是个赋能者，"教授说，"也就是转赋系史诗派。马上把你转赋出的能量从别人身上收回，从机械化装甲、直升机、发电站收回。我命令你抽离所有赋予他人的电能。"

"那么做的话，"埃德蒙犹豫地说道，"钢铁心救回我之后会大发雷霆的。"

"你可以照实讲，"说着，教授拔出手枪，一手举在射灯前指向他，"如果我杀了你，电力同样会枯竭。我可不怕走这一步。收回电力，埃德蒙，咱们才好接着往下谈。"

"好吧。"埃德蒙说。

就这样，他给新加哥来了个全城拉闸。

第三十三章

"我没怎么把自己当史诗派。"埃德蒙坐在临时搭凑的饭桌对面,探过身子对我说话。桌子用木箱做腿,再摆块木板就成了,我们往地上一坐,靠在桌边吃饭。"变异之后才一个月我就被抓去给人做电源,第一任主人叫'堡垒'。我会告诉你,在发现我不能向他赋能之后他有多不满吗?"

"那是为什么呢?"我大嚼着肉干问道。

"搞不懂。"埃德蒙说着,两手在身前一摊。他说话时爱打很多手势,跟他聊天得提防些,说到哪家咖喱好吃,他在衷心放声赞叹之余,冷不丁就朝你肩膀来一记忍者拳。

基本上这就是他最具威胁的姿态了。即便科迪时时守在附近,步枪总在一臂之遥,埃德蒙也绝无挑衅之意。他其实还挺亲切和蔼的,只要不提起我们难免会惨死于钢铁心手下的厄运。

"我一直是这样,"埃德蒙继续道,手腕一转,勺子指向我,"只能把超能力转赋给普通人,而且必须通过身体接触。对史诗派是完全无效的,我试过。"

教授扛着一些补给品走过,到旁边突然停下脚步,转头

钢铁心

问埃德蒙:"你说什么?"

"我不能将超能力转赋给别的史诗派。"埃德蒙耸耸肩说道,"向来都是这样。"

"其他赋能者也是一样?"教授问。

"我没见过其他的,"埃德蒙说,"赋能者很罕见。即使城里有,钢铁心也不会允许我接触他们。没法亲自获得我的能力转赋他也不恼,用我做电池他就心满意足了。"

教授脸上顿时阴云密布,继续往前走。埃德蒙扬起眉毛朝我看来:"他怎么了?"

"不知道。"我同样一头雾水。

"呃,还是继续说我的故事吧。我无法向堡垒赋能,他满心不高兴,就把我卖给了一个叫绝缘体的家伙。我一直觉得那史诗派给自己取的名字真蠢。"

"总好过'黄铜壮牛哥'。"我说。

"开玩笑吧你。真有史诗派叫这名字?"

我点点头:"以前是内洛杉矶的,现在早死了。好多史诗派给自己取的名字都超级弱智,你听了准会大跌眼镜。拥有不可思议的超强力量不等于拥有高智商……他们完全没有'名副其实'这个概念。有空提醒我给你讲讲粉织姬的故事。"

"这名字也没多难听嘛。"埃德蒙笑道,"还流露出一点主人的性格,傻萌甜的感觉。我喜欢跟爱笑的史诗派打交道。"

说话的这位不就是吗,我想,还是觉得有些难以接受。"唔,"我说,"她不怎么爱笑。她以为那个名字俏皮可爱,其实……"

"怎么样?"

"快速念几遍试试。"我提示他。

他动动嘴唇,随即咧嘴大笑起来:"哎呀,哎呀,哎呀……"

我惊奇地摇摇头,继续吃肉干。该怎么看待埃德蒙呢?他不是亚伯拉罕及我父亲所期盼的那种英雄,连边都沾不上。我们讨论如何与钢铁心作战的时候,埃德蒙会吓得脸色苍白;他胆子太小了,未征得许可一般不敢发言。

没错,他不是什么生而为人权而战的史诗派英雄,但他存在的意义同样非比寻常。我从未见过、读过,甚或听说过哪个故事里有如此截然不同于普遍形象的史诗派。埃德蒙身上没有自负,没有仇恨,没有鄙弃。

真令人匪夷所思。我脑子里有个声音在说:这就是最终的答案吗?终于找到一个不愿屠杀或奴役他人的史诗派,却是个温言软语、喝牛奶喜欢加糖的印度老人?

"你亲近的人走了,是吧?"埃德蒙问。

我猛然抬头:"为什么这么问?"

"其实是你的反应,还有你们每位队员那小心翼翼的样子,踩在皱锡箔纸上都生怕弄出点响声来。"

扯火,这个比喻真妙。踩在皱锡箔纸上。我要记下来。

"是哪家的姑娘啊?"埃德蒙问。

"谁说是姑娘了?"

钢铁心

"你脸上的表情,孩子。"说完,埃德蒙笑了。

我没有回答,部分原因是我正在全力阻拦如洪水般冲刷过脑海的回忆。怒视我的梅根,微笑的梅根,临死前几小时还在大笑的梅根。花痴。你认识她才几周而已。

"我亲手杀了自己的老婆。"埃德蒙漫不经心地说道,靠上椅背,盯着天花板,"那是场意外。我想启动微波炉,结果给整个炉台通了电。好傻,是吧?急着想吃冷冻玉米卷,竟然害死了萨拉。"他叩着桌子,"希望你的姑娘不是为这种小事送命。"

那要看,我暗想,我们下一步如何行动。

我起身留埃德蒙独自坐在桌边,向科迪点了个头——他靠墙站着,神情自若,丝毫不像在看守俘虏的样子。我溜达进另一个房间,教授、缇雅、亚伯拉罕正围坐在缇雅的数据板周围。

我下意识地想去找梅根,直觉告诉我,大家都在临时基地里,所以她肯定在门外警戒。傻瓜。我坐到队伍中间,视线越过缇雅的肩膀看她那块放大的移动数据板屏幕,这是依赖我们从发电站偷来的燃料电池运行的,埃德蒙一抽离自己的能力,整座城市就完全断电了,包括那些偶尔接入钢铁迷窟的电线。

数据板显示出一栋铁筑的旧公寓群楼。"不行。"教授说道,指向屏幕边缘的几个数字,"附近建筑里仍有人活动。无辜群众离得太近,没法放开手与高等史诗派搏斗。"

"选他宫殿前面怎么样？"亚伯拉罕提议，"他肯定意想不到。"

"我怀疑他根本就不会去想。"缇雅说，"另外，科迪在侦察中发现，有暴民开始趁乱抢劫，所以钢铁心调遣了治安军严密保卫宫殿。他确实只剩下步兵这唯一有效兵种，但那已足够。我们绝无机会溜进去开展任何准备工事，而要想在决战中有把握，必须对战场环境加以改造。"

"战士球场如何？"我轻声道。

队友纷纷朝我转过头。

"瞧，"我说着，伸手滚动缇雅的城区地图，这跟我们先前使用的实时立体实景图比起来简直太原始了。

我将屏幕拖至一片近乎废弃的旧城区。"老足球馆，"我说，"附近无人居住，该区域也没有物资可抢，所以不会有行人经过。利用震击手套从附近地街的某处挖地道潜入，我们就能悄无声息地进行准备工事，不必担心受人监视。"

"这里过于空敞。"教授揉着下巴说道，"我更情愿把约战地点选在栋旧楼，可以耍尽花招迷惑他，多方位展开攻击。"

"这里同样有条件。"我说，"几乎可以肯定，他会飞到球场中央着陆。我们可以在上层座位区安置狙击手，并且在看台中间挖几条隐蔽的垂直地道——以吊绳相连——直通体育馆室内。在意想不到的地方挖地道，迷惑钢铁心及其爪牙，营造敌方不熟悉的地形——会比显而易见的公寓群楼结构复杂得多。"

教授缓缓点头。

"那个核心问题还没涉及呢。"缇雅说,"与其闷在心里,倒不如摆开来谈谈。"

"钢铁心的弱点。"亚伯拉罕轻声说。

"我方的行动力无可挑剔。"缇雅说,"咱们已经锁定了他的位置,能够引蛇出洞,迫使其迎战,也能打一场完美的伏击。可光凭这些究竟有用吗?"

"谈到点子上了。"教授说,"都听好,伙计们。本次行动危险重重,咱们可以就此打退堂鼓,但是代价惨重——人人都会得知我们刺杀他的计划宣告流产。胜利能有多鼓舞人心,放弃就有多消磨斗志,人们会认为史诗派真的不可战胜,像钢铁心这样的家伙连我们都不敢面对。

"除此之外,钢铁心还会亲自出马追杀我们。按他的性格,可不会轻易罢手。不论逃到哪里,咱们都得随时保持警惕,防范他的袭击。但撤退不失为一个良策。我们并不知道,或者说不确知他的弱点。也许见好就收才是最佳方案。"

"如果不收呢?"科迪问。

"那就按原定计划继续,"教授说,"尝试一切办法去杀他,试验戴维记忆中任何可能的线索。咱们在这座体育馆布下机关,囊括所有的可能性,然后碰运气。这次是我参与过的不确定性最强的一次战斗了,也许其中有一样东西会起作用,但更大的可能是全都没用,而我们挑战的却是世上最强大的史诗派之一,多半会就此搭上小命。"

在座的谁也没有接腔。不,不可能就此结束了吧,会吗?

"我愿意赌命尝试。"科迪打破沉默,"戴维说得对,从一开始他就切中了要害:藏在暗处秘密行动,专挑软柿子捏……并不能改变世界。我们现在有推翻钢铁心的机会,至少得试一试。"

宽慰的洪流漫过我心田。

亚伯拉罕点点头。"既然有战胜那怪物的机会,就算战死在这里也比逃跑强。"

缇雅和教授对视一眼。

"你也愿意拼一下,对吧,乔?"缇雅问。

"如果临阵脱逃,清算者只能自取灭亡,"教授说,"下半辈子都得拿来逃命。而且,咱们闹得这么大,我怀疑跑也是白费力气。"

我点点头:"至少得奋力拼一把,不能让梅根白白牺牲。"

"我打赌她会觉得很讽刺。"亚伯拉罕评论道,见大家的视线都转向他,他耸耸肩,"唯一不愿参与这项任务的就是她了。为纪念她而最终决定宣战,她若泉下有知,不知该作何感想。"

"你真会泼冷水,亚仔。"教授说。

"事实并不是冷水桶。"亚伯拉罕操着微弱的口音说道,"自欺欺人的谎言才真的透心凉。"

"说出这种话的人竟然还相信将有善良史诗派拯救世界。"教授说。

钢 铁 心

"两位,"缇雅插话道,"别吵了,我想咱们已经全员达成一致,决定放手一搏,即便是蚍蜉撼树,在根本不确知其弱点的情况下贸然刺杀钢铁心。"

我们顺次点头。事到如今已身不由己。

"我并非为梅根而战,"我终于说道,"但我能下定决心,其中有她的因素。如果我们顽强抵抗而最终献身,那就认命吧,至少民众会知道世上还有人英勇反抗。教授,你说过,你担心万一失败会消磨人们的斗志,但我不这么看。人民会传颂我们的事迹,认识到除了听任史诗派摆布之外还另有选择。也许钢铁心不会死于我们之手,但即使失败,我们也打响了革命的第一枪,遥示他终将遭遇的灭亡。"

"可别一门心思认定咱们就会失败。"教授说,"如果我认为该项计划必死无疑,决不会带领大家继续下去。我说过,我不会把杀他的希望绑在一种猜测上吊死,每种可能都要试试。缇雅,你凭直觉说说,什么东西会有用?"

"银行金库里的东西。"她说,"其中必定有一件特别的物品。要是能确定是哪一件就好了。"

"舍弃老基地的时候,你带出来了吗?"

"只随身带了最稀有的那些。"她说,"其余的塞进了老基地外头的秘洞里,随时可以去取。就我所知,它们还没有被治安军找到。"

"那咱们全部扛过去,铺撒在这外头。"教授指着体育馆的钢铁地面说道,那里曾经是泥土,"戴维说得对,钢铁心很可能就在这里出现,我们不必弄清楚削弱他的究竟是什么——全拖过去一股脑儿给用上。"

亚伯拉罕点点头:"不错的计划。"

"你认为他的弱点是什么呢?"教授问他。

"非要我猜吗?那我说是戴维他父亲的枪或者射出的子弹有特别之处。每把枪都有其微妙的特性,也许关键在于某个精准的合金比例。"

"这点很容易验证。"我说,"我把枪带去,找个机会朝他射击。我觉得可能不会有用,但我愿意一试。"

"好。"教授说。

"你的意见呢,教授?"缇雅问。

"我认为根本原因是,戴维的父亲是信善徒。"教授轻声说道,没有看亚伯拉罕,"虽然盲目信善很傻,但这些傻瓜却信得真诚。亚伯拉罕这样的人看待世界的眼光与我们不同,所以可能是戴维的父亲对待史诗派的态度让他伤到了钢铁心。"

我背靠墙壁,细细思索。

"嗯,要我朝他开枪应该也不太难。"亚伯拉罕说,"其实大家都可以试一试,再把其余能想到的法子都过一遍。"

他们看着我。

"我仍然觉得是流弹。"我说,"我认为钢铁心只能被非蓄意伤害他的人伤害。"

"这种场景更难设计。"缇雅说,"如果你的假设没错,那

钢铁心

我们任何一人击中他应该都不会激活破防效果,因为在座的都打心底里希望消灭他。"

"这点我同意,"教授说,"不过想法还是挺不错,我们得制造机会让他被自己手下的士兵误击。"

"前提是他得派遣士兵过去。"缇雅说,"既然他相信城里这位对手是史诗派,可能只会带夜影和火凤凰。"

"不。"我说,"他肯定会带兵前去。绿光一直在使唤小弟跑腿,钢铁心必然要加以应对——烦人的小喽啰都交给嫡系部队解决。另外,他既然要亲自迎战绿光,必定也希望有目击者在场。"

"我同意。"教授说,"他的士兵也许会接到命令,不得主动出击。我们要确保让他们感到有立即还击的必要。"

"要促成大规模交火,咱们还得拖住钢铁心到一定的时间。"亚伯拉罕说着,顿了顿,"实际上,在交火过程中还得拖住他。如果他认为只是中了我方士兵的埋伏,会直接飞走,让治安军替他灭敌。"亚伯拉罕看着教授,"绿光必须现身。"

教授点头:"我明白。"

"乔……"缇雅低声唤道,伸手搭上他的手臂。

"我必须这么做。"他说,"咱们还要想办法对付夜影和火凤凰。"

"听我说,"我插嘴道,"不必费心火凤凰。他——"

"我知道他的外表是个伪装,孩子。"教授说,"我接受这个说法。可是，你也和幻术士交过手吧？"

"没错。"我说，"跟科迪和梅根联手。"

"那一个还算弱的。"教授说，"但我想，足够你借以估测敌情了。火凤凰比他强，**强得多**。我倒宁愿他就是个火系史诗派。"

缇雅点点头："他应该优先解决。咱们得约定一套暗语，以防他制造队友的幻影来搅乱我们阵脚。同时还要警惕其他迷魂弹，像假墙、假治安兵之类的。"

"你们觉得夜影会出现吗？"亚伯拉罕问，"我听说，戴维拿小手电一照，他就飞快地逃跑了，活像兔子见了鹰似的。"

教授看向我和缇雅。

我耸耸肩。"可能不会去。"我说。

缇雅点头："夜影这人真摸不透。"

"总之还是得防着他。"我说，"不过，他要是躲起来，我也完全无所谓。"

"亚伯拉罕，"教授说，"你看看能不能安装一两盏紫外泛光灯，拿备用的能源电池供电？咱们还应该人手配备一支紫外手电筒。"

我们陷入沉默。我有种感觉，大家心里考虑的应该是同一件事。清算者喜欢计划缜密的行动，经过数周乃至数月的准备之后才付诸实施，而这次，我们要前去挑战世上最强大的史诗派之一，手里的武器却仅仅是几件破首饰和几把手电。

然而箭已在弦，不得不发。

"我认为,"缇雅说,"应该制订一个行之有效的脱身计划,以防所有步骤全数失败。"

教授好像不太认可这个建议,表情严肃了起来。他知道,如果挨个试过这些办法仍然没能杀死钢铁心,我们活命的机会将极为渺茫。

"能有直升机最好。"亚伯拉罕说,"没了电老虎,治安军就成了纯粹的地面部队。如果用上能源电池,甚或让他亲自为咱们的直升机供能……"

"那很不错。"缇雅说,"但还是得有逃跑掩护。"

"嗯,方片还关在咱们这儿。"亚伯拉罕说,"可以拿一点他的炸药——"

"等等,"我有些糊涂了,"关在这儿?"

"你和夜影偶遇过后的那个傍晚,我就派亚伯拉罕和科迪把他抓了。"教授漫不经心地说,"万一让他把知道的抖出去,我们可冒不起这个险。"

"可是……你说过他绝对不会……"

"他见过用震击手套销的洞。"教授说,"而且在夜影看来,他跟你脱不了干系,只要见到你出现在我们的行动中,他们必然会抓方片。所以这不光是为了我们的安全,也是为了保护他。"

"那……你们对他做了什么?"

"拿东西堵住他嘴,"教授说,"还给了他不少好处,叫他别乱跑。险遇夜影把他吓得屁滚尿流,我想他应该很乐意被我们带走。"教授顿了顿,又说道,"我向他保证,可以给他演示一下震击手套的使用,作为交换,他将一直待在我们的藏身洞里,直到这场冲突平息。"

我背靠房间的墙壁,心里乱糟糟的。教授没有挑明,但从语气里听得出他真实的用意。震击手套为外人所知,这将影响清算者的行动方式,纵使打败钢铁心,他们也失去了重要底牌——不能再神不知鬼不觉地出入各种场所,敌人将进行更周密的计划、监控、准备。

我拉动了一个时代的落幕。他们似乎并不怪我,可我仍不免歉疚。我此时的感受,就像亲手为派对端上变质虾仁沙拉,害得大伙儿连吐了一周。

"总之,"亚伯拉罕边说边划动缇雅数据板的屏幕,"我们可以用震击手套在球场这下边挖空一块,只留一两英寸厚的铁皮,再往那大洞里塞满炸药。万一需要撤退,就直接引爆,兴许还能干掉一些士兵,同时利用混乱和烟雾掩护咱们逃跑。"

"假如钢铁心不想赶尽杀绝,没有一炮把直升机从天上轰下来。"教授说。

我们陷入沉默。

"我记得你刚刚还说*我爱泼冷水*?"亚伯拉罕问道。

"抱歉,"教授答道,"你就当我夸大事实,危言耸听吧。"

亚伯拉罕笑了。

"这个计划有可行性。"教授说,"不过我们可能得想办法

钢铁心

阻绝他的侦察，要设置爆炸诱饵之类，或许还得伴袭他的宫殿。亚伯拉罕，这事就交给你来办。缇雅，能不能通过当前的网络给钢铁心发条信息，同时避免被追踪？"

"应该能。"她答道。

"嗯，把绿光的回复发过去，告诉他：'三天后夜里见，敬请备战，地点届时告知。'"

她点点头。

"三天？"亚伯拉罕说，"时间有点紧。"

"我们要准备的真的不多。"教授说，"而且，时间若再长一点都会显得太可疑；他大概希望今晚就跟我们面对面。三天，不行也得行。"

清算者们点点头，开始为最后的决战做准备。我背靠墙壁，心中涌起躁动与不安。终于得到机会当面向他复仇了，虽然这项刺杀计划难如超远距长射。

但机会毕竟来临。

第三十四章

　　手套的振动传遍我的身心，仿佛灵魂也在随之共振。我深吸一口气，凭意念引导着这个声音，将手往前推，释放这段音乐，仅有我能听见的音乐，只受我控制的音乐。

　　我睁开双眼。地道尽头在我面前分崩离析，碎成齑粉。我戴了副口罩，虽然教授反复向我保证粉尘没想象的那么呛人。

　　我的手机绑在额前，光线明亮。铁壁中挖出的小地道空间狭窄，但就我一个人在，所以勉强能够自由活动。

　　那种感觉又来了。我一用震击手套就想起梅根，想起我们一道潜入发电站的那天，想起那个电梯井，她就是在那里向我吐露了不常与人分享的秘密。我曾问过亚伯拉罕是否知道她来自波特兰，他面露惊讶，说她从不提及自己的过去。

　　我把铁粉刨进桶里，拖至地道尽头倒掉。倒了几桶之后，我又回去继续使用震击手套销掘地道。其余的出口处也不时见到队友拖运铁渣的身影。

　　我将地道又挖深了几英尺，对照手机查看当前的进度。亚伯拉罕在上方设置了三支手机，起到三角定位系统的作

钢铁心

用,以便我精确地销切这条地道。还需要再向右推进一点点,然后转向斜上的角度。

  下次再让我挑伏击高等史诗派的场所,我想,我要选个更靠近现有地街地道的位置。

  其他队员都同意亚伯拉罕的意见,决定在球场下方安置炸药,并挖几条通往球场外围的暗道。我很肯定这两项准备将给我们更多的底气直面钢铁心,但修建工作实在是一件累活。

  我几乎要懊悔自己在震击手套的操作上展示出如此高的天赋了。当然,这是一种夸张;能徒手挖穿坚固的钢铁,那感觉是相当的神猛。我做不了缇雅那样的黑客,侦察能力不如科迪,也不会亚伯拉罕的机械维修技术,熟练使用手套,至少令我在队伍里拥有一席之地。

  当然,销掉另一块墙壁的同时,我暗自想道,这点雕虫小技,在教授面前真是班门弄斧,还是把钝斧。可以说,我能派上用场,只因为他不愿参与而已,这让我的满足感有一丝受挫。

  之后,我脑子一个发热,抬起手,蓄积手套的振动。教授是怎么造出剑来的?就是捶了墙壁一拳,对吧?我尝试模仿他的动作,一拳砸上地道侧墙,用意念指引震击手套能量波的走向。

  剑却没有造出来,只是在墙上销出一个凹坑,几把铁屑从中簌簌滑落,最后掉下来一长条铁块,外形大致像棵粗圆的胡萝卜。

嗯，开端还不赖，我想。

我弯腰去捡它，却瞥见小地道中有团光点由远及近，便赶紧将萝卜踢进铁屑堆里，继续干活儿。

没过多久，教授来到我身后。"进展如何？"

"再过一两英尺，"我说，"就可以销炸药孔了。"

"好。"教授说，"最好弄得又长又细，要将爆炸冲击波向上导引，别窜回这下边的地道里来。"

我点点头。依照计划，我们要销薄战士球场正中心下方的地面，即炸药孔的"顶板"，然后由科迪小心地将炸药焊封在孔内，沿预定路径定向爆破。

"你继续忙。"教授说，"现在我来帮你搬渣滓。"

我点点头，打心眼里感谢有这个机会再摸摸震击手套。这只手套是科迪的，他给了我，因为我那只已经稀巴烂，电子元件半吊着，活像暴突的僵尸眼。我没有问起教授戴的那双，那样太唐突了。

我们默默地忙了一阵，我销切掉铁块，教授搬运铁粉。他发现了我的萝卜剑，给我一个怪怪的眼神。但愿他没看出我涨红了脸，毕竟光线微弱。

我的手机终于响了，提示我已经接近目标深度。我小心地在齐肩高度销出一个狭长的洞，伸手进去挖装填炸药的小孔穴。

教授拎着桶回来，替我检验劳动成果。他对了下手机，

钢铁心

仰头看看顶墙，又用一把小锤轻轻敲了敲铁壁，自顾自点了个头，虽然我从这声音里听不出什么名堂。

"说起来，"我开口道，"我很肯定，震击手套的工作原理是违背物理定律的。"

"什么？你是说徒手粉碎固体金属很怪异吗？"

"不单是这个。"我说，"我觉得铁末比理论量要少，总感觉像压得很实似的，体积比铁块更小了——这点无法解释，除非它的密度比铁还大，而那又是不可能的。"

教授咕哝一声，往另一只桶里装满铁屑。

"史诗派身上就没有合常理的地方。"我说着，伸出手臂将洞里刚销出的铁屑往外撺了好几下，"就连他们的超能力也是。"我略一迟疑，纠正道，"特别是他们的超能力。"

"完全正确。"教授说着，继续往桶里倒铁屑，"我该向你道个歉，孩子，上次对你太冷漠太暴躁。"

"缇雅已经解释过了。"我立即回答，"她说是因为你的过去，关于震击手套不愉快的回忆。我理解的，没关系。"

"不，不是。我一用震击手套就会这样。我……嗯，缇雅说得没错，是因为过去的事。上次我那样待你，实在对不起。我没有立场为自己辩解，特别是考虑到你刚经历过那样的打击。"

"也没有多糟糕啦。"我说，"我是指你的态度。"而其余的经历真是惨不忍顾，我努力不去回想那段漫长的步途，怀抱一个濒临死亡的姑娘，命悬一线的姑娘，我没能拯救。我伸手一推。"你的功夫太好了，教授。你不该把震击手套留作单挑钢铁心的杀手锏，应该经常使用，只要想想——"

"住口。"

我顿时僵住。他的语气厉如尖针，惊惧沿着我的脊柱直通脑门。

教授双手埋在铁屑里，他做了个深呼吸，闭上眼睛。"别那么说，孩子，这席话并不能激励我战胜过往。请别说了。"

"好的。"我小心翼翼地答道。

"请……接受我的道歉，如果你肯原谅。"

"欣然接受。"

教授点点头，转身继续忙活。

"可以问你个问题吗？"我说，"我不会提到……怎么说呢，至少不会直接提那回事。"

"那你讲吧。"

"喏，你有好些发明，神奇的发明，像轻安仪、护身夹克，等等。听亚伯拉罕说，这些装备在你成立清算者组织之初就已经有了。"

"没错。"

"那么……何不再发明些别的呢？基于超能力研究的新式武器之类？我是说，反正你把科研资源卖给片这样的人，他又转卖给致力于这方面技术革新的科学家。我觉得你肯定不比他们任何一个差，那为什么选择卖掉，不亲自研究呢？"

教授默默地忙活了几分钟，然后走过来帮我撬开孔洞内残留的铁屑。"问得好。你问过亚伯拉罕或者科迪没有?"

我摆出一张苦瓜脸说:"科迪总是说精灵仙子什么的——还宣称是爱尔兰人从他祖先那里整个窃取了相关的文化。不知道他是真的还是装的。"

"他装的。"教授说,"他就爱讲这些,拿人寻开心。"

"亚伯拉罕则认为,原因是你没有从前那样的实验室。缺乏适当的设备,构思新技术就成了无本之木。"

"亚伯拉罕的想法一向靠谱。你怎么看呢?"

"我觉得,既然你有财力购买炸药和摩托,甚至在需要的时候还有门路偷来直升机,那给自己弄间实验室也是不成问题的。所以肯定有别的原因。"

教授拍掉手上的铁屑,转头看着我:"好吧,看来是躲不过了,你可以就我的过去问一个问题。"他的语气暗示这是一份赏赐,一种……补偿。他刚才待我略有失态,部分原因出自他的过去,他此时要坦露其中一二,作为给我的补偿。

我感觉这则福利来得太突然了,完全没有准备。我想知道什么呢?我问了他是怎么发明震击手套的吧?问了他是什么原因导致他不愿用那手套吧?追问下去似乎太强人所难。

我不希望挑起他痛苦的回忆,我想,既然那回忆对他的影响如此之深。我不愿那么做,一如我不愿别人搅起我心中关于梅根殒命的记忆。

于是我决定挑个温和一些的话题。"你是做什么的?"我问,"灾星降临之前,你的工作是什么?"

教授似乎满腹惊诧："你就问这？"

"是的。"

"你确定就想问这个？"

我点头。

"我以前是五年级自然课老师。"教授说。

我张嘴准备配合这个玩笑，可他的语气又让我犹豫了。

"真的？"我终于问出口。

"真的。一个史诗派毁掉了学校。当时……当时还在上课。"他盯着墙，脸上流露出浓烈的情感，但他极力保持着平静。

其实我本以为这是个无伤大雅的问题。"可是你发明了震击手套，"我说，"还有轻安仪。你以前在实验室工作过，对吧？"

"没有。"他说，"震击手套和轻安仪这两项发明都不属于我，只是其他人这么以为而已。其实不是。"

这个秘密令我目瞪口呆。

教授转身把桶收起来。"学校的孩子们也称呼我教授，听得我怪不是滋味，因为我不是教授——连研究生都没念过，只是机缘巧合当上了自然老师，但我喜欢教书这份工作，至少在从前，我以为教育可以改变未来。"

他沿地道走开了，留我一个人继续琢磨他的话。

#

"好了。现在你可以转过来了。"

钢铁心

  我转过身，整了整背上的包。科迪稳稳地站在头顶的梯子上，一手拿着焊枪，一手移开脸上的电焊面罩，用手背抹了把眉毛。几小时前我就把球场下方的炸药孔都打好了，这段时间里我和科迪忙着挖通连接整个体育馆的小型地道和垂直洞口，科迪负责在需要的地方点焊上支撑架。

  我们最新的进展就是修造这处狙击手掩体，我将在战斗打响时守在这个岗位。它位于体育馆西侧看台第二层座位前端，大约50码线处。我们不希望它被高处的人一眼发现，所以我用震击手套挖空了地板下方，地面仅留一英寸厚度，紧靠前部的两英尺则贯穿地表，可供脑袋和肩膀探到外边，持步枪透过平台前方矮墙上的洞孔瞄准。

  科迪在梯子上站定，手伸向我挖穿的洞口底部，摇摇他刚焊上的金属架，然后点点头，满意之情溢于言表。待我卧进这处狙击手掩体中候战时，它可以支撑我的体重。该区域看台的地板太薄，没法挖出足够深的藏身坑，我们利用铁架解决了这个问题。

  科迪爬下梯子。"接下来怎么安排？"我问，"去挖第三层平台那边的逃生洞怎么样？"

  科迪把焊枪挎上肩膀，衣服后背给扯出好几道褶皱。"亚伯拉罕来消息说他马上要去安放紫外泛光灯。"他答道，"刚才已经把球场下面的炸药包都捆扎好了，现在轮到我去那边完成焊接。你一个人也能搞定下一个洞——我先帮你把梯子抬过去，今天这些洞都挖得不错，小子。"

"怎么又变回小子了?"我问,"不要伙计啦?"

"因为我突然意识到,"科迪说着收起棚梯,把顶部斜倒向一边,"我的澳大利亚祖先……"

"嗯?"我抬起梯子底部,跟着他从第一层座位入口走进体育馆内。

"他们的祖籍在苏格兰。所以,如果我要真正坚守血统,就得学会用苏格兰口音说澳式英语。"

我们脚步不停,走过看台下方漆黑的空间,这里有几分像一道开阔的弧形走廊——我想应该叫中央大厅。计划撤退路线的下一个底层逃生洞位于大厅深处的一间洗手间内。"澳洲苏格兰田纳西口音啊?"我说,"你在练习这个?"

"当然没有。"科迪说,"我又没疯,小子,只是有点儿犯逗。"

我笑了,转头看着球场的方向:"咱们真要大干一场了,是吧?"

"最好别打退堂鼓,我可跟亚伯拉罕押了二十块赌咱们赢呢。"

"我只是……觉得不敢相信。为了这一天,我已经计划了十年,科迪,这辈子大半的时间。现在终于走到这一步,虽然和我预想的完全不同,但愿望毕竟要成真了。"

"你应该感到骄傲才是。"科迪说,"过去五年多来,清算者的活动一直因循求稳,没有改变,没有真正的奇袭,没有大的冒险。"他伸手挠挠左耳,"我经常想,我们是否就此停

钢铁心

滞不前了,但又提不出有力的观点要求改革。还是得靠外来的新鲜血液注入一点活力。"

"攻击钢铁心只是'一点'活力?"

"嗯,你发动我们做的事可算不上真正的疯狂,还不如偷缇雅可乐来得刺激。"

我们在洗手间外放下梯子,科迪慢悠悠走到对面检查墙上设置的炸药,这些是打算用来干扰敌方注意的,将由亚伯拉罕在需要时引爆。我犹豫了一下,取出一颗橡皮擦形状的火帽。"也许该贴一个上去,"我说,"万一需要第二个人引爆炸药。"

科迪看着它,揉揉下巴。他明白我的意思,我们需要安排替补人员完成引爆炸药的工作,以防亚伯拉罕遭遇不测。我不愿考虑这种事,但在梅根牺牲之后……唔,如今的我们在我眼里都比从前脆弱了不下一个档次。

"你知道吗,"科迪说着,从我手里拿过火帽,"要说哪里真正需要启用后备计划,我认为是那边球场底下的炸药。它们攸关全局,必要时得引爆它们掩护撤离。"

"我也这么想。"我说。

"介意我拿走这个贴到那下边焊紧吗?"科迪问。

"介意什么,只要教授同意。"

"他喜欢多重保险。"科迪说着,将火帽丢进口袋,"记得把那支笔带在手边,千万别不小心按到了。"

他蹓着步子走回球场下方的地道,我则拿上棚梯进了洗

- 392 -

手间开始干活。

#

我往空中冲拳，随即伏身躲开四周簌簌掉落的铁屑。看来他就是这么做的了，我一面想着，一面屈伸手指。虽然还不明白怎么描画剑的形状，但我渐渐地已能熟练冲拳消融前方的物体，诀窍就是精密控制震击手套的声波，使之跟随手的动作，创造出一种……能量拳套。

如果掌握好要领，震击波会跟着拳头的移动而移动，好比你一拳捅进烟雾，能够拨动它随手飘移一样。我微笑着甩甩手，终于弄明白了，这也是件好事，就是指节感觉好痛。

我站在棚梯顶端，伸手以更为普通的手法操纵震击波完成最后一步，打磨洞口边缘。透过孔洞望去，一块纯黑的天空映入眼帘。阳光必将有重现的一天，我想。而今头顶唯有黑暗，黑暗中灾星闪耀，在正上方的深空燃烧，像一颗恐怖的红色眼球。

我离开梯子，爬进上方第二层看台，记忆突然闪现，过往与现实恍然交织。我只来过这座体育馆一次，当时的座位就在这附近，那两张票是父亲省吃俭用攒钱买下的。我已不记得我们支持哪支队伍，但仍记得父亲买来的热狗的味道，还有他无比激动的加油呐喊。

我在座椅间蹲下身，低调行事，以免招人耳目。由于全城断电，钢铁心的无人侦察机也许没法出任务，但他可能会派人满城搜查绿光。聪明的做法是尽量不露头。

钢 铁 心

　　我从背包里摸出一根绳索，拴在一条钢铁座椅腿上，然后钻过洞口爬下梯子，回到第二层看台下方的洗手间。我留绳索垂过洞口，届时顺绳溜下会比爬梯子快得多。我收起梯子和空背包塞进一个货摊下，然后向看台座位走去。

　　亚伯拉罕正在外头等我，他斜倚在通往一层座位的入口，肌肉发达的手臂抱在胸前，表情若有所思。

　　"看样子，紫外灯应该都装好了？"我问。

　　亚伯拉罕点点头："要是能用体育馆原有的泛光灯，那该多漂亮。"

　　我笑了："我倒是想看看，一簇与底座融为一体的铁灯泡亮起来是什么样子。"

　　我俩静静地站了一会儿，审视脚下的战场。我对了下手机。长夜未央，我们计划在凌晨5时邀钢铁心应战，但愿能收到以逸待劳的效果，毕竟他的士兵整夜忙于制止抢劫，又没有车辆或能量机甲代步，而清算者通常习惯了趁夜行动。

　　"再过十五分钟就到预定的开战时间了。"我提醒道，"科迪焊完了吗？教授和缇雅回来没有？"

　　"科迪已经完成焊接，正在进入战斗位置。"亚伯拉罕说，"教授马上就到，直升机成功到手，缇雅已从埃德蒙那里获得电能转赋，开到城外泊机去了，以免暴露我们的位置。"

　　如果情况不妙，她将掐好时间驾机返回，在炸药引爆之时俯临地面搭救我们，同时我们将在看台上释放一道烟幕掩护撤退。

不过，我赞同教授的说法：拥有直升机不等于在火力上比钢铁心更胜一筹，我们也不可能驾机逃出他的手掌心。这是背水一战，要么打败他，要么死在他手下。

手机闪了闪，一个声音传入耳朵。"我回来了。"教授说，"缇雅也已就位。"他顿了顿，"准备开战吧！"

第三十五章

　　我的位置紧靠第三层平台墙根，只要站起来越过边缘向下望，能够直视最低一排的座位。而此时我正缩起身子躲在临时挖出的藏身洞里，看不见脚下的情况——但球场看得一清二楚。

　　这个高度足以通览体育馆周遭发生的一切，同时，如果需要用父亲的手枪试射钢铁心，我也有一条捷径直通底层，借助地道和上层平台垂下的绳索，能够迅速抵达地面。

　　如果前几个阶段均告失败，届时我将顺着绳子滑下，悄悄溜到他旁边开枪，如同仅持一把水枪企图偷袭狮子。

　　我蜷在自己的位置上等待，左手戴着震击手套，右手握着手枪的枪柄。科迪给我添补了一杆步枪，它暂时放在我身旁的地上。

　　头顶上空焰火闪耀，体育馆周围均匀分布的四根柱子顶部喷射出巨大的火树银花。不知道亚伯拉罕从哪儿弄来了纯绿的焰火，这个信号无疑会被对方发现并识别。

　　决战的时刻到了。他真的会来吗？

　　焰火渐渐湮灭。"有情况了。"耳边传来亚伯拉罕的讯息，受法语影响而略微读错了重音。他处在高点狙击位，科迪位于低点。虽然科迪枪法更准，但亚伯拉罕需要远离战场，置身战事之外，他的任务是远程开启泛光灯以及战略性引爆炸药。"没错，他们真的来了，一个由治安军卡车组成的车队，还是没有钢铁心的踪影。"

我把父亲的手枪塞回皮套，伸手拿过身侧的步枪。它感觉太新了。合用的步枪应当和你彼此磨合多年，感情很深，亲如战友，届时你才能了解它的可靠。你熟悉它的手感，知道它可能卡壳的时机，清楚它瞄准镜的精度。新鞋最挤脚，枪也是一样。

但我同样无法依赖手枪，要我用手枪实现精准射击，除非目标体积不小于一辆货运列车。要测试它是否对钢铁心构成威胁，也必须近距离开枪。我们决定先让亚伯拉罕和科迪尝试过其他方案之后再冒险派我上前。

"他们正在接近体育馆。"亚伯拉罕的声音传入耳朵，"看不到了。"

"我看得见，亚伯拉罕，"缇雅说，"6号机位。"她在城外的直升机上，利用埃德蒙转赋的电力给它供能，同时也在监控我们为侦察和记录战斗而设立的一系列摄像机。

"了解。"亚伯拉罕说，"没错，他们正在散开。我原以为会直接冲进来，竟然没有。"

"好。"科迪说，"那就更容易促发交火了。"

如果钢铁心真会来的话，我想。那既是我的担忧，也是

钢铁心

我的希望。如果他不来，就意味着他没把绿光视作威胁——清算者要逃离这座城市将容易得多。行动宣告流产，但之前的努力已成为一笔宝贵的财富。我几乎有些希望他别来了。

同时，假如钢铁心前来将我们杀个精光，清算者的血债应当全部记在我头上，因为是我把他们引上了这条路。以前我从不为此而烦恼，现在它却如虫蚁咬啮着我的内心。我屏息凝视着足球场，但什么都没看见。接着我瞟了眼身后的上层看台。

黑暗中隐约有什么动静——像一抹金色一闪而逝。

"伙计们，"我低声道，"我觉得刚刚看到这边有个人影。"

"不可能。"缇雅说，"我一直在监视所有的入口。"

"听我说，我*真看*到什么动静了。"

"14号机……15号……戴维，那儿没人。"

"保持冷静，孩子。"教授说。他藏身于球场底下挖出的地道内，要等钢铁心现身之后再出来亮相。我们已决定将那下方的炸药留到等诛杀钢铁心的所有办法都无效之后再行引爆。

教授戴上了震击手套。猜得出，他打心底里希望最好别用上它们。

我们静候时机，缇雅和亚伯拉罕快速地低声讲解着治安军的动向。地面部队首先包围了体育馆，戒守在他们所知的每个出口，然后慢慢地潜入馆内。他们在看台上挑了几处位置建起小型炮台，没有发现我们中的任何一员。体育馆太大了，我们也隐蔽得太好。拥有在金城汤池打通地道的能力，就能营造出许多意想不到的藏身之地。

"给我连上扬声器。"教授轻声说。

"搞定。"亚伯拉罕回复道。

"我可不是来挑战懦夫的！"教授咆哮声如惊雷，从我们设立的扬声器炸响，在体育馆内回荡，"无敌的钢铁心就这点儿胆子？派一群小杂兵拿玩具枪糊弄我？你躲哪儿了，新加哥的帝王？你就这么怕我吗？"

体育馆再度陷入沉寂。

"你们注意看台上敌兵的布阵了吗？"亚伯拉罕在公共频道上问，"布置得极为谨慎，确保互相之间不会被己方误伤。我们要设计钢铁心陷入交火有一定难度。"

我不停地向后瞟，却再没发现身后的座位有什么动静。

"啊，"亚伯拉罕轻声说，"有效果了，他来了，我在天上看到他了。"

缇雅轻轻吹了声口哨："该来的终于来了，孩儿们，真正狂欢的时间到了。"

我静静等待，举起步枪，透过瞄准镜扫视天空，终于在黑暗中发现一个光点，它越来越近，逐渐清晰，成为三个人影，飞向体育馆中央。夜影无形的影体在地面飘浮，火凤凰在他身边落下，明亮的燃烧的人形，在我的视网膜上留下了残影。

钢铁心降落在两人之间。我的呼吸顿时卡在喉咙，大气

钢铁心

也不敢出一口。

自打摧毁银行以来，十年过去，他没有什么变化，还是同样自负的表情，同样完美的发型，超人类的健壮体格，肌肉发达的躯体裹在银黑相间的披风中。他的拳头闪耀着淡黄的光芒，缕缕轻烟在其中升起，头发浮现出了些许银丝。史诗派老去的速度比普通人慢得多，但终归逃不过变老的宿命。

风在钢铁心身边打着旋，卷起银色地面上堆积的尘土。我发现自己难以转开视线。杀害我父亲的凶手，**终于现身于此**。他似乎没注意到我们从银行金库里取来分撒在球场中央的那些破烂，亏我们还特意搬来垃圾与之混在一起，掩饰自己的企图。

现在，这些物品与他距离之近不亚于他在银行的时候。我的手指在步枪扳机上扯动——而我竟没发现它悄悄伸向了扳机。我小心地挪开手指。我要见证钢铁心的死，但**不必出自我的手**。我得保持隐蔽；我的任务是用手枪朝他射击，而此时他还远在射程之外，假如现在开枪又没打中，我将暴露自己。

"我猜聚会得开场了。"科迪轻声说。他将第一个开枪，测试关于金库托管物的猜测是否正确，而他也处在最容易撤离的位置。

"同意。"教授说，"开枪吧，科迪。"

"好嘞，看枪吧矬子。"科迪小声对钢铁心念叨，"让咱们瞧瞧，费那么大劲拖来这堆垃圾究竟值不值得……"

空中传来一声枪响。

- 400 -

第三十六章

我拉近步枪瞄准镜，定焦在钢铁心脸部。我发誓我清清楚楚地看见子弹击中他的头侧，拂动了他的头发。科迪的子弹正中目标，却连皮都没有擦破。

钢铁心连抖都没抖一下。

治安军却立即作出了反应，敌人高声喊叫，忙着确定枪击的来源。我没有理会他们，仍旧专注地望向钢铁心，他才是唯一的重点。

科迪继续开枪，以确保击中目标。"扯火！"科迪说，"我看不见子弹的轨迹，但是肯定至少有一发击中了。"

"谁能确认吗？"教授语调急迫。

"打击确认。"我说，眼睛紧盯着瞄准镜，"无效。"

我听到缇雅低声骂了几句。

"科迪，赶快转移。"亚伯拉罕说，"他们已经锁定了你的位置。"

"第二阶段。"教授坚定地说，声音有几分焦急，但总体沉着镇静。

钢铁心双手亮起光球，姿态悠闲地左右转头打量着体育

钢铁心

馆，就像一位国王在视察领地。第二阶段的内容是由亚伯拉罕引爆若干炸药，扰乱敌方注意，促成其互相交火。我的任务则是带着手枪溜到前面，进入位置待命。我们要尽量隐藏亚伯拉罕所在的方位，以便他能利用爆炸四处调派治安兵。

"亚伯拉罕，"教授说，"把那些——"

"夜影有动作了！"缇雅打断了他，"火凤凰也是！"

我强迫自己的视线离开瞄准镜，只见火凤凰变成了一道燃烧的火光，冲向看台下方的一个大厅入口，夜影则升至半空。

径直朝我藏身的地点飞来。

不可能。我想，他不可能——

治安军驻扎点纷纷开火，但并非瞄准科迪，子弹射向看台的其他区域。我迷惑不解，直到第一盏隐蔽的紫外泛光灯砰然爆炸。

"他们是有备而来的！"我大喊着往回缩了一下，"正在击灭泛光灯！"

"扯火！"缇雅叫道。其他的泛光灯也在治安兵四面响起的枪声中一盏盏次第爆炸。"他们不可能全发现了吧！"

"这里面肯定有问题。"亚伯拉罕说，"我先引爆第一处炸药。"话音刚落，体育馆便摇晃起来，我把步枪挎上肩膀，爬出藏身的洞口，沿着台阶跑上看台。

下方传来枪声，同我几天前在地道里经历的比起来还算缓和。

"夜影冲着你去了,戴维!"缇雅说,"他知道你藏在哪儿。这个地方肯定被他们监视了。"

"没道理啊。"教授说,"那样的话,他们早就该出手了,不是吗?"

"钢铁心有什么动作没?"科迪问,跑得呼哧带喘。

我对他们的话几乎充耳不闻,只管埋头冲向前方地面的逃生孔,顾不得回头看一眼。周围座椅的影子开始拉长,探出卷须,好似纤长的手指。在前头的阴影中间,有什么东西跟随我的脚步飞溅起火星。

"治安军狙击手!"缇雅惊叫,"在朝你开枪,戴维!"

"搞定了。"亚伯拉罕说。枪声连连,我辨不出他的那一发精准狙击,只知道再也没有子弹射来,而亚伯拉罕可能因此暴露了自己。

扯火!我想,照这样下去,真个要马上见灾星了。我拽住绳索,摸出手电。这些影子是活的,正越追越近。我打开手电四下扫射,照退孔洞周围的阴影,然后一手抓着绳索往下滑。幸好紫外光对夜影本人及其操控的影子都有效果。

"他仍然追着你不放。"缇雅说,"他……"

"什么?"我急切地问道,隔着震击手套握住绳索,双脚踩着它缓缓降落。我空降过第三层平台的座位下方,抵达第二层平台上方,掌心摩擦得发热,但教授称这种程度的磨损不致撕破震击手套。

我继续穿过第二层平台的洞口和下方洗手间的天花板,

钢铁心

降至漆黑的大厅。这里是餐饮商家摆摊的地方，外墙原本是由落地玻璃打造——而现在自然全变成了钢铁，整个体育馆给人密不透气的感觉，像一座库房。

我仍能隐约听到枪声，依稀在体育馆空洞的室内回荡。手电的光芒经过滤器射出，以紫外线为主，伴着静谧的微蓝。

"夜影没入看台了。"缇雅低声告诉我，"监控追踪不到他，我觉得他是刻意钻进去躲摄像头的。"

这么说，会玩那种把戏的并不只是我们。我想道，心脏在胸腔内怦怦直跳。他是冲我来的，他有大仇要报——他知道是我坐实了他的弱点。

我焦躁地把手电四处扫射。夜影随时可能袭击我，但他肯定知道我身上配备有紫外灯，希望那会让他谨慎些。我从皮套里取出父亲的手枪，一手持枪一手挥舞着手电，新步枪挎在肩上。

我得继续前进，我想，只要不被他追上，就有望甩掉他。我们的地道连通各处，可以在洗手间、办公室、更衣室、餐饮摊之间随意进出。

手电紫外灯发出的可见光极为微弱，但身为地街居民，这点光对我已经足够。只是它给所有白色的东西都蒙上了一层诡异的效果，使之发出鬼怪般的幽光，我担心这会暴露我的所在。要不要关掉手电，摸黑前进？

不行。它也是我对抗夜影的唯一武器。面对一个能用阴影把我勒死的史诗派，还是别摸黑乱窜的好。我蹑手蹑脚走过坟墓般的走廊。我得——

　　我身子陡然一僵。前面那影子里的是什么？我把手电往回扫，光束一一照过大变换期间与地板熔为一体的垃圾碎片，几条已收不回去的排队伸缩隔离带，数张凝固在墙上的海报。一些新近产生的碎渣幽幽地闪着白光。刚才我看到……

　　手电的光芒映照出静静站在我面前的一名女子。一头美丽的秀发，我知道在自然光下会呈现出金黄的色泽。脸庞完美得不可方物，在紫外光中泛着淡蓝色，仿佛艺术大师手下的冰雕。凹凸的曲线，丰满的嘴唇，大大的眼睛。我认得那双眼睛。

　　梅根。

第三十七章

　　张口结舌之间,没待我回过神来,周围的阴影已开始蠕动扭曲。几支影矛凌空刺向我所站的位置,我慌忙闪到一边。表面看,夜影能够操纵影子活动,其实是他本人发散出黑乎乎的迷影重叠在黑暗之中。那才是他操控的本质。

　　对于少量的卷须,他可以进行非常精细的控制,但却往往选择集体群攻,也许是因为这样更壮声势。要控制如此大规模的卷项比较困难,基本上只能完成收放刺戳几种动作。嗜血的矛尖渐渐在我周围的每一片黑暗成形。

　　我在其间左躲右闪,最后不得不滚到地上,躲避群矛的攻击。在钢铁地板上翻滚躲闪可不是件舒服的活计,起身之时,屁股擦得火辣辣的。

　　我冷汗涔涔地跨过几条变成了钢铁的伸缩隔离带,将手电朝任何可疑的阴影扫去,但又不可能同时照到所有方向,只得不断转身,避免背后遇袭。我忙着躲避杀身之祸,只隐约听得耳边传来清算者队友的交谈,大部分都左耳进右耳出了。情况似乎陷入了混乱。教授已现身以吸引钢铁心的注意;亚伯拉罕开枪救我时暴露了坐标,他和科迪紧急离开原位，对抗治安兵。

　　一通爆炸响起，体育馆猛烈摇晃，声浪疾速传过走廊，冲刷过我的身体，就像被吸入吸管的变质可乐。我飞身跃过最后一条钢铁隔离带，发觉自己正拿着手电疯狂扫射四周，阻挡一根接一根的黑矛。

　　梅根已不在先前所站之处。我差一点就要相信她是我心里的幻觉了。差一点。

　　不能再继续这样下去。正这么想着，一根黑矛刺向我的夹克，被防护场挡回。因为隔着袖子那感觉像是被扎了一下，同时，夹克上的二极管开始闪火花。这件夹克似乎比我先前穿那件要差很多，可能是原型试验品。

　　果不其然，下一支矛向我袭来，刺穿护身衣，划破了我的皮肤。我连声咒骂，光束打上另一片油腻腻的墨黑的暗影。再不改变战术就快被夜影得手了。

　　对他只能智取。夜影要用影矛攻击我，就必须看得到我才行，我想。所以他肯定在附近——可是厅廊中似乎空无一人。

　　我绊了一下，碰巧躲过一根利矛，脑袋险些被它削掉。**傻瓜**，我想，他可以穿墙而行。他不会大大方方地站在外头，只会躲在暗处偷窥。我只需要……

　　有了！ 我暗想道，瞥见远端的墙上露出一截额头和双眼，正向外窥视。他的样子真是傻极了，就像一个躲在泳池深水区的孩子，以为脑袋以下全藏进水里就没人看得见他。

钢铁心

  我把手电光束打在他身上，同时费劲地开了一枪。可惜我之前把手电换到了右手——那就意味着得用左手开枪。我先前谈过对手枪精准度的看法吧？

  子弹打偏了，简直偏出天际，好像我瞄准的是体育馆外空中的飞鸟而非夜影。但是手电起了作用。我不确定他在穿过物体时超能力失效会发生什么，不巧的是，他看似并没有性命之虞——变回肉身的刹那，他的脸猛地抽回了墙壁后面。

  不知道那堵墙的背后是什么。对面是球场，那就是说他出去了？我没时间停下来查看手机上的地图，径直跑向了附近的餐饮小吃区。我们在那里打通了一条地道，连通整个地下。如果我趁夜影在外面的时候保持移动，那他下次穿墙窥看就难以找到我的踪迹了。但愿如此。

  我来到餐饮摊中间，爬进地道。"伙计们，"我一路走一路低声朝手机说，"我看到梅根了。"

  "你说什么？"缇雅问。

  "我见到梅根了。她还活着。"

  "戴维。"亚伯拉罕说，"她已经死了。我们都知道的。"

  "你听我说，我真看到她了。"

  "是火凤凰。"缇雅说，"他在想方设法解除你的戒备。"

  我爬下地道，心底涌起的失落感利如刀锋。当然——她是幻象。可是……总感觉有什么不对。

  "怎么说呢，"我继续道，"那双眼睛完全就是她的。我觉得幻象不可能做到那么细致——那么栩栩如生。"

"如果不能创造以假乱真的傀儡，幻术士就没多大价值可言了。"缇雅说，"他们需要——亚伯拉罕，别去左边！换个方向。其实，有机会的话可以朝下边丢颗手榴弹。"

"多谢。"他说着，轻轻呼了口气。我听到两声相同的爆炸——其中一声从他的麦克风传来。体育馆远远的某处骤然剧烈摇晃。"顺便报告各位，第三阶段失败了。我刚现身就朝钢铁心开了一枪，毫无效果。"

第三阶段是教授的推测——信善徒可以对钢铁心造成伤害。如果亚伯拉罕的子弹被弹开，那说明这个理论也宣告破产，就只剩下两个猜测：一是我的流弹说；二是认为我父亲用的枪或子弹存在什么特别之处。

"教授还扛得住吗？"亚伯拉罕问。

"还扛得住。"缇雅说。

"他正在和钢铁心**对战**。"科迪说，"只能看到一点点，可是——扯火！我先离线一会儿。他们快追上我了。"

我蹲在狭窄的地道中，努力想理清头绪。枪声依然不绝于耳，夹着偶尔的几声爆炸。

"教授完全吸引了钢铁心的注意，"缇雅说，"但目前还未确认到有流弹打击。"

"我们正在想办法。"亚伯拉罕说，"接下来我要引诱一拨敌兵跟我绕过走廊，然后让科迪挑拨他们从球场对面朝他开火。应该会达到目的。戴维，你在哪儿？我可能得引爆一两处炸药制造情况，将敌兵从你这边的掩体里赶出来。"

钢铁心

"我在餐饮区2号地道。"我说,"准备前往一楼出口,去熊的附近,然后往西。"熊是指足球赛季期间某项广告创意使用的一只巨大的毛绒熊,现在已和球场内所有东西一道凝固在了原地。

"明白。"亚伯拉罕说。

"戴维,"缇雅说,"既然你看到了幻象,那就意味着火凤凰和夜影两人在合力围歼你。从一方面来讲这是件好事——我们正愁找不到火凤凰的下落呢。不过对你却是件坏事——得同时对付两个强大的史诗派。"

"你听我说,她不是幻象。"我着急解释,左右手的枪和手电又换得手忙脚乱,我骂了一句,手伸进裤袋摸索出工业胶带。父亲曾教我要随时随身带一卷工业胶带;长大以后我才惊奇地发现这是个多么好的建议。"她是真实的,缇雅。"

"戴维,仔细想想。梅根怎么会来这里?"

"不知道。"我说,"也许他们……用什么秘法复活了她……"

"整个秘密基地都已付之一炬,她早就烧成骨灰了。"

"也许有DNA留下。"我说,"可能他们当中有史诗派能借此使人复生之类的。"

"想想德尔肯悖论,戴维,别钻牛角尖了。"

我将手电在步枪枪筒一侧绑好——没有绑在顶上,因为我还要用瞄准器。于是,这武器拿起来有些头重脚轻的感觉,而且颇不顺手,但我想还是会比手枪好使。我把手枪塞回肋侧的皮套。

德尔肯悖论出自早年一位致力于探索和研究史诗派之谜的科学家。他指出，由于史诗派的出现打破了已知的物理定律，任何违背常理的现象都可能发生——同时他又发出警告，不能将任意细微的反常之处也定性为史诗派超能力的产物。这种理论常常把人引入怪圈。

"难道你听说过有史诗派能使人死而复生的吗？"缇雅说。

"没有。"我承认。一些史诗派拥有治愈力，但谁都不能复活他人。

"而且，不是你说对手中可能有个幻术士吗？"

"我是说过。可他们怎么会知道梅根的长相呢？要干扰我的话，为什么不变一个明摆着在这里的人，比如科迪或者亚伯拉罕？"

"可能在袭击电老虎时的监控视频中见过她。"缇雅说，"他们在利用她迷惑你，让你放松戒备。"

我目不转睛盯着梅根幻象的时候，夜影险些杀了我。

"你对火凤凰的推测是正确的。"缇雅继续道，"那个火人一离开治安军的视线就从监控视频上凭空消失了。他是个掩人耳目的幻象，真正的火凤凰另有其人。戴维，他们在迷惑你，好为夜影制造杀你的机会。你*必须*接受这个事实，别再让幻想掩蔽了判断力。"

她说得对。扯火，她说得没错。我在地道中止住脚步，控制自己的呼吸，迫使自己面对现实。梅根死了。刚才不过

钢铁心

是钢铁心的副手在迷惑我而已。我不禁心头火起,不,我已**怒火中烧**。

但是,还存在另一个问题:他们为什么走这着险棋,让火凤凰这样登场?明知道我们很可能监控了整个体育馆,却让他从没人的地方消失?还制造梅根的幻象?这些做法都会暴露火凤凰的本质。

我不禁打了个冷战。他们知道。他们**知道**我们有备而来,所以无须去伪装。他们还清楚**紫外泛光灯的布置地点**,我想道,**以及我方的部分藏身位置**。

事有蹊跷。"缇雅,我觉得——"

"你们这群傻帽快别瞎嚷嚷了。"教授说道,声音粗鲁又凌厉,"吵得老子没法集中精神。"

"好啦,乔。"缇雅温言相劝,"你做得很棒了。"

"呸!蠢蛋。一群蠢蛋!"

他在用震击手套。我想,几乎就像是完全变了个人。

没时间想这些了,但愿大家都能活到亲耳听教授道歉。爬出地道口,便来到一排高高的铁皮设备箱后面,我端起绑了手电的步枪,环视过走廊。

不料夜影突然发起攻击,幸好我命大躲过一劫。当时我隐隐看到远处有什么东西,立即朝前冲去,想把它照得更清楚些。正当这时,三支黑暗的矛尖向我刺来,其中一支干净利落地划过夹克的后背,割出一道口子,再深一点点就可能切断我的脊梁骨。

我大喘粗气，迅即转身，夜影出现在空旷的廊道，就站在附近。我朝他开了一枪，但他仍若无其事地站着。我咒了一句，步枪举至平肩，紫外光射向前方，朝他接近。

一颗子弹穿过夜影的脸，他龇着牙露出魔鬼般的奸笑。完全没用。紫外光失效了。我蒙在原地，惊恐不已。我弄错他的弱点了吗？可是以前都有效的。为什么——

我猛然转身，堪堪止住袭来的一簇矛尖。它们一碰到光线就消散了，所以紫外光仍然在起作用。那究竟是怎么回事？

是幻象。我想道，感觉自己好傻。锉子。我还要在这条沟里栽多少跟头？我扫视过墙壁，果然瞥见夜影的眼睛从一面墙上冒出来，刺探我的情况。我还来不及开枪他已缩了回去，黑暗再次陷入沉寂。

我注视着他的消失之处，凝神等待，身上沁出了汗珠。也许他还会朝外窥探。假夜影就在我右边，面无表情。想必火凤凰也隐身待在走廊的某处。他完全可以一枪崩了我，为什么没这么做？

夜影再次现出双目，我立即开火，但他眨眼就消失了，子弹从墙上弹回。我认定他多半会从另一个方向袭击我，于是拔腿往外跑，顺手将枪把子向假夜影划去。跟我预想的一样，枪托直穿而过，幻象随之微微曳动，犹如投影。

爆炸声响起。亚伯拉罕的咒骂传入耳朵。

"怎么了？"缇雅问。

"交火不起作用。"科迪说，"我们引诱了一大群治安兵对

钢 铁 心

着烟雾互相开枪，他们根本不知道钢铁心夹在中间。"

"至少十几发子弹打中了他。"亚伯拉罕说，"这个假设被推翻了。我重复一遍，流弹伤不了他。"

灾星！我想，亏我一直对这个论断如此肯定。我咬紧牙根继续往前跑。我们没法除灭他了，我想，一切都将付诸东流。

"恐怕我这里可以确认。"科迪说，"我也看见子弹击中了他，他连一点感觉都没有。"他顿了顿，"教授，你简直是台机器。我只是真心想佩服一下。"

回应他的是一声咕哝。

"戴维，你对付夜影的进展如何？"缇雅问，"我们需要你启动第四阶段，用你父亲的手枪射击钢铁心。这是我们最后的筹码了。"

"我对付夜影的进展？"我反问，"不如何。一有机会我就马上出来。"我继续跑过座位下方宽敞开阔的长厅。兴许出去对我更有利一些，这里可供隐藏的地方简直太多了。

从地道口出来的时候，他正在外头守株待兔。我想，他们一定在监听我们的对话，所以才对我们的准备工事了如指掌。

这一点自然不可能，手机信号是无法入侵的，骑士鹰工厂敢拍着胸脯保证。再说了，清算者使用的是内网通讯。

除非……

梅根的手机。它仍然和我们的内网连通。我可曾对教授和其他人提过她的手机在车祸中弄丢了？我一直以为它摔坏了，可是万一没有……

他们窃听了我们的准备工事。我想，通讯中我们可曾提过绿光是虚构的？我努力回想，拼命回忆过去三天里我们的对话，大脑却一片空白。也许讨论过，也许没有。清算者在远程通话中很注意谨慎，也是为了加一重保险。

推理到此戛然而止，因为我发现前方的走廊里有个人影。我放慢步子，步枪举至齐肩，向他瞄准。火凤凰这次又要玩什么花招？

又一个梅根的幻象，静静地站在那儿。她下身穿牛仔裤，上身搭红色紧身纽扣式衬衫——没有套清算者夹克——金发在脑后梳成及肩的马尾。我小心翼翼地从幻象旁边经过，谨防夜影从背后偷袭。她一动不动，目无表情地望着我。

怎样才能找到火凤凰？他也许隐身了。我不确定他会隐身术，但这个假设顺理成章。

如何定位隐身史诗派的方法掠过我的脑海。要么得仔细听他的动静，要么得想办法把空气搅浑。撒面粉、泥巴、灰尘……也许可以用震击手套试试？汗滴下我的眉毛。我知道有人在盯着我，而我却看不到他，这种感觉真不爽。

该怎么做？原本我计划对付火凤凰的办法，就是向他展示我知道他的秘密，以期能吓跑他，就像袭击电老虎时吓跑夜影那样。现在这法子行不通了，他知道我们是冲他来的。他要弄死清算者，掩饰自己的秘密。灾星，灾星，灾星！

我逐个察看房间每个角落，细听任何动静，梅根的幻象也随着我转头。

那幻象眉心紧蹙。"我认得你。"她说。

她的声音。我浑身一激灵。能力高强的幻术系史诗派能够同时模拟声音与形象，我告诉自己。我知道这点。没必要惊讶。

可那是她的声音。火凤凰怎么会知道她的声音？

"对……"她说着，向我走来，"我确实认得你。跪……跪什么来着。"她朝我眯起眼睛，"现在我应该杀了你。"

跪娃。火凤凰不可能知道这个吧？莫非梅根在电话上也叫过我这个绰号？他们不可能那时候就在监听了，对吧？

我动摇了一下，枪口仍然瞄向她。这是幻象。或者真是梅根？夜影就快来了，我不能傻站在这儿，可我的脚却像生了根似的。

她向我走来，满脸高傲，就好像她拥有整个世界。梅根从前也有过这样的时候，但此时还有别样的感觉。她的姿态自负得多，即使她噘起的嘴唇展现着困惑。

我必须知道真相。必须。

我放下枪，往前一扑。她立即闪避，可是动作太慢，被我一把抓住了胳膊。

她是真实的。

一秒之后，走廊爆炸了。

第三十八章

我连滚了几圈,呛得直咳嗽。躺在地上,耳朵里嗡嗡作响,附近燃着垃圾碎片。我甩甩脑袋,眨眼赶走眼前的残影。

"怎么回事?"我哑声问道。

"戴维?"耳中传来亚伯拉罕的声音。

"是爆炸。"说着,我呻唤一声,爬起身环视走廊。梅根,她在哪儿?哪里都看不到她的身影。

她是真实的。我碰到她了。那就意味着她不是幻象,对吧?我是不是昏头了?

"灾星!"亚伯拉罕说,"我以为你去长厅另一头了。你不是说往西吗?"

"刚才为了躲开夜影,"我说,"忙中出错。我是个矬子,亚伯拉罕,对不起。"

我的步枪!我看见旁边一堆垃圾底下露出半截枪托,赶紧将它拔出来,其余的枪身竟已不翼而飞。扯火!我想,最近老遇到这种倒霉事。

我在附近找到了剩下的枪身,也许还能凑合使使,但是没了枪托只有抵在腰上发射。不过手电还绑在上头,而且仍然亮着，于是我毫不迟疑地将它捡了起来。

"你的状况怎样？"缇雅的问话有些紧张。

"有点晕。"我说，"不过还好，距离挺远的，除了轻微脑震荡没什么大碍。"

"在这走廊里爆炸震感会明显增幅。"亚伯拉罕说，"灾星在上，缇雅，情况有些失控了。"

"你们都去死吧。"教授的声音又凶又恶，"戴维赶紧给老子出来，把手枪给我！"

"我这就来协助你，小子。"科迪说，"待着别动。"

我突然有了个点子。如果钢铁心及其手下真在监听我们的私人通话，倒可以将计就计。

而与此同时，我又着急想去找梅根，两个念头激烈地斗争着。她会不会受伤了？她一定就在附近某处，现在走廊里好像多了不少碎铁块，我得去看看是否……

不行。如果这是个花招，那我将得不偿失。刚才也许是火凤凰变成了梅根的样子来转移我的注意。

"好的。"我对科迪说，"你知道靠近4号爆破位的洗手间吧？我准备躲那里面，等你来找我。"

"明白。"科迪说。

我撒腿跑开，希望不知去向的夜影还没从刚才的爆炸中缓过神来。我来到和科迪约好的洗手间附近，但没有乖乖地进去，而是在旁边选好一处地方，用震击手套在地上销了个洞。这里比较容易隐藏，同时也能清楚地观察到整条走廊

——包括洗手间在内。

我把坑一点点挖深，按教授教我的要领躲了进去，用铁屑隐蔽。很快我就藏妥了，如同藏身于掩体坑内的士兵。我把手机调到静音，半截步枪埋进铁屑表层，遮住手电的光线。

我密切注视着洗手间的门。走廊安静下来，只映着垃圾燃烧的火光。

"有人吗？"一个声音在走廊里回荡，"我……我受伤了。"

我心头一紧。梅根的声音。

这是个花招。一定是。

我扫视过昏暗的空间。那边，在走廊尽头，我看见一只手臂卡在刚刚爆炸过的废墟之下，铁块堆成了小山，还有房顶上垮下来的桁梁。手臂扯动了一下，鲜血淌过手腕。我凝神看去，在阴影里辨出了她的脸和上身。她好像刚被爆炸震晕了，现在才开始有所动静。

她被压住了，而且受了伤。得赶紧过去救她！我的身体不由自主地动了动，而大脑强迫自己留在原地。

"来人哪。"她说，"来人哪，救命。"

我还是没有动。

"啊，灾星，这是我的血吗？"她挣扎了一下，"我的腿动不了了。"

我紧闭双眼。他们怎么这么演？我都不知道该相信什么了。

这是火凤凰的把戏。我告诉自己，她不是真的。

钢铁心

我睁开眼。夜影正从洗手间门前的地板上钻出来，表情困惑，好像刚进去找过我。他摇摇头，穿过走廊，仔细搜寻着周围。

那是他本人还是幻象？眼前的景象是真的吗？又一声爆炸响起，体育馆随之震动，而外面的枪声渐渐平息。我必须当机立断，速战速决，否则科迪会与夜影撞个正着。

夜影在走廊中间停下，抄起手，平日的冷静已不知所终，代之以满面怒容。他终于开口了："你就躲在里头，对吧？"

敢不敢贸然开枪呢？万一他是幻象，我会因此暴露自己，被真正的夜影杀掉。我小心地转头细看墙壁和地板，但什么都没发现，除了附近的阴影里探出一些黑暗的卷须，扭动着，像小动物在小心翼翼地觅食，逐一查检空气。

如果真是火凤凰在假扮梅根，那么只要打死她，幻象就会停止，我的对手就只剩下真正的夜影，且不论他身在何处。可是，被埋的梅根也极有可能完全是个幻象。扯火，桁梁可能也是幻象。那么远的爆炸真能把它们震垮？

可万一他真是火凤凰呢？或许是他把面容变成了梅根，所以我刚刚才会摸到实体。我举起父亲的手枪，瞄准她血淋淋的脸，又犹豫了，"怦怦"的心跳震动着我的耳膜，响得肯定连夜影都能听见。我耳中只剩下这唯一的声音。要怎么做才能离钢铁心更进一步？朝梅根开枪？

她不是真的。不可能是真的。

万一真是她怎么办？

心跳，响若惊雷。

呼吸，屏住。

眉头渗出汗珠。

我做了决定，便跳出掩体坑，左手持步枪——紫外光直射身前——右手握手枪，双管齐下。

我选了夜影而非梅根。

他向我转过身来，紫外光照在他身上，子弹击穿了他的身体。他瞪大双眼，惊恐地大张嘴，鲜血从他坚实的后背喷出。他身形歪倒，一脱离手电的直接照射就变回了影体。他膝盖触地，准备从地面遁逃。

可他刚没入半个身子，就硬生生顿住了，口唇大张，胸口淌血。他慢慢变回了肉身——那景象极似相机镜头渐渐对焦——半截身子嵌在钢铁地板上。

背后传来"嘀嗒"一声，我转身看见梅根站在眼前，手里握着枪，P226手枪，正是她喜欢佩带的型号。而另一个她，困在废墟里的她，眨眼就不见了。倒下的桁梁也消失了。

"我从来都不喜欢他。"梅根瞟了眼夜影的尸体，冷漠地说道，"你刚帮了我一个忙。你尽可说我在推诿责任，随便。"

我凝视着她的眼睛。我认得这双眼睛，错不了。虽然不明白怎么回事，但我肯定面前的人就是她。

从来都不喜欢他……

"灾星，"我低声道，"你就是火凤凰，对吧？一直是你。"

钢铁心

她一言不发,忽闪着眼睛望向我的两支枪——依旧靠在腰间的步枪,以及右手握着的手枪。她的眼眸里闪着光。

"原来火凤凰不是男的。"我说,"而是……是个女人。"我不由自主地睁大了眼睛,"在电梯井那天,保安差点抓到我们……那次他们什么都没发现。你做了个幻象。"

她仍旧盯着我的枪。

"后来,我搭你摩托车的时候,"我继续道,"你又创造了亚伯拉罕与我们同行的幻象,诱使追兵跟在后面,让他的真身神不知鬼不觉逃往了安全地带。我当时回头的确看到他已经和我们分路了。"

她为什么老盯着我的枪不放?

"可是,"我接着说,"线粒体检测仪给你做过检测,断定你不是史诗派。不……等等。幻术。你可以随意操纵显示结果。钢铁心一定预先知道清算者要来城里,所以派你去充当眼线。你是队里最新的成员,只比我早一点。你一直不想袭击钢铁心,还说你赞成他的统治。"

她舔舔嘴唇,低声说着什么,好像根本没听见我的话。"扯火,"她暗自嘀咕道,"竟然奏效了,真不敢相信……"

什么?

"你竟然'将死'了他……"她低声道,"真厉害……"

将死了他?夜影?她在说什么?她抬头看我,我记起来了,她是在重复我们初遇时的一段对话,就在她射杀千王之后。当时她一手将手枪举在身前,一手把步枪抵在腰间,正是我刚才击杀夜影的动作。眼前的情景似乎触动了她心里的什么东西。

"戴维,"她说,"这就是你的名字。而且我觉得你很烦人。"她似乎刚想起我是谁。她的记忆出什么毛病了?

"谢谢。"我说。

一声爆炸摇撼着体育馆,她回头看了看,手里的枪仍旧指向我。

"你到底是哪一方的人,梅根?"我问。

"我自己这方。"她脱口而出,随即又用另一只手扶着头,似乎没有太大底气。

"有人将我们出卖给了钢铁心。"我说,"向他报信说我们要袭击电老虎,告诉他我们侵入了城市的监控系统。今天也有人监听我们的通信线路,向他报告我们的行动。这个人就是你。"

她再次看着我,没有否认。

"但是你也用幻术救了亚伯拉罕。"我说,"还杀了千王。我敢保证,是钢铁心允许你杀掉手下一个低等史诗派的,为了赢得我们的信任,反正千王本身就不受宠。可是,你既然背叛了我们,跟着为什么又帮亚伯拉罕脱身?"

"我不知道。"她嗫嚅道,"我……"

"你要开枪打死我吗?"我问,低头看着枪筒。

她迟疑了一下。"傻瓜。你真的不知道该怎么跟女人说话,是吧,跪娃?"她垂下头,好像惊讶于这些词从她嘴里说

钢铁心

了出来。

她放下手枪,转身跑开。

*我得追上去。*我这么想着,往前跨出一步。外面又响起一声爆炸。

*不行。*我迫使双眼离开她远去的背影。*我得出去增援。*

我冲过夜影的尸体旁边——他仍半截嵌在钢铁地板上,纹丝不动,鲜血顺着胸口渗流而下——取道最近的出口前往球场。

或者,照现时来说,是战场。

第三十九章

"……把那混小子找出来给老子开枪,科迪!"一取消手机静音,教授的尖啸就传入我的耳朵。

"我们准备撤退了,乔。"缇雅用商量的口气对他说道,"我这就驾直升机过来,三分钟后到。届时亚伯拉罕会引爆炸弹掩护。"

"让他去死吧。"教授啐了一口,"老子已经看到尽头了。"

"你打不过高等史诗派的,乔。"缇雅说。

"老子爱打谁就打谁!老子——"他的声音突然断了。

"我把他信号屏蔽了。"缇雅对我们说,"太糟糕了。我从没听过他这么失控。我们得赶紧带他撤退,否则他就回不来了。"

"回不来?"科迪问,声音很迷惑。我听见他线路那头的近处传来枪声,并听到相同的枪声在前方宽敞的走廊里回荡。我继续往前跑。

"待会儿再解释。"缇雅说话的语气分明暗示她要"待会儿再找个好点儿的法子避开这个问题"。

有了,我想道,视线捕捉到前方的一点火光。外面虽然

钢铁心

很黑,但不像体育馆深处地窟般的密闭房间那样伸手不见五指。枪声更响了。

"我准备组织撤退。"缇雅继续道,"亚伯拉罕,等会儿我发令的时候,我需要你引爆球场地下的炸弹。科迪……你找到戴维没有?保持警惕,夜影可能会出现在你背后。"

她以为我死了,我想,因为我一直没有回应。"我在。"我说。

"戴维,"缇雅的声音像是松了口气,"你那边情况怎样?"

"夜影已经被干掉了。"我说着,踏进通往球场的走廊,曾经的参赛球队入场通道之一,"紫外灯起了作用。我想,火凤凰也离开了。我……把他打发走了。"

"什么?怎么办到的?"

"呃……待会儿再解释。"

"好的。"缇雅说,"大约两分钟后撤退。去找科迪会合。"

我没有回答,径自进了球场。说它是战场完全正确,我想道,被眼前的景象吓了一跳。治安兵的尸体四散横陈,犹如被丢弃的垃圾。地上有好几处燃着火,浓烟缭绕着升入漆黑的天空。敌兵抛出的照明弹闪着红光飞过球场,将视野照亮。看台和地面都被炸得千疮百孔,乌黑的弹痕污损了曾经光洁的银白色钢铁。

"你们这是在打仗啊。"我低声说着,突然发现了钢铁心的身影。

他大步跨过球场,启唇冷笑,牙关紧咬。他的手在身前闪耀着亮光，一束束能量波射向面前的一个人影。那是教授，正在替补席一条板凳后边飞跑。一束接一束的能量波险些击中他，他在其间左躲右闪，难以置信的灵活。他伸手打破体育馆的一堵侧墙，震击手套为他销出一个出口。

钢铁心恼怒地低吼着，连续朝墙洞发射能量波。片刻之后，教授打破另一堵墙再度现身，铁屑如雨点洒落在他周围。他的手猛然向前一甩，朝钢铁心掷出几把形状粗糙的飞刀，大概是刚从铁墙里切下来的，可它们却仿不了高等史诗派分毫。

教授神情沮丧，好像为伤不到钢铁心而烦躁不已，但他在我眼里已经惊为天人。"他们一直这样相持不下？"我问。

"没错。"科迪答道，"就像我说的，老大简直是台机器。"

我扫视球场，在右边一面断墙后辨出了科迪的身影，他正伏身用步枪瞄向第一排座位间的一群治安兵。敌方在几块防爆盾牌背后架起了一挺大型机关枪，看样子科迪完全被牵制住了，难怪没能来找我。我把手枪塞进皮套，解下绑在步枪枪托上的手电。

"我快到了，先生们。"缇雅说，"诛杀钢铁心的任务中止，停止一切行动。我们得趁机离开，再拖就来不及了。"

"我看教授根本没有要走的意思。"亚伯拉罕说。

"教授交给我。"缇雅道。

"好。"亚伯拉罕回道，"你打算在哪儿——"

"伙计们，"我插话，"小心别在公共频道乱说话，我觉得

钢 铁 心

线路可能被窃听了。"

"不可能。"缇雅说,"手机网络是绝对安全的。"

"除非授权的手机没有外泄。"我答道,"钢铁心可能捡到了梅根的手机。"

线路上一阵沉默。"扯火,"缇雅说,"是这个猪。"

"啊,终于弄出点头绪了。"科迪说着,朝敌兵开了一枪,"那支手机——"

看台入口处有个人影正从背后悄悄接近科迪。我咒了一句,举起步枪——可是没了枪托很难正常瞄准。我扣动扳机,一个全副武装的治安兵跳了出来。没打中。他"突突突"连开几枪。

科迪没叫也没喊,但我看见鲜血喷了出来。不,不,不!我这么想着,撒腿狂奔。我再开一枪,子弹这次钉上了敌兵肩膀,却没穿透盔甲,但他的准星从科迪转向了我。

他开枪了。几乎是出于本能,我举起戴着震击手套的左手。不知为什么,这次要让它唱歌似乎有些吃力。

但我终于让它动了起来,发出低沉的歌声。

我感觉什么东西在掌心撞了一下,接着,一缕铁屑从手上撒落。它擦坏了什么精密元件,震击手套开始冒出火星。片刻之后,一连串枪声响起,敌兵应声而倒。亚伯拉罕从那人背后的角落抄了过来。

头顶仍有枪声。我急冲出去,贴墙而行,溜到科迪的掩体后面。他俯卧在那儿,大睁着双眼喘息不止,身上中了好几枪，腿上三处，腰上一处。

"掩护我们。"亚伯拉罕话音冷静，迅速抽出绷带缠在科迪腿上，"缇雅，科迪伤得很重。"

"我到了。"缇雅说，嘈杂之中我竟没注意到直升机的声音，"我已经设置了新的通讯频道，和你们每个人的手机直接对连。梅根手机掉了的时候就该这么做的。亚伯拉罕，我们*需要撤退，马上*。"

我将头探到断墙上方往外察看。敌兵正纷纷爬下看台，朝我们接近。亚伯拉罕随手从腰带上扯下一颗手榴弹，丢进身后的走廊，以免再有人想从后面偷袭。它爆炸了，我听到几声惨叫。

我换过科迪的步枪，朝冲上前来的敌军开火。有的立即隐蔽，有的仍大胆地继续前进。他们知道我方的弹药即将耗尽。我继续开枪，却只得到一阵"嗒嗒"声。科迪的子弹本已所剩无多。

"我在这儿。"亚伯拉罕说着，将他的大型突击步枪在我身边放下，"缇雅，你呢？"

"离你的位置很近。"她说，"就在体育馆外，往后直走出来就到。"

"我这就带科迪过来。"亚伯拉罕说。

此时科迪仍有意识，紧闭双眼只顾骂骂咧咧。我向亚伯拉罕点头，示意由我来掩护他们撤退，并接过他的突击步枪。说真的，我一直想用这家伙打两梭子。

钢铁心

这挺机枪手感简直太好,后坐力很小,而且重量比原本要轻出不少。我架起枪筒,开启全自动模式,几十发子弹冲散了涌向我们的敌兵,亚伯拉罕扛着科迪趁机从后面撤离。

教授和钢铁心的决斗仍未结束。我又击倒一个敌兵,多数敌兵的盔甲在亚伯拉罕的大口径枪弹面前都形同虚设。我一边开火,一边感觉到肩挂枪套压着我的侧腰。

手枪还一直没有用过,这是我们对如何击败钢铁心作出的最后一项猜测。可是,距离这么远,我无法击中他,而且缇雅已经决定放弃尝试,立即撤退,行动到此为止。

又一个敌兵倒在我的枪下。钢铁心继续朝教授发射着一束束能量波,体育馆震颤不已。我不能就此抽身,我想,不管缇雅怎么说——我得试试手枪。

"我们上直升机了。"亚伯拉罕的声音传入耳朵,"戴维,该走了。"

"我还没尝试第四阶段呢。"我说着,直起上身蹲跪在地,再次向敌兵开火。有人朝我的方向丢了颗手榴弹,但我见势早已躲回走廊,"而且教授也还在外头。"

"计划中止。"缇雅说,"赶紧撤退。教授马上也要利用震击手套逃生。"

"他不可能逃出钢铁心的手掌。"我答道,"再说了,不试一下你真甘心跑掉吗?"我的手指抚过皮套里的手枪。

缇雅沉默了。

"我要去试试。"我说,"遇到危险你就撤。"我端着亚伯拉罕的突击步枪跑出球场，回到看台下的走廊，身后传来士兵的喊叫。钢铁心和教授朝这边来了，我想，只需包抄过去，近距离朝他开枪，从背后偷袭。

会奏效的。一定会奏效的。

身后的敌兵怎么也甩不掉。亚伯拉罕的机枪下部有个枪榴弹发射器。不知还有没有存弹？它们需要先发射出去才能爆炸，而且我可以用遥控起爆笔上的橡皮擦火帽引爆一个。

没那个命，枪榴弹已经一颗不剩。我咒了一句，随即看见枪上的遥控射击开关。我咧嘴一笑，停下脚步，转身把枪放到地上，拿块铁将枪柄抵在墙根，拨下开关跑开了。

它开始疯狂连射，子弹猛烈地喷向我身后的走廊，也许不会造成多少伤害，但我只需要稍微喘口气而已。我听到士兵们大声提醒队友寻找掩护。

效果达到了。我抵达另一个出口，离开走廊，冲向外面的球场。

地面坑坑洼洼，卷起阵阵乌烟。钢铁心的能量波似乎不管击中什么都能着火，就连不可燃物也会星星点点地闷燃。我举起手枪，刹那间突然想到，亚伯拉罕要是得知我弄丢了他的机枪，不知会怎么说呢。何况还是第二次了。

我发现了钢铁心的身影，他背对着我，正全神贯注搜寻教授。我拼尽全力狂奔，穿过云蒸雾绕的硝烟，跳过一堆堆碎铁块。

接近钢铁心的时候，他正好转过身来。我一眼就望见了

钢铁心

他的眼睛,傲慢又自负。他手上的能量球耀眼如炬,我在缭绕的硝烟之中刹住脚步,双臂颤抖着举起手枪,这把杀害我父亲的手枪,曾伤及面前这只怪物的唯一的武器。

我连开三枪。

第四十章

每发子弹都击中了钢铁心……又悉数从他身上弹开，如同掷向坦克的石子。

我放下手枪。钢铁心朝我扬起手，能量球在掌间闪光，但我完全失去了求生的意志。

就是这样了。我想，我们已经试遍了所有的可能。我并不知道他的秘密。从来不知道。

我失败了。

他释放出一束能量波，我的大脑立即下达指令逃离原地。我侧身一滚，能量波击中身旁的地面，炸起一汪铁水簌簌滴落。地面摇颤，爆炸让我失去了平衡，在坚硬的地面东磕西碰。

翻滚终于停止，我躺在地上，头晕眼花。钢铁心一步步向前走来。他的披风有好几处被教授刺破，但他本人似乎毫发无伤。他庞大的身躯耸立在我上方，伸出一只手。

他果真威仪四方。我不得不承认这一点，即便我已准备好死在他手上。银黑相间的披风在身后飞舞，布上的破洞莫名地增强了它的**真实感**。端正的国字脸，硬朗的下巴可以令

钢铁心

任何橄榄球中后卫心生艳羡,那具躯体身型健美,肌肉壮硕——超越了健身所能达到的极限。我不是夸张;他真可算得完美。

他打量着我,手里渐渐聚起光球。"啊,想起来了。"他说,"银行里那个孩子。"

我眨眨眼,惊得呆了。

"每个人、每件事我都记得。"他对我说,"你没必要惊讶。我是神,孩子,见过就不会遗忘。我以为你们全都死翘翘了,现在竟然节外生枝。我最不爽节外生枝。"

"你杀了我父亲。"我低声回答。这话很傻,但它就是从嘴里冒了出来。

"我杀了很多父亲。"钢铁心说,"还有妈妈,儿子,姑娘。这是我的特权。"

他手里的光芒变得愈加耀眼。我支起上身,准备迎接自己的命运。

此时,教授从背后扑向了钢铁心。

他们两人双双倒在附近的地面,我条件反射地滚到一边。暂时占上风的是教授,他的衣服已被烧焦撕裂,沾满了血。他手里握着长剑,挥剑猛砍身下钢铁心的脸。

钢铁心大笑着,正面迎上武器的攻击,他的脸把剑刃磕出了坑。

他刚才是故意跟我说这些,为了把教授引出来。我模模糊糊地意识到,他……

钢铁心伸手推开教授，抡起他往后一摔，看起来只是随手轻轻一丢，教授却飞到了足足十英尺开外。他撞到地上，发出痛苦呻吟。

风渐起，钢铁心乘风飘过，以站姿落地。随后他凌空一跃，升入高空，以单膝跪姿疾速下落，一拳砸在教授脸上。

鲜血喷洒在他周围。

我失声尖叫，手忙脚乱地爬起来，向教授跑去，但脚踝已经不听使唤了，我又重重地摔倒在地，疼得眼泪直冒。透过泪眼，我看见钢铁心又开始新一轮的猛揍。

血红。满眼的血红。

那高等史诗派站起身，晃晃沾血的拳头。"你有种，小史诗派。"他对倒下的教授说道，"我认为你惹怒我的功力强过你之前的任何一个。"

我往前爬到教授身边。他的头部左侧被揍得稀烂，眼球暴突出眼窝，空洞地盯着前方。他死了。

"戴维！"缇雅的声音传入耳朵，夹杂着线路那头的枪声。直升机已经被治安军发现了。

"快走。"我低声道。

"可是——"

"教授已经死了。"我说，"我也死定了。快走。"

沉默。

我从口袋里拿出起爆笔。我们身处球场中央，科迪安置上配套火帽的那堆炸药正对着我们脚下。唔，我可以把钢铁

钢铁心

心炸上天,虽然那也没什么用。

几个治安兵冲到钢铁心跟前报告战线情势。我听到直升机"突突突"地腾空离去,伴着线路另一头缇雅的哭声。

我支起上身,跪在教授的尸体旁边。

父亲也曾在我眼前死去,我就是这样跪在他身边。快走……快跑……

至少这一次我没有临阵脱逃。我将起爆器举高,手指抚摸着顶部的按钮。我将被炸死,但钢铁心却不会受到伤害。他已经安然经受过数次爆炸。不过我可以拉几个当兵的垫背,那就值了。

"住手。"钢铁心对手下部队说,"我要亲自解决他。这小子……比较特殊。"

我眨眨迷蒙的双眼,仰望着他。他抬手挥走了治安兵。

在他身后的远方出现了什么奇怪的东西,紧贴着体育馆外围豪华套房的屋顶。我皱起眉头。光?但是……方向不对呀。我面朝的不是城市的方向。再说了,城市也从未散发过如此绚烂的光芒。绯红,橘红,澄黄。那片天空好似着了火。

我眨眨眼,透过轻烟往前望去。是阳光。夜影已经死了。太阳正在升起。

钢铁心侧转身子,打着趔趄后退两步,抬起手臂遮挡直射的光线。他被这幅景象震慑得目瞪口呆;待回过神来时,他闭上嘴,咬牙切齿。

他转身再度面对我,怒眼圆睁。"夜影的位子很难找人接替。"他沉声吼道。

我跪在球场中央凝视那道光芒。华光灿烂，远处的光源强烈而炽热。

世间存在比史诗派更强大的力量。我想，有生命，有爱，还有自然界本身。

钢铁心迈步向我走来。

有坏蛋的地方就会有英雄。父亲的声音。等等吧，英雄必将降临。

钢铁心扬起手，手上闪耀着能量之光。

有时候啊，儿子，得有人为英雄开路……

突然之间，我明白了。

我心中豁然开朗，就像烧得炽红的日轮那般亮堂。我明白了，我懂了。

我目不斜视，又拿起父亲的手枪摆弄一阵，然后举枪直指钢铁心。

钢铁心鼻子里冷哼一声，低头盯着它看了一会儿。"嗯？"

我的手不住颤抖，左摇右晃，手臂也抖个不停。阳光从钢铁心背后射来。

"蠢货。"他骂完，伸手一把抓住我握枪的手，捏碎了骨头，但我几乎感觉不到疼痛。枪"咣当"一声掉到地上。钢铁心摊开手，地面的空气随即旋转起来，在枪身底下形成一股小型旋风，把枪送到他手中。他拿枪指向了我。

我仰头看他，灿烂的阳光勾勒出这个杀人狂魔的轮廓，

钢铁心

从我的角度看去，他只是一团阴影，一团黑暗，在永恒的自然之力面前渺若尘埃。

世上的生命总要接受时间的审判，包括史诗派亦是如此。在他眼里我或许是只蝼蚁，但他本人在宇宙的恢宏造物面前也无非是只蝼蚁而已。

他脸上有道小小的伤痕，他全身唯一的瑕疵。送出这份礼物的人怀揣对钢铁心的信仰，却远比他更为崇高伟大，而他永远也无法领悟。

"那天我是应该当心一点儿。"钢铁心说。

"我父亲不怕你。"我低声道。

钢铁心的身子僵了一下，枪口仍然对准我的脑门。他喜欢用敌人的武器了结对方，这几乎成了一种固定模式。我浑身是血地跪在他面前，风吹乱了我们周围升腾的硝烟。

"这就是你的秘密。"我说，"你用黑暗笼罩我们，向我们展示可怕的力量。你杀人，你准许史诗派随意杀人，你让对手死于自己的武器之下。你甚至还散布谣言，描述你有多么恐怖，就好像懒得去实际展显你的狠毒一样。你想让我们提心吊胆地过日子……"

钢铁心瞪大了眼睛。

"……因为只有不怕你的人才能伤害你。"我说，"但这样的人根本不存在，对吧？你确保大家对你心存畏惧，甚至包括清算者，包括教授本人，包括我。我们都怕你。幸好我认得一个人，他不怕你，从来没怕过。"

"你知道个屁。"他沉声怒吼。

"我什么都知道。"我低声回答,面露微笑。

钢铁心扣动了扳机。

枪膛内,击锤击中了子弹壳的后端。火药爆炸,子弹冲向前方,奉命执行杀戮。

它往前发射,撞击到我卡在枪筒内的东西:一支细长的笔形装置,大小刚好够塞进枪内,顶部有一个按钮。这个起爆器,与我们脚下的炸药相连。

子弹撞击到起爆器,将按钮顶了进去。

我发誓我清楚地看见了爆炸全过程,当每一拍心跳都漫长得像永恒,火浪顺着爆破通道往上涌,钢铁地面像纸一样撕裂,恐怖的绯红与美丽宁静的日出交相辉映。

火焰吞噬了钢铁心和他周围的一切,爆炸将他的身体撕裂。他张嘴尖叫,皮开肉绽,肌肉烧焦,器官碎散破裂。他昂首望天,被脚下盛放的狂暴火焰山吞没。在那迅雷不及掩耳的倏忽瞬间,钢铁心——世间最强大的史诗派——死了。

只有不畏惧他的人,才能将他杀死。

是他亲手扣动了扳机。

亲手触发了引爆器。

看他那傲慢自负的冷笑就知道,钢铁心一点儿也不怕他自己。或许,这样的人世间再也找不出第二个来。

这转瞬即逝的短暂一刻本不足以让我做出一个微笑,但在火焰窜来之时,我分明感觉到了嘴角的上扬。

第四十一章

我望着这面毁灭的火墙，红橘黑三色构成的图案在其间不断变换。我望着它燃至灰烬，在眼前的地上留下一块黑疤，中间是一个直径五步宽的坑洞——爆破漏斗。

我观看完爆炸全程，发现自己竟然还活着。我想，此生怕是不会遇到比这更让人困惑的时刻了。

身后有谁在呻吟。我转身，看见教授坐了起来。他的衣服上全是血，皮肤上有几道划痕，但头部完好无恙。是我弄错了他的伤势吗？

教授一手前伸，掌心朝外，手上的震击手套破烂不堪。"扯火，"他说，"再远一英寸左右，我就挡不住了。"他捂嘴咳嗽，"你真是个命大的小矬子。"

就在说话的当儿，他皮肤上的划口迅速愈合，复为一体。教授是史诗派，我猛然想道，教授是史诗派！刚才是他制造出能量护罩，抵御住了爆炸！

他跌跌撞撞地爬起来，环视着体育馆。见他再度站起身，几个治安兵连忙逃跑了，似乎不想和球场中心发生的事扯上半点关系。

"有多……"我说,"多久了?"

"自从灾星现世起就这样了。"教授说着甩甩脖子,关节"咔咔"作响,"你以为普通人在钢铁心面前能撑到我这么久吗?"

当然做不到。"那些发明都是假的,对吧?"我恍然大悟地说道,"你是个赋能者!你把超能力转赋给了我们。防御力注入了护身夹克,回复力融入了轻安仪,还有破坏力,做成震击手套!"

"真是好心没好报。"教授说,"你这个混账小……"他突然痛苦地大喊一声,伸手抱头,咬紧牙关,发出含混不清的吼叫。

我吓了一跳,慌忙将身子往回缩。

"太难克制了。"他咬紧牙关说道,"用得越多就越……啊啊啊啊!"他抱着头跪倒在地,就那样静待了几分钟,我没上前打扰,也不知说什么好。随后他再次昂起头,情绪似乎稳定了些。"我把超能力都转移到别人身上,"他说,"因为只要主动运用……就会这样。"

"你一定能战胜它的,教授。"我说。我感觉情形还比较乐观。"以前我就见你成功过。你是个好人,别让黑暗吞噬了你的心。"

他点点头,做了个深呼吸。"手给我。"他向我伸出手。

我犹豫地伸出完好的那只手——另一只早被捏碎,但竟然没觉得疼,大概是震惊过度,麻木了。

钢铁心

握着教授的手,我没察觉到任何异样,但他的样子明显安稳多了。同时,我的残手迅速重塑,骨头拼合到一起。几秒之后,我试着弯曲手指,竟已完全无碍。

"我得把回复力分成小份转赋给你们,"他说,"它对你们身体的……渗透力似乎没有对我那么快。假如我将它整体转赋给一个人,变化就会很明显。"

"所以梅根用不了震击手套。"我说,"轻安仪也对她无效。"

"什么?"

"噢,抱歉。你还不知道呢,梅根也是史诗派。"

"什么?"

"她就是火凤凰。"说着,我略一哆嗦,"她用幻术骗过了线粒体检测仪。等等,检测仪——"

"缇雅和我动过手脚,把我添进了白名单。"教授说,"让它对我显示假阴性。"

"哦。另外,我认为钢铁心一定是派梅根来策乱清算者的。埃德蒙说过,他没法把超能力转赋给其他史诗派,所以……没错,所以她根本用不了震击手套。"

教授兀自摇头。"之前在秘密基地的时候,他那么一说我就有些怀疑了。我从没尝试过把超能力转赋给别的史诗派。我早该看出来的……梅根……"

"别自责了,你没机会知道的。"我说。

教授吸气、吐气,然后点了个头,看着我说道:"没事了,孩子。不必害怕。这次过得挺快。"他迟疑一下,"我感觉。"

"我不会放心上的。"我边说边爬起身。

空气中弥漫着硝烟的味道,那是火药味、烟味、皮肉烧焦味的混合。渐亮的日光反射在周围的钢铁地表上,亮得人眼眩,而太阳还没有完全升起来呢。

教授凝视着阳光,好像之前没注意到它一样。他由衷地笑了,看起来越发地像先前的他。然后男人大步跨过球场,向埋在废墟里的什么东西走去。

梅根使用超能力的时候性格也变了。我想,爬电梯井时,驾摩托车时……都改变过,变得更暴躁,更自大,甚至更讨厌。但她每次都很快又恢复原来的样子,而且平时极少使用,所以超能力对她的影响可能变弱了些。

如果这些推理成立,那么,与清算者共处的时期隔绝了超能力对她的影响——这段时间她需要注意不随意使用超能力,以免身份暴露。她本意要消灭的对象反而让她更有人性了。

教授手里拿着什么东西往回走。那是颗头骨,表面被烧得焦黑,烟末底下透着金属的闪光。钢铁头骨。教授将它转到正面拿给我看,只见右颧骨上有条凹痕,像是枪伤。

"啊哈,"我说着,接过头颅,"既然子弹都能打伤他的骨头,炸药为什么不行?"

"如果说是他的死触发了异换能力,我也不会觉得奇

钢 铁 心

怪，"教授说，"这样，他死时的残躯——骨头，或者部分骨头——就被变成了钢铁。"

我感到有些难以理解。但话说回来，史诗派本就是个诡异的存在。他们身上总有怪事发生，特别是死的时候。

我仔细端详着头骨，这时教授呼叫了缇雅。我在恍惚中听到哭声、欣喜的尖叫、两人的交谈，最后是她调转直升机回来接我们。我抬起头，发觉自己正不由自主地走向体育馆的入场通道。

"戴维？"教授喊道。

"马上回来。"我说，"去拿个东西。"

"直升机几分钟后就到。我建议**不要**在这里待到治安军正式派兵过来调查形势。"

我拔腿开跑，他没有再表示反对。我跑进黑暗，将手机亮度调到最大，照亮高挑幽深的走廊。我跑过夜影嵌入钢铁中的尸体，跑过亚伯拉罕引爆炸药的地方。

随后我放慢脚步，挨个查看小吃摊和休息室。我没有太多时间慢慢找，很快便深感自己像个傻蛋。我想找什么？她已经离开了。她……

有声音传来。

我怔了一下，在阴暗的走廊里东张西望。有了。我朝前走去，终于找到一扇僵止在敞开位置的铁门，里面似乎是间门卫室。那个声音非常熟悉，几乎一听就能认出来。不是梅根在说话，但是……

— 444 —

"……你才应该活下去，我不配。"那声音说道。随后是枪声，似乎来自远处。"你知道吗，我觉得见到你的第一天我就动心了。挺傻的是吧？一见钟情，说来真老土。"

没错，我认得那个声音。就是我的。我在门口停住脚步，聆听着自己的话语，感觉好像身处梦境。那番话是我在尽力保护命悬一线的梅根时的自言自语。我静静地听着整幕镜头继续播放，直到结束。"我不知道自己是不是爱上了你。"我的声音说道，"不管那算不算爱，都是多年以来我所体会过的最强烈的感情。谢谢你。"

视频停止了，然后又从头开始播放。

我踏进小房间。梅根坐在墙角的地板上，盯着手里的手机。她在我进门的时候调低了音量，但眼睛始终没有从屏幕上移开。

"我持有一段秘密的音视频数据。"她低声道，"我在前额表皮内植入了摄像头。只要我闭眼太久，或者心率过高或过低，它就会启动，并把数据发送到我在城里的某件存储装置上。重生之后的大脑总是有些糊涂，所以，多死几次之后，我就想到了这招，也便于了解导致我上一次死亡的原因。"

"梅根，我……"我该说什么好？

"梅根是我的真名。"她说，"很可笑吧？我放心把这个名字交给清算者，因为曾经的梅根，从前的我，已经死了。梅根·塔拉什。她只是个普通人，与火凤凰没有半点关系。"

她仰头看我，在她手机屏幕的光芒映照下，我看见泪水在她眼眶中打转。"你一路把我扛了回去。"她低声道,"这次重生之后,我刚醒来就看到了那一幕。我无法理解你的行为,我想,你一定是对我另有企图。现在我才明白,事情可能和我想的不太一样。"

"我们得走了,梅根。"我说着,一步步向前走去,"教授可以比我解释得更清楚。现在,只要跟我走就好。"

"我已经**不是**从前的我了。"她低声说道,"一旦死去,第二天就会自动重生。地点很随机,不是陈尸的地方,也不是断气的地方,但总在附近。每次都不一样。一发生这样的事,我……我就感觉不是我自己,不是我想做的自己。完全搞不明白。你会相信什么呢,戴维?如果连你自己的想法和情感都不愿向你敞开,你会相信什么呢?"

"教授可以——"

"停下。"她说着,扬起一只手,"别……别过来。别打扰我。我想静静。"

我又踏前一步。

"停下!"周围的墙忽然消失了,烈火熊熊燃烧,几欲将我俩吞噬。脚下的地板扭曲翻腾,我胃里一阵难受,摔倒在地。

"你一定要跟我来,梅根。"

"你再走一步我就自杀。"说着,她将手伸向躺在身旁地上的枪,"我说到做到,戴维。死亡对我来说不算什么。下次转生就清静了。"

我举起双手，往后退去。

"我需要好好想一想。"她再次咕哝着，低头继续看手机。

"戴维，"耳边传来一个声音，教授的声音，"戴维，我们马上要走了。"

"别用超能力，梅根。"我对她说，"求你听我一次。你必须明白，就是超能力让你认不清自己的。先躲起来，几天不用之后，你的脑子就会清楚一些。"

她紧盯着屏幕。视频又开始从头播放。

"梅根……"

她举枪指向我，视线始终没有离开手机。眼泪滴下她的脸颊。

"戴维！"教授大喊。

我转身向直升机跑去。除此之外，我不知道还能做什么。

尾　声

我已见钢铁心流血。

我已见到他尖叫,见到他着火,见到他死于熊熊烈焰,而杀掉他的人就是我。诚然,是他自己亲手按下了起爆器,但我不在乎——从不在乎——具体是哪只手结果了他的性命。是我促成了这个结局,这颗头骨就是明证。

直升机腾空而起。我系紧安全带坐在座椅上,望向敞开的舱门外侧,头发随风舞动。后座的科迪伤势迅速稳定下来,亚伯拉罕又惊又喜。我知道,一定是教授把大量的治愈力转赋给了他。依据我对史诗派再生能力的了解,只要超能力转赋的时候科迪没有断气,不管伤成什么样他都能够复原。

我们迎着一轮耀眼金阳升入天空,身后的体育馆经历过昨晚的烧灼、炮火与爆炸,弥漫着胜利的味道。父亲曾告诉我,"战士球场"是为纪念在一战中牺牲的英雄儿女而命名,如今,在这里上演了自灾星现世以来最重要的一场战斗,它的名字在我看来是再贴切不过。

我们身下的城市,十年来第一次见到真正的阳光。人们纷纷涌上街头,抬头仰望。

缇雅一手驾驶着直升机，一手伸向副驾驶位，握着教授的手臂，好像无法相信他真的在这里，与我们在一起。教授则望着窗外，不知他眼中的景象是否与我一样。我们没能拯救这座城市，往后还任重道远。我们杀了钢铁心，但很快会有别的史诗派来夺权。

我不接受即刻弃新加哥民众而去的提议。既然锄掉了本地的独裁者，我们必须对此负起责任。在这紧要关头，我不会放任我的家园陷入混沌自生自灭，即使这意味着违逆清算者。

反抗强权不应该仅限于诛杀史诗派，而应该更加深刻和崇高，或许我们能从教授和梅根身上得到启示。

史诗派可以被打败，其中有些甚或可以被拯救。我还不知道具体要怎么拯救，但我愿意继续努力寻找答案，至死方休。

我们转头离开城市，我的脸上浮起微笑。**英雄必将降临……或许只差我们作开路先锋。**

我一直将父亲的死视为我人生最大的转折点。时至此刻，手里捧着钢铁心的头骨，我才终于明白，我浴血战斗，既不是为了复仇，也不是为了救赎。我奋起抗争，并不是因为父亲的死。

而是为了他心怀的梦。

（未完待续）

致　谢

　　本书酝酿了很长时间。最初的灵感产生自一场签售会上，大概是在……呃，2007年吧？鉴于耗时良久，自构思到面世期间的数年之中，有许多人都给过我宝贵的指导和帮助。希望本文没有漏掉你们任何一个！

　　首先要特别感谢与我合作愉快的编辑克莉斯塔·马里诺，感谢她对本书所做的全面而精妙的指导。她学识渊博，编审水平一流，将本书从粗糙的毛坯打磨为精致的成品。此处亦须提及损友詹姆斯·达什纳，感谢他积极为我引见这位编辑。

　　值得我山呼感谢的朋友，还有迈克尔·特鲁多（编辑水准极高），以及兰登书屋的保罗·萨缪尔森、蕾切尔·维尔尼克、贝弗莉·霍洛维茨、朱迪思·霍特、多米尼克·希米纳、芭芭拉·马库斯。同时，要感谢克里斯托弗·鲍里尼给予本书的指导和帮助。

　　依照本人惯例，我要隆重感谢两位经纪人：一位是乔舒亚·比尔梅斯，在我告诉他我放着20个大坑不填又想开新坑的时候，他差点儿没笑掉大牙；另一位是埃迪·施耐德，这位仁兄每天务必穿得比谁都光鲜体面，每次在致谢里写到他"高大上"的姓名时我都得去翻字典。在《钢铁心》改拍电影的前沿阵地上（大伙儿都在辛勤奋斗），我要感谢乔尔·葛特勒、布赖恩·利普森，纳维德·麦基哈奇，以及卓尔不群的唐纳德·马萨德。

接下来，我要向激情澎湃的彼得·奥斯龙双手竖起大拇指。作为我的编辑助理，从一开始他就不断为本书加油鼓劲，也是他一手操刀为本书加工润色——本书的成功大部分应归功于他。同时，我在此也不忘感谢分驻英国/爱尔兰/澳大利亚的出版团队，包括芝诺代理公司的约翰·伯莱因和约翰·帕克、西蒙·史班顿，以及推广经理：格兰茨公司的乔纳森·威尔，本书的"英国妈妈"。

感谢以下人士，动用史诗级超能力为我阅稿并提出指导意见（或给予作者莫大的支持）：多米尼克·诺兰（《龙钢》的官方超级枪械资料库）、布赖恩·麦金利、戴维·韦斯特、彼得·奥斯龙（谢两遍了嗷）、凯伦·奥斯龙、本杰明·罗德里格斯、丹尼尔·奥尔森、阿兰·莱顿、凯琳·佐贝尔，丹·"俺比你早写末世科幻"·韦尔斯、凯西·多西、布赖恩·希尔、布赖恩·"布兰登，这下你欠我版税了"·德朗布尔、贾森·丹泽尔、卡利安妮·波露里、凯尔·米尔斯、亚当·赫希、奥斯汀·赫希、保罗·克里斯托弗、米歇尔·沃克、乔希·沃克。各位实在太牛了。

最后，我要一如既往地感谢我的娇妻艾米莉，以及我们

钢铁心

的三个调皮小捣蛋,是他们源源不断地(把客厅搅得天翻地覆)激发我的灵感,挥写下城市毁灭的史诗。

布兰登·桑德森

新书推荐

另类漫威式英雄的复仇故事，
奇幻版"这个杀手不太冷"，
2013年出版人周刊奇幻榜首大作，
入围2014年美国图书馆类型小说图书首选名单！
斯科特兄弟电影公司重金投入影视版权！

超能生死门
VICIOUS

【美】维多利亚·舒瓦 著
露可小溪 译

一场年少轻狂的超能力实验，一次出人意料的离奇死亡，为洛克兰大学高材生维克托和伊莱的友谊画上休止符。在伊莱眼中，超能力者都是一群从黄泉归来、披着人皮的冷血怪物。恐惧和愤怒驱使着他亲手将昔日同窗推入黑暗的牢狱之中。

十年过去，复仇的烈焰并未随着囹圄生活熄灭，反而愈燃愈烈。越狱的维克托一路追踪着仇人的足迹，誓要让他尝到与自己相当的痛苦。

逃亡途中，他意外救下了从伊莱手下死里逃生的超能力女孩希德妮。她告诉维克托，伊莱的所作所为并不如他所宣称的那般正义。而女孩的出现，也彻底打乱了男人原本的复仇计划……

新书推荐

21世纪最重要的奇幻作家，
"新怪谭"风格创始人——柴纳·米耶维
公认的天才小说家，
屡次囊获世界多项幻界荣誉：
轨迹奖、雨果奖、阿瑟·克拉克奖、
英国奇幻奖、世界奇幻奖等。

鼠王
KING RAT

【英】柴纳·米耶维 著
姚向辉 译

"这是个充满音乐节奏的地下丛林；
这是个幽暗、肮脏的地下伦敦；
这是一个失落了主宰者的王国，
而"鼠王"推开了通往这地下世界的大门……"

一次忽如其来的谋杀事件，令绍尔成为了头号杀父嫌疑犯，被捕入狱。而他却意地被外一位身上散发着恶臭的自称为"鼠王"的陌生人搭救。他们一起逃出牢房，却不得不为了逃离吹笛手的猎杀穿梭于黑夜中，寻求生存、复仇之道。
"鼠王"交会了绍尔鼠群的生存，却不料随着流亡的时间推移，绍尔的身世之谜浮出水面，谋杀事件的背后阴谋将无所遁形…….

愤怒、恐惧和复仇的烈焰包裹着绍尔，驱使他前行。
涣散而疲惫的生灵们，等待着新的国王！